Cosima Bellersen Quirini
Distelsterben
Inselkrimi

Wellhöfer Verlag
Ulrich Wellhöfer
Weinbergstraße 26
68259 Mannheim
Tel. 0621/7188167
www.wellhoefer-verlag.de

Titelgestaltung: Uwe Schnieders, Fa. Pixelhall, Mühlhausen
Satz: Lukas Fieber, Creative Design, Mannheim

Die Erzählung ist frei erfunden. Ähnlichkeiten mit wirklichen Personen oder tatsächlichen Ereignissen sind nicht beabsichtigt und somit rein zufällig.

ISBN 978-3-939540-73-1

Cosima Bellersen Quirini

Distelsterben

Inselkrimi

wellhöfer VERLAG

Die Insel und der Ort Langeoog sind real, einige der Schauplätze ebenfalls. Die Geschichte in diesem Buch, manche Örtlichkeiten, sowie sämtliche Personen sind hingegen frei erfunden und jegliche Ähnlichkeit mit Lebenden oder Toten ist rein zufällig und von der Autorin nicht beabsichtigt.

Ein Wort der Autorin

Dank sage ich allen, die mir bei der Entstehung des Buches geholfen haben, den Menschen auf der Insel und denen zu Hause. Ganz besonders freue ich mich über die gelungene Zusammenarbeit mit dem Langeooger Chefkoch der *Strandhalle* Veit Merkel, sowie dem Langeooger Konditormeister Hubert Recktenwald vom *Seekrug*- von beiden durfte ich großartige Mithilfe bei den im Text beschriebenen Rezepten (wie zum Beispiel Nannis und Hendriks Hochzeitsmenü) erfahren. Diese sind am Schluss des Bandes zum Nachahmen zu finden. Dank gebührt ebenfalls meinem Informanten bei der Polizei, Walter Feldmann, der sagt, dass echte Polizeiarbeit natürlich ganz anders läuft als in diesem Band beschrieben, und auch eine Windpockenepidemie oder andere hoch ansteckende Krankheiten wahre kriminologische Ermittlungsarbeit von ganzen Heerscharen von Fachleuten vor Ort nicht behindern können. Ich habe mir jedoch im vorliegenden Fall erlaubt, diesbezüglich literarische Freiheit in Anspruch zu nehmen und diese für eine kurzweilige und leichte Urlaubslektüre entsprechend auszukosten. Ich wünsche allen Lesern dabei viel Spaß. Alle Leserinnen und Leser, die der großen Gruppe der Polizisten jeglicher Couleur angehören, bitte ich um milde Nachsicht zugunsten der schriftstellerischen Fantasie.

Ein Wort zur Autorin

Cosima Bellersen Quirini ist 1960 in Freiburg im Breisgau geboren und am Bodensee aufgewachsen. Sie lebt seit über zwanzig Jahren in Celle bei Hannover, ist mit einem Mediziner verheiratet und mehrfache Mutter. Die Autorin schreibt Krimis (sie hat zusammen mit ihrer Tochter auch einen Kinderkrimi veröffentlicht), historische Romane, lyrische Texte und Kurzgeschichten. Sie verfasst zudem Sachbücher zu diversen Themen und betreibt eine Werkstatt für natürliche

Kosmetik und Seifensieden und ist Dozentin für verschiedene Themen an der Familienbildungsstätte in Celle. Sie ist Mitglied im Syndikat, der Autorengruppe deutschsprachiger Kriminalliteratur, bei den Mörderischen Schwestern, der Vereinigung deutschsprachiger Krimiautorinnen, sowie bei der DeLiA, der deutschen Liebesromanautorenvereinigung. Weitere Infos unter: www.cos21.de und www.cosiswerkstatt.com.

Für meine Familie in Erinnerung an die vielen wunderschönen, gemeinsam verbrachten Tage auf Langeoog

Dramatis personae

Nanni Peters, eigentlich Anna-Marie, Kommissarin
Hendrik Schwanheusser, Nannis Bräutigam
Lasse Johannsen, ein Insel-Polizist
Caspar Otten, zweiter Insel-Polizist
Matti, Caspars Sohn
Fokke Lücken, Nannis Vorgesetzter bei der PI
Lenn Zacharias, Lückens Stellvertreter
Alexander und Ernestine (Stine) Peters, Nannis Eltern
Gregor Peters, Nannis Bruder
Lisa-Sophie und Emma-Julie, Nannis Schwestern
Friedemann Peters, Nannis Onkel, Pastor
Cari Freifrau von Sternenburg, Nannis verstorbene Großmutter
Kiki (Kirsten) de Winter, Bürgermeisterin
Johann de Winter, Kikis Mann,
Hotelier Jasper und Jonas, Kinder der de Winters
Maart de Winter, de Winters Sohn aus 1. Ehe
Gretje de Winter, Maarts Mutter
Claudius Cassens, Kikis Vater, ehem. Schulrektor
Birke Kramer, Pastorin
Stephan Kramer, Birkes Mann, Inselpastor
Lulu, Lea und Linus, die Kinder der Kramers
Jule Vossen, Goldschmiedin
Nienke, Jules Tochter
Tjark Vossen, Jules Bruder
Dr. Tammo Tütjen, Inselarzt
Eske Gerdes-Janssen, Fischhändlerin, Inseltratsche
Adrian Hettich, Bauunternehmer
Svea Michels, de Winters Geliebte
Keno Wilken, Rechtsmediziner

Auf der Insel

Nur leise hört Nanni das Klopfen an der Tür bis in ihr Kleinhirn durchdringen.

»Aufschtehe, Nanni! Los! D' Sonne schteht seit Schtunde am Himmel.«

Nanni stöhnt laut auf. Gefühlt bestenfalls, denkt sie verschlafen und sieht auf die Uhr über der Tür. Viertel nach acht. Das ist typisch für ihren Hendrik, den Naturburschen und Frühaufsteher. Sie schließt genüsslich die walnussfarbenen Augen, wälzt sich zur anderen Seite und fragt sich den Bruchteil einer Sekunde (was sie seit seinem Antrag circa zehn Mal täglich tut), ob Hendrik wirklich die richtige Wahl ist. Der fürs Leben, wie Großmama Cari immer sagt. Als Nächstes würde er sie Peterle nennen. Dann, die Steigerung, Petersilienkraut. Und die Krönung war schließlich Schlafkraut. Schwarze Bilsenfrau ... Nanni horcht angestrengt zur Tür.

»Peterle ...«

»Schon gut, ich komme«, krächzt sie aus den Tiefen ihres Kopfkissens mit dem hellblau-weiß gestreiften Frotteebezug und macht dann die Augen träge wieder auf. Ihr Blick schweift über den Tapetenfries, der auf nostalgische Weise spielende Kinder am Strand zeigt und sich von einer Zimmerecke zur nächsten spannt. Langeoog! Schlagartig ist Nanni hellwach, jetzt wo sie wieder weiß, wo sie sich befindet. Auf der Insel! Im Haus der Eltern am Melkerpad! Sie ist in dem sonnendurchfluteten Mädchenzimmer, in dem Zimmer, welches sie als Schulkind fast jeden Ferientag mit ihren Schwestern geteilt hatte! Hendrik hingegen genießt nebenan den Luxus von Gregors Einbettzimmer. Nannis Bruder ist nämlich der einzige Junge in der Familie geblieben. Eilig rappelt sich Nanni auf. Hendrik hat so recht, grinst sie, die Insel ruft! Nanni widersteht dem Versuch, ihre schulterlangen Haare vor dem Spiegel rechts neben der Tür ausgiebig zu bürsten. So wie früher allabendlich vor dem Duschen, wenn sie, Lisa-Sophie und Emma-Julie verschwitzt, staubig und mit Stroh in den Haaren vom Ponyhof zurückgekehrt waren. Sogar die rote Bürste, eigentlich ein alter Pferdestriegel, der griffbereit auf der Ablage vor dem Spiegel liegt, ist noch der alte, blitzblank geputzt. Nanni fährt sich mit den Fingern durch ihre blonde, verwuschelte Pracht. Das muss reichen. Dann greift sie nach ihrem abgewetzten Troyer (sie ist nach dem Aufwachen immer recht kälteempfindlich und dieser alte Seemannspulli fungiert sozusagen als ihr Morgenmantel) und zieht ihn sich über den rosa-weiß karierten Schlafanzug. Der ist ein bisschen eng, aber er lag eben noch in einer hinteren Ecke des Schrankes. Ein Geschenk von Großmama zu ihrem fünfzehnten Geburtstag, erinnert sich Nanni und blinzelt schnell die eine Träne weg, die sich in der schmerzlichen Erinnerung an Großmamas Beerdigung im letzten Sommer hier auf der Insel den Weg über ihre Wange suchen möchte.

»Du freust dich darüber, Großmama, dass ich hier heiraten werde, stimmt's?«, murmelt Nanni und nimmt gleichzeitig auf dem schmalen Flur den Kaffeeduft auf, der sie direkt in die Küche weist. Hendrik sitzt in Jogginghose und schwarzem Polohemd mit einem Aufdruck des FC Freiburg am weißen Küchentisch und schlürft seinen Milchkaffee – ein leise schmatzendes Geräusch, welches Nanni einen wohligen Schauer beschert. Genauso trinkt Paps seinen Kaffee, erinnert sie sich, und der sitzt auch immer genau so da in dem dunkelblauen Korbsessel, die Beine übereinander liegend, eine Hand auf Viktors Pudelrücken, und die aktuelle Tageszeitung liegt aufgeschlagen vor ihm.

»Schlafmützle«, grinst Hendrik, »aber a bildhübsches Schlafmützle.«

Nanni bekommt zwischen zwei Schlucken von ihm einen feuchten Kuss auf die rechte Wange gedrückt, von Viktor hingegen die Hand mit der feuchten Zunge geleckt. Weit, ganz weit weg ist die Polizeiinspektion, in der Nanni Peters bei der Kripo als Ermittlerin arbeitet. Weg der Alltagsstress, weg die Aktenberge, die sich auf ihrem Büroschreibtisch anhäufen, weg die manchmal nervigen und dauerüberarbeiteten Kollegen. Genießerisch atmet sie die unverpestete Nordseeluft, die durch die offene Verandatür in die Küche strömt, durch beide Nasenflügel tief ein. Hendrik hingegen zieht sie auf seine polyesterglänzenden, schwarzen Hosenbeine und reicht ihr dann einen Becher, gefüllt mit schwarzem Kaffee. Nanni nimmt einen Schluck. Er ist ungezuckert. Genauso, wie sie ihn liebt! Ihr Verlobter indes vergräbt sein unrasiertes Kinn in ihren Haaren, als Nanni selig ihren Blick zum Fenster hinaus über die blühenden Heckenrosen schweifen lässt. Zu schön ist es hier, denkt sie, hier auf der Insel will ich leben. Eines Tages. Mit Hendrik. Und Viktor. Und einem Haus voller Kinder, ihren Eltern und Geschwistern. Und allen engen Freunden. Am liebsten in Großmama Caris Domizil mit den friesisch blauen Fensterläden mitten in den Kaapdünen. Aber das ist zu riesig – und zu teuer.

»Du riechsch so gut«, murmelt Hendrik in ihren Hals, »fast so wie die kleine Kätzle rieche, wenn ...«

»Nach Kuhstall?«, fragt Nanni entsetzt. Hendrik sieht auf.

»Lass mich doch einmal ausrede, Nanni. Ich mein', wenn se drauße auf ere Wiese in der Sonne getollt habe.«

Nanni ist beruhigt und genießt die zart knabbernden Küsse, die sie auf ihrem Nacken spürt. Hendrik Nathanel Schwanheusser, ja, doch, der fürs Leben, urteilt Nanni zufrieden. Mit seinen schwarzen, kinnlangen Locken, den eisblauen Augen und den geraden Zähnen, ist er wirklich innerlich wie äußerlich und nur von winzigen Kleinigkeiten abgesehen, der Mann ihrer Träume und genauso, wie sie sich als kleines Mädchen ihren späteren Ehemann vorgestellt hat. Hendrik ist Assistenzarzt an einem großen Klinikum, Sternzeichen Fisch, Snowboarder, Bergwanderer, großer Bücher- und Theaterfreund und begnadeter Klavierspieler, was sie sich alles zunächst kaum vorstellen wollte, schließlich ist das für einen badischen Bauernbub doch recht ungewöhnlich. Doch er überzeugte sie mit Wissen und Können, seinem heiteren und soliden Gemüt, und, ganz wichtig, seiner Stellung in der Familie als Ältester von drei Brüdern. Laut Mamas Definition hat nämlich die Geschwisterkonstellation, in der man aufwächst, einen ziemlich gewichtigen Einfluss darauf, wie man sich später in einer Partnerschaft gibt. In einem Buch, das sie Nanni mal zu lesen gegeben hat, steht, dass Hendrik demnach ihr Idealpartner ist. Ältester Bruder von Brüdern ist er, und sie, Anna-Marie Lavinia Eleonore Constance Auguste Luise Peters, von fast der gesamten Welt, weiß der Himmel weshalb, nur Nanni genannt, ist das Nesthäkchen der Familie! Perfekt!

Ein aprikosengelber Sonnenstrahl verfängt sich in Hendriks Locken. Nanni würde nun, da sie ja angeblich eh so roch, auch am liebsten schnurren wie eines der besagten Hofkätzchen bei Hendrik daheim, einem Einödhof im tiefsten Südschwarzwald. Doch stattdessen lauscht sie dem Glockenschlag der Inselkirche. Nun dauert es nicht mehr lange, dann wird sie dort am Altar stehen. Mit Hendrik. Sie sieht auf einmal ihr aus elfenbeinfarbener Seide und Spitze gearbeitetes Hochzeitskleid, das Mama nächste Woche mitbringen würde, vor ihrem geistigen Auge erstehen. Sie malt sich, von Hendriks Zärtlichkeiten wie mit Musik untermalt, ihre bevorstehende Hochzeitsnacht aus und verfolgt gleichzeitig freudig erregt den Weg, den seine Lippen auf ihrem Seemannspulli nehmen. Sie haben sich nun schon bis zu ihren Brüsten hinabgearbeitet. Alles gestattet sie ihm, alles, bis auf das Eine. Aber auf das muss er jetzt auch nur noch wenige Tage warten. Ein Jahr, sieben Monate, eine Woche und drei Tage, rechnet Nanni rasch nach, kennen sie sich und solange geduldet sich Hendrik schon, sie endlich in sein Bett tragen zu dürfen. Allein das macht ihn in ihren Augen zum Helden des einundzwanzigsten Jahrhunderts. Welcher Typ ist denn heutzutage bitteschön noch bereit, bis zur Hochzeitsnacht zu warten? Ein Mann, der warten kann, pflegt Mama jedoch gern zu sagen, ist ein Genießer, ein Genießer ist ein guter Liebhaber, ein guter Liebhaber meist auch ein guter Ehemann und ein guter Ehemann ist neben einer profunden Berufsausbildung das Wertvollste, auf das eine Frau jemals bauen kann. Besser, sagt sie, als Reichtum, Geschmeide oder ein großes Haus, und im Idealfall ist das alles dennoch im Geschenk inbegriffen. Ernestine, in der Familie Stine gerufen, Peters muss es wissen. Sie ist schließlich seit vielen Jahren mit Nannis Vater verheiratet.

»Komm, Peterle«, nuschelt Hendrik in Nannis Gedanken hinein und bewegt dabei leicht seine Oberschenkel hin und her, »lass uns jogge gehe, sonscht garantier ich für nix mehr.«

Nanni rappelt sich ungern auf. Es ist nicht immer einfach, einmal beschlossene Dinge rückgängig zu machen. Aber in dem Fall würde sie nun nicht kurz vor dem Ziel aufgeben. Nanni, die seit dem letzten Sonntag fünfundzwanzig Lenze zählt, hatte bereits mit zwölf Jahren beschlossen, der Familientradition mütterlicherseits zu folgen und, gefeit gegen jegliche Strömungen der Neuzeit, das feierliche Gelübde abgelegt, jungfräulich in den Stand der Ehe zu treten. Und daran hat sich bis heute nichts geändert. Es hat bei allen in der Familie bislang funktioniert, erklärt sie jedem, der ihr mit ihrem pubertären Entschluss von damals vorsintflutliches Denken anzudichten versucht – bei Großmama, bei Mama und bislang auch bei Emma, der mittleren der drei Petersschwestern und seit einem Jahr unter der Haube. Und man sieht ja, was anderenfalls passieren konnte. Ihre älteste Schwester Lisa hatte sich seinerzeit anders entschieden. Und nun sitzt sie, mit kaum zweijährigen Zwillingen am Hals und noch nicht mal dreißig, taufrisch geschieden in dem Reihenendhaus am Rand der Stadt, welches sie, bevor sie in froher Erwartung heiratete, bereits fünf Jahre lang als Lebensabschnittsgefährtin mit ihrem Exmann geteilt hatte.

»Ich zieh mir eben die Sportsachen über«, murmelt Nanni, noch immer von Hendriks Küssen entzückt und sucht schnell das Weite, bevor, wie Hendrik meint, er für nichts mehr garantieren kann und es ihr irgendwann wie Lisa ergeht. So will Nanni keinesfalls enden.

Der Fund

Einige wenige Wölkchen wirken wie auf den veilchenblauen Himmel aufgetupft, denkt Nanni, und rennt dabei die Hafenstraße entlang, bis hin zu dem Abzweig zum Wäldchen. Die Luft ist samten weich und verspricht einen schönen Tag. Hendrik läuft neben ihr, kleine Rinnsale von Schweiß fließen an seinen dunkel schattierten Wangen hinab. Nanni selbst schwitzt kaum. Sie hat ihre lockigen Haare mit einem Gummiband am Hinterkopf zu einem Zopf zusammengebunden. Zudem hat sie sich für ultrakurze, knallrote Shorts und ein weißes, ärmelloses T-Shirt entschieden. Die frische Morgenluft wirkt wie ein Kühlkissen an ihren Armen und Beinen. Zudem joggt sie grundsätzlich in luftig leichten Wildledermokassins – aus Überzeugung und zum Entsetzen jedes Turnschuhverkäufers im Umkreis von wenigstens fünfhundert Kilometern. Die Indianer trugen auch keine Schuhe mit Gel-Dämpfung, flexiblen Extrasohlen zur Stärkung der Fuß- und Wadenmuskulatur oder für orthopädisch ausgewogene Druckverteilung, sagt sie sich, das ist in ihren Augen alles Blödsinn.

»Hier entlang«, keucht Nanni und lenkt ihre federnden Schritte auf den kleinen feuchten Weg, der sie mittig durch das Inselwäldchen führen soll. Viktor, die sandfarbene Königspudeldame, folgt ihr mit elegant tippelnden Schritten. Eigentlich müsste sie ja Viktoria heißen, aber man muss manchen Konventionen eben auch mal die Stirn bieten, hat Nanni seinerzeit entschieden, sonst werden sie allzu schnell unzerstörbar wie Beton. Also heißt das Pudelmädchen, das eine Fehlfarbe vorzeigt (was sie unschlagbar günstig gemacht hat), seit dem Tag, als sie es vom Züchter abholte, Viktor, und keine Seele stört sich mehr daran, und Viktor selbst, da war sich Nanni ganz sicher, stört es gewiss am allerwenigsten, ob sie nun so oder so gerufen wird. Viktor, das blau-orange-weiß geblümte Oilily-Baumwolltüchlein um den wolligen Hals geknotet, sieht aber auch allzu fein aus für die Insel, überlegt Nanni und empfindet Stolz auf das Tier. Sie war vor wenigen Tagen noch mit ihr im Hundesalon gewesen, um der durchaus gelegentlich eitel erscheinenden Hundedame den adäquaten Sommerputz, wie Hendrik das nennt, verpassen zu lassen: Püschelbeinchen und Püschelschwanz, den Rumpf raspelkurz geschoren. Im Fachjargon heißt das Löwenschur mit Pompons. Ein hellblaues Satinschleifchen – passend zum Halstuch – ziert Viktors gelockte Pudelstirn und hält zudem die überlangen Fellfransen aus ihren bernsteinfarbenen Augen.

Der Waldweg ist an manchen Stellen ein wenig glitschig und Nanni hat Mühe, mit ihren weit ausholenden Schritten nicht genau in eine Pfütze zu treten. Offensichtlich hat es nachts hier noch heftig geregnet.

»Es isch einfach unfair, dass deine Bein' genau so lang sin wie meine«, schimpft Hendrik zwei Meter hinter ihr, »du bisch viel leichter und damit schneller und behänder.«

In der Tat bin ich das, überlegt Nanni und findet es keineswegs ungerecht, selbst wenn man bedenkt, dass er mit seinen eins achtundachtzig zehn Zentimeter größer ist als sie. Das heißt, dass ihre Beine im Verhältnis zum Oberkörper extrem lang sind. Sie reden da, um ganz genau zu sein, von einhundertacht Zentimetern. Seine hingegen sind eher kurz. Das wiederum heißt, dass ihr Restkörper siebzig Zentimeter misst. Bei Hendrik sind das ... Nanni überschlägt, doch Kopfrechnen gehört nicht zu ihren größten Talenten, also lässt sie es sein und sieht stattdessen einem Trupp Radfahrer hinterher, der sie gerade überholt. Dann denkt sie über ihr neu kreiertes Salbeiseifenrezept nach. Ihr großes Hobby ist *Selbermachen*. Vom Joghurt bis zum Deo. Nanni ist davon völlig infiziert, doch am allerliebsten frönt sie der Kosmetik- und Seifenrührerei. Die Familie war begeistert, als sie letztens alle mit frisch duftender Salbeiseife beglückte. Emma und Lisa hatten jeweils gleich zwei Stück davon bei ihr bestellt und Mama orderte für die Praxis ein ganzes Dutzend. An die Bestellung würde sie sich, entscheidet Nanni, am besten gleich heute Abend machen. In Gedanken geht sie die Ingredienzien durch, die Fette hat sie bereits eingekauft, dazu pflanzliche Öle, gute Aromaöle und destilliertes Wasser besorgt und genau eine Handvoll frischer Salbeiblätter aus ihrem Gärtchen geerntet. Sie kann den Duft der Seife durch die Luft, welche ein wenig nach Waldboden mit Meersalz gemischt riecht, schon ahnen!

Als sie fast an der Störtebekerstraße angelangt sind, rennt Viktor in den Wald hinein. Nichts Ungewöhnliches, doch Nanni hat heute keine Lust hinterherzulaufen. Vielmehr will sie Hendrik nachher durch den Ort führen und ihm alles zeigen, was ihr wichtig erscheint. Sie will ihn ein wenig in ihre Kindheit mitnehmen, später mit ihm zum Ponyhof rausradeln und nachsehen, ob Fynn, Caprice, Pirat, Caruso und Fleur und all die anderen Haflinger noch da sind. Sie will nach der Friesenstute Rosalie, den vielen Shettys und überhaupt nach all den anderen Pferden schauen, die sie und ihre Schwestern mit vielen weiteren pferdebegeisterten Mädels früher schon morgens um sechs von der Weide holten, striegelten, fütterten und tränkten, bevor die Tiere, bereit für den Ponyalltag, mit kleinen und großen Kindern über die Insel traben mussten. Nanni will mit Hendrik auch – neben all den Dingen, die es zu erledigen gilt – einen starken Ostfriesentee mit Kluntjes im traditionsreichen Café auf der Barkhausenstraße schlürfen, einen Strandspaziergang machen und sich danach im Turbogang in die Wellen stürzen, auf die Suche nach Bernsteinklumpen und schönen Muscheln machen und später einkehren und die berühmte Langeooger Krabbensuppe löffeln. Das Geheimnis, so hat Mama mal vor Jahren einer Angestellten vom *Fischkopp* entlocken können, ist der Kognak darin – in Verbindung mit frisch aufgeschlagener Sahne. Ein ordentlicher Löffel voll von beidem adelt das Süppchen in höchstem Maße! Und seitdem sie das alle wissen, gehört die Suppe zum Standardrepertoire im Peterschen Haushalt. Sie muss aber Hendrik unbedingt die Originalsuppe vorsetzen – der Arme wusste, bevor er sie kennenlernte, ja noch nicht mal den Unterschied zwischen Krabben und Langusten, geschweige denn den zwischen Krebsen und Hummer! Genau genommen wusste er zu jenem Zeitpunkt nicht mal, wo Langeoog war. Hendrik Nathanel Schwanheusser war zuvor nicht bis über die Weißwurstgrenze hinaus in den Norden vorgedrungen und stattdessen vornehmlich in südlichen Gefilden unterwegs gewesen. Nannis Liebe zum Norden hat das gründlich geändert, er hat sich als nordseetauglich erwiesen und in kürzester Zeit zum allergrößten Inselfan entwickelt. An einem Tag, überlegt Nanni weiter, könnten sie also am Deich entlang zum Pirolatal radeln, am besten mit Picknickkorb. Oder einfach im Strandkorb liegen und schmökern. Er kann zudem surfen lernen oder dem allerneuesten Langeooger Trend folgen und Schlagball spielen. Nanni umgekehrt freut sich am meisten auf die Abende: In der Disse am Hauptstrand die Nacht durchtanzen und irgendwann an einem Dienstagabend dem traditionellen Dünensingen lauschen. Viktor bleibt verschwunden.

»Viktor, komm hierher, wir wollen weiter!«, ruft Nanni ungehalten in den Wald hinein und joggt einen Moment auf der Stelle.

»Vik! Hierher! Verdammt! Wo steckst du?«

Nannis Rufe verhallen im munteren Morgengezwitscher der Vögel. Nichts rührt sich. Nanni kramt ärgerlich ihre Hundeerziehungstrillerpfeife aus der Tasche ihrer Shorts und pustet hinein. Ein schriller Laut zerschneidet kurz die pittoreske Idylle des Wäldchens. Vergebens.

»Luder«, knurrt Nanni und sucht den Weg durch das dichte Gehölz, Hendrik ihr dicht auf den Fersen, »die hat mit Sicherheit einen Goldfasan am Wickel. Davon gibt's hier wirklich reichlich.«

»Nettes Abendesse«, grinst Hendrik, und versucht einem dünnen Ast auszuweichen, der ihm gerade vors Gesicht peitscht.

»Wenn du das Vieh rupfst, gerne«, gibt Nanni schnippisch zurück. Sie hat jetzt gerade weder Lust auf Goldfasan, noch auf Hundesuche, und erst recht nicht auf das wilde und dornige Gestrüpp von Brombeerranken, welches ihnen die Suche ziemlich erschwert. Schon fängt sie sich den ersten Kratzer am linken Oberarm ein. Da würde sie ja eine ganz zuckerhübsche Braut sein, grollt sie der Pudeldame, wenn sie sich nun von oben bis unten lauter Schrammen einkassiert.

»Da, da isch se doch, da vorn rechts.«

Erleichtert zeigt Hendrik auf Viktor, die schwanzwedelnd vor etwas Hellem stehen geblieben ist.

»Komm her, du ungezogenes Hundevieh«, ruft Nanni, doch Viktor steht da wie einbetoniert. Sie bellt nicht mal.

»Komisch«, sagt Hendrik, »komm, mir gehe hin und schaue, was da isch.«

»Was anderes wird uns kaum übrig bleiben«, erwidert Nanni und beschließt im selben Moment, dass sie mit Viktor nach dem Urlaub wieder mal in die Hundeschule muss. So geht das nicht.

Am rechten Unterarm hat sie jetzt auch schon einen fetten Kratzer. Wenige Minuten später und drei Schrammen mehr am Arm stehen sie in stummem Entsetzen neben Viktor und starren in das blutleere Gesicht einer leblosen Frau. Die dunklen Augen sind weit aufgerissen, das spinatfarbene Top bis über den Bauchnabel hochgerutscht. Die weiße, eng sitzende Jeans zeigt an einigen Stellen erdige Flecken auf, ein Turnschuh liegt neben dem rechten Hosenbein. Nanni schweigt schockiert. Dass diese Frau tot ist, daran besteht für Nanni nämlich keinerlei Zweifel. Unter dem blonden Haar am Hals entdeckt sie mit ihrem Kennerblick ausgeprägte Würgemale. Nanni schluckt und beugt sich über die Tote, um trotz allem noch nach dem Puls zu suchen. Die Haut ist kalt.

»Heilandzack«, entfährt es Hendrik ehrfürchtig und er streichelt dabei hektisch Viktors Mähne.

»Die isch tot, würd ich jetzt sage. Da brauchsch nix mehr fühle. Ich glaub, da kann ich eher en Toteschein ausschtelle.«

Nanni nickt zustimmend und fährt die Finger wieder ein. Sie fasst Tote nicht gerne an. Hendrik fährt fort:

» Un? Was mache mer jetzt?«

Nanni überhört geflissentlich den verstärkt auftretenden badischen Akzent, der sich plötzlich in Hendriks Aussprache schleicht – ein untrügliches Zeichen dafür, dass er sehr aufgeregt ist. Normalerweise würde sie ihn nun streng zurechtweisen. Doch sie antwortet nur:

»Wir müssen natürlich die Polizei rufen, aber ich hab kein Handy dabei. Du zufällig?«

Hendrik schüttelt seine schwarzen Gigolo-Locken.

»Dann ... dann muss einer von uns zurück.«

Nanni betrachtet die Frau zu ihren Füßen.

»Es gibt einen Inselpolizisten hier. Am besten ich geh nach vorn auf den Weg. Da kommen immer mal Leute vorbei, die ich fragen kann. Du hältst hier die Stellung. Okay?«

Hendrik nickt mit säuerlich verzogener Miene. Die Aussicht, so scheint es Nanni, neben einer Toten ausharren zu müssen, behagt ihm nicht besonders. Mediziner hin oder her. Nanni kann es ihm nicht verdenken. Milde fügt sie an:

»Viktor kann ja bei dir bleiben.«

Ohne eine weitere Antwort abzuwarten, kämpft sich Nanni zurück zum Weg. Eine Tote, ausgerechnet auf dieser verschlafenen Insel, sinniert sie, gehört dieses schöne Fleckchen Erde doch zu allem Überfluss in den Zuständigkeitsbereich ihrer Behörde. Shit! Nanni sieht bereits sowohl ihre freien Tage, als auch das geplante Trauringseminar dahinschwinden.

»Nein«, meckert sie laut und vernehmlich vor sich hin, »das lasse ich mir aber nicht nehmen.«

Kaum ist sie auf dem Weg angelangt, sieht sie ein Pärchen mittleren Alters Hand in Hand auf sie zuspazieren. Sie geht ihm mit offen ausgestreckter Hand eilig entgegen.

»Bitte, haben Sie ein Handy bei sich? Ich muss dringend telefonieren. Ein Notfall.«

Der Mann, er riecht etwas streng nach Salzwasser und Algen, kramt umständlich in seinen orange-gelb geblümten Bermudashorts und reicht Nanni dann ein iPhone.

»Hier.«

Gott sei Dank ist auch Nanni im Prinzip Besitzerin eines solchen Wundergeräts, sodass sie mühelos damit umgehen kann. Sie wählt die Nummer 110.

»Moin, Polizeistation am Wasserturm.«

»Ja, ähm«, krächzt sie plötzlich ein wenig hilflos, »ja, also ... ist dort der Inselpolizist?«

»Zu Diensten. Ja.«

»Also, ich ... wir haben da jemanden ... gefunden. Eine ... ähm... Frau. Im Wäldchen.«

»Aha«, kommt es aus dem Hörer.

»Und? Weiter?«

Sehr glaubhafte Darstellung, denkt Nanni und ärgert sich über ihr jämmerliches Gestammel. Gefasst will sie es noch mal in einem professionelleren Jargon versuchen, schließlich ist sie doch vom Fach. Sie muss das Kratzen in ihrem Hals loswerden und räuspert sich. Dann sagt sie:

»Also, hier spricht Kommissarin Anna-Marie Peters von der Inspektion in Aur ...«

»Wer?«

»Egal. Hör zu, Kollege, ich bin Nanni Peters, und im Wald liegt eine weibliche Leiche, vermutlich erwürgt, wie es aussieht. Jedenfalls habe ich entsprechende Male am Hals entdeckt.«

»Erwürgt?«, hört sie am anderen Ende. »Male am Hals?«

»Sag ich doch. Ich brauche hier sofort Unterstützung. Der Fundort muss abgeriegelt werden. Das sieht nicht nach einem natürlichen Tod aus. Auch nicht nach einem Suizid.«

Nanni sieht zu dem Pärchen, das am Waldrand in gebührendem Abstand zu ihr auf sein Handy wartet. Die Frau ist im Gesicht so aschgrau wie die karierte Bluse, die sie trägt und sie sieht sich, eine Hand wie schützend um den Hals gelegt, ängstlich um, so als würde der oder die Verantwortliche für den Tod der Frau gleich wie ein Tütenteufel aus dem Gebüsch springen.

»Verstehe«, hört Nanni den Inselpolizisten sagen, »ich ... ich ... komme. Aber das dauert noch. Ich muss erst noch mein Fahrrad reparieren, der Reifen hat ein Loch.«

»Nimm gefälligst ein anderes«, blökt Nanni hektisch ins Telefon und kommt sich vor wie eines der Schafe auf den Deichen entlang der festländischen Küste, »es gibt ja wohl noch ein anderes in der Nähe, das du benutzen kannst.«

»Meine Tochter hat noch eines. Das ist heile.«

»Na, also. Ich warte auf der Störtebekerstraße, an der Ecke, dort, wo der Waldweg zur Hafenstraße runterführt. Beeil dich!«

Nanni gibt dem sichtlich schockierten Besitzer sein Handy zurück.

»Wo ...«, fragt seine weibliche Begleitung, »... ich meine ... wo liegt denn diese ... diese tote Frau?«

»Später«, kommentiert Nanni die Frage, lässt das Paar dann einfach stehen und läuft in Richtung der vereinbarten Kreuzung.

Erste Maßnahmen

Weithin sichtbar ist der Inselpolizist, wie er in voller Montur (wohl sind es heute früh, als Nanni und Hendrik losmarschiert sind, bereits einige Striche über der Zwanziggrad-Markierung gewesen) nicht übertrieben schnell auf einem schweinchenfarbenen Mädchenhollandrad die holperige, teils unbefestigte Straße entlangradelt, die rechts wie links von dunkelgrünem Baumwerk flankiert gleich einem Schwert die Landschaft teilt. Er grüßt mal nach der einen, mal nach der anderen Seite, und einmal hört Nanni ihn etwas rufen, was nach *das wird aber mal ne schöne fette Martinsgans* klingt. Irgendwo, viel weiter in Richtung Dünen, erinnert sie sich dunkel, liegen die Schrebergärten. Und die Gänsewiesen. Als der Mann nah genug ist, entpuppt er sich vor Nannis Augen als schnöselig wirkender, rotblond gelockter Schnurrbartträger, dessen Gesicht mit unzähligen zimtfarbenen Sommersprossen übersät ist. Die Wimpern glänzen in einem Ton wie Butter, die Brauen ebenso. Bobbele, nennt sie ihn im Stillen, revidiert jedoch den Spitznamen schnell, schätzt sie sein erkennbares Gardemaß, jetzt wo er umständlich von dem Rad steigt, auf höchstens eins sechzig. Ein Sitzriese ist der, denkt Nanni. Sie überragt den Inselpolizisten mindestens um einen halben Kopf. Schmächtig gebaut ist er obendrein. Er sieht aus, als könnte er nicht mal eine vollgestopfte Einkaufstüte halten.

»So, wo müssen wir denn jetzt hin?«

Er kommt, verbal betrachtet, gleich zur Sache. Seine Stimme ist in natura tief und melodiös, was Nanni am Telefon vorhin gar nicht bemerkt hat. Sie passt nicht zu diesem jungen Kerl, der sich den kaum sichtbaren Nordseesand von den schwarzen Hosenbeinen klopft, stellt sie leicht irritiert fest. Nanni streckt ihm die Hand hin.

»Kommissarin Anna-Marie Peters von der PI Aurich-Wittmund. Oder einfach Nanni. Und wer bist du?«

Man duzt sich unter Polizisten, meistens jedenfalls. Der Inselpolizist sieht sie für einige Sekunden dennoch stumm an, dann ergreift er ihre Hand und drückt einmal ordentlich fest zu.

»Lasse Johannsen. Inselpolizist.«

Nanni muss einen Aufschrei unterdrücken. Der ist mehr Sein als Schein, denkt sie und reibt sich, nachdem sie ihre Hand seinem Griff entwinden konnte, möglichst unauffällig die gequetschte Hand.

»Gibt es hier noch weitere von deiner Sorte?«, fragt sie und überlegt, wie alt er wohl sein mag. Dabei zeigt sie gleichzeitig vage in die Richtung, wo Hendrik und Viktor gemeinsam Totenwache halten.

»Da entlang.«

»Gibt es, ja. Den Caspar Otten, meinen älteren Kollegen. Aber der hat´s zur Zeit ziemlich heftig am Magen und liegt deswegen leider im Bett.«

Lasse schmeißt das roséfarbene 24-Zoll-Fahrrad ungesichert an den Waldrand und gemeinsam gehen sie an dem noch immer sichtlich bestürzt wirkenden Paar vorbei an die Stelle, an der Viktor in den Wald entschwunden war. Schulter an Schulter kämpfen sie sich durch die dicht an dicht stehenden Brombeerbüsche, bis sie am Fundort angelangt sind.

»Na endlich, da bisch ja«, hört Nanni Hendriks erleichterten Bariton und Lasse grüßt Hendrik stumm, nur per Kopfnicken. Ein kurzes Bellen seitens Viktors lässt den Schluss zu, dass auch der Pudel sich über Nannis Rückkehr freut.

»Ach du heiliger Scheibenkleister«, lässt sich Lasse Johannsen vernehmen, als er vor der Toten angekommen ist, »das ... das ist Kiki.«

Er zieht langsam, während er vor ihr in die Hocke sinkt, seine Mütze vom Kopf und knetet sie wie frisch angerührten Hefeteig.

»Wer ist Kiki?«

Nanni sieht Lasse fragend an.

»Kiki de Winter. Eigentlich heißt sie Kirsten.«

»Und, weiter?«

»Das ist unsere Bürgermeisterin und die Frau vom Gourmet-Johann. Das heißt, wenn ich sie mir so recht ansehe, war sie es bis vor Kurzem.«

Nanni versucht, den seltsam unbeteiligten Ausdruck in Lasses tiefer Stimme zu deuten. Besonders schockiert scheint der ja nicht gerade. Um einen sachlichen Ton bemüht, erwidert sie:

»Nun, immerhin ist die Tote ja jetzt schon mal identifiziert. Ich infomier' dann besser mal meinen Chef. Kann ich dein Handy benutzen? Lasse?«

Aber da fällt Nanni ein, dass der gute Fokke Lücken derzeit gar nicht im Lande weilt, sondern seinen gesamten Jahresurlaub zusammengeklaubt hat und seit einer Woche bereits irgendwo in der Karibik herumschippert. Der hat nämlich eine wohlhabende, jamaikanische und obendrein blutjunge Frau, was nach Nannis Dafürhalten alles nicht so recht zusammenpassen will. Aber das ist jetzt unwichtig. Sie muss schleunigst seinen Stellvertreter an die Strippe kriegen. Lasse reicht ihr sein Handy, ohne den Blick von Kiki de Winters hochgerutschtem T-Shirt zu wenden, das einen Blick auf den gepiercten Bauchnabel freigibt. Nanni indes wählt die Nummer des Kollegen vom ersten Fachkommissariat.

»KHK Lenn Zacharias, im FK I, von der PI Aurich-Wittmund. Moin.«

»Lenn! Hier ist Nanni.«

»Na so was, mammamia, hat er dich schon verlassen oder bist du früher als erwartet unter die Haube gekommen? Will Hendrik doch nicht mehr länger warten?«, antwortet Lenn Zacharias, ein glatzköpfiger Zweimetermann mit einem Drachen-Tattoo auf dem linken Unterarm. Zudem hegt er eine große Vorliebe für Zigarren, alte Autos und grau melierte Designeranzüge und hat einen toskanischen Vater, der alle vier bis fünf Jahre mal hier im Norden auftaucht (weswegen der gute Lenn seit Jahr und Tag an der Volkshochschule einen Italienischkurs nach dem nächsten belegt).

»Quatsch nicht, Lenn. Nächsten Samstag, das wisst ihr doch alle. Ihr seid hoffentlich vollzählig bei der Feier dabei.«

»Das hoffe ich auch.«

Lenn hüstelt apokalyptisch.

»Wenn alle wieder gesund sind. Tutti sani.«

»Wie, was heißt das, wenn alle wieder gesund sind?«

Für einen Moment vergisst Nanni die Tote im Wald.

»Nanni, du bist doch okay, oder?«

»Ja, bin ich, wieso? Was soll das alles heißen?«

»Naja, das heißt, dass sämtliche Leute hier flachliegen. Einige haben sich bekanntlich mit Windpocken angesteckt, weißt du ja, aber der Rest hat sich, genau wie ich, obendrein noch eine Kerato-Konjunktivitis epidemica einkassiert. Ich halte derzeit die Stellung.«

»Eine was?«

Nanni sieht Hilfe suchend zu Hendrik. Er ist doch schließlich der frischgebackene Facharzt für Allgemeinmedizin, was die berufliche Voraussetzung für die Vermählung bedeutet – in Vater Peters Augen zumindest, der ebenfalls Arzt ist, wenn auch für Kinderheilkunde.

»Eine infektiöse Bindehautentzündung, durch Viren bedingt, und leider hoch bis sehr hoch ansteckend und, ganz nebenbei, sogar meldepflichtig. Angeblich kommt es nämlich dabei immer wieder zu regelrechten Epidemien, sagt jedenfalls unser guter alter Polizei-Doc.«

»Das ist nicht dein Ernst, Lenn, kann man euch nicht einmal alleine lassen, ohne dass ihr gleich dummes Zeugs anstellt?«

Nanni grinst in den Wald hinein.

»Nee. Offensichtlich nicht. Also, was gibt s? Kein Liebeskummer? Was dann, mia bellezza?«, fragt Lenn nach.

»Natürlich nicht. Ich rufe an, weil ...«, sie stockt, » ...nun ja, weil ... es hier auf der Insel eine Tote gibt. Sieht ganz nach einem Gewaltverbrechen aus. Viktor hat sie gefunden. Mit großer Wahrscheinlichkeit ist die Frau erwürgt worden.«

Nanni wartet auf eine Antwort und horcht angestrengt in das Handy, aber von der anderen Seite ist nichts als dumpfes Schweigen zu vernehmen.

»Lenn?«

»Ähm ... ja ... also ...«, krächzt der Kollege umständlich, » ... dann ... das müssen wir dann wohl irgendwie hinkriegen.«

»Wir?«

»Wir. Noi. Du und ich. Das Problem ist, die ganze Küste entlang grassiert diese Epidemie in den PIs. Irgendwelche Verstärkung zu kriegen, wird schwierig, ist ja zudem auch Urlaubszeit. Die Leute von der SPUSI, sollten die noch unversehrt sein, die kommen natürlich umgehend. Du hast auch sicherlich Hilfe von den beiden Jungs vor Ort. Möglich, dass du noch einen Bonus bekommst und damit weitere Jungs von der Ermittlung auftauchen. Aber ... nun ja, ich informier' gleich den Direktor und den Staatsanwalt. Soweit ich weiß, ist diese Augenseuche ganz oben aber auch am Grassieren. Sogar in Osnabrück. Angeblich hat's sogar den PP erwischt.«

»Den Polizeipräsidenten? Na super. Wie ... wie soll ich das alles jetzt anpacken? Insel-BEPOs haben doch keine Ahnung von Kripoarbeit.«

»Stimmt nicht ganz, der Otten hat das auch schon mal gemacht, ist nur schon länger her, zudem geht es jetzt eh erst mal nicht anders. Doch ich tu mein Bestes. Versprochen.«

Nanni ist sich nicht sicher, ob sie der Sache gewachsen ist. Bislang hat sie nur kleinere Delikte aufklären müssen wie Fälle von Diebstahl, Schlägereien, Streits in Schulen und auf Sportplätzen, oder dumme Hehlereien mit Körperverletzung. Aber ein richtiger Mord? Wenn es denn einer ist. Aber es sieht schon arg danach aus. Keine voreiligen Schlüsse ziehen, Anna-Marie Peters, tadelt sie sich, und fröstelt plötzlich etwas.

Mit fiepsiger Stimme fährt sie fort: »Also du ... du meinst ... ich soll ...«

»Genau das meine ich. Du solltest gleich loslegen. Du leitest mit meiner Unterstützung die Ermittlungen, die commissione speziale, bis ich außerhalb wieder einsatzfähig bin und dazukommen kann. Ich schicke dir mit der Wasserschutzpolizei Leute und Ausrüstung. Inzwischen lässt du den Fundort für den Erkennungsdienst weiträumig absperren, machst die ersten Zeugen fest und bittest die freiwillige Feuerwehr um technische Unterstützung, also Lichtmasten, einen Generator, ausreichend Kaffee, belegte Brötchen und Kuchen und so weiter. Klar?«

»Glasklar«, nuschelt Nanni in den Hörer. Ihre Beine drohen nachzugeben. Sie ist das Küken in der Kripo, die unerfahrenste und jüngste Ermittlerin der PI Aurich-Wittmund aller Zeiten, so fürchtet sie. Andererseits, wenn der stellvertretende Leiter der Behörde sie dazu bestimmt, den Fall zu betreuen, dann kann sie so grün hinter den Ohren nicht mehr sein, oder? Zwei Monate bei der BEPO, ein halbes Jahr im Innendienst und bei der ESD, dem Einsatz-und Streifendienst, und zweieinhalb Jahre Diensterfahrung bei der Kripo, rechnet sie hektisch nach, das soll reichen für eine Todesermittlungssache? Der Kerl hat vielleicht Nerven!

»Du bist ne Pfiffige und die Einzige vom FK I, die derzeit verfügbar ist. Mi dispiace«, kommt es wie eine Antwort auf ihre stummen Fragen von Lenn Zacharias, »sonst würde ich ja nicht so entscheiden. Also, auf geht´s. Buona fortuna. Good luck.«

»Und Hendrik? Die Hochzeit?«

Nannis Stimme ist dünn wie Esspapier. Und all die Seifenbestellungen von ihrer Familie?, denkt sie stumm dazu. Es geht ja nicht nur um die Seife. Mama hat diverse Cremes bestellt. Lisa benötigt Abschminkzeugs und Bodybutter und Emma meinte gestern am Telefon, bei ihr im Badezimmer herrsche absoluter Notstand, sie bräuchte von allem, was Nanni jemals zusammengerührt hat. *Nanni, okay? Machst du mir einen Pauschalpreis für einmal alles auffüllen, ja?*

»Also, ja, Nanni, da lass dir mal was Nettes einfallen. Ich muss jetzt alles Weitere anschieben. Hals- und Beinbruch! Ciao.«

Lenn Zacharias legt auf. Nanni starrt das alte Nokia in ihrer Hand an, dann drückt sie auf das Symbol, welches das Gespräch ihrerseits beendet und reicht es an Lasse Johannsen zurück. Sie strafft sich, nimmt die Schultern zurück und atmet mehrmals ein und wieder aus.

»Ciao«, äfft sie den Vorgesetzten nach, »ciao, Idiot!«

Dann sieht sie zu Lasse.

»Habt ihr hier ne freiwillig Feuerwehr?«, fragt sie wenig entschlossen den Inselpolizisten, der in ganzer Größe vor ihr steht und interessiert zu ihr hochblickt. Lasse nickt.

» Und Trassierband?«

»Ja, logo. Gelbes.«

»Dann sorg dafür, dass das ratzfatz hierher transportiert wird und wir absperren können. Die Feuerwehr muss anrücken mit Generatoren, Lichtmasten und ganz viel Kaffee und so weiter. Klar? Und überleg dir schon mal, wo ich meinen Kommandostand einrichten kann. Du und alle deine Kollegen hier gehören ab sofort zu meiner SOKO. Noch Fragen?«

Lasse schaut sie erstaunt an. Hendrik indes, der bislang stumm neben ihr ausgeharrt hat, hebt den Kopf von Viktors Halstüchlein und sieht sie fragend an.

»Interpretier' ich die Lage richtig, wenn ich annehm, du sollsch hier vor Ort die Ermittlunge leiten?«

Seinen südbadischen Dialekt hat Hendrik, Gott sei Dank, jetzt wieder halbwegs im Griff. Es liegt jedoch etwas Bedrohliches in seiner Stimme und Nanni versucht dieses zu ignorieren.

»Du liegst verdammt richtig, eine ansteckende Bindehautentzündung und gleichzeitig die Windpocken am Festland«, piepst sie und schaut verlegen zur Toten. Schön ist die, findet Nanni, wie das Modell Heidi Klum. Diese Kiki de Winter sieht ihr ein wenig ähnlich, nein, die könnte fast ihr Double sein.

Wohl wird Nanni mit der Laufstegschönheit auch immer wieder mal verglichen, wenngleich sie mindestens zehn Jahre jünger ist als das Modell, weder Kinder hat, noch einen singenden Schwarzen zum Mann, aber so ähnlich wie die Tote sieht sie ihr dann doch nicht. Und sie hofft doch auch sehr, dass sie nicht so ein, wie sie findet, hexenartiges Wesen hat, auch wenn alle die Klumania, die sich seit den Sendungen *Germanys Next Top Model* innerhalb Deutschlands wie die Pest ausgebreitet hat, toll finden – was sie schon gar nicht nachvollziehen mag. Nanni findet das Model schlichtweg grauenvoll, vor allem deren Stimme. Und die ist definitiv von ihrer eigenen so weit entfernt wie Ostfriesland vom Südschwarzwald. Paps sagt immer, ihre wäre klanglich einem eingerosteten Scharnier, das man zu öffnen versucht, nicht unähnlich. Meistens jedenfalls. Nanni sieht wieder zu ihrem Verlobten. Über Hendriks klassisch gerader Nase bildet sich gerade eine steile Zornesfalte. Für die Dauer von drei Wimpernschlägen herrscht Schweigen.

»Was soll ich denn machen? Bleibt mir was anderes übrig?«, bricht es schließlich aus Nanni heraus, »schlag mir was Besseres vor.«

Hendrik wendet sich schweigend zum Gehen.

»Ich ... ich ruf Mama an, Hendrik. Und Lisa und Emma. Sie sollen dir wegen der Vorbereitungen zur Hand gehen«, ruft sie verzweifelt hinter ihm her.

Hendrik dreht sich um.

»Du willsch mir nicht allen Ernschtes deine Schwestern und deine Mutter als adäquate Hilfe für unsere Hochzeitsvorbereitunge andrehe, oder? Toller Ersatz, wirklich super. Lass dir was Sinnvolleres einfalle, Nanni Peters. Komm, Viktor, wir gehen zurück. Miss Marple hat jetzt zu tun.«

Nanni sieht ihnen nach, wie sie im Dickicht gegen Kratzer kämpfen. Hilflos hebt sie die Hände dabei in die Höhe. Dann schaut sie zu Lasse und murmelt:

»Was Sinnvolleres kann mir gar nicht einfallen. Sie werden nämlich ganz in meinem Sinne helfen.«

Ein maliziöses Lächeln schleicht sich auf Nannis Züge, sind sie und Hendrik doch nicht in allen Punkten einig wegen der bevorstehenden Feierlichkeiten. Aber Mama würde es schon richten. Nanni muss nur noch mal in Ruhe mit ihr telefonieren. Die Hochzeitstorte ist nämlich ein Dauerthema seit dem zweiten Weihnachtstag. Kaum hatte ihr Hendrik, mit roten Rosen bewaffnet, auf Knien den Antrag gemacht, waren sie sich darüber schon uneins. Er will eine solide Schwarzwälder Kirschtorte, sie mag lieber eine dreistöckige Sanddornbuttersahnetorte. Nanni muss gleichzeitig wieder an Heidi Klum denken. Wenigstens hat die einen Ehemann. Sie noch nicht.

Kleine Brötchen backen, Nanni, seufzt sie stumm, und unsicher wendet sie den Kopf, um Hendrik und Viktor hinterherzuschauen. Sie lösen sich gerade zusammen wie eine Fata Morgana im Grün des Waldweges auf. Nanni sucht den Blick des Inselpolizisten, der jedoch hektischem Telefonieren anheimgefallen und dabei ist, Nannis Wünsche umzusetzen. Es scheint, als würde er die halbe Insel rebellisch machen.

»Und? Schon was angeleiert?«, wendet sie sich fragend an ihn, nachdem er endlich aufgelegt hat.

»Läuft«, gibt er knapp zurück.

Nanni nickt erlöst. Und die Sache mit Hendrik wird sie bis am Abend sicherlich auch wieder im Griff haben. Er ist nicht der Typ, der lange schmollt. Hofft sie wenigstens, ganz genau weiß sie es nicht. So eine Situation haben sie noch nicht gehabt. Nanni mustert noch mal die Tote.

»War sie nett?«, fragt sie nach einer Weile.

»Geht so.«

Der richtig große Redner vor dem Herrn ist der gute Lasse anscheinend nicht.

»Soll heißen?«

»Die Männer mochten sie. Hatte ein hohes erotisches Schwungpotenzial, wenn du verstehst, was ich meine.«

Mit seinen Händen formt er vor seiner Hühnerbrust zwei imaginäre Melonen.

»Die Frauen weniger. Die haben da eine bessere Intuson.«

»Intuition«, verbessert Nanni, indes Lasse fortfährt:

»Mein ich doch. Also, jedenfalls war Kiki ein falsches Luder. Aber das kam erst nach der Wahl so richtig rüber. Kein einziges Wahlversprechen hat sie umgesetzt.«

»Verstehe. Kann man also sagen, dass sie eher weibliche denn männliche Feinde hat?«, hakt Nanni nach.

»Hat? Nee. Hatte. Und mittlerweile hatte sie auch männliche Feinde. Allen voran sämtliche Bauwütigen der Insel. Sie machte nämlich neuerdings eine Politik der Verhinderung. Sie wollte partout nicht, dass auf dem Grundstück der alten Internats-Schule ein Altenheim gebaut wird. Dabei ist das dringend notwendig in meinen Augen. Aber kein Bauantrag geht mehr durch, seit sie den albernen Gedanken verfolgte, dass das Internat wieder auferstehen solle.«

Lasse schüttelt verständnislos den Kopf.

»Als internationaler Eliteschuppen. Eine Universität oder wenigstens ne Schule. Sie wollte Europa hierher holen, so sagte sie das! Auf die Insel! So'n Quatsch, oder?«

Er tippt mit dem rechten Zeigefinger an seine sommersprossige Schläfe.

Na ja, überlegt Nanni, warum denn nicht?

Doch Lasse legt jetzt los wie ein Wasserfall und das in einem Ton, der Nanni beunruhigt.

»Mal ehrlich, so was brauchen wir hier nicht. Wir Insulaner sind, so wie es hier ist, zufrieden. Sind alle keine Oberleuchten, uns reicht doch im Zweifel die jetzige Inselschule und für die Oberschlauen geht's zum Gymnasium ans Festland.«

Erneut starrt er auf Kiki de Winter, während Nanni überlegt, dass ein Elite-Internat oder eine Europa-Uni wahrscheinlich von Kiki de Winter auch weniger für die begabten Insulanerkinder, denn eher für den Nachwuchs betuchter Festländer gedacht war. Die Bürgermeisterin dachte doch ganz innovativ, findet sie, und irgendwoher muss das Geld zum Leben hier ja auch verdient werden. Es braucht ja nicht immer nur der Tourismus zu sein, der die Kohle auf die Insel bringt. Bildung als Geldfaktor – nicht übel. Doch Nanni behält ihre Gedanken für sich, da Lasse so richtig schön in Fahrt ist und berichtet. Interessiert hört sie von weiteren neuen Geschäftsideen, welche die Gemüter vor Ort derzeit erhitzen, von Plänen, den Hafen umzugestalten, von Umbesetzungen der Posten im Rathaus und schließlich berichtet Lasse von einem Typen, der hier irgendwelche Wohnkomplexe am Wasserturm erbauen möchte.

»Doch dazu müsste der Turm verlegt werden. Unser Wahrzeichen! Stell dir das mal vor, das geht gar nicht!«

Nanni nickt mechanisch. Sie hört plötzlich die Sirene der Feuerwehr und ihrer beider Köpfe gehen synchron wie bei zwei Kunstturmspringern in die Höhe. Mit quietschenden Reifen hält der signalrote Löschwagen der freiwilligen Feuerwehr auf dem schmalen Waldweg an. Sofort bildet sich eine kleine Menschtraube von Urlaubern, die mit Rädern auf der Hafenstraße unterwegs sind und schnell genug am Ort des Geschehens eintreffen, um ihre Sensationslust zu stillen. Noch auffälliger geht es kaum, denkt Nanni, und Lasse seufzt erleichtert auf, als der erste Mann aus dem Wagen springt, und, das Trassierband wie ein Lasso in der Hand schwingend, sich den Weg durchs Gestrüpp bahnt.

»Das ist Matti, der Sohn vom Otten, Gott sei Dank. Der will auch mal Polizist werden, wenn er die Schule fertig hat. Kann gleich hier schon mal anfangen.«

»Der ist doch nicht mal sechzehn, oder?«, mutmaßt Nanni, »soll der etwa absperren?«

Lasse nickt.

»Klar. Mit mir zusammen.«

Stumm beobachtet Nanni, wie die Leute nun Stück für Stück aus dem Wagen hieven, was Lasse in ihrem, respektive Lenn Zacharias' Auftrag, angefordert hat: riesige Lichtstrahler und mehrere Generatoren. Eine Frau trägt, auf einem Tablett angerichtet, diverse belegte Brötchen. Nur Kaffee und Kuchen hat sie offensichtlich nicht dabei. Doch für Kuchen würde Nanni morden! Na ja, fast jedenfalls, denkt sie sich, und schaut dabei bedauernd auf die Tote. Nur fast. Nanni ist dennoch enttäuscht. Ein Stück Kuchen wäre jetzt schön.

»Oh nein«, stöhnt Lasse auf, »Eske. Nicht gut. Das ist unsere eifrigste Feuerwehrfrau. Immer ganz vorn dabei. Leider weiß dann auch gleich jeder hier, was passiert ist. Aber ihre Fischbrötchen sind einfach unschlagbar!«

Er zieht eine entschuldigende Grimasse.

»Vom *Fischkopp* die?«

»Genau. Eske Gerdes-Janssen. Und seit der Teil der Familie, der Janssen heißt, im letzten Sommer auf Nimmerwiedersehen auf und davon gegangen ist, ist es noch schlimmer mit ihr. Sie ist unsere Inseltratsche und weiß alles von der Insel und den Leuten hier. Naja, steht ja auch ständig am Tresen. Da gibt's ja immer was zu schnacken.«

Gut, sagt sich Nanni, sehr gut. Solche Leute sind mitunter Gold wert und so manche Info gelangte mal durch Schwatzhaftigkeit an ihr neugieriges Ohr und half ihr, ein Verbrechen aufzuklären. Der *Fischkopp,* hinter der Eisdiele zwischen Barkhausenstraße und Rathaus an einem kleinen Weg gelegen, ist der Fischladen auf der Insel, und einer der beliebtesten Treffpunkte im Ort. Vor allem, seit es dort nicht nur täglich fangfrischen Fisch oder die mit Fisch oder Krabben belegten Brötchen zu kaufen gibt, sondern ein kleines dazugehöriges Restaurant eröffnet hat, in dem es einfache, aber fantastisch leckere Gerichte zu unschlagbar günstigen Preisen gibt, ist der Laden der Renner auf der Insel. Diese Inseltratsche will sie sich rasch vornehmen, beschließt Nanni und blickt dann sehnsüchtig zu den Brötchen. Wenn schon kein Stück Kuchen zum Frühstück, dann wenigstens ein Brötchen mit Stremellachs, entscheidet sie und nimmt direkt Kurs auf Eske Gerdes-Janssens Brötchentablett.

Am Tatort

So richtig ist es noch nicht bis in Nannis Innerstes vorgedrungen, dass sie die SOKO leiten soll, bemerkt sie stumm und beobachtet die Leute von der Feuerwehr, wie sie mühevoll im Langeooger Wäldchen rund um Kiki de Winter das notwendige Equipment aufbauen. Es scheint ihr so unwirklich, genau wie der Umstand, dass hier eine Tote liegt. Etwas hilflos und an einem Stück Brötchen mit paniertem Seelachsfilet kauend (Stremellachs gab es nicht), schickt sie den in ihren Augen für Mordermittlungen doch noch etwas zu jungen Polizistensohn, nachdem er zusammen mit Lasse weiträumig das gelbe Trassierband um Kiki de Winter gespannt hat, zum Hafen runter. Er soll die Erkennungsdienstleute der Spurensicherung, in ihren Arbeitskreisen SPUSIS genannt, in Empfang nehmen und hierherbringen. Einen Moment schenkt sie gedanklich Hendrik, der nun wahrscheinlich schmollend im Haus am Melkerpad sitzt und sie ziemlich sicher gerade in Grund und Boden verflucht. Dann lässt Nanni ihren Blick schweifen. Sie sucht Anhaltspunkte, doch außer einer zunehmenden Menge von schaulustigen Touristen, einem überdimensionalen tomatenroten Dreirad und dem Gefühl, dass Lasse der Tod von Kiki de Winter so gar nicht mitnimmt, hat sie bislang nichts entdecken können, was möglicherweise weiterhelfen würde, um Licht in den Fall zu bringen. Naja, muss sie sich eingestehen, sie steht ja auch erst am Anfang der Ermittlungen. Lenns Worte eben am Telefon fallen ihr wieder ein. *Inzwischen lässt du den Fundort weiträumig absperren, machst die ersten Zeugen fest.* Der hatte gut reden. Wer ist denn von denen da wohl Zeuge? Einen Moment tritt Nanni Peters von einem Fuß auf den anderen. Wenn doch nur bald ein Rechtsmediziner hier aufschlagen würde – das würde ihre Nerven wenigstens etwas beruhigen. Da hält ihr jemand einen Becher mit Kaffee unter die Nase.

»Möchten Sie?«

Nanni sieht auf – in Augen, welche die Farbe vom Meer hier haben, wenn es gerade geregnet hat, dunkelgrau – eine Farbmischung aus Schlamm und Wasser. Sie greift mechanisch zu.

»Oh«, entfährt es ihr dabei. »Danke. Danke Ihnen.«

Der Mann, zu dem die schönen Augen gehören, stellt sich als Inselpastor vor.

»Stephan Kramer. Ich war kurz auf dem Golfplatz, als ich die Feuerwehr hörte. Wenn es irgendwie machbar ist, geh' ich da morgens ein paar Runden. Unterwegs wiesen mich dann einige Leute hierher. Bei so was sind Seelsorger stets willkommen.«

Nanni nimmt einen großen Schluck. Er ist nur noch lauwarm – mit Milch und gesüßt. Sie muss sich mit Mühe eine Grimasse verkneifen, doch dem Pastor entgeht nichts.

»Ist mein Frühstückskaffee aus der Thermoskanne, tut mir leid. Ich mag ihn gern so.«

Nanni winkt ab. Er meint es ja lieb. Milde betrachtet sie den Mann. Auf Ende dreißig schätzt sie ihn, und nicht erst seit ein paar Tagen hier, so braun wie der im Gesicht ist. Die hellen Haare wirken zudem von der Sonne ausgeblichen. Wahrscheinlich sind sie in der kalten Jahreszeit dunkelbraun.

Eher Typ Surfer als Pastor, denkt Nanni. Und Golfer also ... Paps kennt den bestimmt, der spielt doch auch jede freie Minute, die er hier sein kann.

»Sie leiten die Ermittlungen, so hörte ich eben von Lasse?«, fragt Kramer in ihre Überlegungen hinein und betrachtet dabei ihre ultrakurzen Shorts, danach ihre langen Beine.

»Ja. Entschuldigung. Ich bin Anna-Marie Peters. Polizeiinspektion Aurich-Wittmund.«

Ungelenk hält sie ihm die freie Hand hin. Er mustert sie weiterhin gründlich, dann hebt er an:

»Ganz schlimme Sache hier.«

Der Pastor zeigt auf Kiki de Winter.

»Und da trifft es Sie jetzt, Sie bedauernswertes Geschöpf? Eigentlich machen Sie Urlaub hier, oder?«

Nanni bejaht, erklärt ihm kurz die Situation und endet schließlich mit dem Satz:

»Nächste Woche soll die Trauung stattfinden. Mein Onkel wird uns vermählen.« Vermählen, ein schönes Wort, so altmodisch, und irgendwie total aufregend, findet Nanni.

»Ihr Onkel?«

»Superintendent Friedemann Peters, ja.«

Kramer weicht ehrfürchtig einen Schritt zurück. Sie kennt diese Reaktion. Onkel Friedel ist hier auf der Insel, genau wie Paps, eine bekannte Persönlichkeit, schließlich sind sie beide hier geboren und aufgewachsen. Doch seine und Paps Maman, wie sie Großmama Cari stets nannten, liegt nun auf dem Dünenfriedhof bei all den anderen adligen Damen und Herren, die es in den Kriegswirren hierher verschlagen hat, denkt Nanni einen Augenblick wehmütig. Aber der melancholische Gedanke an Großmama muss jetzt weichen. Nanni hat zu tun.

»In Ihren Adern fließt also das adlige Blut der von Sternenburgs? Irgendwie hab ich mir eine junge Adlige, genauer gesagt, die Enkelin der Baronin Cari anders vorgestellt.«

Nanni grinst ein wenig verlegen.

»Wie denn?«

»Irgendwie sachlicher. Weniger aufregend.«

Wieder gleitet sein Blick über ihre langen Beine. Und so was ist Pastor, denkt Nanni, ich muss mich dringend umziehen, sonst frisst der mich mit seinen Blicken bald auf .

Ruhig antwortet sie:

»Bei mir kommt eben die andere Seite stärker durch, der Anteil der Familie meines Vaters. Die Peters sitzen seit Generationen auf der Insel. Man sagt, sie seien Nachkömmlinge von einer Handvoll Seeräubern, die es hier nach irgendeiner der großen Fluten hingespült hat, und die dann sesshaft wurden. Eine meiner Vorfahren hieß Leokardia. Löwenherz. Toll, oder?«

»Sehr romantische Vorstellung. Ich habe also sozusagen eine adlige Piratenbraut vor mir?«

Er lächelt freundlich. Nanni lächelt ebenfalls, wissend, dass das Blut der von Sternenburgs nicht in ihr fließt, aber das der Grafen von Ungersch-Wildensteins. Doch das behält Nanni Peters für sich. Immer noch findet sie die Vorstellung allzu wildromantisch (auch wenn sie historisch betrachtet tieftragisch ist), wie Cari, eine junge baltische Flüchtlingsfrau aus dem Osten auf den damals attraktivsten Kerl der gesamten Insel traf und diesen nach nur vier Monaten heiratete. Shocking! Auf beiden Seiten! Die neunzehnjährige Krankenschwester Cari von Sternenburg war damals nämlich erstens Tochter einer Familie aus feinstem, deutsch-lettländischem Adel, hatte zweitens kurz zuvor erst ihren Ehemann Baron von Sternenburg an der Front verloren (die Ehe dauerte kein Jahr) und war deshalb in Trauer, und drittens war Großpapa Lian Peters (der Caris großem Schwarm, dem UFA-Star Hans Albers, wie ein Ei dem anderen glich) damals wohl ein ganz übler Hallodri. Er galt selbstverständlich weder als standesgemäß, noch war er auch nur den Hauch von wohlerzogen oder etwa vermögend, und besonders gebildet schon gar nicht. Ein Fischersohn war er, nicht mehr. Aber er schenkte Cari alles, was sie, wie viele andere auch, durch den Verlust der Eltern und des Zuhauses lange Zeit hatte entbehren müssen, nämlich Liebe, Verständnis, Güte, Zuwendung, Geborgenheit und Nahrung. Sie heirateten ohne den Segen jedweder Eltern. Ihre waren auf der Flucht vor den Russen gestorben, Lians waren ebenfalls bereits tot. Streng genommen hieß Cari nun also schlicht und einfach Frau Peters, doch sie schaffte es mit ihrer feinen Art, zeitlebens als die Frau Baronin durchs Leben zu gehen, irgendwann nannte man sie einfach auch so: Frau Cari Baronin Peters von Sternenburg. Auch der einfache Fischersohn Peters kam auf diese Weise zu einem unverdienten Adelstitel. Die Insulaner unterschieden nicht mehr, woher der Titel ursprünglich stammte. Cari und Großpapa Lian bekamen drei Kinder und dank der freundlich gesinnten kanadischen Besatzer wurde aus der Kutterfischerei Peters bald ein lukratives Unternehmen mit Sitz am Hafen. Dem trug die Entwicklung der Insel in der Nachkriegszeit hin zu einer Erholungsstätte bei, ebenso wie Großpapas immenses Wissen über die See und ihre essbaren Bewohner, zudem Caris innovatives Näschen, beider natürlicher Geschäftssinn und etwas Geld, das Cari über den Krieg hinaus hatte retten können. Die Eheleute führten eine turbulente Ehe, lachten viel, waren stets respektvoll und sehr zärtlich im Umgang miteinander und galten (obwohl sie den Tod ihrer einzigen Tochter, die mit siebzehn Jahren bei einem Segelunfall umkam, verkraften mussten) allem Standesdünkel zum Trotz als das glücklichste und vornehmste Paar auf der gesamten Insel. Großpapa Lian war nur ein Fischer, doch Großmama meinte stets, Vornehmheit wachse im Herzen, nicht im Geldbeutel. Sie blieben zusammen, bis Großpapa kurz nach Nannis Abitur an Krebs starb. Diese Ehe hat Nanni vor Augen, wenn sie an ihre eigene Hochzeit denkt. Sie ist wild entschlossen, mit Hendrik genauso glücklich zu werden.

»Frau Peters?«

»Ja? Ach, ja, tut mir leid.«

Nanni räuspert sich verlegen, weil sie mit ihren Gedanken ganz woanders ist.

»So kann man das wohl sehen … adlige Piratenbraut …das klingt gut«, gibt sie dem Pastor bereitwillig Auskunft, »tja, da ist nur ein Teil meines Blutes blau. Der baltische Teil von Großmama Cari eben. Na ja, zugegeben, auch meine Mutter ist adeliger Herkunft, aber nur einfacher Etagenadel – ohne Titel. Nichts Besonderes. Kannten Sie übrigens meine Großmutter?«

»Ich hatte mehrmals das Vergnügen, ja. Zudem hielt ich den Trauergottesdienst ab. Sie war eine tolle Frau. Kämpferisch und stark. Genau wie unsere Kiki, die hier nun tot im Wald liegt.«

Nanni kann sich nicht an sein Gesicht erinnern im Zusammenhang mit Caris Beerdigung. Aber da war sie ja auch die ganze Zeit am Heulen gewesen – um Großmama, ihre vergangene Kindheit, um die Geschichten, die Cari so gern erzählte, die unschlagbar leckeren Blaubeerpfannkuchen und den Zimtkakao, den es stets dazu gab.

»Wer macht so was nur?«

Betroffen blickt der Pastor von Nanni zu Kiki de Winter und wieder zurück. Dann senkt er seine Lippen ganz nah an Nannis rechtes Ohr und flüstert:

»Bestimmt hat Johann sie auf dem Gewissen. Der hat nämlich ein Verhältnis mit einer anderen, müssen Sie wissen, einer vom Festland. Das sag` ich Ihnen jetzt mal im Vertrauen. Der Johann, also Kikis Mann, und ich sind ja eigentlich Freunde. Aber die Sache mit dem Mädchen am Festland finde ich ziemlich übel. Die ist gerade mal zwanzig. Und der Johann seitdem völlig außer Rand und Band. Und ich denke, so klang das jedenfalls aus seinen spärlichen Berichten, dass die Kiki da gehörig etwas dagegen hatte. Kann man ja irgendwie verstehen.«

»Sie wusste davon?«

Nanni sieht Stephan Kramer fragend an. Toller Freund, denkt sie dabei, bei der ersten Gelegenheit verpfeift der seinen Kumpel. Der Pastor nickt.

»Sie hat es die Tage auch meiner Frau erzählt und die wiederum hat mit mir geredet und bat mich, Kiki ein wenig ... naja. Sie wissen schon, seelsorgerisch zu coachen, wie das heutzutage so schön heißt.«

»Und, haben Sie das gemacht?«

Kramer errötet und schweigt.

»Pastor Kramer?«, hakt Nanni nach, »haben Sie Kiki de Winter helfen können?«

»Ja ... nein ... ich weiß es nicht«, stammelt der Pastor und wird noch röter, sodass er Nanni fast schon ein wenig leid tut. Dennoch bleibt sie forsch, der Knabe scheint nämlich eine recht umtriebige Libido zu haben, so, wie er immerzu auf ihre Beine starrt.

»Was denn nun?«

»Ich ... ich war da in einer ganz schönen Zwickmühle ... und habe ja schließlich auch meine Schweigepflicht«, hebt er an, verschließt dann den Mund erneut und wendet sich ab. Nanni vermutet, dass der Pastor mit den Tränen kämpft. Unauffällig lässt sie ihren Blick an ihm hinabgleiten. Er trägt ein dunkelblaues Polohemd, sein schmales, wohl geformtes Hinterteil steckt in ausgewaschenen Jeans, die geradezu hübschen und gepflegten Füße in beigefarbenen Flipflops. Bestimmt hatte der andere Schuhe beim Golfen an, denkt Nanni, ansonsten wirkt alles an ihm ganz in Ordnung, sieht man von einem Tattoo mal ab, das seinen linken Unterarm ziert.

Nanni versucht herauszufinden, was es bedeuten könnte.

Ein Kreuz, überlegt sie, vielleicht auch ein Buchstabe. Jedenfalls bemerkt sie auch, dass er keinen Ehering trägt. War er selbst umgekehrt Kiki de Winters Liebhaber?, sinniert sie kurz.

Nanni neigt grundsätzlich erst mal zu Annahmen, ohne diese näher belegen zu können. Die Liebhabertheorie ist eine davon. Es werden weitere folgen, stellt sie nüchtern fest, derweil der Pastor sich laut und gründlich die Nase schnäuzt und dann wieder für Fragen bereit zu sein scheint. Zumindest wendet er sich ihr nun wieder zu.

»Entschuldigung, sie war eine alte Schulfreundin von mir und Birke, meiner Frau«, nuschelt er und schnäuzt sich erneut, diesmal etwas weniger geräuschvoll, »ich wollte ganz cool bleiben, aber es gelingt mir nicht.«

»Schon gut. Birke, ein ungewöhnlicher Name.«

»Ja, passt auch zu ihr. Sie ist wirklich wie ein Baum. Sehr bodenständig.«

Ja, das muss sie auch mit dir als Mann, überlegt Nanni und lässt ihn dabei weiterreden.

»Es wird sie ... erschüttern ... ich darf gar nicht dran denken, wie ich es ihr sagen soll. Und den Kindern erst. Unsere Große, Lea, ist mit dem kleineren der de Winter-Jungen eng befreundet.«

Nanni denkt nach. Stephan Kramer hat ihre Frage nach der seelsorgerischen Unterstützung der Frau nicht hinreichend beantwortet und würde es auch bei einem weiteren Nachfragen nicht tun. Sie muss sich etwas anderes überlegen.

Kühl fragt Nanni:

»Schulfreundin, sagten Sie eben?«

Sie zieht dabei eine Augenbraue nach oben, ihr Markenzeichen. Da fährt jeder noch so querulante Typ innerlich die Felgen ein. War Kiki noch aktuell oder bereits eine abgelegte Geliebte von ihm und er will es vertuschen? Wundern würde Nanni das wirklich nicht. *Annahme Nummer zwei*, notiert sich Nanni gedanklich.

»Ja, wir waren alle drei damals auf dem Internat hier. Kikis Vater war der Schuldirektor. Doktor Cassens.«

Nanni erinnert sich. Der Name fiel schon mal in ihrer Kindheit. Großmama vor allem nannte ihn häufiger im Zusammenhang mit Worten wie *so wundernett bescheiden. Wundernett* war Caris absolutes Lieblingswort, erinnert sich Nanni, genau wie herrlich und entzückend. Cari, hochgewachsen, mit weizenblondem, stets streng aufgestecktem Haar bis zum letzten Atemzug, wachen, dunklen Augen und dem obligaten schmalen Perlenkettchen um den gestärkten

Blusenkragen, war eben nicht nur optisch die Vornehmheit in Person. Jedermann in der Familie meint, Nanni komme ganz nach ihr, so hörte sie schon im Kindergarten die Verwandtschaft unken, und habe zudem deren praktischen Sinn geerbt, genau wie das patente Wesen. Cari selbst sah in Nanni ihre früh verstorbene Tochter wieder, Paps sieht in ihr vor allem die Reinkarnation seiner eigenen Maman, was Mama wiederum nur bedingt akzeptieren will, war Cari, so weiß Nanni von vielen Strandspaziergängen, beileibe keine einfache Schwiegermutter. Stine, die übrigens vor ihrer Heirat den klangvollen Nachnamen Edle von Tannersried getragen hat, will es bei Hendrik jedenfalls besser machen, das hat sie ihrer Jüngsten beim traditionellen Silvesterspaziergang jedenfalls versichert.

»Kiki ist nie von der Insel weggegangen«, fährt Kramer fort zu erzählen, »sie blieb hier, hat früh, also gleich nach der Schule, den Johann geheiratet. Der ist über zehn Jahre älter als sie. Bestimmt war sie schon in Umständen.«

Er macht eine bedeutungsvolle Handbewegung über seinen flachen Bauch.

»Birke und ich hingegen gingen zum Studium ans Festland. Wir sind seit gut einem Jahr erst wieder hier.«

»Verstehe«, gibt Nanni zurück und spürt neben einer leichten Abneigung gegen den Pastor erneut Hungergefühle aufsteigen, schließlich haben sie und Hendrik morgens ja nicht gefrühstückt. Sie sieht auf zu den Tabletts mit den Brötchen, aber die sind alle schon aufgegessen. Es müssen wohl alle heute Morgen ohne Frühstück das Haus verlassen haben, knurrt sie stumm, bevor sie sich wieder an Stephan Kramer wendet.

»Sonst noch etwas Wichtiges, was mir vielleicht weiterhelfen könnte, Herr Pastor?«

Stephan Kramer verneint, dann sagt er doch noch:

»Sie hinterlässt zwei Söhne. Die Armen. Der Große, Jasper, wurde in diesem Jahr konfirmiert. Ein guter Junge.«

Nanni kann nun ihr Grummeln im Magen nicht mehr ignorieren. Sie entlässt Kramer mit einem kurzen:

»Halten Sie sich bitte für weitere Fragen bereit«, und geht dann zu Lasse, dem Polizisten.

»Lasse, hast du dir überlegt, wo unsere Zentrale sein soll? Am besten irgendwo, wo es was zu futtern gibt. Und das möglichst schnell.«

Lasse Johannsen lüpft die schwarze Uniformmütze und kratzt sich darunter den rot gelockten Haarschopf.

»Tja, am besten in einem Hotel«, schlägt er mit unsicherer Stimme vor, »mitten im Ort.«

»Klar, wo wir zur Not auch übernachten können, Tagungsräume zur Verfügung stehen und Essen satt vorhanden ist. Das wird sicherlich einige Tage hier dauern.«

Nanni macht eine ausladende Bewegung in Richtung der Toten.

»Das neu gebaute *Hotel de Winter* wäre geeignet«, gibt Lasse eilig zurück, »da gäbe es alles. Und da ist wirklich alles das Neueste vom Neuesten. Das steht direkt auf der Ecke Hauptstraße-Barkhausenstraße, linkerhand, da wo früher dieser uralte Krimskramsladen stand.«

Bekümmert wiegt er den Kopf.

»Alles weg. All' die schönen Sachen, die ich als Kind dort kaufen konnte, Drachen, Tischtennisschläger ... Kein Laden hatte je so ein Sortiment. Von Hausschlappen, Schwimmflügeln, Haarwasser und Kaugummis bis hin zu Matchboxautos, Playmobil und Kugelschreibern gab es da alles. Alles!«

Er betont beim letzten Wort jeden einzelnen Buchstaben. Dann berichtet er, dass er kein geborener Insulaner ist, sondern erst mit acht Jahren hierherkam, weil seine Eltern ein Restaurant auf der Insel übernahmen, und dann lässt er sich nochmals über den ehemaligen Laden aus.

»Und jetzt residiert dort der Gourmet-Johann mit dem Hotel und seinem Edelschuppen von Restaurant. Das *Meeresleuchten*.«

Nanni nickt. Ihr Vater hatte ihr davon erzählt. Einen Michelin-Stern hat das Haus seit Neuestem, zwölf seit einiger Zeit bereits im Gault Millau.

»Da bekommt man kein Hauptgericht unter zwanzig Euro und das Bier kostet mindestens doppelt so viel wie gegenüber in der Kneipe.«

»Sehr witzig, viel zu teuer«, kontert Nanni trocken, aber dann denkt sie, der Standort wäre vielleicht doch nicht so dumm. Dann hat sie die Familie der Toten gleich im Visier. Neugierig gibt sie zurück:

»Wohnt die Familie da auch?«

Lasse überlegt.

»In einem anderen Trakt, ja, der aber den Eingang hinten gelegen hat, am Branddünenweg. Man läuft sich also praktisch kaum übern Weg.«

»Mal sehen.«

Irgendwie erscheint Nanni der Gedanke doch etwas pietätlos und sie entscheidet sich dagegen. Als will sie die Antwort im Wald finden, sucht sie die Büsche mit ihren Augen ab. Das rote Dreirad ist verschwunden.

»Gibt es noch andere Möglichkeiten?«, fragt sie geistesabwesend, weil sie sich nun überlegt, weshalb das Rad weg sein könnte, als es plötzlich um sie herum ganz ruhig wird. Zu ruhig. Die Stimmen der Umstehenden sind verstummt. Sie alle blicken auf einen korpulenten Mittvierziger, der von einem apfelgrünen Beachbiker steigt und durchs Geäst genau auf Nanni zurennt.

»Stimmt es, was man im Dorf redet? Meine ... meine Kiki liegt da hinten? Sagt es mir. Los!«, schreit er in die Runde. Seine Stimme ist rau, wie mit der Drahtbürste bearbeitet.

Nanni geht eilig auf den Mann zu, der also Johann de Winter, der Gourmet- Johann, sein muss.

»Warten Sie. Sie müssen sich das nicht ansehen.«

»Will ich aber, aus dem Weg.«

Noch bevor Nanni ihn am Ärmel seines piekfeinen beigegrauen Sommerjacketts mit Fischgrätmuster zu fassen bekommt, ist Lasse zur Stelle.

»Johann, tu dir das nicht an.«

»Ich will sie sehen, verdammt noch mal! Ich will sehen, was meiner Kiki angetan wurde!«

Dafür, dass er angeblich ein Liebchen am Festland hat, wirkt er allzu betroffen, denkt Nanni und gibt Lasse ein Zeichen, ihn durchzulassen. Komische Leute sind das hier. Der Witwer von Kiki de Winter ist ein Bulle von Mann. Bestimmt eins neunzig groß, massig wie ein Elefant und ganz offensichtlich dem Hedonismus nicht abgeneigt, was sein üppiger Bauch vermuten lässt. Am Trassierband bleibt er stehen und

Nanni sieht, wie seine Schultern zu zucken beginnen. Ein wenig sehr theatralisch, entscheidet sie für sich und denkt wieder an ihr Frühstück. Doch dann sieht sie von Weitem den Polizistenjungen Matti den Weg entlang gehen, im Schlepptau einen Fremden, sowie fünf Kollegen von der SPUSI, die ein jeder in der Hand schwere Koffer tragen.

»Gott sei Dank«, murmelt Nanni erleichtert, bevor sie wieder zu Johann de Winter sieht, »das funktioniert ja wenigstens wie geflutscht.«

Der Fremde kommt mit weit ausgestreckter Hand auf Nanni zu.

»Moin. Dr. Tütjen, Inselarzt. Zu Diensten.«

»Ach, Tammo, du! Die Insel-Buschtrommeln arbeiten hier wirklich hervorragend«, ruft Lasse ihm entgegen.

»Geht alles flott vonstatten, ja.«

»Ich merke schon«, gibt Nanni höflich zurück und erwidert seinen überaus kräftigen Händedruck. »Das geht hier wirklich alles ganz schön schnell.«

Als er ihre rechte Hand loslässt, hat Nanni das Gefühl, er habe ihr sämtliche Mittelhandknochen gebrochen.

»Wir sind hier eben ein verschworene Gemeinschaft. Wo ist das Opfer? Ich kann die rechtsmedizinische Untersuchung vornehmen. Hab den Facharzt für Rechtsmedizin noch vor dem Allgemeinmediziner gemacht.«

Er zieht seine türkisfarbene Ray-Ban-Sonnenbrille vom Gesicht. Nanni sieht in ein Paar pistaziengrüne Augen.

»Ach ja?«

Sie blinzelt den Inseldoktor verwirrt an. So eine Augenfarbe hat sie in natura noch nie gesehen. Trägt der Kontaktlinsen? Anfang vierzig schätzt sie ihn, Typ Günther Jauch, nur kleiner und irgendwie noch weniger athletisch. Die Kleidung will dazu auch nicht recht passen, findet Nanni, hellgrauer Einreiher und das bei dem Wetter, dazu ein weißes Hemd und passend zur Brille eine türkisblau geblümten Fliege, sowie schwarze Slipper an den nackten Füßen. Schwul, entscheidet sie, oder jedenfalls ein Geck. In der linken Hand hält er einen ledernen, recht abgewetzten Arztkoffer, genauso einen wie Paps zu Hause stehen hat. Sie überlässt ihm mit einem Kopfnicken die Tote. Er hat eben vom Opfer gesprochen. Woher weiß er, dass Kiki ein Opfer ist? Und von wem?

Sie begrüßt im Anschluss die Kollegen. De Winter ist derweil, so bemerkt Nanni, flankiert von Lasse auf seine Knie gesunken und wimmert leise vor sich hin, selbst als die Leute der Spurensicherung bereits in ihre weißen Schutzanzüge schlüpfen, um mit der Arbeit anzufangen – beginnend mit Fotos aufzunehmen, sowie den Tatort mit der Scene-Cam festzuhalten. Eine Sekunde lang denkt Nanni an de Winters sandfarbene Stoffhose und wie sich an den Knien der Waldboden dazu verhält. Die schöne Hose! Nanni will ihn vom Tatort weghaben. Doch sie hat Mühe, den Hotelier vom Geschehen fortzulotsen.

»Kommen Sie, Herr de Winter, hier gibt es für uns derzeit nichts mehr zu tun. Wir reden später über alles. Ich brauche ja Ihre ganz genaue Aussage, Fingerabdrücke und ... Sie wissen schon«, versucht sie ihn zu beruhigen und tätschelt ihm dabei die massigen Schultern.

»Helfen ... ich ... will ...«, wimmert er und ein Zucken geht durch seinen massigen Körper.

»Aber ja«, versucht Nanni ihn zu beruhigen, »Sie müssen uns sogar helfen, aber nicht hier.«

Er riecht nach teuren Zigarren, stellt sie fest.

»Hotel ... genügend Tagungsräume ... dort ... können Sie Ihre ... Zelte aufschlagen.«

Nanni hat Mühe ihn zu verstehen, aber offensichtlich bietet er doch tatsächlich sein Hotel als Zentrale für die Ermittlungen an – und das mitten in der Saison. Sehr nobel, denkt sie, wirklich sehr nobel. Nanni und Lasse sehen sich an. Dann sagt Nanni, die ihre Entscheidung von vorhin kurzerhand ändert:

»Herr de Winter, das wäre ein idealer Standort für uns. Ich danke Ihnen.«

Pastor Kramer steht plötzlich wieder neben ihr.

»Die Jungs sind nicht da. Sie machen Sprachferien in England. Sie kommen erst wieder Ende des Monats zurück.«

Nanni nickt.

»Ist vielleicht erst mal besser so.«

Dann beginnt Kramer damit, Lasse dabei zu helfen, die Schaulustigen vom Ort des Geschehens wegzutreiben. Das Paar, das Nanni sein iPhone ausgeliehen hat, kommt seiner

Aufforderung nur murrend nach, doch schließlich sind auch diese Leute verschwunden.

»Gute Arbeit, Herr Pastor«, zollt Nanni ihm leise in sich hineinmurmelnd Respekt, »auch wenn du dich hier allzu sehr hervortust. Was willst du damit bezwecken?«

Erste Infos

Nanni sehnt sich nach Hendrik, nach einer anderen, etwas längeren Hose und einer Abkühlung in den Nordseefluten. Jetzt eine Runde im Meer schwimmen! Es sind bestimmt längst über dreißig Grad, vermutet sie, doch anstatt weiter über das kühle Nass zu fantasieren, das gerade in schier unerreichbare Ferne entrückt, hört sie stattdessen Dr. Tütjen zu, der, über Kiki de Winter gebeugt, erste Anhaltspunkte zu ihrem Tod liefert.

»Tod durch Ersticken, schätze ich, schauen Sie sich den Hals an, deutlich ausgeprägte Spuren von Gewalteinwirkung. Todeszeitpunkt später Abend, vielleicht auch kurz nach Mitternacht, dafür sprechen … naja, das wissen Sie ja. Und hier am Handgelenk, kleinere Infiltrate. Spuren von einem Kampf, nehme ich an. Sieht aber insgesamt nicht nach einem Sexualdelikt aus, die Tote, soweit sichtbar, ist vollständig bekleidet. Nach Raub auch nicht.«

Dr. Tütjen kratzt sich am Hinterkopf.

»Sonst wär' die Rolex sicherlich nicht mehr am Handgelenk und der restliche Schmuck wäre ebenfalls weg.«

Nanni zählt die Schmuckstücke der Toten durch. Neben dem Piercing, das sicherlich aus echtem Gold ist, trägt sie einen ziemlich dicken Smaragdring, einen Ehering mit mehreren Brillanten, einen Tricolorring, sicherlich von Cartier, schätzt Nanni, eine Perlenkette und riesige, tropfenförmige Perlenohrringe, wovon einer fehlt. *Die Größe ist des Großen Schmuck. Nur Kleines putzt sich gern,* hört Nanni Großmama Cari jetzt die Nase rümpfend Grillparzer zitieren und *wie unfein* zischeln. Kiki de Winter schien ohne Frage ihren wertvollen Schmuckbestand allzu deutlich zur Schau zu stellen. Und arm war sie ganz offensichtlich nicht. Nanni beschließt, dass der Inselarzt ohne ihre Anwesenheit weitermachen kann und gibt entsprechend Order. Sie braucht einen Ortswechsel und einen kurzen Spaziergang, am besten an der Seite von Eske Gerdes-Janssen zurück ins Dorf. Mal sehen, was die Inseltratsche zu berichten hat.

»Lasse«, ruft die Kommissarin daher dem jungen Inselpolizisten zu, »veranlass bitte alles Weitere. Wir treffen uns später wieder im Hotel. Und versuch', deinen Kollegen, diesen Otten, zu aktivieren. Wir brauchen jetzt jeden.«

Lasse Johannssen nickt ihr zu, indes Nanni Kurs auf Eske nimmt. Die Frau willigt freudig in den Spaziergang ein. Endlich ist ihr immenses Wissen mal zu was nütze, sagt sie zu Nanni und hakt sich, kaum auf der Störtebekerstraße angekommen, bereits freundschaftlich bei ihr unter. Nanni ist das unangenehm, nicht nur, weil ein recht intensiver Fischgeruch die Dame umweht, sondern auch, weil sie diese allzu vertraute Geste stets aufhorchen lässt und ihr die Warnung *Achtung* ins Hirn hämmert. So viel Erfahrung hat sie schließlich schon. Nur wenn die Lady so viel Vertraulichkeit benötigt um zu reden, dann muss das jetzt eben so sein, weist sich Nanni stumm zurecht und versucht dabei, nicht allzu tief einzuatmen und die distanzlose Art zu respektieren.

»Sie können mich alles fragen, Schätzchen, ich weiß alles.«

Nanni weiß gar nicht so recht, was sie fragen soll. Aber es ist auch gar nicht nötig, denn Eske beginnt von ganz allein zu reden und dabei glühen ihre Pausbäckchen wie die winzigen Äpfel am alljährlichen Peterschen Weihnachtsbaum. Überhaupt scheint alles an Eske zu glühen, nicht nur die Wangen. Sie strahlt Hitze aus wie ein Kohlenofen. Nanni hat ihre Mühe damit. Zudem klebt der Stoff von Eskes Schürze, sie ist wohl offensichtlich direkt vom Herd in den Feuerwehrwagen gesprungen, beim Gehen ständig an Nannis Beinen und der Schweiß ihrer Arme verbindet sich mit Nannis Haut, was ihr ebenfalls sehr unangenehm ist. Doch niemals würde Nanni dazu eine Bemerkung fallen lassen. Caris und Stines Erziehung diesbezüglich war vorbildlich.

»Also, wenn Sie mich fragen, Schätzchen, wie heißen Sie überhaupt? Naja, egal, auf alle Fälle ist hier außer der Familie wirklich niemand besonders traurig darüber, dass Kiki ... ach,

Sie wissen schon. Sie hat ja gern immer wieder ihr vieles Geld zur Schau gestellt ... richtig protzig war die ...«

Nanni denkt an den Schmuck und Eskes Kopf wackelt zur Bestätigung ihrer eigenen Worten heftig auf und nieder.

» ...und hat zudem alles boykottiert, was es zu boykottieren gibt. Sie war streitsüchtig und unbequem und dickköpfig ohne Ende. Und sie fetzte sich ständig mit Johanns Exfrau wegen des Unterhalts. Das Theater, das sie machte, du liebe Güte, als ob die nicht genug Schotter gehabt hätte! Und seine Ex hungert sich die Euros von den Knochen. Die Kiki hatte viele Feinde, das können Sie mir glauben, Schätzchen. Gretje hat damals die Brötchen auf den Tisch gestellt – da war der Kleine schon da – damit der Johann auf die Hotelfachschule gehen konnte, und nicht die Kiki, die spielte da ja beinah noch im Sandkasten. Die Gretje hätte demnach allen Grund gehabt, Kiki ... na ja, egal. Denk nur allein auch an all die vielen Leute, die endlich auf das Signal aus dem Rathaus warten, dass es mit der Verlegung des Turmes losgehen kann, damit dieser ... ach, wie heißt er noch gleich, na ja, jedenfalls dieser Investor oder wie das heißt, bauen kann. Da soll nämlich was ganz Großes entstehen und damit gibt es viele Arbeitsplätze, verstehen Sie? Wir müssen dranbleiben. Aber nein, Madame wollte lieber ihre komische Schule bauen.«

Der selbstgefällige Ton ins Eskes Stimme lässt Nanni aufhorchen. Bestimmt hat die Imbisstante Aktien in diesem Bauprogramm, überlegt Nanni und möglichst beiläufig fragt sie dann:

»Was hat es denn mit diesem Investor auf sich?«

»Ja! Das ist wirklich ne ganz große, tolle Sache.«

Eske Gerdes-Janssen macht sich von Nannis Arm los, damit sie ihre Worte mit großer Geste unterstreichen kann. Dabei verströmt sie einen noch intensiveren Fischgeruch, der Nanni wieder daran erinnert, dass sie Mordshunger hat.

»Da soll ein Riesen-Komplex samt Wellness-Hotel hin, kein Wunder, dass Kiki das nicht wollte, hat doch der Johann sein eigenes Haus gerade erst vor ein paar Jahren mit allem Schnick und Schnack und Pomp im Ort neu eröffnet. Angefangen hat der mal ganz klein. Mitten im Dorf. Aber jetzt ... Das neue Dings wär ja ne gewaltige Konkurrenz, oder? So nah an dem de Winter-Hotel.«

Eske schüttelt energisch den Kopf. Ihr rostbraun getöntes (der Haaransatz ist mausgrau) und eindeutig etwas zu heftig dauergewelltes Haar gerät dabei in Bewegung.

»Man muss sich das ja nur mal vorstellen, was es dann für ein Gerangel gibt. Der Johann ist jetzt der Platzhirsch und dann kommt da so ein Festländer daher und will was vom Kuchen abhaben und ihn mit den Insulanern teilen, in dem er ihnen bevorzugte Kond … Konditionen zum Kauf von Appartements und vor allem Arbeitsplätze anbietet. Nee, so was läuft dank Kiki hier jetzt vielleicht doch nicht. Das ist kaum zu fassen, Schätzchen, oder, was meinen Sie denn dazu?«

Nanni meint erst mal gar nichts und antwortet:

»Dieser Festländer ist also bei den Insulanern recht willkommen?«

»Total. Es heißt, er wird dem Bauspekulantentum endlich ein Ende machen, und den Insulanern zurückgeben, was ihnen gehört, und das zu fairen Preisen. Ich hab auch schon vorsichtshalber ein nettes Sümmchen zur Seite gelegt.«

Eske klopft sich auf die Tasche ihrer rot karierten Schürze.

»Für ein kleines Appartement wird's wohl reichen. Und das vermiet' ich dann schön teuer an Gäste. Und dann ist Schluss mit Fische braten. Das hab ich doch immer nur meinem Männe zuliebe gemacht. Seit dem Sommer 1983, stellen Sie sich das nur vor, Schätzchen, da war ich gerade mal neunzehn, aber mein Männe ist ja jetzt weg – und tschüss.«

Sie zuckt beleidigt, wie es Nanni scheint, mit den Achseln.

»Aber die Blagen, die hat er mir da gelassen. Drei Stück im Alter von elf bis sechzehn. Toll, was? Und seine alte Mutter ebenfalls, die darf ich jetzt pflegen. Aber wenigstens das Geschäft hat er noch vor seinem Abflug auf meinen Namen überschrieben.«

Nanni rechnet im Kopf nach, wie alt Eske jetzt sein muss, dann sagt sie:

»Weshalb ist er denn weg?«

Eske Gerdes-Janssen schweigt beharrlich und Nanni vermutet dahinter irgendwelche krummen Sachen oder eine andere Frau. Sie sind am Bahnhof angekommen.

Nanni dankt der Frau vom *Fischkopp* und verabschiedet sich. Sie will jetzt in den Melkerpad marschieren und sich erst mal eine Minute Erholung gönnen, etwas essen, einen Kaffee trinken und – Hendrik milder stimmen. Zudem muss sie bei der Goldschmiedin anrufen und fragen, ob sie einen anderen Termin bekommen kann für das Trauringseminar. Nicht heute. Vielleicht zu Beginn der nächsten Woche. Das erscheint ihr sinnvoller. Es dauert ja nur einen oder zwei Tage. Gelbgolden sollen die Ringe werden, so haben sie und Hendrik entschieden, und breit und matt, und ihrer soll einen Stein bekommen, einen ganz bestimmten, den sie im Kaltbrunnertal, Hendriks Heimat, mal beim Wandern gefunden haben. Einen so genannten Witticher Karneol. Der leuchtend rote Stein, dem eine fruchtbarkeitsfördernde Wirkung nachgesagt wird, ruht jedoch noch in einem mit blauem Samt ausgeschlagenen Kästchen auf Nannis Nachttisch und wartet dort auf seine Bestimmung. Nicht dass sie in Sorge wäre wegen ihrer Fortpflanzungsfähigkeit! Nein, ganz und gar nicht! Sowohl der lettländische Zweig der Familie, als auch die Peters, Mamas adelige Verwandtschaft und die Schwarzwälder Sippe der Schwanheussers, sie allesamt sind recht beflissen und problemlos dem Gebot des alten Testaments, seid fruchtbar und mehret euch, nachgekommen. Auch Nanni und Hendrik sind sich darin einig – ganz im Gegensatz zur Hochzeitstorte – dass die Familie groß und die künftige Kinderschar zahlreich werden möge. Vier bis fünf Kinder sind angedacht, am liebsten erst Söhne und als Nesthäkchen eine Tochter, resümiert Nanni und lächelt dabei freudig in sich hinein. Kiki de Winters tragischer Tod hin oder her, die Vorfreude auf ihre Zukunft und besonders die allernächste Zukunft, nämlich die Hochzeitsnacht, kann dieser ihr nicht nehmen! Nanni ist ja so gespannt!

Ihr Hendrik ist natürlich keine Jungfrau mehr mit den neunundzwanzig Jahren und vier Monaten, die er auf dem Buckel hat, und das ist gut so. Einer muss sich doch bei der Sache auskennen! Rein theoretisch weiß sie ja auch, wie es geht, aber eben nur theoretisch, und noch immer bewundert Nanni deshalb Hendriks stoische Gelassenheit, mit der er ihre antiquierte Geisteshaltung diesbezüglich hinnimmt – was ihn in Stines Augen übrigens zum absoluten Lieblingsschwiegersohn macht. Das, sowie die Tatsache, dass er, wie Stine, katholisch ist, und dass Lisas Ex-Mann nicht mehr Stines Schwiegersohn ist und Emmas Ehemann des Deutschen nur recht rudimentär mächtig – er ist Schwede, wenngleich aus feinstem adligem Geblüt – was wiederum Cari wundernett fand und vollends für ihn entzückte. Stine Peters umgekehrt spricht weder schwedisch, noch sonst eine Fremdsprache außer französisch, welche sie dank ihrer Hauslehrerin Fräulein Aurora aber bereits im zarten Alter von vier Jahren fließend beherrschte und sie zeitweilig zu dem Gedanken hinreißen ließ, dass ihr ein französischer Schwiegersohn im tiefsten Herzen doch lieber sei. Doch Hendrik hielt mit seiner badischen Art mühelos dagegen. So sieht es also nicht danach aus, als würde Hendrik in absehbarer Zeit ernsthafte Konkurrenz befürchten müssen.

»Nicht mehr lange, Liebling«, murmelt Nanni, als sie die weiß lackierte Haustüre aufstößt, »ich werde dir eine gute Frau sein, versprochen, und dich für die ganze Warterei angemessen entschädigen.«

»Des will ich doch hoffe, Peterle, alles andere wär en sofortige Scheidungsgrund.«

Hendrik steht vor ihr, nach ihrem Meersalz-Limetten-Duschmousse duftend und ein cremefarbenes Handtuch um die Lenden geschlungen. Ein schöner Kerl, denkt Nanni und wird dabei feuerrot. Überall an den richtigen Stellen die richtige Menge Muskeln, Haare und Sehnen, kein Gramm zu viel oder zu wenig. Ihren Schwestern blieb beinah die Spucke weg, als sie ihn das erste Mal sahen. Genau wie ihr jetzt.

»Wie siehsch denn du nur aus? D' Ronja Räubertochter isch ja a Schönheit dagege.«

»Woher weißt du überhaupt, wer Ronja Räubertochter ist?« Nanni ist dankbar für die verbale Ablenkung.

»Ich hab zwei kleine Nichte, schon vergesse? Und eine davon isch mei Patenkind und zudem a ausgeprägte Leseratte. Und jetzt komm endlich rein, ich habe Kaffee für dich gmacht, Brote gschmiert, dezu gibt's Tomate und frische Krabbe«, fährt Hendrik fort und schüttelt missbilligend seine schwarzen, noch vom Duschen feuchten Locken, »ich nehm' eh an, du hasch nur kurz Zeit für mich.«

Gemacht, heißt es, geschmiert, hast und nicht hasch ... aber Nanni schweigt lieber stille. Nanni kann nämlich den kritischen Unterton in seiner Stimme nicht überhören. Zerknirscht piepst sie daher nur ein schwaches: »Leider!«, und lässt sich in der Küche auf den nächstgelegenen Korbsessel plumpsen. Hungrig schielt sie auf den Teller, den Hendrik vor ihr auf dem Tisch abstellt.

»Iss. Und zeig mir deine Kratzer. Die muss ich behandle, sonst siehsch am nächschte Samschtag aus wie ... ach egal wie. Ich nehm' dich trotzdem.«

Wie beruhigend! Trotz allem, Hendrik scheint innerlich in großer Unordnung zu sein, nur so kann sie sich das verstärkte Auftreten des badischen Akzents erklären, denkt Nanni und greift dankbar zu. Granat! Sofort fängt sie an, die Schalen zu lösen und die frischen Krabben zu knabbern. Dabei lässt sie allzu gerne Hendriks kritische Blicke auf ihren Schrammen auf- und ab wandern. Gelegentlich steckt sie etwas von ihrem Festmahl Viktor zu, die geduldig neben ihrem Sessel ausharrt. Zufrieden lehnt sich Nanni zurück.

»Habt er schon erschte Anhaltspunkte?«, fragt ihr Verlobter interessiert und setzt sich, mit einem Becher Kaffee, Kodanspray und sterilen Tupfern bewaffnet, ebenfalls an den Tisch.

Nanni berichtet von Eskes Ausführungen, Hendrik seinerseits erklärt, dass er sich nun umständehalber wohl mal auf der medizinischen Tagung, die auf Langeoog gerade stattfindet, umsehen könnte, um etwas herauszuhören, was dem Fall dienlich sein könnte. Nanni nickt zustimmend.

»Autsch! Das brennt!«

Sie sieht ungehalten auf.

»Eine Miss Marple muss das aushalte. Ruhe jetzt.«

Zeit hätte er ja nun, meint er dann noch, ohne jegliche Form des Mitleids zu zeigen, und Nanni überlegt, welche Gesellschaft wohl gerade auf der Insel tagt und fragt nach.

»Jahrestagung der GAME.«

Nanni sieht ihn unwissend an.

»Gesellschaft für Allgemeinmedizin in Europa«, gibt Hendrik bereitwillig Auskunft, »sicherlich ganz interessant. Und da ich Mitglied bin, koschtet' s mich nur wenig. Da muss auch noch a Pflaschter drauf.«

Hendrik zeigt auf einen besonders dicken Kratzer an ihrem rechten Oberschenkel.

»Aber wenigschtens sieht mer den it unterm Hochzeitskleid, oder? S' isch doch lang, nehm' ich an.«

Nanni nickt und hält brav still. Natürlich ist es lang! Bodenlang! Und weiß, also fast jedenfalls, wie es sich in ihren Augen für eine jungfräuliche Braut zu tragen auch ziemt.

»Und wer weiß, wen mer da so trifft«, fährt er unbekümmert fort, »und da du jetzt eh keine Zeit mehr hasch.«

Er lässt den Satz unvollendet, und es stimmt ja leider, was er sagt, denkt Nanni bekümmert, während Hendrik die Haut oberhalb ihres rechten Knies mit Kodan besprüht und anschließend mit einem weißen Pflaster beklebt.

»So, fertig.«

Er sieht sie zufrieden an.

»Danke.«

Sie heftet den Blick auf das Pflaster.

»Sag, auf dieser Tagung ...«, beginnt sie dann zögerlich, sich gleichzeitig der Sache bewusst, wer dann da wohl außer Hendrik aufkreuzen wird.

» ...da ... da hüpfen doch bestimmt auch ... deine Kollegen und Kolleginnen herum, oder?«

»Wen genau meinsch denn?«

»Die Squaw zum Beispiel.«

Squaw. So nennt Nanni Hendriks Stationskollegin, die in ihren Augen eine allzu schöne exotische Frau ist, eben wie eine Indianerin. Hendrik findet das auch. Er sagt zudem, die sei ein oberheißer Feger und nicht zimperlich, wie er es von diversen Kollegen hat flüstern hören. Klitzekleine Eifersuchtsattacken starten von Nannis Kopf in Richtung Herz. Ob die wirklich vor Ort ist? Nanni will es lieber nicht wissen. Oder doch?

»Die ist ... ist sicher auch da, oder?«

Hendrik lächelt und sagt:

»Bestimmt.«

Mehr nicht. Nur einfach *bestimmt*. Nanni möchte ihn am liebsten den Rest der Zeit bis zur Hochzeit im Haus einsperren. Aber sie hält derzeit den schwarzen Peter in der Hand, nicht er. Das Peterle hält den Peter. Mist. Also lässt sie es sein, weiterzubohren und gibt ihm stattdessen einen langen, innigen Kuss. Sie hofft, dass ihr permanenter Argwohn (den sie seit einer Enttäuschung vor vielen Jahren wie einen Mühlstein hinter sich herzieht) wegen dieser Frau unbegründet ist, was Hendrik ihr unentwegt und mindestens dreimal pro Woche versichert. Nanni seufzt. Er weiß das wohl zu deuten und erwidert ihren Kuss mit einem aufmunternden Lächeln.

Danach zieht sich Nanni um. Sie schlüpft in eine weiße Leinenhose, die ihr bis zu den Knöcheln reicht und wechselt das T-Shirt gegen eine leichte, ärmellose Bluse mit vanillegelbem Vichy-Karo. So ist die Wärme besser auszuhalten. Zudem fühlt sie sich für eine SOKO-Leiterin nun angemessener angezogen. Sie hört, als sie gerade in ihre ebenso gelben Sandalen schlüpft, das Telefon läuten, das im Flur an der Wand installiert ist. Diese Nummer kennen nur die Familienangehörigen. Gespannt hält sie den Atem an, was Hendrik nun, wem auch immer, berichten würde. Aus der Tonlage seiner Antworten hört Nanni rasch heraus, wer am anderen Ende der Leitung ist. Mama. Er steht artig Rede und Antwort über den bisherigen Verlauf des ersten Tages auf der Insel und seine Stimme wird dabei immer dünner. Nanni weiß, dass ihre Mutter umgehend Hilfe anbietet, sich sozusagen schon auf den Weg macht und mit Sicherheit nicht mehr umstimmen lässt.

»Mach dir doch keine Umständ', Schtine, ich krieg des schon alles in Griff, keine Sorge.«

Während Hendrik auf seine zukünftige Schwiegermutter einredet, versucht er gleichzeitig, Nanni per Handzeichen ans Telefon zu lotsen, doch sie tut so, als würde sie es nicht bemerken. Noch zwei Minuten, dann ist die Sache geritzt und die Hochzeitstortenvariante, die sie sich wünscht, sicherlich in trockenen Tüchern.

»Gut, wie de meinsch. Mit de andere Mädle? Meinsch wirklich, des isch nötig? Bekomme die denn überhaupt so schnell frei?«

Hendrik ist der Verzweiflung nahe, fürchtet Nanni, jetzt muss sie wohl doch noch einschreiten, und nimmt ihm den Hörer aus der Hand.

»Mama? Hör zu, ich hab hier dummerweise eine SOKO laufen .... ja ... seit heute. Leider. Aber wir haben noch so waaaaahnsinnig viel zu tun bis nächsten Samstag, und ich weiß nicht, wie Hendrik das allein hinkriegen soll.«

Dabei sieht sie unschuldig wie ein Lämmchen zu ihm. Hendrik kapituliert und wirft die Arme nach oben, bevor er sich das Handtuch von den Hüften reißt und dann in Gregors Zimmer verschwindet.

»Hexeweib«, hört sie ihn noch murmeln, bevor die Tür ins Schloss fällt. Nach Beendigung des Telefonats weiß Stine im Groben, was auf der Insel vorgefallen ist, Nanni wiederum, dass die Vorbereitungen für ihren großen Tag in guten Händen sind. Mama, ihre Schwestern Lisa (mit den Zwillingen) und Emma würden morgen anreisen, dann bliebe noch genügend Zeit für alle weiteren Vorbereitungen. Paps, Gregor, der schwedische Schwiegersohn und die Schwanheusserschen Männer würden dann nachkommen, um Hendriks geschundene Nerven rechtzeitig wieder zur Ruhe zu bringen.

Zufrieden löst Nanni nun ihr Haar und striegelt es einmal gründlich vor dem Spiegel durch. Für Hendrik, der mit Vater und Brüdern groß wurde (seine Mutter starb kurz nach der Geburt des Jüngsten der drei Brüder an einer Lungenentzündung und der Vater blieb von da an unbeweibt), ist diese weibliche Übermacht bei den Peters wohl immer noch suspekt. Doch Nannis Hartnäckigkeit, ihn damit zu konfrontieren, hat sich in der Vergangenheit mehr als einmal als richtig erwiesen, und auch jetzt ist eine unterstützende weibliche Hand vonnöten, das weiß auch Hendrik. In schwarzen Shorts und hellblauem Polo tritt er wieder aus dem Zimmer.

»Verschwind, du Hexeweib«, grinst er, »geh Geld verdiene. Die Hochzeit wird teuer gnug, wenn jetzt au noch die gesamte weibliche Entourage der Familie anrückt.«

»Als ob wir das wuppen müssten«, gibt Nanni glücklich zurück, »altmodische Familienansichten haben auch was Gutes. Die Eltern der Braut ... du weißt doch.«

Von seinen Küssen bedeckt, verlässt sie das Haus, um sich nun ganz auf den Mord an Kiki de Winter zu konzentrieren. Im Korb, der auf dem Gepäckträger von Nannis Fahrrad montiert ist, verstaut sie ihren kleinen Rucksack mit allen wichtigen Utensilien von Sonnenbrille bis Handcreme. Dann steigt Nanni Peters auf ihr altes, ziemlich verrostetes Inselfahrrad und saust damit in den Ort.

Im *Hotel de Winter*

Im *Hotel de Winter* wird Nanni bereits sehnsüchtig von Lasse erwartet, der – das sieht sie von Weitem – vor der gläsernen Tür, welche die Ausmaße eines Triumphbogens aufweist, hektisch auf- und abmarschiert.

»Wurd' aber auch Zeit«, begrüßt er sie erleichtert. Nanni zieht die linke Augenbraue nach oben, was Lasse veranlasst, den Kopf etwas einzuziehen.

»Ich mein' ja nur ...«

»Du brauchst nix zu meinen, das mach ich schon.«

Lasse nickt devot.

»Ja, klar. Hier geht' s lang.«

Er weist Nanni den Weg durch das Haus, welches alle anderen Bauten im Ortskern weit überragt und innen wirklich wunderschön gestaltet ist. Da kann einem schon mal der Gedanke kommen, dass der Umstand, dass die Hoteliersfrau die Inselbürgermeisterin war, die Umsetzung solch eines gewaltigen Baues wohl begünstigt hat, überlegt Nanni. Mit viel hellem Holz, zarten Tönen an den Wänden und pastellfarbenen Möbelstoffen ausgestattet, erinnert es Nanni an eine maritime Mischung aus skandinavischen und italienischen Stilelementen – ein Traum! Wer immer hier das Zepter schwingt, ist mit Geschmack, Seele und Leidenschaft am Werke. Kein Farbtupfer wirkt fehl am Platz, kein Arrangement zu viel, kein Sessel zu wuchtig. Die Luft ist von zartem Blütenduft erfüllt und selbst die Hinweise zu den Toilettentüren wirken vornehm und einladend. Nanni ist beeindruckt. Das Interieur ist sicherlich Kikis Handschrift, denkt Nanni und rasch versucht sie, einige besonders gelungene Anordnungen gedanklich abzuspeichern, wie zum Beispiel die hellgrün geblümte Sitzgruppe platziert ist oder die perfekt auf dem lehmbraunen Teppichboden abgestimmte Sammlung von Steinen, die, wie zufällig dort am Rande dezent beleuchtet, auf einem eierschalenfarbenen Holzteller angerichtet ist.

Der Inselpolizist steuert auf den chromfarbenen Aufzug zu, doch Nanni gibt ihm zu verstehen, dass sie aus energiesparenden Gründen grundsätzlich keine Aufzüge nutzt und daher lieber zu Fuß gehen möchte. Sie visieren also die breite und geschwungene Holztreppe an, welche in die oberen Stockwerke führt bis ganz hinauf in die oberste Etage, wo, wie Lasse meint, sich die sogenannten kleinen Tagungsräume befinden. Oben angekommen bleibt Nanni wirklich die Spucke weg. Bodentiefe Panoramafenster sind über die gesamte Breite des Hauses verbaut, sodass man einen grandiosen Ausblick auf die Nordsee genießen kann, die träge im Sonnenlicht liegt – fast wie ein verwunschener Bergsee. Chapeau, denkt Nanni, der Gourmet-Johann und seine Frau haben hier wirklich ein Kleinod geschaffen. Wie sie auf einem weißen Hinweisschild lesen kann, befindet sich der Meerwasserpool mit Blick zur See im Dachgeschoss, und der Hinweis für die Hotelgäste, der Frühstücksraum befinde sich ebenso auf dieser Etage, weckt Sehnsüchte in Nanni Peters. Bestimmt ist der Aufenthalt hier auch schön teuer, sinniert sie und wünscht sich gleichzeitig, sie könnte hier mal mit Hendrik wohnen. Eine Nacht nur. Aber hätte sie Großmama Cari diesen Wunsch vorgetragen, hätte die bei so viel Extravaganz nur verächtlich die Lippen verzogen und ihr gesagt, sie solle gefälligst im Meer schwimmen und diesen dummen Schnickschnack auf der Stelle vergessen. Nanni seufzt. Caris Maßstäbe, ja, ihre gesamte Erziehung, sind ihr manchmal auch ganz schön viel Ballast. So viele dos and don'ts. Mit Geld protzt man nicht … man lebt bescheiden … wer gern verschenkt, von dem ist Reichtum fern, und wer den Reichtum hat, verschenkt nicht gern … Sind Cari und Großpapa ausgegangen oder gereist, so besuchten sie niemals die gehobenen Häuser, sondern die einfachen, gutbürgerlichen Gasthöfe oder die sauberen, kleinen Hotels mit regionaler, aber oft allerbester Küche. So halten es ihre Eltern und so will es auch Nanni mit Hendrik künftig halten. Sie sind vor dem Raum angekommen, der den Namen *Schiemannsgarn* trägt. Wie beziehungsvoll, grinst Nanni still. Hier, hoch über den Dächern von Langeoog, hat Lasse Johannsen das Quartier für die SOKO *Kiki* eingerichtet. Es ist alles da, was vonnöten ist: PC, Telefon, FAX-Gerät, Papier, Stifte, Flipcharts, Kaffee und – tonnenweise Kekse und Schokolade.

»Gut gemacht.«

Anerkennend sieht Nanni zu dem jungen Inselpolizisten, dessen Gesicht sich augenblicklich dunkel wie eine überreife rote

Paprikaschote verfärbt. Dann geht Nanni direkt an das Flipchart und schreibt eine to-do-Liste für den Tag. *Telefonat Staatsanwalt*, kritzelt sie eilig, *Standleitung zur PI einrichten, Pressemitteilung rauslassen, mit Zeugenvernehmungen weitermachen, erste Ergebnisse Labor/ Rechtsmedizin einholen*. Dann sieht sie sich um. Etwas ernüchtert zählt sie die Häupter durch. Das Team besteht bislang aus Lasse und ihr. Doch da wankt noch ein Mann in den Raum, käsebleich, mit rot geränderten Augen und sichtlich angeschlagen.

»Moin, POK Caspar Otten«, brummt der Mann, »und Caspar mit a bitte, nicht mit e, wie bei meinem Namensvetter, dem Vormann der ersten Stunde hier auf der Insel. Darauf lege ich allergrößten Wert, auch wenn der seinerzeit über achtzig Menschen aus Seenot rettete.«

Er reicht Nanni, trotzdem er krank wirkt, mit einem Augenzwinkern die Hand, die sich verschwitzt anfühlt. Hoffentlich, denkt sie, bringt der jetzt nicht alle seine Viren und Keime mit hierher – eine Magenverstimmung ist das Allerletzte, was sie nun gebrauchen kann.

»Sind Sie sicher, dass Sie arbeiten können?«

Nanni sieht den Mann unsicher an. Um die vierzig wird er sein, schätzt sie, gute fünfzehn Jahre älter als sie und ihr in der Rangfolge unterstellt. Ein mulmiges Gefühl beschleicht sie. Großmama Cari sagte immer, man muss den Älteren stets Respekt zollen, ihnen Achtung und Ehrerbietung erweisen für ihre Weisheit und Reife. Caspar Otten sieht noch nicht so alt aus, dass er schon allzu reif ist, entscheidet Nanni und atmet bei dem Gedanken erleichtert auf. Der Polizeioberkommissar trägt das volle graue Haar sowie den Vollbart raspelkurz. Schläfrige, zufriedene Augen wie von einem Kater, nachdem er frische Sahne geschlürft hat, sehen sie erstaunt an. Gute Augen, urteilt Nanni und lächelt wohlwollend, die Farbe ist ungewöhnlich. Heufarben.

»Wir duzen uns hier, Frau Kommissarin. Dr. Tütjen hat mir ne Spritze verpasst, geht jetzt schon. Aber danke der Nachfrage.«

Er schenkt Nanni ein ebenso freundliches Lächeln, wenngleich es bei ihm auch leicht gequält wirkt.

»Lasse meinte vorhin, er habe deinen Auftrag auszuführen und den Otten zu aktivieren. Hier ist er also, zu Diensten, mien Deern.«

Er deutet auf seine Brustmitte. Mien Deern. Ein bisschen respektlos einer Vorgesetzten gegenüber, findet Nanni, und ist doch auch froh darüber, dass er die gleiche Augenhöhe sucht. Nanni taxiert weiterhin den Mann. Er ist kräftig gebaut. Die Stelle im Niedersachsenlied fällt ihr dazu ein, in der es heißt ... *wir sind die Niedersachsen ... sturmfest und erdverwachsen* ... ja, genau so wirkt der, sieht man von der bleichen Gesichtsfarbe einmal ab, die durch die schwarze Dienstkleidung, die er von der Mütze bis zu den Schuhen trägt, noch zusätzlich verstärkt wird. Seine Hände sind groß wie Tennisschläger, am rechten Ringfinger blitzt ein Goldring auf, genauso kräftig und gut passend zu den Pranken. Verheiratet ist er also. Da fällt Nanni ein, sie hat vergessen, bei der Goldschmiedin anzurufen. Shit! Und ihr Handy liegt im Melkerpad, muss sie feststellen, nachdem sie den Rucksack einmal von oben bis unten abgesucht hat!

In dem Moment klingelt das Telefon.

»Lasse, sei so gut, geh ran«, bittet Nanni den jungen Inselpolizisten, indes sie hofft, den Termin für das Seminar am heutigen Abend um achtzehn Uhr verschieben zu können.

»Lenn Zacharias. Für dich.«

Lasse reicht Nanni den Hörer.

»Ja, Lenn, schön, deine Stimme zu hören. Wann bist du da?«

»Ähm, jetzt hör mir gut zu, bella Nanni, das ist nämlich sehr wichtig für dich ...«

»Okay«, gibt sie zurück, als Zacharias bereits fortfährt:

»... denn du hast ab sofort vor Ort die absolute Obergewalt. Ich versuche ja, Leute zu organisieren, aber das kann dauern.«

»Wieso denn das?«

Nanni läuft es abwechselnd plötzlich heiß und kalt den Rücken runter.

»Ich hab jetzt leider auch noch diese dämliche Pocken-Seuche abbekommen«, gibt Lenn ungerührt zurück, »und das mir, mit vierunddreißig. Hoffentlich bleib ich zeugungsfähig. Ich wollte noch wenigstens einen Sohn haben, vielleicht sogar zwei, falls der liebe Gott mir das vergönnen sollte. Mammamia!«

Lenn Zacharias, Vater von zwei kleinen Töchtern, scheint von Medizin keine Ahnung zu haben, stellt Nanni fest.

»Von Mumps«, klärt sie ihn daher umgehend auf, »oder Ziegenpeter, wie man es auch nennt, kann *Mann* impotent werden, nicht von den Windpocken. Also, Lenn, keine Sorge, diesbezüglich hat der liebe Gott deine Chancen bestimmt nicht eingeschränkt. Und nun sag schon, was du loswerden musst.«

»Ah, ora sto molto meglio. Also, als erstes vernimmst du jetzt die Leute, die am Tatort waren ...«

Nanni hört konzentriert zu und versucht zum einen, Lenns italiensches Gefasel zu ignorieren, und zum andern, sich an Gesichter zu erinnern. Das Einzige, das ihr jedoch wieder einfällt, ist das des Pastors.

»Du weißt, Nanni, Täter tummeln sich gern vor Ort. Machen sich gern wichtig, helfen sogar.«

Pastor Kramer überlegt sie, oder dieser Dr. Tütjen. Die waren beide so arg beflissen bei der Sache. Sie muss Lasse fragen, er kennt die Leute hier, ob noch weitere fleißige Insulaner am Tatort waren. Nanni schluckt trocken, dann schenkt sie sich einen Kaffee ein und nippt daran, während Lenn ihr weitere Instruktionen erteilt und mit den Worten »die kriegen wenigstens keine Windpocken« einen Suchhundetrupp zusichert, genau wie eine Horde Bereitschaftspolizisten, die den Wald durchsuchen müssen.

Als Nanni auflegt, ist der Becher leer, ihr Hirn auch. Sie sieht hinaus auf die stille See. Fast kann sie die salzige Luft riechen, das Meerwasser schmecken und den Sand unter ihren nackten Füßen spüren. Wie gern wäre sie jetzt mit Hendrik an dem feinsandigen Strand! Als sie ein dezentes Räuspern hinter sich hört, dreht sie sich um.

Gourmet-Johann steht in der Tür, zusammen mit einem Knaben. Der Witwer Johann de Winter wirkt seltsam gefasst.

»Maart, sag der Dame guten Tag.«

De Winter schiebt den Jungen vor sich, und leise, an Nanni gewandt, meint er:

»Mein Sohn.«

Nanni sieht fragend auf, weil sie die Kinder der de Winters doch laut des Pastors Aussagen in England wähnt.

»Aus erster Ehe«, ergänzt de Winter eilig, »und er ist leider mit einem Geburtsschaden zur Welt gekommen.«

Der Knabe ist im Gegensatz zum Vater dürr wie ein junger Hering, doch stellt er sich – bei genauerer Betrachtung des goldblonden Bartwuchses – als erwachsener Mann um die zwanzig heraus, wenngleich offensichtlich zurückgeblieben. Maart de Winter gibt Nanni artig die rechte Hand, die einen Augenblick schlapp in der ihren ruht. Was der hier will, denkt sie und wartet.

»Maart war ...«, beginnt de Winter sogleich mit brüchiger Stimme, » ... er war im Wäldchen. Er beobachtet gern und sieht daher sehr viel.«

»Sein rotes Dreirad stand da am Rand, ja, das stimmt«, ergänzt Lasse Johannsen. Nanni erinnert sich ebenfalls an das ulkige Ding und daran, dass es auf einmal verschwunden war.

»Und weiter?«, fordert sie de Winter auf, fortzufahren.

»Er sagt, er hat was gesehen.«

Seine Stimme klingt wie brechender Zwieback. Nanni schnappt sich Block und Stift.

»Setzen Sie sich, bitte, und Maart, sagen Sie am besten selbst, wen haben Sie gesehen?«

Erwartungsvoll schaut Nanni dem jungen Mann ins Gesicht. Engstehende, schieferfarbene Augen liegen unter dicht zusammengewachsenen Brauen, die genau so hell sind wie der Bart und die schulterlangen Haare. Er sieht recht gepflegt aus, die Haare sind frisch gewaschen, seine Kleidung, dunkelgraue Shorts, ein weißes, kurzärmeliges Hemd und Flipflops – alles von Tommy Hilfiger – ist modern und teuer. Er riecht nach Kernseife. Pluspunkt für die Eltern, befindet Nanni und denkt gleichzeitig an die vielen behinderten Menschen, die sie schon zu Gesicht bekam, und die oft wirken, als würden sie beim billigsten Friseur und beim ältesten Optiker abgespeist werden oder die Klamotten aus der Kleiderkammer beziehen. Als könnte de Winter ihre Gedanken lesen, sagt er:

»Gretje, seine Mutter, achtet sehr drauf, wie er herumläuft.«

»Kiki war da weniger pingelig«, kommt es von Caspar mit a, »aber war ja auch nur die Stiefmutter.«

De Winter schaut wie angeschossen auf.

»Halt du dich da raus, Otten.«

»Ist doch so, sie kümmerte sich um den Jungen nicht die Bohne. Die mochte ihn doch nie.«

»Tjark«, fiepst Maart de Winter mit eigenartig hoher Stimme dazwischen, » ... hab Tjark in seinem ... Wagen gesehen.«

»Wann hast du ihn gesehen? Maart? Weißt du das noch?«, insistiert Gourmet-Johann bei seinem Sohn.

»Heut' ... ganz früh ... im Wald.«

»Was machen Sie denn da so früh?«, fragt Nanni und Maart de Winter schweigt. Sie sieht irritiert zu de Winter senior. Und wer ist Tjark?

»Maart fährt jeden Morgen die Strecke zum Hafen und zurück ab«, erklärt Maarts Vater sachlich, »immer um sieben Uhr. Stets denselben Weg durch den Wald. Er braucht den immer gleichen Rhythmus für seine Orientierung.«

Nanni nickt verständnisvoll und sieht dann fragend zu Lasse, der sie über den Mann, den Maart gesehen haben will, aufklärt:

»Der Tjark Vossen hat hier einen lukrativen Fahrradverleih am Hospizplatz und ist der Bruder einer der angestellten Goldschmiedinnen im *Schmiedhus* hinten bei den Kurheimen.«

»Und er ist angeblich der Vater ihrer Tochter Nienke«, ergänzt de Winter.

»Warst du dabei?«, gibt POK Otten bissig zurück.

»Das sagt man hier so, aber ob es wirklich stimmt? Ihr Mann kann ja nichts mehr dazu sagen, und dann ist leicht reden über eine Frau, die keinen Schutz mehr hat durch einen Partner.«

Diese beiden Männer mögen sich nicht, stellt Nanni fest, als Otten noch in ihre Richtung erklärend anfügt:

»Der ist nämlich tot. Ertrunken letztes Jahr. Ein Unfall mit seinem Surfbrett.«

Nanni schreibt eifrig mit. Sie ignoriert Caspar mit a, als sie in de Winters Richtung fragt:

»Also dieser Tjark hat mit seiner Schwester, ich meine ... es könnte sein, Herr de Winter, dass der ... man redet von ... von Inzest?«

Die Kommissarin ist, abgebrüht hin oder her, etwas schockiert, und das Wort bleibt wie eine schwere und dunkle Regenwolke im Raum hängen.

»Es könnte nicht nur sein. Man munkelt es seit Jahren auf der Insel«, schaltet sich Lasse ruhig ein, »die gelten, seitdem sie vor einigen Jahren zurück auf die Insel kamen, als Liebespaar, trotzdem sie Bruder und Schwester sind. Aber soweit ich weiß, nicht biologisch. Einer von beiden ist, glaub' ich, adoptiert. Jules Ehe, also die von der Schwester von Tjark mit einem Spiekerooger, war kurz und unglücklich, weil eben immerzu Tjark dazwischen stand ...«

» ... der seine Jule vergöttert«, merkt de Winter an.

»Genau wie du, Johann.«

»Du sollst deine Klappe halten, Otten!«

Nanni sieht von einem zum anderen. So geht das nicht. Diesen renitenten Caspar Otten muss sie sich gleich mal vorknüpfen. Und den Ehemann von Kiki de Winter will sie später lieber allein vernehmen, so viel ist schon mal klar.

»Verstehe.«

Warnenden Blickes und mit der üblich hochgezogenen Braue, schaut sie zu POK Otten, der entschuldigend grinst, dann wendet sie sich erneut dem de Winter-Sohn zu.

»Maart, was genau haben Sie gesehen?«

»Tjark ...«, wiederholt Maart, » ...wie der Teufel ... schnell fährt er weg ... zum Hafen ... runter. Mit dem E-Wagen.«

»Mit dem Wagen, sagen Sie?«

Er könnte die Leiche da abgelegt haben, kombiniert Nanni, und Maart nickt dazu eifrig. De Winter springt auf.

»Den werd' ich mir gleich mal vornehmen.«

»Nichts wirst du tun«, gibt der Otten trocken zurück, »das überlässt du schön uns. Kümmere dich um deinen Sohn. Zudem hast du jetzt doch wohl genug anderes zu tun. Oder ist deine Trauerzeit um Kiki schon beendet?«

Johann de Winters moosgrüne Augen weiten sich und am liebsten, denkt Nanni, würde der jetzt auf den Polizisten losgehen, was sie gerade noch zu verhindern weiß, indem sie ihn und Maart höflich verabschiedet.

»Okay, danke Ihnen beiden für die Hilfe. Wir gehen dem sofort nach. Danke sehr. Und bitte, Herr de Winter, halten Sie sich für eine Vernehmung bereit.«

Sanft schiebt sie Vater und Sohn vor den Tagungsraum. Kaum hat sich die Türe hinter den beiden ungleichen Männern geschlossen, stemmt Nanni die Hände in die Hüften und nimmt sich den Otten vor.

»Was sollte das eben, POK Caspar mit a?«

Viel Arbeit

Nanni ist zufrieden. Caspar Otten hat sich für sein Fehlverhalten entschuldigt, doch er lässt an dem Gourmet-Johann kein gutes Haar. Auch der scheint bei den Inselbewohnern nur mäßig beliebt zu sein, genau wie seine tote Frau.

»Gibt es denn niemanden hier, der das Paar mag? Und wieso wurde Kiki dann überhaupt gewählt?«

Fragen über Fragen, die Nanni nun loswerden muss.

»Und was ist mit Freunden?«

»Die Pastorin, Birke Kramer, ist ihre Busenfreundin. Das ist aber auch so ne Stranddistel«, bemerkt Lasse.

»Stranddistel?« Nanni sieht auf.

»Genau«, grient Otten, »stachelig. Unbequem. Sagt, was sie denkt. So nennt man diese Frauen hier. Aber diese Sorte bewegt auch was. Eben wie Kiki. Die war auch so eine ungemütliche Distel.«

»Und diese Birke Kramer ist die Pastorin?«, hakt Nanni nach.

»Ja«, erwidert Otten, »ihr Mann Stephan und Birke teilen sich die Stelle in der Kirchengemeinde. Sie zum Beispiel nutzt die Kanzel, um an die Leute ranzukommen und ist fürs Predigen zuständig, das kann sie nämlich viel besser als er, und er macht den Bürokram und so weiter.«

»Genau. Mit den Kramers können die de Winters übrigens beide ganz gut. Der Pastor ist Johanns Golfpartner, die Frauen spielen zusammen Bridge«, wirft Lasse ein.

Nanni sieht von einem Polizisten zum anderen, während Otten weiterredet:

»So ist es und zusammen können sie einem das Blaue vom Himmel herunter versprechen. Und deswegen wurde die Kiki sicherlich auch gewählt. Ganz einfach. Birke und Kiki bliesen ins gleiche Horn wegen des Internatsgeländes und Birke hat das mit ihren Worten wohl vorbereitet. Und reden können die alle wie ein ...«

»Wasserfall. Konnten, Kiki jedenfalls«, verbessert ihn Lasse und schenkt sich dabei Kaffee ein, »die konnte einem wirklich das Ohr abschwatzen, wenn sie was wollte. Wenn ich nur an ihre Argumente denke, weshalb die Schule kein Altersheim werden soll, du lieber Himmel!«

»Okay, danke für die Infos.«

Nanni greift zu einem Keks und notiert sich mit ihrer geschwungenen und ausladenden Handschrift (die zu Schulzeiten gelegentlich zu schlechteren Noten führte, weil einige Lehrer Mühe damit hatten, sie zu entziffern): *Vernehmungen.* Sie unterstreicht das Wort mehrmals und setzt einen Doppelpunkt dahinter. Dann schreibt sie untereinander zunächst *1. Gourmet-Johann* und setzt in Klammer ein ich dahinter, dann kritzelt sie *was läuft mit Johann und Jule??? seine Exfrau (Otten), die Kramers (auch ich/ oder Lasse) und Tjark Vossen (Otten) überprüfen wegen Personalien, Alibis, Motive etc., Aussagen protokollieren und gegenzeichnen lassen, E-Wagen von T.V. (Lasse+ SPUSI) auf Spuren untersuchen. Maart de Winter? (ich), Leute im Rathaus abchecken (Lasse/Otten), Fischkoppfrau im Auge behalten.* Da klopft es und zwei der fünf Leute von der SPUSI erscheinen in der Tür.

»Erste Ergebnisse gefällig?«

»Immer, kommt rein.«

Nanni winkt sie erwartungsvoll in den Raum. Die Männer lassen sich an dem ausladenden, oval geformten Rauchglastisch nieder, um den die beiden Inselpolizisten mit Nanni sitzen und tagen. Der eine pfeift anerkennend, als er die wunderschöne Aussicht wahrnimmt.

»Das Wichtigste dürfte sein ...«, beginnt der andere sofort zu berichten, » ... dass das Opfer nicht da gestorben ist, wo es aufgefunden wurde. Wir haben Schleifspuren entdeckt, zum Teil verwischt, und ich vermute, da hat der Täter nachgeholfen, und zwar einige Meter nördlich vom Weg wegführend zu der Stelle, wo es lag. Zudem haben wir auch Reifenspuren gefunden, ich vermute von einem Auto, allerdings hat es etwas schmalere Reifen als üblich. Es gibt zudem einige Fundstücke vom Tatort. Die sind schon auf dem Weg ans Festland ins Labor, also, da war ein Knopf, golden, wie von einem Herrenblazer, mit einem Anker als Verzierung darauf eingeprägt. Dann ...«, er nimmt einen Hefter aus seinem großen schwarzen Koffer und liest den Rest der Infos ab, » ... haben wir Haare gefunden, die eher nicht dem Opfer zuzuordnen sind, sowie Faser-und Blutspuren. Zudem haben wir auch Abdrücke von, wie wir vermuten, Fahrradreifen und Herrenschuhen gefunden und abgenommen.«

»Welche Farbe und Länge haben die Haare?«

»Es ist ein ganzes Büschel hellblonder, halblanger, leicht gewellter Haare. Frauenhaare, schätze ich.«

Maart hat auch solche Haare, denkt Nanni und notiert sich das Wort *Haarbüschel* und unterstreicht es ebenfalls mehrmals, als Otten unsachlich laut meint:

»Passt doch. Der Tjark trägt so eine schulterlange, blonde Matte. Der muss damit zu tun haben. Das ist bestimmt unser Mann!«

»Gemach! Viel zu einfach. Hat der Rechtsmediziner sonst noch etwas gefunden?«, versucht Nanni neutral zu bleiben, obwohl sie insgeheim hofft, dass POK Caspar mit a recht behält. Dann ist der Fall schnell abgehakt.

»Hat er …«

Nanni sieht zur Tür. Der Rechtsmediziner vom Oldenburger Institut, Dr. Keno Wilken, tritt in dunkelblauen Bermudas und ebensolchem Jackett flotten Schrittes ein und nimmt gleich darauf ebenfalls an dem Tisch Platz. Er sieht aus wie die Wiedergeburt von Albert Einstein, findet Nanni, und riecht ein wenig zu stark nach Old Spice, dem Rasierwasser-Klassiker schlechthin.

» ... und er kann der Vermutung des Inselarztes bezüglich des Todeszeitpunktes anhand der Ausprägung des rigor mortis nur folgen«, fährt Wilken fort, »der ist nach der Nysten-Regel, die bekanntlich besagt, dass der sequenzielle Eintritt der Totenstarre, im Kiefer beginnend, von oben nach unten wandert, noch nicht vollständig eingetreten.«

Nanni mag den älteren Typen nicht besonders, so intelligent wie der auch aussehen mag, er wirkt oberlehrerhaft, wie sie schon bei mehreren Begegnungen festgestellt hat. Zudem kaut er unentwegt Kaugummi, was sie ganz nervös macht, und er zappelt auf seinem Stuhl hin und her wie ein Lämmerschwanz. Der Kerl hat eindeutig Hummeln im Hintern! Statt seinen Ausführungen zum weiteren Verlauf der Totenstarre zuzuhören, schweifen Nannis Gedanken wieder ab. Eintritt des Todes vermutlich später Abend, vielleicht auch kurz nach Mitternacht, erinnert sie sich der Worte des Inselarztes. Komisch, dass der Gourmet-Johann nicht gemerkt hat, dass seine Frau nicht zu Hause war um die Zeit. Das konnte nur heißen, er war auch nicht da, sinniert Nanni und laut stellt sie genau diese Überlegung zur Diskussion.

»Die haben seit Jahren getrennte Schlafzimmer«, bemerkt Otten nüchtern, »da verwett' ich den dicken Kater meines Nachbarn drauf, der hat gar nicht bemerkt, dass sein angetrautes Weib stiften gegangen ist.«

»Das mit den getrennten Zimmern hab ich auch läuten hören«, stimmt Lasse ihm zu, »da geht's wohl nicht mehr sehr romantisch zu. Und er hat ja bekanntermaßen auch sein Liebchen am Festland.«

Nanni fällt dazu Pastor Kramers Bemerkung wieder ein. Johann de Winters außereheliches Liebesleben scheint demnach auf der Insel allgemein bekannt zu sein. Wieder greift Nanni zum Stift und notiert: *Liebchen von Gourmet-Johann befragen.*

»Noch mal zu Tjark«, hakt Nanni nach, »was ist mit diesem Fahrradverleiher? Ich mein', Reifenspuren, das lässt den Schluss zu, dass er mit dem E-Wagen am Tatort war und Kiki dort an den Platz im Wald abgelegt hat und ... vielleicht hatten die was miteinander? Eine Ehefrau, die einsam ist, weil ihr Mann ... ich mein', da könnte doch ...«

Die anwesenden Inselbewohner wollen sich vor Lachen halb ausschütten ob Nannis Frage.

»Aber der hat nichts mit Kiki, nee, mien Deern, der hat nur ne fette Wut auf die Gute«, antwortet schließlich Caspar mit a, »und zudem sieht der Tjark keine andere an als seine Schwester Jule.«

»Wut?«

Nanni horcht auf. Die Insel-Männer sehen sich unschlüssig an.

»Na ja, keine Ahnung«, erwidert Lasse schließlich, »wegen Kikis Politik gegen den Bau des Wasserturmkomplexes vielleicht?«

»Vor allem, würde ich sagen, wegen seinen angeblich allerbesten Kontakten und den Geschäftsbeziehungen mit dem Hettich ...«, ergänzt der Kollege süffisant grinsend.

»Hettich?«

Nanni fragt nach, weil der Name bislang nicht gefallen ist und schreibt ihn gleich auf den Block – mit drei dicken Fragezeichen dahinter.

»Adrian Hettich«, erwidert Otten, »das ist der Typ, der mit seiner verrückten Idee die Einwohnerschaft von halb Langeoog teilt.«

Dann hört Nanni in etwa die gleiche Geschichte wie schon von der Frau vom *Fischkopp*, nur in einer etwas anderen, nicht ganz so milden Version. Von Tjarks Idee, da mit einzusteigen und von gewaltiger Unseriosität ist da die Rede, von eigenwilligen Machenschaften und Manipulationsversuchen, auch wegen der geplanten Umgestaltung des Hafengeländes. Und dass Kiki dagegen massiv vorgehen wollte.

»Aber der Hälfte der Insulaner ist das eigentlich alles ziemlich latte«, ergänzt Lasse Johannsen mit seiner tiefen Stimme, »Hauptsache, die erwerben Anteile daran, kriegen einen Backstein oder so was für günstiges Geld, und denken dann, sie machen damit so richtig fett Kohle.«

Nanni denkt an das kleine Polster, das sich Eske, die Fischfrau, zur Seite gelegt hat.

»Dabei wurde seitens der Politiker, allen voran von unserer guten Kiki, wirklich schon eine Menge gegen diesen Hettich in die Wege geleitet. Sie hat bis dato versucht, den Bau partout zu verhindern, was den Tjark kürzlich bei einer Versammlung völlig auf die Palme brachte«, fügt Otten an, »der hat ihr sogar gedroht. Aber der Hettich ist juristisch angeblich auf der sicheren Seite. Der pellt sich ein Ei darauf, was die Bürgermeisterin zu dem Projekt meint oder nicht meint. Aber Lege artis ist meiner Meinung nach seine Vorgehensweise jedenfalls nicht gerade.«

Lege artis, sagt er, schau an, der Mann kann Latein, stellt Nanni fest. Wo POK Otten das nur gelernt hat? Sie hat Latein nach der elften Klasse mit dem großen Latinum in der Tasche abgewählt. Und im Grunde hat sie auch nur so lange durchgehalten, um Cari den Gefallen zu tun, eine klassische Schulbildung zu durchlaufen. Nur bei der Wahl der dritten Fremdsprache hat Nanni gestreikt. Eine tote Sprache war ihr genug und sie setzte sich mit Mamas Unterstützung durch und belegte statt Altgriechisch ab der neunten Klasse Französisch.

»Schon«, bemerkte Lasse, »aber der scharfe Wind von der Insel trifft schließlich nicht ihn, sondern sie, weil jeder denkt, sie will, beziehungsweise wollte, ihm nur wegen eigener Interessen in die Suppe spucken, sprich die starke Nähe des geplanten Projektes zum *Hotel de Winter* aus reinem Konkurrenzdenken verhindert wissen.«

»Er hat ihr gedroht? Das höre ich jetzt erst?«

Nanni Peters zieht wieder die linke Augenbraue nach oben.

»Und verstehe ich das also richtig, diese Kiki de Winter hat's hier auf der Insel doppelt vermasselt? Wegen dieses Wasserturm-Projektes und der alten Schule, die sie als Prestige-Objekt neu ankurbeln wollte?«

Die Polizisten nicken unisono. Lasse antwortet:

»Kann man so sagen, ja, sogar dreifach, weil sie nämlich zudem auch diese ganze Marina-Kiste zurückstellen will, haben die Kollegen im Rathaus sie auch nicht mehr lieb. Sie will nicht, dass am Hafen ein neuer Ortsteil angelegt wird.«

»Wollte«, korrigiert ihn Otten milde und Nanni versucht sich Langeoog mit einer Marina am Hafen vorzustellen. Mit schmuddeligen Restaurants oder illustren Kneipen? Wer weiß, was da so alles aus dem Boden gestampft werden würde. Sie findet den Hafen, so wie er ist, ganz schön. Und die Teestube dort, die müsste bestimmt diesem Marina-Umbau-Konzept weichen, doch die ist doch das Kleinod schlechthin, vor allem im Winter, wenn man mit dem Rad auf dem Deich unterwegs ist und dann einkehrt, um einen ostfriesischen Sahnetee zu schlürfen. Nanni hört einen Augenblick lang den Kandis in der Tasse knistern und schmeckt die Süße auf der Zunge. Wie oft war sie samstagnachmittags nach dem Reiten mit Großmama Cari hinausgeradelt! Dort hatten sie gemeinsam die Welt bewegt, dort hatte sie ihren ersten Liebeskummer besprechen können und zu Pubertätszeiten sich über die Eltern ausgelassen. In der Teestube am Hafen war sie endgültig erwachsen geworden, als Mama und Paps ihr letztes Jahr im Frühjahr von Caris schwerer Krankheit berichteten. Lungenkrebs. Obwohl Cari niemals in ihrem Leben geraucht hatte. Mühevoll reißt sich Nanni von ihren Erinnerungen los, bevor sie zu übermächtig werden. Sie räuspert sich und stellt die Frage:

»Das heißt ja, im Grunde hat etwa die Hälfte der Inselbewohner ein erklärbares Motiv, die Bürgermeisterin zu beseitigen?«

»Jep«, bestätigt Lasse ziemlich trocken und angelt sich dabei einen Keks. »Mmmh. Sanddornkekse von der Dünenbäckerei am Kavalierpad, musst du unbedingt probieren, total lecker.«

So kommen sie nicht weiter. Nanni spürt ein leichte Nervosität aufsteigen und notiert: *Tjark +Kiki? überprüfen (Otten).*

»Ist das Opfer schon abtransportiert?«, fragt sie, während sie den Kuli zur Seite legt und sich einen Sanddornkeks genehmigt, um die Infos erst mal sacken zu lassen. Als Kind hat sie oft beobachtet, wie die Toten auf der Insel befördert werden – mit einem Pferdefuhrwerk, dem ein riesiger, nachtschwarzer Friese vorantrabt. Rosalie.

»Ja«, bestätigt einer der SPUSI-Leute, »wir hatten den Zinksarg mit an Bord.«

Nanni atmet tief durch. Wie eine Sturmflut spürt sie den Berg an Ermittlungsarbeit sich vor ihr auftürmen und sie weiß doch gar nicht so recht, bei wem sie mit der Befragung anfangen soll. Zudem plagt sie das schlechte Gewissen wegen Hendrik – der Aufenthalt auf der Insel war einer völlig anderen Bestimmung zugedacht! Der Ärmste würde sich bald mit Stine herumplagen müssen und Nanni ist sich auf einmal nicht mehr so sicher, ob die Entscheidung, ihre energische Mutter und ihre Schwestern für die Hochzeitsvorbereitungen an Bord zu nehmen, wirklich so gut ist! Sie muss ihn anrufen, sonst kann sie sich nicht mehr konzentrieren!

»Zehn Minuten Pause, meine Herren«, meldet sie mit bittendem Blick der Runde und steht auf. Sie geht zielgerichtet auf das bereitstehende Telefon. Doch Nanni Peters' Ehemann in spe ist leider nicht zu Hause, wie sie nun zur Kenntnis nehmen muss, jedenfalls nimmt er das Telefon im Flur nicht ab. Also versucht sie es auf seinem Handy. Ebenfalls Fehlanzeige. Bestimmt ist er am Strand. Oder tummelt sich bereits auf dieser allgemeinmedizinischen Tagung und lässt sich von der Squaw anflirten, schießt es Nanni schmerzlich in den Sinn. Diese Möglichkeit gefällt ihr ganz und gar nicht. Doch statt über die Squaw nachzudenken, muss sie hier funktionieren.

Gedanklich gibt sie sich einen Tritt in den Hintern, strafft die Schultern und marschiert entschlossen zurück an den Besprechungstisch.

»Meine Herren«, hebt sie an, »ich schlage vor, wir gehen wie folgt vor ...«

En detail gibt sie nun ihren Notizen gemäß Anweisungen, wer wen befragen wird. Sie legt die nächste Besprechung auf fünfzehn Uhr dreißig und entlässt die beiden Inselpolizisten. Die zwei SPUSI-Leute machen sich ebenfalls auf, zurück ans Festland zu kehren, um die ersten Berichte zu schreiben, Dr. Wilken muss wieder nach Oldenburg ins Institut. Allein bleibt Nanni im Raum *Schiemannsgarn* zurück. Sie entdeckt neben der Tür einen Bilderrahmen, der eine weiße Pappe enthält, auf der Entstehung und Begriff des Wortes in schnörkeligen Buchstaben nachzulesen ist: *Hochdt. Seemannsgarn, aus alten Tauen gewonnen und von Seeleuten dazu benutzt, Leinen zu umwickeln. Schiemannsgarn drehen oder Schiemannsgarn spinnen war auf den Segelschiffen eine ziemlich langweilige und untergeordnete Schönwetterarbeit. Die Männer erzählten sich derweil viel von ihren Gedanken und Gefühlen, genauso Geschichten, Sagen, Märchen oder einfach lustige Anekdoten. So bekam Schiemannsgarn spinnen eine neue Bedeutung: Das Erzählen wurde zur Hauptsache, die Arbeit Nebensache, bis man das Erzählen allein so bezeichnete. Unter echtem Seemannsgarn versteht man heutzutage das Erzählen der Seeleute, was oft irgendwo zwischen Wahrheit und Traum, Glauben und Fantasie hin- und hergeht, etwas undurchsichtig erscheint, dafür aber umso eindrucksvoller und glaubhafter dargestellt wird. Allerdings weiß der Zuhörer nie genau, ob er dabei auf den Arm genommen wird oder nicht. Oft wird nämlich viel hinzugedichtet, sodass aus einem kleinen Fischchen auf einmal ein Weißer Hai wird oder Riesenkraken ganze Schiffe versenken.*

Nanni will sich lieber nicht ausmalen, wie viel zusammengelogenes *Schiemannsgarn* sie erwartet, bis der Tod von Kiki de Winter aufgeklärt ist. Sie lehnt sich in den bequemen, kirschroten Polstersessel zurück und streckt die Beine weit aus. Einen Moment möchte sie die Augen schließen, ein wenig an ihre Hochzeit denken, bis sie sich Johann de Winter vornehmen wird. Doch statt Nanni Peters und Hendrik Schwanheusser gemeinsam am Altar stehen zu sehen, schiebt sich immer wieder ein Bild vor ihr inneres Auge: Hendrik und die Squaw eng umschlungen badend in der Nordsee. Nanni wird ganz komisch dabei. Wenn die doch so viel weniger kapriziös ist, was ihre Unschuld angeht, sinniert Nanni verzweifelt mit fest geschlossenen Augen, und diese ihre Unschuld schon längst eingebüßt hat und wie Hendrik sagt, doch so heiß ist ... und wenn die einfach Lust auf ihn hat und ... wenn ... Nanni will lieber nicht weiter über die vielen Wenn nachdenken. Ihre Gedanken schweifen über die Dünenlandschaft wie der Flügelschlag der Möwen, die am Himmel schweben. Was hat sie sich nur dabei gedacht mit ihrem Gelöbnis vor vielen Jahren? Zum Teufel damit! Andererseits, sagt sie sich, Hendrik sieht die Frau jeden Tag in der Klinik, da hätte ja längst was laufen können! Und zudem, Anna-Marie Peters, reiß dich gefälligst zusammen, mahnt sie sich stumm, weißt du ja noch nicht mal, ob die wirklich auf der Insel ist! Zudem liebt er dich und ist treu wie ein Esel, wie er von sich selbst standhaft behauptet. Aber Gelegenheit macht Liebe, heißt es doch so schön und in einer ganz anderen Umgebung und bei diesem Urlaubsfeeling kann schließlich noch alles passieren ...

Inselmachenschaften

Das Klingeln des Telefons reißt Nanni aus ihren quälenden Gedanken und sie fallen von ihr ab wie bröckelig gewordener Lack. Hektisch rennt sie zum Apparat und nimmt ab.

»Lenn, was gibt' s?«

Sie hört die tiefe Stimme ihres Vorgesetzten.

»Commissaria, come sta, wie sieht's aus?«

Nanni stöhnt stumm auf. Nimmt sein Italo-hype denn nie ein Ende? Sie berichtet ihm akribisch von allem, was sie bislang herausgefunden haben. Lenn Zacharias, der sozusagen die Quarantäne an seinem Schreibtisch verbringt, weiß ihr umgekehrt zu vermitteln, dass die BEPO, die noch vor Ort arbeitet, in Kiki de Winters Handtasche, die unweit des Fundortes in Wäldchen entdeckt wurde, einen Kaufvertrag gefunden haben.

» ... und jetzt halt dich fest, das passt nämlich alles toll zusammen, sie hat ein Sechstel Anteile am Wasserturm. Kaufpreis satte zweihunderttausend Euro. Der Kaufvertrag ist gestern unterschrieben worden.«

»So viel? Für den Wasserturm? Gehört der nicht eigentlich der Gemeinde?«

»Wohl schon, doch, aber unsere gute Kiki hat ihn sich, weiß der Kuckuck, wie sie das geschafft hat, teilweise unter den Nagel gerissen. Und den Grund und Boden dazu, der ist ja ohnehin kaum bezahlbar. Das Spannende ist nur, es gibt demzufolge noch Miteigentümer von dem alten Ding. Das wird einigen Leuten nicht gefallen. Diesem Baufritzen schon gar nicht. Und im Rathaus, so hörte ich, sind die Meinungen durchaus gespalten zu dem Projekt. Es herrschte Krieg – Bürgermeisterin versus Kurdirektor. Den kannst du dir heute auch noch vornehmen, Nanni.«

Diese zieht während des Telefonates ihren Block vom Besprechungstisch und kritzelt als Gedankenhilfe das Wort *Kurdirektor* darauf.

»Okay, ist notiert und Lenn, du kannst dich schon mal wegen dieses Bauunternehmers schlaumachen.«

»Adrian Hettich heißt der? Von dem hab ich doch schon gehört. Der will, wenn ich das richtig interpretiere, als vermeintlicher Wohltäter der Insulaner dastehen, wenn er das Ding am Wasserturm hochgezogen bekommt. Scheint nur leider nicht nach seinen Wünschen mehr zu klappen, da andere Eigner nun ein Wörtchen mitzureden haben, was die Versetzung des Turmes angeht. Ich hab die Tage in der Zeitung gelesen, dass Langeoog aber hoch verschuldet ist und man müsse sich überlegen, in welche Trendrichtung sich die Insel künftig entwickeln solle – Discount oder Komfort.«

Man habe einen Beraterstab zusammengestellt, berichtet er Nanni weiter von dem Artikel im Ostfriesischen Kurier, der einen Masterplan vorlegen solle. Der Name Hettich wurde da erwähnt, so weiter Lenns Informationen, auch Johann de Winter kam dabei wohl vor, und der Trend, so stand es da, sei von der Kurverwaltung eindeutig Richtung Komfort vorgesehen. Da ist der Gourmet-Johann ja voll auf den Zug mit dem schicken Hotel mitten im Ort aufgefahren, denkt Nanni, und arbeitet möglicherweise mit diesem Hettich gar Hand in Hand. Aber weshalb dann Kikis oppositionelle Geisteshaltung, selbst wenn ihr Mann versucht, da mitzuspielen?

»Was hatte Kiki de Winter gegen den Wasserturm-Komplex? Außer vielleicht pekuniäre Einwände?«, versucht Nanni eine halbherzige Erklärung.

»Keine Ahnung. Nostalgia? Ich habe keinen blassen Schimmer. Der Turm, du weißt ja, ist das Langeooger Wahrzeichen, obwohl erst gute hundert Jahre alt, 1909 erbaut, und ich finde, es würde sich genau so gut am Hafen machen, oder am Ostende, wie ja der künftige Standort des Längeren schon kolportiert wird«, erklärt Lenn Zacharias eine Spur zu großspurig.

Natürlich weiß Nanni, wie alt der Turm ist und was er den Insulanern bedeutet! Aber Lenn Zacharias ist ihr Vorgesetzter, also hält sie die Klappe. Manchmal, wenn er sehr aufgeregt ist, vergisst er, was er über seine Leute weiß, sonst würde er ihr das nicht noch mal so genau erklären. Und sie wird ihm jetzt ganz sicher nicht davon erzählen, wie oft sie da oben auf dem Turm schon gestanden hat, um über die Insel zu blicken, oder wie gern Großpapa Lian die Geschichte seiner Entstehung zum Besten gab – war sein Vater damals schließlich am Bau indirekt mitbeteiligt gewesen, weil er die Bauarbeiter stets mit frischem Fisch versorgt hatte! Hauptsache, die Insel bleibt das, was sie für Nanni ist, denkt sie nun still, nämlich ein Stückchen heile Heimat, Ferienfeeling pur, visionäre Projektion ihrer Familienfantasien mit Ehemann in spe, und der ewig glückliche Hort schönster Kindheitserinnerungen!

»Okay, egal, ich fasse noch mal zusammen, Nanni, Punto uno, die Tote wollte den Hotelbau am Wasserturm verhindern und, Punto due, gleichzeitig diese Uni nach Langeoog holen. Ist die Dame vielleicht etwas größenwahnsinnig gewesen und hat ihr das möglicherweise das Genick gebrochen? Im wahrsten Sinne des Wortes?«

Nanni hört, wie Lenn ungeduldig einen Kuli auf der Schreitischfläche auf- und niedersausen lässt.

»Die muss also Geldgeber dafür im Hintergrund haben. Finde heraus, Nanni, wer diese anderen Miteigentümer sind, si? Da läuft nämlich was, das einigen nicht gefallen dürfte. Der geplante Wasserturmkomplex ist ja selbst auf dem Festland derzeit gerade Gesprächsthema Nummer eins und manche wollen da investieren. Zudem dürfte die Idee mit der Uni den Insulanern gehörig auf den Sack gehen. Zufällig weiß ich nämlich, dass die Bürgerhilfe von Langeoog auf dem Grundstück ein kleines Krankenhaus, ein ospedale, plant. Innere, Chirurgie und Unfallchirurgie, Geriatrie und vor allem Geburtshilfe, damit die Frauen nicht immer nach Wittmund fahren oder, alles schon da gewesen, die Blagen auf dem Schiff zu Welt bringen müssen. Zudem soll eine große Physiotherapie-Abteilung und eine Pflegestation auf allerneustem Stand entstehen. Und keine università oder Schule. Stimmen, die von Vergreisung der Insel sprechen, werden wohl lauter, doch, hin oder her, die Nähe zu dem bereits bestehenden Haus, *bliev hier* heißt das, soweit ich weiß, wäre ja logistisch gesehen auch sinnvoller als eine Elite-Universität. Also, Nanni, schnüffele da ganz gründlich herum. Der Vorsitzende der Bürgerstiftung ist ein gewisser Dr. Tütjen.«

»Tammo Tütjen? Na ja, das glaub ich gerne, dass der lieber ein Krankenhaus vor Ort haben will.«

Sie schreibt, indes sie Lenn in wenigen Worten über Tütjen aufklärt, das Wort *Bürgerhilfe* auf ihren Block.

»Der will dann den Ober-Commandante, den Chefarzt spielen«, schließt Lenn Zacharias lachend, »behalt' den Knaben mal schön im Auge, Nannibella. Mit dem ist nicht zu spaßen, das sagte jedenfalls der Staatsanwalt. Der kennt den von früher. Die sind in der gleichen Studentenverbindung oder so was in der Art.«

»Geht in Ordnung, Chef. Würde ja passen, von wegen der Täter tummelt sich gern am Ort des Geschehens. Der war ratzfatz da, hat die Tote untersucht und den Tod bestätigt. Ist angeblich auch Rechtsmediziner.«

»Gut. Und ganz nebenbei, Nanni, falls du ihn auseinandernimmst, frag ihn zwischendurch doch mal, wie lange diese dämlichen Pocken anstreckend sind. Die nerven mich total.«

Wieder hört Nanni das auf- und abtanzende Geräusch des Kulis auf der Schreibplatte.

»Das kann ich dir auch sagen, Lenn. Ich bin Medizinertochter und bald ebensolche Gattin, vergiss das nicht«, antwortet Nanni, zufrieden, etwas zu wissen, was dem Vorgesetzten unbekannt ist.

»Also, Windpocken bekommt man vom Varizellen-Zoster Virus und das wird durch Tröpfcheninfektion oder durch direkten Kontakt übertragen und ist hoch ansteckend. Die Inkubationszeit beträgt zehn bis achtundzwanzig Tage und man sagt, diese umfasst den Zeitraum von zwei Tagen vor dem Auftreten der ersten Bläschen bis etwa eine Woche nach Auftreten der letzen Bläschen. Also, Lenn, das dauert.«

Nanni hört ihren Vorgesetzten durch das Telefon laut aufjaulen, als hätte ihn jemand gebissen.

»Ist das dein Ernst?«

»Todernst«, gibt Nanni mit ebensolcher Stimme zurück, um ihre Aussage damit zu bekräftigen.

»Wenn das so ist, dann geh ich jetzt nach Hause. Der Staatsanwalt will die Obduktion übrigens schnell ansetzen.«

Nannis Beine werden weich wie Dickmilch (die als besondere Spezialität auf der Speisekarte der Meierei am Ostende der Insel angeboten wird), wenn sie nur dran denkt, wie der Mediziner Kiki de Winter in wenigen Tagen fein säuberlich auseinandernehmen wird – und bestimmt in ihrer Anwesenheit, weil kein anderer verfügbar ist. Nanni legt auf und setzt sich an den Glastisch. Immer wieder geht sie nun gedanklich die gesammelten Notizen durch, um sich ein Bild von dem Mordfall zu machen.

»Kiki de Winter«, murmelt sie still vor sich hin, »viel Feind, viel Ehr, scheint mir. Wer hat dich nur auf dem Gewissen?«

Die Aussagen der SPUSI-Leute weisen auf einen Mann als möglichen Täter hin. Der Herrenschuhabdruck ist dafür ein Indiz. Nanni malt ein Dreieck um das Wort. Sie liest das nächste Wort: *Fahrradreifenspuren.* Die könnten von dem de Winter-Sohn stammen, der da morgens immer mit dem Rad herumkreuzt? Ein Blazerknopf wurde gefunden. Wem der nur gehörte? Zwischendurch denkt Nanni kurz und schmerzvoll an Hendrik und die Tagung. Wie gerne hätte sie ihrem Verlobten jetzt eine SMS mit einigen Küssen geschickt. Künftig muss sie ihr Handy einpacken! Wie oft vergisst sie das zu Hause, lässt es im Büro liegen oder in der Handtasche schlummern, bis der Akku leer ist. Bislang war sie nie so sehr in Not, dass es ihr aufgefallen wäre, aber heute ärgert sie sich über ihre Nachlässigkeit.

Nanni steht auf und rafft beherzt ihre Sachen zusammen. Sie will daheim vorbeiradeln, um das Handy zu holen. Danach würde sie sich den Gourmet-Johann vorknöpfen, dann den Kurdirektor und später vielleicht den Pastor? Oder doch lieber Eske nochmals? Tjark? Maart? Seine Mutter? Ach, und den Inselarzt. Tausend notwendige Verhöre fahren in ihrem Kopf plötzlich Karussell. Belastet vom vielen Denken stellt sich Nanni einen Moment ans Fenster, welches zur Dorfseite hinauszeigt. Unten auf der Straße sieht sie die Menschen in Urlaubskleidung umherflanieren. Teilweise sehr leger gekleidet. Einer radelt im Unterhemd die Straße entlang, ein Mädchen mit hennaroten Zöpfen und vielleicht erst sechzehn oder siebzehn Jahre alt, spaziert mit nichts an als einem Bikini und Clogs von Schaufenster zu Schaufenster. Ein Pärchen – sie in lilafarbenen Hotpants, er in weißen Bermudashorts und freiem Oberkörper und beide etwa einen Zentner schwer – laufen auf Inlinern in Richtung Strand. Sie seufzt. Muss das denn sein? Man kann sich doch sommerlich und geschmackvoll kleiden! So wie die beiden Frauen, die gerade bei Luciano, dem Inselitaliener, Platz nehmen. Luftiges, ärmelloses Kleid, Sandalen, schon ist man angezogen. Ihr Blick geht weiter.

Da entdeckt Nanni an der Ecke beim *Pinese-Kiosk* Hendrik. Er steht, um sich ein Eis zu kaufen, als Letzter in der Schlange an. Neben ihm, Nanni bleibt beinah das Herz stehen, sieht sie die Squaw in einem atemberaubend engen, kohlschwarzen und schulterfreien Neckholderkleidchen, das gerade nur mühsam ihre Pobacken bedeckt. Die ultrabraunen Beine der Schönen stecken in schwarzen Lacksandalen, deren Höhe Nanni auf mindestens zwölf Zentimeter schätzt. Nach Tagung sieht die weniger aus. Nanni schluckt trocken, dann eilt sie die geschwungene Treppe hinab ins Freie. Doch wer wie vom Erdboden verschluckt scheint, als sie endlich ins Freie tritt, sind Hendrik und die Squaw. Nanni späht die Hauptstraße hinunter, dann hoch zum Wasserturm, sie sucht mit ihren Augen die Barkhausenstraße ab, erst die rechte, dann die linke Seite. Die beiden sind weg! Aber sie kann jetzt nicht Detektivin spielen, sie hat zu tun! Sobald ihre Schwestern da sind, will sie die beiden als Hendriks höchstpersönliche Bodyguards verpflichten, beschließt sie und schwingt sich auf ihr Rad, schließlich ist Emma Physiotherapeutin und auf einem medizinischen Kongress keineswegs fehl am Platz! Emmas üppige Statur sowie ihre etwas raue Art werden das Übrige dazu beitragen, dass die Squaw sich verdrückt! Zur Not schickt sie den Schweden noch hinterher. Der sieht nämlich aus wie eine Wildsau auf Freigang. Massig. Borstig. Und er hat riesige Zähne – fast wie ein Keiler. Erleichtert ob dieser Idee wirft sie das Rad ins Gras vor dem Haus. Die Haustür ist nicht abgeschlossen, bemerkt Nanni, als sie die Klinke hinunterdrückt. Übliche Inselgepflogenheit. Selbst Hendrik, der sich gelegentlich gerne mal als Kontrollfreak outet, respektiert diese Sitte, die von viel Vertrauen unter der Bewohnerschaft zeugt. Auch Caris Tür stand stets offen. »Es kann ja keiner, ohne Aufsehen zu erregen, meine Gobelins wegtragen, und das alte Silber auch nicht«, pflegte sie gern zu sagen, »wie soll der denn die Sachen von der Insel kriegen? Im Bollerwagen?« Niemals in über sechzig Jahren kam da etwas weg. Doch seit sie tot ist, steht das Haus verschlossen und einsam in den Dünen. Und jetzt ein Mord auf der Insel. Nanni kann es eigentlich gar nicht fassen.

Vor vielen Jahren, sie war vielleicht zehn oder elf, da fanden sie und Lisa mal einen Toten auf dem Spielplatz beim Flughafen. Aber der Mann hatte einfach beim Joggen einen tödlichen Herzinfarkt erlitten und war da zusammengebrochen. Das ist eine andere Nummer als eine Erwürgte im Wäldchen. Nanni schnappt sich sorgenvoll das Handy vom Küchentisch und fährt zurück ins Dorf. Sie kann ja nicht hier alle Ewigkeiten auf Hendrik warten.

Essen mit de Winter

Im Hotel ist die Luft gut klimatisiert, ja schon beinahe zu kühl. Vom Sommer kann man hier drin in der Hotelhalle kaum etwas erahnen. Nanni fröstelt etwas. Sie spürt, wie sich ihre Brustwarzen unter dem BH zusammenziehen. Eilig mustert sie sich in einem der Spiegel, welche die Pfeiler verkleiden. Man sieht nichts. Gut. Sie will schließlich nicht als der neue Erotikshootingstar in die Geschichte der Kriminalpolizei eingehen. Johann de Winter, der als Erster auf ihrer Liste dick unterstrichen steht, lehnt mit dem Rücken zu Nanni hinter der Rezeption und telefoniert. Sein Jackett liegt wie eilig hingeworfen über dem Tresen, die Ärmel seines weißen Hemdes sind bis zu den Ellenbogen hochgekrempelt. Er scheint verstimmt zu sein, denn seine laute Stimme wirkt seltsam gepresst.

»Nein, Liebes ... nein ... bitte«, hört Nanni ihn in den Hörer reden, »nein und nochmals nein. Hör zu ... ich ... ja, okay, Sve-Sweet, okay, okay. Achtzehn Uhr am Anleger. Ciao.«

Als er Nanni gewahr wird, lässt er den Hörer sinken und bekommt den bekümmerten Gesichtsausdruck eines Jungen, der beim Abschreiben ertappt wurde.

»Ich nehme an, es war die Dame am Festland«, beginnt Nanni das Gespräch. Sve-Sweet ... sie würde Hendrik ohrfeigen für so einen Spitznamen. Wie sie wohl wirklich heißt? De Winters Gesichtsfarbe nimmt einen flammend roten Ton an. Er nickt.

Nanni fährt fort:

»Ich möchte mich nun gern in Ruhe und ungestört mit Ihnen unterhalten, Herr de Winter.«

»Folgen Sie mir, bitte.«

Wortlos schnappt sich der Gourmet-Johann das Jackett und nimmt Kurs ins Restaurant *Meeresleuchten*. Nanni verschlägt es dort fast die Sprache. So viel dezente Eleganz und sachlichen Stil vereint hat sie in einem Restaurant selten gesehen. Die Wände sind cremeweiß gehalten, das Mobiliar besteht aus mokkabraunen schweren Holztischen und Stühlen, welche allesamt mit hellem, fein genoppten Leder bezogen sind. Der Boden glänzt wie gelackter Nordseesand, vor den tiefen Fenstern flattern schneeweiße Vorhänge sanft im Sommerwind. Kunstvoll gebundene Sträußchen aus Korn- und Glockenblumen, Dillblüten, weißen Margeriten und unreifen Brombeerranken zieren die Tische und geben dem Raum zugleich eine blumig-heitere Note. Über allem liegt ein verführerischer Duft nach Kaffee und Kuchen, ganz zart, und nur von guten Nasen wahrnehmbar. In einem abgeteilten Bereich des Raumes, der Nanni mit seinen runden Bistrotischchen und klassischen Thonet-Stühlen an Wiener Kaffeehäuser erinnert, bittet de Winter sie, Platz zu nehmen. Ob die Stühle wirklich echt sind? Da kostet einer locker mal um die fünfhundert Euro.

»Bin sofort zurück.«

Mit diesen Worten verschwindet Gourmet-Johann hinter einer Milchglastür, die sich wie von Zauberhand automatisch zu öffnen und wieder zu schließen scheint. Das Bild des erschütterten Witwers, das sich Nanni heute Morgen geboten hat, ist verschwunden. Wohl, so sah sie eben, hat er noch ein verquollenes Gesicht und dick geschwollene Augenlider. Das kommt vom Heulen. Aber ansonsten? Telefoniert mit der Geliebten, während seine Frau gerade auf dem Weg zur Obduktion ist? Sehr eigenartig findet das Nanni und wartet schweigend auf den Mann. Kaum zurück, lässt sich de Winter mit einem schweren Plumpsen auf einem der Stühle nieder.

»Womit kann ich helfen?«

Johann de Winter kommt gleich zur Sache. Er fixiert sie mit seinen grünen Augen, sodass Nanni die Kehle ganz trocken wird. Der hält sich für unwiderstehlich, was er auf seltsame Weise auch ist, findet Nanni. Ein Alpha-Mann, ganz klar, und diese Macht, die solche Typen ausstrahlen, wirkt irgendwie elektrisierend. Selbst auf die coole Kommissarin Nanni Peters.

»Schöne Augen haben Sie«, sagt er dann noch obendrein und Nanni wird es abwechselnd heiß und kalt, »ähnliche wie Kiki hat. Hatte. Ihre waren noch dunkler. Überhaupt, Sie könnten ihre kleine Schwester sein. Sie sind genauso attraktiv.«

Er lächelt wehmütig. Mistkerl, denkt Nanni, obwohl er recht hat, und laut sagt sie:

»So nicht, Herr de Winter.«

Der Hotelier zuckt leicht zusammen und sieht sie dabei entschuldigend an. Ein Ober im weißen Hemd und schwarzer Fliege kommt an den Tisch und stellt eine große Flasche Wasser und zwei Gläser auf dem Bistrotisch ab. Ein zweiter Kellner tritt mit einem, durch eine silberne Haube abgedeckten Teller hinzu, und stellt diesen vor Nanni ab.

»Ich habe mir erlaubt«, beginnt der Hotelier schmeichelnd, »Ihnen aus der Küche etwas zu essen kommen zu lassen. Ich wette, sie haben seit heute Morgen nichts zu sich genommen.«

Wieder hat er recht, denkt Nanni und nickt verunsichert. Der Kerl ist ihr unheimlich. Wenn ihrem Hendrik etwas so Schreckliches zustieße ... oh, den Gedanken muss sie ganz schnell wieder vergessen ... aber wenn ... dann würde sie bestimmt nicht übers Essen für die Kripo nachdenken!

»Sautierte Jakobsmuscheln mit Safranreis, dazu in Portwein glasierte Sanddornbeeren, das Ganze an einer leichten, sommerlichen Beurre de blanc mit etwas Estragonaroma. Guten Appetit.«

Der zweite Ober lüpft die silberne Haube. Ein unglaublich leckerer Duft verströmt sich im Raum und Nanni kann nicht anders, sie greift nach dem Besteck, das bereits samt einer hellen, in Schiffchenform gefalteten Stoffserviette vor ihr eingedeckt ist.

»Sehr aufmerksam«, dankt sie, um einen möglichst sachlichen Ton bemüht. Sie will lieber nicht wissen, was Gäste für dieses Gericht bezahlen müssen. Später will sie draußen auf die Speisekarte schauen. Jetzt lässt Nanni Peters etwas von dem Jakobsmuschelfleisch auf ihrer Zunge zergehen. Das Restaurant *Meeresleuchten*, so muss sie feststellen, hat seine Sterne verdient. Die Komposition ist einmalig, die Muscheln sind wundervoll zart, die Soße ein Gedicht! Fast will Nanni das auch sagen, doch sie ist im Dienst und muss in einem Mordfall ermitteln.

»Erzählen Sie mir von Ihrer Frau, Herr de Winter«, beginnt sie also die ungewöhnliche Vernehmung zwischen zwei Gabeln Reis, »wie war das Verhältnis zu ihr? Ich nehme an, nicht gerade Friede, Freude, Eierkuchen, wenn es da noch jemand anderen gibt, oder?«

De Winter schweigt einen Moment und streicht sich mit Daumen und Zeigefinger über die Mundwinkel.

»Lassen Sie es mich so ausdrücken, Frau Peters, wir waren immer noch Freunde. Und Geschäftspartner, sowie Eltern unserer Jungen.«

»Soll heißen?«

»Seit einigen Jahren lebten wir getrennt. Nicht von Tisch, aber von Bett. Wir arbeiteten zusammen und zogen die Kinder gemeinsam groß.«

»Verstehe.«

Gar nichts versteht Nanni, wie kann man so eine Ehe führen? Cari und Lian waren Zeit ihrer Ehe nicht eine Nacht voneinander getrennt gewesen, das hat ihr Großmama mal bei einer der vielen Stunden in der Teestube am Hafen anvertraut und sie war davon überzeugt, dass es das Geheimnis ihrer glücklichen Ehe gewesen war. Männer brauchen viel mehr Wärme als Frauen, auch wenn sie stets so tun, als wollten sie immer nur das eine, erklärte Cari ihr – sie war damals noch keine sechzehn gewesen – während draußen ein Schneesturm über die Insel fegte. Nanni weiß noch ganz genau, was Cari sagte, es war beinah so etwas wie eine voreheliche Aufklärungsstunde für Fortgeschrittene gewesen. So kam es Nanni jedenfalls vor. Als sich der Schneesturm gelegt hatte, kannte sie sämtliche baltischen Weisheiten zum Thema *wie mache ich mich und meinen Mann auf Dauer glücklich.* Nanni konnte es kaum erwarten! Das Ehepaar de Winter hat leider das Geheimnis dauerhafter Liebe für sich nicht entdecken können.

»Wie gestaltete sich die Zusammenarbeit?«, bohrt Nanni weiter, »Ihre Frau hatte doch als Bürgermeisterin sicherlich außer Haus viel zu tun?«

Johann de Winter seufzt.

»Das Hotel gehörte ihr. Sie hat eine Zeit lang mal mit Aktien gehandelt und dabei ein gutes Händchen bewiesen. Zudem hat sie ihren Patenonkel beerbt, einen stinkreichen Unternehmer, der vor drei Jahren verstorben ist.«

»Ach.«

Nanni ist erstaunt. Kiki war also der weitaus vermögendere Teil des Paares. Sie nimmt ihren Block, sowie Stift zur Hand und notiert *viel geerbtes Geld.* Nanni spricht de Winter auf den Wasserturm an, auf den Bauunternehmer Hettich, das Internatsgelände und alles, was sie sonst bereits hatte in Erfahrung bringen können. Von einem Teil-Kaufvertrag für den Wasserturm will er allerdings nichts wissen, von anderen Miteigentümern ebenfalls nicht.

»Kiki hat nicht mehr allzu viel mit mir besprochen. Und wie sie ihren ganzen Reichtum anlegt, schon gar nicht.«

Doch allzu erstaunt darüber, dass sie ihn über den Kauf im Unklaren ließ, wirkt der nicht, denkt Nanni, und der leichte Sarkasmus, den sie in de Winters Stimme vernimmt, weist auf ungereimte oder unbereinigte Misstöne hin. Eifersucht? Neid? Missgunst?

»Hatten Sie einen Ehevertrag?«

»Berliner Testament. Von Anfang an.«

Schau an. Das hat sich Nanni doch gedacht. Nichts Ungewöhnliches an sich, doch wenn ein Partner so viel mehr Geld hat als der andere, kann man schon mal zu dem Ergebnis gelangen, dass sich der andere Teil vielleicht bereichern möchte. Kiki de Winter hat ihren Mann also noch immer geliebt. Trotz der Trennung der Betten. Sonst hätte sie das Testament längst widerrufen.

»Sie haben sich also gegenseitig als befreite Vorerben eingesetzt, ja?«

De Winter nickt zustimmend.

»Und das heißt, Sie sind jetzt ein reicher Mann, Herr de Winter.«

Der Gourmet-Johann verzieht das Gesicht zu einer wüsten Fratze. Es erinnert Nanni an gotische Wasserspeier.

»Sie ... Sie denken doch wohl nicht ... dass ... dass ich ... meine Frau ...«

»Ich denke gar nichts. Ich frage nur«, stellt Nanni sachlich fest. »Wollte Ihre Frau denn das Testament nicht geändert haben? Ich meine ... wegen Ihrer ... Dame am ... «

»Schon gut. Wollte sie, ja! Kiki wusste tatsächlich schon ganz lange von ihr. Aber das Mädchen hat mit alledem rein gar nichts zu tun.«

Mädchen? Was sagte der Pastor? Gerade mal zwanzig, erinnert sich Nanni grimmig seiner Worte.

»Wie lange geht das schon?«

Johann de Winter windet sich. Mit der Antwort tut er sich sichtlich schwer. Nanni wiederholt die Frage.

»Ein paar Jahre.«

De Winter sagt es ungern, das sieht Nanni und die nächste Frage wird ihm noch weniger behagen.

»Wie alt?«

Der Hotelier windet sich fürchterlich.

»Sie ... sie ist ... hat gerade Abitur gemacht. Mit eins Komma zwei. Toll, oder? Sie will Medizin studieren.«

»Toll, ja. Aber sie ist also keine zwanzig«, antwortet Nanni eher zu sich selbst. »Und wie lange weiß Ihre Frau davon, dass Sie mit einer ...«

»Minderjährig ist sie ja nicht.«

»Ja. Nicht mehr. Also, wie lange?«

»Keine Ahnung. Seit einer Woche vielleicht?«, antwortet er schließlich, »oder seit zwei?«

Ganz lange schon. Aha, stellt Nanni fest, zeitliche Begriffe können doch recht unterschiedlich ausgelegt werden.

»Stephan, der Pastor, hat´s ihr einfach gesteckt.«

»Der Kramer?«

»Ja. Dabei kommt sie niemals auf die Insel. Niemals. Nur heute wird sie kommen. Ich kann ja schlecht weg. Wie sieht das denn aus!«

»Kramer?«, fragt Nanni nochmals nach, »der Pastor Kramer?«

»Genau der. So was nennt sich Freund. Ein Schuft ist der.«

Sehr eigenartig. Hat der die Sache nicht genau umgekehrt geschildert? Nanni kann sich darauf keinen richtigen Reim machen, selbst wenn der flotte Pastor recht mundfaul wurde zum Ende des Gesprächs hin. *Annahme eins, war Stephan Kramer Kiki de Winters Liebhaber, genauer hinterfragen*, notiert sie sich gedanklich ins Hirn. *Annahme zwei, wenn es so war, ist er es bei ihrem gewaltsamen Tod noch gewesen oder war Kiki de Winter nur noch eine abgelegte Geliebte?*

»Wie gut kennen Sie sich?«, fragt Nanni vorsichtig, »ich meine, wieso hat er ihr das gesteckt, wie Sie es so sagen?«

»Ach, die waren schon zusammen im Kindergarten, Kiki und die Kramers. Und ich vermute, er hat´s ihr nur gesagt, um mir eins auszuwischen. Dabei hatte ich ausdrücklich um Verschwiegenheit gebeten. Tja, da dacht` ich noch, der wäre ein Freund. Ich wette sogar, er hat sie umgebracht, nur um mich zu ärgern.«

Feine Männerfreundschaft, bemerkt Nanni stumm, jeder schiebt dem anderen die Tote in die Schuhe.

»Einige weitere Fragen noch, Herr de Winter. Erstens: Wie gut kennen Sie oder wie gut kannte Ihre Frau Jule Vossen?«

De Winter reißt die Augen auf.

» Jule? Wieso ... was ... was hat sie denn ... damit zu tun?«

»Nichts, gar nichts, reine Routinefrage. Bitte antworten Sie.«

»Ich kenne sie eben. Wir waren mal für kurze Zeit Nachbarn und ihr Bruder und ich spielen gelegentlich zusammen Tennis. Das ist alles.«

»Alles?« Nanni versucht, ihrer Stimme einen strengen Unterton zu verleihen.

»Wirklich alles? Sie sagten heute Morgen, die Tochter sei von ...«

»Tjark«, begehrt de Winter auf, »genau. Er dementiert ja nicht.«

»Woher wissen Sie das denn so bestimmt?«

Er schweigt mit düsterem Blick. Nanni versteht. Sie hat da eine Vermutung, wer der wirkliche Vater Nienkes ist. Der tote Ehemann jedenfalls nicht. Und Tjark auch nicht.

»Warum die Lüge?«, fragt sie ungehalten und de Winter sieht auf wie ein geprügelter Hund.

»Nienke und mein Kleiner, der Jonas, sie sind gleich alt, nur zwei Tage auseinander. Verstehen Sie?«, bestätigt de Winter ihre Vermutung. Nanni versteht.

»Aber wieso kommt nicht der Ehemann als potenzieller Vater in Betracht?«

»Die halbe Insel weiß dank Dr. Tütjen, dass der zeugungsunfähig war. Er hat das mal nach einer durchzechten Nacht, nach einem Konzert von den *de Flinthörners* rausgehauen, Sie wissen, das ist der Langeooger Shantychor. Jule wollte nicht als Ehebrecherin dastehen und hat Tjark gebeten ...«

»Einzuspringen?«

Nanni kann's kaum fassen, als Johann de Winter devot nickt.

»Was soll das denn«, fährt sie erregt fort, »lieber Inzucht als Ehebruch vorgeben? Das stinkt doch zum Himmel! Weiß er denn ... dass ... dass Sie ...?«

Er zuckt müde mit den Achseln.

»Ich hab keine Ahnung. Aber ich glaube, eher nicht. Sonst hätte er mich doch mal drauf angesprochen. Es ist eben besser so.«

Das arme Mädchen, bald ist es so alt, dass es nach Erklärungen sucht, denkt Nanni, als Gourmet-Johann schon fortfährt:

»Genau, wie man besser nicht den Segelunfall weiter kommentiert. Es war Selbstmord, das weiß jeder. Jules Mann konnte es nicht mehr ertragen, dass Jule ... also, er wusste ja nun mal von seinem Manko, und hat sich sicherlich das Hirn zermartert, wer Nienkes Vater sein könnte.«

Der Hotelier verstummt und schlägt die Hände vor die Augen. Die Kommissarin Nanni Peters hat das Gefühl, in ein Wespennest gestochen zu haben. Das ist mehr an Info, als sie zu träumen gewagt hat.

»Sie haben damit meine Frage hinreichend beantwortet, vielen Dank, Herr de Winter. War Ihrer Frau diese Tatsache eigentlich bekannt?«

De Winter schüttelt, ohne aufzusehen, mit dem Kopf.

»Nächste Frage«, will Nanni nun wissen, »wieso will Kramer Ihnen eins auswischen?«

De Winter, dankbar, endlich schwer vermintes Terrain verlassen zu können, gibt, lauter als notwendig, zurück: »Na ja, ganz einfach. Ich stecke mit dem Baufritzen Hettich unter einer Decke und Kiki unter der von den Kramers mit ihrem dämlichen Gefasel von dem Elite-Internat. Der Stephan will das doch unbedingt, genau wie seine Frau. Ich vermute, er will da selbst einsteigen als religiöser Rektor oder so, keine Ahnung.«

»Okay. Und die letzte Frage: Wieso meinen Sie, er könnte Ihre Frau auf dem Gewissen haben?«

»Würde ich ihm eben zutrauen. Der wurde als Jugendlicher schließlich mal wegen schwerer Körperverletzung verknackt, auf Bewährung. Kikis Vater war damals der Internatsleiter und hat ihn vor dem Rauswurf geschützt. Danach war er angeblich geläutert und verschwor sich der Theologie. Aber der Stephan hat dieses Potenzial eben in sich, da bin ich mir ganz sicher. Der ist auch Jäger und murkst Tiere ab. Ich würde das nie können. Ich bin deswegen auch seit vielen Jahren Vegetarier.«

»Aber warum Ihre Frau? Hatten die was zusammen?«

Gourmet-Johann zuckt mit den Achseln. Der glaubt also nicht an ein Verhältnis der beiden.

»Ich meine«, versucht Nanni zu erklären, »wäre er der Täter, hätte er Ihnen doch eher einen Gefallen getan. Ihnen die Scheidung erspart und Kikis Geld sozusagen vor die Füße geschmissen. Weiß er von dem Ehevertrag? Sind sie vielleicht beide zugange gewesen und machen jetzt halbe-halbe?«

Damit hat sie sich ziemlich weit rausgelehnt. Prompt bekommt Nanni die Quittung.

»Das reicht, Frau Peters. Ich habe dazu nichts mehr zu sagen.«

Johann de Winter ist von seinem Stuhl aufgesprungen, just als die Ober wieder Kurs auf ihren Tisch nehmen – mit Kaffee sowie Gebäck auf einer Etagere aus Hotelsilber angerichtet. Langsam setzt er sich wieder. Tiefrote, runde Flecken haben sich auf seinen Wangen gebildet. Zusammen mit den dicken, rot geheulten Augen wirkt er etwas albinohaft. Er streicht sich mit seiner rechten Hand durch die gewellten, noch fast schwarzen Haare, nur an den Schläfen ist erstes Grau zu sehen. Er trägt den breiten Ehering, der im Gegensatz zu Kikis mit nur einem Brilli besetzt ist, und im Vergleich geradezu schlicht wirkt.

»Nur eins noch. Wo waren Sie gestern Abend bis heute früh, Herr de Winter?«, beendet die Kommissarin ihre Befragung, nachdem der Kaffee eingeschenkt ist und die Ober sich wieder verzogen haben. Das Gesicht des Hoteliers verschließt sich merklich. Sein Blick richtet sich auf den Ausgang. Er will hier weg, stellt Nanni fest, seine Augen suchen den Fluchtweg.

»Wir haben hier zusammen gegessen, Kiki und ich. Es gab, warten Sie ... Kiki aß das Tagesmenü für die Hotelgäste. Erst ein Proseccoschaumsüppchen, dann Zitronenhühnchen und Salat.«

»Dessert?«

Nanni schreibt die Menüfolge mit.

»Ja. Variation von geeisten Beeren, karamellisierte Pannacotta und Haselnuss-Eis. Danach sind wir nach Hause. Ich wollte früh schlafen. Sie wollte noch nicht nach Hause und meinte, sie ginge noch aus.«

»Wohin?«

»An den Strand. Das sagte sie jedenfalls.«

»Wo und wann haben Sie Ihre Frau zuletzt lebend gesehen, Herr de Winter?«

»Vor dem Hoteleingang. Gegen zehn? Ich weiß es nicht so genau.«

Zu glatt, denkt Nanni, einfach zu glatt. Auch die Tränen, die er jetzt rausdrückt, wirken ein wenig kümmerlich.

»Wir schreiben heute Abend die Protokolle vor. Halten Sie sich für die Unterschrift und weitere Gespräche bereit, Herr de Winter.«

»Sicherlich«, antwortet de Winter mechanisch.

Die Kommissarin Nanni Peters verabschiedet sich und bedankt sich dabei nochmals ausdrücklich für das vorzügliche Essen und den Kaffee. Dann steuert sie den Kasten an, in dem die kulinarischen Genüsse des Hauses für vorbeischlendernde Leute angepriesen werden. Die sautierten Jakobsmuscheln mit Safranreis und Beurre de blanc mit etwas Estragonaroma, sucht sie vergeblich darauf. Das leckere Gericht, welches sie eben konsumiert hat, steht nicht auf der Karte. Hätte sie sich ja denken können. Der Gourmet-Johann wollte sie mit den Künsten seiner Köche einkaufen! Aber der wird sich noch wundern! Eine Nanni Peters ist doch nicht mit einer Fünf-Sterne-Küche zu ködern, möge sie noch so umwerfend sein, beschließt Nanni und schmeckt dabei immer noch, trotz des Kaffees, den sie eben getrunken hat, das säuerlich feine Aroma der Komposition auf ihrer Zunge.

Beschwingt tritt Nanni nun auf die Hauptstraße. Als Nächstes würde sie die Kramers befragen. Sechsunddreißig Grad liest sie am Temperaturanzeiger der gusseisernen, flaschengrünen Standuhr ab, die neuerdings den Platz vor dem Kiosk ziert. Puh! Die Infos, vor allem aber auch die Temperatur, treiben ihr den Schweiß auf die Stirn. Ganz schön viel Mist, den sie da ans Tageslicht befördert. Nix Idylle hier auf der beschaulichen ostfriesischen Insel. Aber bevor sie weitere vernehmen will, muss sie mal kurz mit Hendrik telefonieren, vielleicht mit ihm zur Abkühlung eine Runde im Meer schwimmen, dann geht`s weiter. Sie schwingt sich, das Handy am Ohr, auf ihr Rad. Den schwarz-weiß getupften Bikini hat sie sich vorhin in weiser Voraussicht mit eingepackt.

Doch Hendriks Handy bleibt, bis auf das regelmäßige Tuten, stumm. Also, doch erst die Kramers befragen und dann vielleicht schwimmen, entscheidet sie und versucht gleichzeitig das Bild der allzu aufreizend gekleideten Squaw an Hendriks Seite aus ihrem Fokus zu verbannen. Noch nie im Leben hat sie sich ihre Schwester Emma mehr herbeigesehnt als in diesem Moment! Vor Emma würde sich die Squaw ducken, diese ist ihr mit ihrem Gewicht von gut achtzig Kilo mühelos gewachsen! Zudem beherrscht Emma Kampfsportarten. Tae bo und so was. Nicht, dass Nanni das nicht auch könnte – als

Kripobeamtin musste sie ja ständig trainieren – aber Emma La Machina, wie Hendrik und sie ihre Schwester gelegentlich und nur in stillen Stunden nennen, wirkt dabei einfach weitaus imposanter als Nanni selbst mit ihren zarten Schultern, der schmalen Taille und der beinah knabenhaften Hüfte, die alles andere denn als ein gebärfreudiges Becken zu bezeichnen ist. Emmas Statur sieht – zu deren großen Leidwesen – doch etwas martialisch aus. Lisa hat Mamas kleine, zarte Gestalt geerbt, zusammen mit den schwarzen Haaren und den ebenso dunklen Augen. Nanni hat, genau wie Paps und Cari, die eher feingliedrigen Züge des gräflichen Familienzweiges der von Ungersch-Wildensteins abbekommen und die arme Emma (und Onkel Friedel) eher das Robuste der Seefahrerfamilie Peters. Sie gleicht Großpapa Lians Schwester wie ein Ei dem anderen.

»Morgen kommst du ja und dann bewachst du ihn«, murmelt Nanni und steuert das Pfarrhaus auf der Hauptstraße an. Da fällt ihr der Anruf bei der Goldschmiedin wieder ein. Sie muss unbedingt den Termin verschieben. Und Lenn anrufen! Alles würde sie an Vorbereitung ihrer Familie überlassen, aber das nicht. Sie wird Hendriks Ring selbst schmieden und wenn noch hundert tote Frauen hier auf der Insel gefunden würden! Nanni wählt die Auskunft und lässt sich dann verbinden.

»*Schmiedhus*. Jule am Apparat, moin.«

Jule Vossen, denkt Nanni, die ihren Bruder als vermeintlichen Vater ihrer Tochter ausgibt. Die Frau ist ihr grundsätzlich schon mal unsympathisch. Nanni räuspert sich leise und bittet dann um die nötige Terminverschiebung.

»Ich schau nach, kleinen Moment, ja?«

Nanni hört durch den Hörer hindurch energische, kleine Schritte, Holz auf Fliesen, ein Rascheln und ein Blättern, dann wieder Jules auffällig rauchige Stimme.

»Also, sieht leider schlecht aus. Morgen ginge es noch, aber nur bei meiner Kollegin.«

Gott sei Dank, betet Nanni, alles, nur nicht bei der die Ringe schmieden.

»Da sind noch zwei Plätze frei. Bei Gretje. Die ist zwar nur eine Sommerferienaushilfe, aber sie macht das bestimmt genauso gut. Gelernt ist schließlich gelernt.«

Gretje? Maarts Mutter?, fragt sich Nanni und erinnert sich der Worte der Fischkoppfrau Eske Gerdes-Janssen. *... fetzt sich ständig mit Johanns Exfrau wegen des Unterhalts ... Gretje hat damals die Brötchen auf den Tisch gestellt, da war der Kleine schon da, damit der Johann auf die Hotelfachschule gehen konnte, und nicht die Kiki ... Die Gretje hätte demnach hat allen Grund, Kiki ... naja, egal.* Frauen wie Gretje de Winter schrammen exakt durchs Raster des neuen Scheidungsrechtes, überlegt Nanni, das wäre ein Grund, klar. Dem Ehemann zu Ausbildung, Ruhm und Ansehen verholfen. Einige Zeit der Familie gedient. Ausgewechselt. Verarmt.

Andererseits, denkt Nanni, liegt die Trennung nun wohl auch schon einige Jährchen zurück. Irgendwann musste ja auch mal gut sein, ein behindertes Kind hin oder her.

Gretje vernehmen, merkt sie sich auf ihrem gedanklichen Notizzettel, da sie auf dem Rad nur schwer mitschreiben kann. Später will sie diese Notiz schriftlich festhalten.

»Soll ich Sie jetzt ummelden auf morgen Abend? Der Kurs geht über zwei Tage.«

Jules Ton wirkt nun leicht ungehalten. Unfreundlich. Passt zu den Infos über sie, befindet Nanni und schilt sich gleichzeitig wegen ihrer Neigung zu Annahmen. Als ob das eine mit dem anderen etwas zu tun hätte!

»Ähm, ja, bitte«, gibt Nanni zurück, »das ist perfekt.«

»Gut. Also, dann morgen achtzehn bis zweiundzwanzig Uhr der erste Teil ... «, antwortet Jule und macht dann eine kleine Pause, während sie schreibt, » ... und der zweite Teil ein Tag später von sechzehn bis neunzehn Uhr. Ist hiermit fest notiert.«

Nanni bedankt sich, dann legt sie auf. Jetzt ist Lenn Zacharias an der Reihe. Der Anruf stellt sich als Fehlanzeige heraus. Sie erwischt nur den Anrufbeantworter und will es später erneut versuchen.

Besuch beim Pastorenpaar

Nanni Peters will gerade vor dem *Beiboot,* einem Teil des evangelischen Gemeindehauses, das Fahrrad anschließen, als sie hinter sich jemanden ihren Namen rufen hört. POK Caspar mit a ruft ihn mehrmals hintereinander, bis sie endlich in seine Richtung aufblickt.

»Wo hast du deinen Kopf, Nanni?«

Missbilligend schüttelt er sein graues Haupt.

»Ich hab ne ganze Menge herausgefunden.«

»Ich bin ganz Ohr«, nuschelt Nanni verlegen, weil sie sich dafür schämt, ständig mit ihren Gedanken woanders zu sein. Dabei ist sie es doch wohl der Toten schuldig, ganz dabei zu sein!

Zerknirscht fordert sie ihn auf:

»Schieß los.«

Sie legt dabei das Schloss um das Hinterrad und lässt es zuschnappen.

»Tjark Vossen ist seit einigen Tagen auf irgendeiner Fahrradmesse in Holland. Der kann also gar nicht mit seinem E-Wagen am Tatort herumgefahren sein. Maart liegt falsch.«

»Dann war's eben jemand anderes. Zudem wissen wir ja noch nicht mal, ob das wirklich der Tatort ist.«

»Schon überprüft. Der E-Wagen von Vossen steht seit einer Woche am Festland in einer Garage. Der war's ganz bestimmt nicht.«

Gefällig lächelt er seine Vorgesetzte an. Nanni Peters ignoriert es. Zu früh die Lorbeeren austeilen ist nicht gut. Sie hat zudem schon wieder Durst und immer noch geht ihr die Goldschmiedin nicht aus dem Sinn.

»Aber es dürfte für dich recht interessant sein, dass nur drei Wagen gleicher Bauart hier zugelassen sind, der von Tjark, einer auf das *Hotel de Winter* und einer fürs *Schmiedhus*.«

»Für die Goldschmiede?«

Nannis Kopf fährt herum.

»Jawohl, alle drei mit dem gleichen Fabrikat und der gleichen Farbe. Ich weiß zwar nicht, wofür die ausgerechnet so was brauchen, aber egal. Gold scheint eben schwer zu wiegen. Beim Gourmet-Johann erschließt sich mir die Notwendigkeit schon eher.«

Nanni zählt auf seiner Stirn unzählige kleine Schweißperlen, bevor er versucht, diese mit dem Handrücken wegzuwischen.

»In der Tat. Wer arbeitet in der Schmiede außer Jule und Gretje?«

»Gretje? Das wusste ich gar nicht.«

POK Otten sieht anerkennend zu Nanni.

»Es sind dort neben der Besitzerin und Jule also noch mehrere Frauen beschäftigt? Könnten dann wohl alle in Frage kommen, aber ich weiß nicht, wer. Der Wagen wurde am Hafen gesehen. Aber es kann genauso gut der von Johann gewesen sein. Das haben die Hafenarbeiter bestätigt.«

»Aber den würde Maart doch erkennen oder etwa nicht?«

»Oder er hat ihn sogar selbst gefahren. Der Junge war schließlich vor Ort. Vielleicht will er nur von sich ablenken.«

Er kratzt sich am Ohr. Die Variante gefällt Nanni besser als die Vorstellung, dass jener Laden, in dem sie und Hendrik demnächst ihre Ringe schmieden wollen, möglicherweise in einen Mordfall verwickelt sein könnte. Das wäre doch ein schlechtes Omen für ihre Ehe, durchfährt es sie. Sie will unbelastet und in froher Erwartung den Bund fürs Leben schließen! Was, wenn durch das Trauringseminar ihre Verbindung mit einem Fluch belegt wird? Sie dadurch unglücklich wird? Oder Hendrik ... Gott bewahre ... sie vor dem Standesbeamten sitzen lässt? Hallo, schimpft sie sofort, Frau Peters, geht´s noch? Willkommen im 21. Jahrhundert, huhu! Was sind denn das für okkulte Anwandlungen? Seinerzeit zu viel Harry Potter gelesen? Nanni muss sich einen Moment sammeln, bevor sie die weitere Vorgehensweise mit POK Otten besprechen kann. Sie holt tief Luft, denkt an ihr wunderschönes Brautkleid und antwortet ruhig:

»Ist die SPUSI an dem Wagen zugange?«

Otten nickt.

»Falls die da aber was finden, denke ich, könnten sie das an unzähligen anderen Wagen auch finden. Der Waldboden klebt an jedem Reifen hier auf der Insel, da kannst du sonst was drauf geben.«

»Man wird sehen. Warst du auch schon im Rathaus?«

Der Kollege bejaht auch diese Frage.

»Die waren vollauf damit beschäftigt, auf Halbmast zu beflaggen vor lauter Trauer um Kiki, die Bürgermeisterin. Man will ihr ein großkotziges Begräbnis angedeihen lassen, obwohl kein Mensch sie da mehr ausstehen konnte. Der Kurdirektor hat es sogar geschafft, ein Tränchen rauszudrücken und einen auf trauernden Kollegen zu machen. Dabei weiß die halbe Insel, dass er sie wochenlang nicht von hinten angeschaut hat.«

»Was sagt er zu ... zu dem Wasserturmprojekt?«

»Das hat ihn ziemlich aus der Fassung gebracht. Er behauptete, von nichts zu wissen und wollte gleich nach den Papieren suchen.«

»Und?«

»Weg.«

»Weg? Was heißt das, weg?«

»Weg eben. Es gibt im Rathaus keinerlei Akte zum Verkauf des Turmes. Jedenfalls hat er keine gefunden.«

»Aber auf Kikis Urkunde ist das Siegel der Stadt Langeoog drauf, das hat Zacharias bestätigt. Die Urkunde ist doch legal, oder?«

»Sie könnte genauso gut auch gefälscht sein.«

»Er meinte aber, der Hettich habe alles im Überblick, das würde zur vollkommenen Zufriedenheit aller Beteiligter geregelt und der Wasserturm würde dort bleiben, wo er seit hundert Jahren ist, nämlich an Ort und Stelle. Alles andere wäre eine Mär und vollkommener Unsinn. Finde ich aber irgendwie auch. Diese Wasserturmsache scheint mir gerade eher so ein bisschen wie Möchtegern-Monopoly für Insulaner zu sein. Und der Kurdirektor schwört Stein und Bein, dass der Hettich den nicht versetzen lassen will!«

Nanni wiegt nachdenklich den Kopf hin und her. Kann sein, sinniert sie, kann auch nicht sein. Unmöglich, einfach einen Wasserturm zu vertickern ohne Zustimmung der Gemeinde. Das geht einfach nicht! Sie muss unbedingt herausbekommen, wer die anderen Anteilseigener sind.

»Wer in Kikis Umfeld arbeitet im Rathaus? Was sagte der Kurdirektor zu dem Internatsgelände? Dem Marina-Vorhaben?«

Caspar mit a versucht sich etwas Kühlung zu verschaffen und zieht seine Dienstmütze erneut vom Haupt, um sich damit Luft zuzufächeln. Nanni ist fast ein wenig neidisch darauf. Sie könnte jetzt auch gut eine kühle Brise vertragen. Stattdessen spürt sie feine Rinnsale auf ihrem Brustbein hinabrinnen und in den stoffummantelten Bügeln ihres BHs versickern.

»Also«, beginnt Otten gedehnt, »da wäre nur der Kurdirektor höchstpersönlich. Die beiden waren Klassenkameraden und einst ganz dicke Freunde. Daher versteh ich einiges nicht so recht. Zum Beispiel weswegen die sich jetzt nicht mehr lieb haben.«

»Vielleicht alles nur Show und sie machen in Wirklichkeit gemeinsame Sache gegen den Hettich? Das würde zum Verschwinden der Verkaufsakte passen.«

Nanni findet diesen Gedankengang unschlagbar logisch.

»Er markiert den großen Feind und in Wirklichkeit machen sie gemeinsame Sache.«

»Würde wiederum dazu passen, dass der Kurdirektor dem Eliteschuppen als Neunutzung des Inselgeländes näher steht, als der Idee mit dem Krankenhaus, weswegen er da, genau wie Kiki, ebenfalls in der Kritik steht. Aber er meinte, das Krankenhaus könne man genauso gut in die Marina mit einbauen, dann hätten es Besucher auch nicht so weit. Dem widersprechen die Hoteliers und Gastronomen vehement, die Besucher nicht nur an den Patientenlagern, sondern auch im Ort sehen wollen, um ihnen Bettstatt und Verpflegung für teueres Geld anzudrehen. Und der Inselarzt will davon schon gar nichts hören, der will die Nähe des Geländes zum Altenheim. Alles sehr verzwickt hier, Nanni, das merkst du jetzt wohl auch, oder? Lasse ist noch vor Ort, um da ein wenig weiterzubohren. Er kennt die richtigen Leute, ich weniger.«

Diesmal nickt Nanni und es erscheint ihr heute bereits zum zweiten Mal so, als steche sie in ein giftiges Nest. Unsicher zeigt sie Richtung Pfarrhaus und antwortet:

»Komm mit. Mal sehen, was die Kramers zu alledem zu sagen haben.«

Nanni sieht auf ihre Armbanduhr. Bald benötigt sie eine Pause, sonst verwirbeln sämtliche Infos in ihrem Kopf wie bei einem Hurrikan.

Der schmucklose, schlichte Bau mit einer Fassade aus den Siebzigern lädt nicht eben zum Bewundern ein, denkt Nanni, als sie, um zu klingeln, vor die Haustüre tritt. Glasbausteine in verschiedenen Grünnuancen konkurrieren mit der senfgelben Wandfarbe, welche die wie Schuppen aufeinander liegende, hölzerne Mauerverschalung ziert. Die schmalen, dunkelbraunen Fensterrahmen geben dem Haus etwas Düsteres und nicht einmal die eher wie aus Versehen dort gestrandete wirkende, frisch lackweiß gestrichene Haustüre kann diesen Eindruck verscheuchen. Das Ensemble wirkt insgesamt unfreundlich und wenig einladend. Auch der Rosenbogen neben der Haustüre, der über und über mit kräftig duftenden und rosa-pinkfarbenen Blüten ein Dach über diverse Fahrräder, Fußbälle, Skateboards und ein quietschblaues Bobbycar samt Anhänger bildet (und dem Ganzen damit etwas Leichtes und Heiteres verleiht), kann nicht darüber hinwegtäuschen, dass hier niemand wohnt, der mit einer kreativen Hand gesegnet ist. Nanni hätte dem Pastor etwas mehr Geschmack zugetraut. Aus dem Inneren des Hauses ertönt nun zu allem Übel ein unangenehm schriller Ton, der die Besucher ankündigt. Nanni und ihr Kollege sehen sich an.

»Nicht sehr einladend. War noch nie hier«, brummt der Inselpolizist, »bin katholisch, einer der Wenigen hier auf der Insel.«

Von innen hört man Schritte. Auf den derangierten Anblick der Frau, die öffnet, ist Nanni nicht gefasst. Die Schlanke Mittdreißigerin sieht Kiki de Winter recht ähnlich, wieder so ein Heidi-Klum-Typ, denkt Nanni, doch diese Frau hier wirkt, als hätte sie die letzten fünf Nächte unter einer Brücke zugebracht. Das blonde kinnlange Haar ist ungewaschen und eilig zusammengebunden, verschmierte schwarze Mascara vom Vortag rahmt die hellen blauen Augen wie bei einem Pandabär ein. Heroin-chic nannte man das vor einigen Jahren, erinnert sich Nanni. Auf der rechten Wange prangt ein dicker Bluterguss. Die Kleidung der Frau, eine kieselgraue Jogginghose mit den drei Adidasstreifen, sowie ein ärmelloses weißes T-Shirt mit Prada-Aufdruck, wirkt ziemlich schmuddelig, das Shirt hat zudem auf der rechten Brust einen dunklen Fleck wie von getrocknetem Blut. Die nackten Unterarme zeigen deutliche Kratzspuren, die aussehen, als hätte sich die Dame durch dornige Ranken kämpfen müssen. Der Otten, das sieht Nanni, denkt sich dazu seinen Teil, genau wie sie selbst. War diese Frau heute früh im Wald oder wohnt hier eine Handvoll kleiner Katzen? Wie zur Bestätigung des Letzteren, hört Nanni ein schwaches Miau und sieht zu Boden, der überraschenderweise mit edlen Solnhofener Natursteinplatten ausgelegt ist. Eine winzigkleine, rabenschwarze Katze, die sicherlich erst wenige Wochen alt ist, schnurrt um Nannis Füße und will dann nach draußen entweichen.

»Nein, du bleibst schön hier, meine Süße.«

Das Kätzchen wird sanft aufgenommen und entschuldigend meint nun der Heidi-Klum-Pandabär- Verschnitt:

»Sechs davon, das ist wirklich allerliebst. Aber mords anstrengend. Die Mutter ist, genau wie ich, restlos überfordert. Zudem bin ich seit zwei Tagen krank. Magen-Darm. Und das im Hochsommer. Sorry. Aber keine Sorge, ich bin nicht mehr ansteckend.«

Das erklärt das schlampige Auftreten der Frau trotzdem nicht, aber Nanni behält diese Feststellung für sich und ist froh, der Frau nicht die Hand geben zu müssen, da diese gerade Mühe damit hat, das kleine Kätzchen festzuhalten, welches sich entschieden gegen die Zäsur seiner Freiheitsbekundungen wehrt. Diese Frau ist eine begnadete Rednerin auf der Kanzel, von der ihr Kollege berichtet hat? Irritiert schaut Nanni von der Frau zu Otten, der nicht minder verunsichert dreinschaut.

»Wir ... möchten ... bitte«, hebt Nanni an.

»Die Bürozeiten sind wieder ab fünfzehn Uhr«, bekommen Nanni und Otten als Begrüßung nun zu hören. Nanni räuspert sich.

»Ähm, also, wir sind nicht wegen der Bürozeiten hier. Wir ... Herr Otten und ich .... ähm ... wollen ... Sie sind doch Frau Kramer?«

»Birke Kramer, ja. Um was geht´s?«

Nanni sucht den Blick von Otten.

»Caspar, ist etwas mit den Kindern?«

Die Frage bleibt ängstlich zwischen ihnen stehen, bis Otten abwinkt.

»Nee, nee, keine Sorge, Birke.«

Dann sieht er zu Nanni. Sie weiß noch nicht, was passiert ist, sagen seine Blicke. Wieso hat ihr Mann noch nichts dazu gesagt? Wo steckt der überhaupt? Ein weiteres, ebenfalls schwarzes Kätzchen, das jedoch zusätzlich vier weiße Pfötchen vorzeigt, schmiegt sich an Nannis rechte Sandale. Sie nimmt es hoch. Das Schnurren klingt wie bei einem laufenden Spinnrad.

»Wir ermitteln ... im Kriminalfall de Winter«, erklärt Nanni nun mit fester Stimme.

»De Winter? Was ist passiert? Kommen Sie herein. Was ist mit Johann?«

»Nicht Johann, es geht um ... ach Birke, es tut mir leid«, versucht POK Otten nun die schlimme mit sanfter Stimme zu überbringen,

» ... es ist wegen Kiki.«

»Kiki?«

Langsam setzt Birke Kramer das Kätzchen auf dem Boden ab. Sie weist die Beamten wortlos den Flur entlang durch ein wildes Durcheinander von Turnschuhen, Rucksäcken und Golftaschen. Nanni entdeckt zwischen Garderobe und Spiegel zwei Kunstdrucke von Picasso aus der blauen Periode an den Wänden, *Das Mädchen mit der Taube* sowie *Die Frau mit den verschränkten Armen*. Aus der angrenzenden Küche strömt ein wohlbekannter Geruch. Kamillentee. Als sie alle um einen mächtigen Esstisch versammelt sitzen, fährt Nanni, nachdem sie sich des Kätzchens ebenfalls Richtung Fußbodens entledigt hat, sanft fort:

»Es ist mir sehr unangenehm, Ihnen das sagen zu müssen, aber sie ... sie ist ... tot.«

»Tot?«

Die Betäubung kriecht an Birke Kramer hinauf wie eine giftige Natter, stellt Nanni fest, gleich wird sie ihr Hirn erreichen und die Pastorin der schrecklichen Tatsache gewahr werden. Das Schlimmste steht ihr jedoch noch bevor.

»Sie wurde wahrscheinlich ermordet«, fügt Nanni so ruhig wie nur möglich an und beobachtet gleichzeitig, wie Birke Kramer mechanisch nach ihrem Becher greift, aus dem heißer Dampf aufsteigt.

»Ermordet«, murmelt die Pastorin und nippt dann sichtlich erschüttert an ihrem Tee. Sie stellt den Becher mit dem klassischen blauweißen Friesenmuster wieder auf der Tischplatte ab. Für einen kurzen Augenblick schweigen alle. Dann fängt Birke Kramer leise an zu weinen. Nanni lässt sie gewähren.

Sie kennt das. Die Menschen brauchen etwas Zeit, wenn sie Schlimmes erfahren. Unauffällig scannt sie derweil das Interieur der offenen Wohnküche. Weiße Fronten, apfelgrüne Wände. Viel Edelstahl und Glas, eine schlichte, mit Obst gefüllte Schale neben einer sündhaft teuren Saeco-Kaffeemaschine auf der Anrichte, und als Kontrast dazu der alte Eichentisch. Das bodentiefe Fenster steht weit geöffnet, die Wärme dringt durch einen leise klirrenden Vorhang aus bunten Glaskugeln bis zum Tisch. Aus dem CD-Player über der Spüle hört Nanni den ffn-Slogan erklingen. Den Eindruck, den Nanni draußen zunächst gewonnen hat, muss sie revidieren. Im Innern des Hauses ist mit viel Sorgfalt alles aufeinander abgestimmt.

»Und ... und was wird nun aus unserem großen Projekt? Unserem Traum?«, stößt Birke Kramer schließlich hervor. Otten streicht sich über die grauen Stoppeln. Was ist das denn jetzt?, sagt seine Miene, sie sorgt sich nur um das Projekt? Kein Ton zum gewaltsamen Tod der Freundin? Was sagt man nur dazu? Da wirkte Birkes Mann heute Morgen ja wesentlich bestürzter. Zwischen Birke Kramers ungezupften Brauen bildet sich eine steile Falte. Sie angelt sich ein zerknülltes Taschentuch aus der Hosentasche, wischt sich damit über die Augen und schnäuzt sich kräftig, bevor sie mit fester Stimme fragt:

»Wer?«

»Was wer?«, gibt POK Otten zurück.

»Wer hat sie ... umge ... ich meine, wer hat das gemacht? Weiß man das schon?«

Unabhängig von der Antwort wird sie gleich jemanden nennen, der ihrer Meinung nach ganz sicher die Ärmste auf dem Gewissen hat. Nanni lauert förmlich darauf. Und sie wird nicht enttäuscht. Indes Birke Kramer das Taschentuch zu einer kleiner Kugel fest zusammenknüllt, presst sie zwischen ihren makellosen Zähnen hervor:

»Er wollte sie loswerden. Sie ist im Weg. Jemand anderes kommt nicht in Frage.«

Die Pastorin schaut erwartungsvoll zu Nanni.

»Aber ich nehme an, Sie haben ihn schon dingfest gemacht.«

Wer wohl *er* sein mag?, denkt Nanni, und tippt auf den Witwer. Sie will die Frage verneinen, nachhaken, wen Birke

Kramer damit meint, da hört sie die Türklingel schrill aufjaulen. Birke fährt ungerührt fort:

»Ich persönlich glaube trotz allem aber eher an Suizid. Kiki war ... nun ... in einer schwierigen Lebenssituation, da brennen schon mal die Sicherungen durch. Sie wissen sicherlich von ... «

»Der Dame am Festland, meinen Sie? Ja, wissen wir«, gibt Nanni kühl zurück. »Da Ihre Freundin jedoch gestern einen interessanten ... «

Wieder geht die Türklingel.

»Entschuldigung.«

Birke erhebt sich schwerfällig und Nanni überlegt, ob sie vielleicht schwanger sein könnte. Das würde die langsame Bewegung sowie das leicht gewölbte Bäuchlein erklären, welches Nanni eben unter Birkes Shirt gewahr wird. Aber es liegt möglicherweise auch einfach nur an der schlechten Körperhaltung sowie dem fiesen Virus, den Birke bekämpfen muss.

»Ich versteh nicht, wieso Stephan ihr noch nichts gesagt hat«, hört sie nun Caspar mit a an ihrer Seite raunen, »der lässt uns hier voll auflaufen. Evangelen-Sack, blöder.«

Nanni grinst.

»Über die Maßen schockiert wirkt sie ja nicht gerade.«

Otten stimmt ihr zu, als sie Birke im Flur sagen hören:

»Du schon? Wirst du jemals einen Schlüssel mitnehmen, wenn du das Haus verlässt?«

Es folgt ein Kuss.

»Hallo Mäuslein.«

Wieder ein Kuss. Die Beamten schließen, dass jemand von der Familie zurückgekommen ist.

»Schatz, tut mir leid. Aber ich sehe, es geht dir besser. Schön. Zudem muss ich dringend mit dir reden. Zu wem gehören die Fahrräder vor der Tür? Und warum weinst du?«

Nanni erkennt die Stimme des Pastors.

»Sie gehören ... zu Caspar Otten und einer Beamtin, die ich nicht kenne. Sie haben mir von ... Kiki ... erzählt ... ist es nicht furchtbar?«

Stephan Kramer stöhnt auf.

»Verstehe. Sie sind schon da. Deswegen wollte ich mit dir reden. Aber vorhin, als ich reinsah, hast du so fest geschlafen, da wollte ich dich nicht wecken. Und dann hatte ich gefühlte tausend Sitzungen und anschließend die Bibelstunde im Kindergarten.«

Nanni sieht in den Flur. Wie zur Bestätigung hebt Pastor Kramer nun den Arm eines kleinen Mädchens hoch. Es ist das Ebenbild seiner Mutter, nur in Kleinformat und vielleicht fünf Jahre alt.

»Stimmt, Vati hat uns heute die Geschichte von Moses im Körbchen vorgelesen, dann haben wir dazu aus Ton die Figuren geformt und noch gesungen.«

«Oh, das klingt spannend.«

Birke Kramers Stimme wirkt gepresst, als sie ihrer Tochter antwortet. Na ja, kein Wunder, findet Nanni, wenn die beste Freundin tot im Wald aufgefunden wird.

»Geh jetzt nach draußen, Lulu, ich habe eben die beiden Ferienmädchen hinten im Garten spielen gesehen.«

»Vielleicht spielen sie mit mir Gummitwist.«

»Bestimmt. Nun geh schon.«

Das weitere Geplapper des Mädchens, welches noch Kekse und Saft fordert, sowie die verkrampft munter wirkenden Antworten der Mutter können nicht darüber hinwegtäuschen, dass die Kramers angespannt sind. Birke eilt an den Beamten vorbei in eine Vorratskammer und holt Kekse für Lulu. Der Pastor betritt, nachdem das Kind wieder weg ist, die Küche, in der Nanni und POK Otten geduldig auf die Fortsetzung des Gespräches warten. Entschuldigend zuckt er mit den Achseln, dann setzt er sich Nanni gegenüber auf den freien Platz.

»Schon was rausgefunden?«

Kramer steht wieder auf und macht sich an der Kaffeemaschine zu schaffen.

»Noch jemand?«

Nanni und Otten schütteln unisono mit dem Kopf. Dann warten sie schweigend, nur das Geräusch des in die Tasse blubbernden Kaffees ist zu hören, bis Birke und der Pastor wieder Platz genommen haben. Nanni spricht Birke auf den Wasserturmkauf an. Kaum hat sie es ausgesprochen, geht eine Veränderung durch die Frau. Mit verblüffter Miene stellt Nanni fest, dass es mit der Freundschaft der beiden Frauen gerade nicht zum Besten gestanden haben konnte.

»Diese ... diese ... Verräterin ...«, keucht die Pastorin aufgebracht, »sie hat mir versprochen, es nicht zu tun.«

Der Pastor legt fürsorglich seine rechte Hand auf Birkes Linke.

»Beruhige dich, Schatz.«

Doch Birke Kramer will sich nicht beruhigen.

»Ich meine, wir sind auch vehement gegen den geplanten Abriss des Wasserturms zugunsten eines Hotelkomplexes. Aber das Geld brauchen wir für andere Zwecke. Kiki und ich haben uns deswegen leider ziemlich häufig in letzter Zeit gestritten. Und gestern Abend besonders. Schließlich hat sie es mir in die Hand versprochen, nicht zu kaufen und die Finger vom Turm zu lassen. Ich fass' es einfach nicht. Da ... da hatte sie dann wohl bereits unterschrieben.«

»Wann genau war das gestern Abend?«, hakt POK Otten nach.

»Sie kam noch vorbei, ziemlich spät, gegen halb elf, meinte aber, sie könne leider nur kurz reinschauen.«

Sieh an, denkt Nanni, dann ist also nicht der Gourmet-Johann die Person, die (neben dem Mörder oder der Mörderin) Kiki de Winter zuletzt lebend gesehen hat, sondern Birke Kramer. Sie fragt nach, wie lange die Tote da war, und was gesprochen wurde, was sie vom Kurdirektor erfahren haben, und wann Kiki de Winter wieder das Haus der Kramers verlassen hat. Ganz nebenbei bekommt Kommissarin Peters auf diese Weise einige Namen der anderen Mitanteilseigner des Turmes auf dem silbernen Tablett serviert. Otten pfeift durch die Zähne. Da brutzelt es ganz schön hinter der idyllischen Fassade des Ortes. Zudem ist das brachliegende Internatsgelände derzeit nicht nur das neue Baby der Kramers, so viel steht nach dem Gespräch ebenfalls fest. Auch der Inselarzt agiert ziemlich skrupellos, um sein Krankenhaus durchzuboxen. Die bisherigen Aussagen passen alle irgendwie zusammen.

»War sonst jemand zugegen? Kann das sonst eine Person bezeugen, dass Kiki gestern Abend hier ...«

»Ja, klar, Jule.«

»Jule Vossen?«, hakt Nanni irritiert nach, »was hat die denn damit zu tun?«

»Na ja, es ist schließlich unsere Idee, von uns dreien, gewesen, die Schule wieder aus den Ruinen auferstehen zu lassen.

Wir wollen hier eine Europa-Universität von Rang und Namen haben.«

Sie hat Großes damit vor, sagt Nanni mit ihrem Blick in Richtung Otten, der wiederum blinzelnd das Gespräch verfolgt.

»Das favorisierte Altenheim«, fährt Birke fort, »ist ohne Frage notwendig, muss aber nicht auf *dem* Gelände errichtet werden. Da gibt's genug andere Möglichkeiten. Soll sich dieser Hettich doch damit herumschlagen und statt des Hotels neben dem Wasserturm eins bauen. Dann wären auf einen Schlag alle Gemüter beruhigt. Wäre doch viel besser, liegt doch eh viel näher am Ortskern.«

Nanni räuspert sich.

»Verstehe. Eine Frage noch. Woher stammt das Geld, wenn Sie so was Großes aufziehen wollen?«

Sie sieht fragend vom Pastor zur Pastorin.

»Ich meine, verdienen Sie so viel, um eine Uni finanzieren zu können?«

»Das ist nicht das Problem«, gibt Birke bereitwillig Auskunft, »Kiki hat ... hatte genug von einem Onkel und zudem, genau wie Jule und ich, einen vermögenden Vater.«

Das Prada-T-Shirt, Solnhofer Natursteinplatten, die Saeco-Maschine ... alles klar, quittiert Nanni stumm die Aussage, nur der Eindruck draußen passt nicht. Noch nicht.

»Eins noch, bitte, Sie waren beide zur möglichen Tatzeit hier im Haus, nehme ich an.«

Das ist eine Frage, keine Feststellung, denkt Nanni, und ich erwarte eine präzise Antwort. Das Ehepaar sieht sich lange an. Ziemlich zögerlich kommt schließlich die Antwort von Birke Kramer.

»Wann ... wann war denn der Zeitpunkt genau?«

»Circa Mitternacht. Plus, minus, wir wissen es noch nicht ganz genau.«

Wieder sehen sich die beiden Kirchenvertreter stumm an, bis Birke Kramer schließlich das Schweigen bricht und sagt:

»Ich war hier. Bin ja wegen der Grippe beschäftigt gewesen. Stephan hingegen«, Birke sieht ihm fest in die Augen, »ist gegen eins nach Hause gekommen.«

Nanni sieht ihn fragend an.

»Ja, das stimmt. Ich hatte eine Sitzung wegen der Vertrauensbibliothek. Die ging diesmal bis nach zwölf. Ich bin von da dann nach Hause gegangen. In Begleitung zweier Damen von der Gemeinde, die Ihnen dies bestätigen können. Wir hatten unterwegs noch einiges zu diskutieren.«

Nanni meint, in Stephan Kramers Blick, den er Birke bei dieser Antwort zuwirft, etwas Drohendes zu erkennen.

»Vielen Dank für Ihre Auskünfte. Sie haben uns sehr geholfen.«

Nanni erhebt sich und wiederholt dabei ihr Sprüchlein wegen der Protokolle und dann verlassen sie und Caspar mit a das Pfarrhaus, nicht ohne nochmals die Kätzchen zu streicheln. Am liebsten würde sie eins mitnehmen und Hendrik schenken, wo er doch so sehr den Duft von kleinen Katzen mag.

»Für heut reicht es, finde ich, bis ich das alles geschrieben habe, ich will gar nicht dran denken, wie lange ich dafür brauche«, wendet sie sich an Otten, und hofft auf etwas Mitleid. Der Inselpolizist geht nicht darauf ein. Stattdessen sagt er mit Blick zum Himmel, der sich, ohne dass sie es vorhin bemerkt haben, verdunkelt hat:

»Gleich gibt es ein nettes Gewitter. Wir müssen zusehen, dass wir noch trocken ins Hotel zurückkommen.«

Nanni will nicht ins Hotel. Sie will nach Hause in den Melkerpad, duschen, kurz ausruhen und dann die Berichte schreiben. Und später mit Hendrik im *Fischkopp* Essen gehen. Sie sagt es dem Kollegen, der verständnisvoll nickt. Nanni ist erleichtert.

»Gut, Caspar, mit Lasse werde ich telefonieren, und dann geht's morgen früh weiter, neun Uhr. Oben im Raum *Schiemannsgarn*.«

Bevor sie sich auf die Räder schwingen, meint der Kollege noch:

»Ich denke mal laut, Nanni, ich glaube, dass Birke da mit drinhängt, schau mal, die hat keinerlei Trauergefühle gezeigt, bis auf ein paar Tränchen. Dann die Streiterei wegen des Turms, das ganze Gefasel von dem Internat, und sie war schließlich die Letzte, die Kiki ...«

Nanni winkt ab, weil sie diesen Mechanismus von sich allzu gut kennt. »Keine Annahmen, POK Otten, das geht sonst schnell mal in die falsche Richtung. Zudem, wenn tatsächlich der Hettich ebenfalls Anteilseigner ist, dann ... ich weiß auch nicht, könnte der ja auch Hand anlegen, um die anderen wieder loszuwerden.«

»Dann müssen wir auf die eben gut aufpassen.«

»Auf Jule Vossen zum Beispiel.«

»Ja. Andererseits, der Birke passt es überhaupt nicht, dass ihre Mitstreiterin sich da eingekauft hat. Sie hätte ein glasklares Motiv.«

Für Nanni Peters sind die alle zusammen verdächtig, angefangen bei dem jungen Maart de Winter, dem Ehemann, Tjark Vossen, dem Pastor, über diese Jule bis hin zu Birke Kramer. Auch der Bauunternehmer oder der Kurdirektor könnten drinhängen, schließlich hat Kiki da ganz schön was riskiert. Oder der Inselarzt, wenn man Lasse Zacharias' Worte ins Spiel bringt: *Du weißt, Nanni, Täter tummeln sich gern vor Ort. Machen sich gern wichtig, helfen sogar.* Demnach ist der Kramer ohnehin hoch verdächtig, grinst sie, dabei sieht der gar nicht nach einem Mörder aus. Sie hat im Gefühl, dass der noch etwas für sich behält, was mit Kiki de Winter zusammenhängt. Vielleicht war er wirklich ihr Liebhaber. Der sieht gut aus, und wer sagt denn, dass manche Pastoren nicht auch gegen eine übermächtige Libido ankämpfen müssen? Lächelnd lässt Nanni Peters den Kollegen stehen und radelt die Hauptstraße hinab, bis sie kurz vor dem Bahnhof nach links abbiegt. Sie umfährt die Gleisanlagen, passiert den Meeden- und Polderweg, bis sie am Haus angelangt ist. Nanni spürt den ersten Regentropfen. Gerade noch rechtzeitig, denkt sie, und steigt zufrieden ab.

Verschnaufpause zu Hause

Durch die Küchentüre entdeckt Nanni ihre Mutter, die geschäftig in der Küche umhergeht und dabei ist, das Abendessen vorzubereiten, sowie einen etwas säuerlich wirkenden Hendrik, der seiner Schwiegermutter in spe hilft und am Esstisch nach strenger Anweisung Tomaten in Scheiben schneidet.

»Was machst du denn schon hier?«

Nanni ist wirklich überrascht und streichelt dabei Viktors krausen Nacken, den die Pudeldame ihr unter dem Oilily-Tüchlein freudig entgegenstreckt.

»Wonach sieht's denn aus, Kind? Ich mach' euch was zu essen. Ihr habt gerufen und da bin ich«, erwidert Ernestine Peters und rollt dabei das R als wäre es eine Kugel in ihrem Mund. »Ob heute noch oder erst morgen, was soll's, dein Vater hat heute ohnehin seinen Schachabend und das Essen bekommt er von den Helferinnen gemacht.«

Draußen beginnt ein heftiger Regen vom Himmel herunterzuprasseln.

»Sie hat grufe, Schtine, des muss ich betone.«

Hendrik sieht brummend von den Tomaten auf und zeigt auf Nanni. Sein Blick ist mehr als gequält. Nanni hat ein schlechtes Gewissen. Obwohl Hendrik und ihre Mutter im Prinzip ein Herz und eine Seele sind, scheint er sich nicht recht wohlzufühlen. Andererseits, die Gesellschaft Stines an seiner Seite zu wissen, findet Nanni weitaus beruhigender, als die der Squaw.

»Was gibt's denn Leckeres?«, fragt Nanni daher vermeintlich munter und meidet Hendriks Blick, als sie einen flüchtigen Kuss auf seiner linken Wange platziert.

»Tomatensalat, dazu Tagliatelle mit einer Lachs-Zitronen-Sahnesoße«, klärt Stine ihre Tochter auf. Sie wischt sich die Hände an einer weißen Bistroschürze ab und greift nach einer halben Zitrone, um diese auszuquetschen.

»Hendrik hat sich eigentlich Dampfnudeln gewünscht. Aber ich hatte schon eingekauft, als er nach Hause kam. Die gibt's jetzt eben zum Nachtisch.«

Sie zwinkert Nanni zu. Das ist ihr Friedensangebot, weil sie eher als geplant angereist ist. Spätestens wenn Hendrik Schwanheusser mit Stines Dampfnudeln (in Nannis Augen die badischste aller badischen Süßspeisen) gefüttert wird, ist er glücklich und handzahm. Stine hat die Zubereitung extra für ihn in einem Kochkurs gelernt. So macht man Schwiegersöhne glücklich, hat sie die Entscheidung, nach Bekanntgabe der Verlobung zu dem Kurs ins Badische zu fahren (genauer gesagt nach Freiburg, wo sie seinerzeit an der Pädagogischen Hochschule Deutsch und Geschichte studiert hat), begründet. Und bekanntlich wurde sie nicht enttäuscht, was möglicherweise aber auch damit zusammenhängen könnte, dass sie den Süden der Republik in verklärter Erinnerung sehr liebt, Hendriks eigene Mutter so früh starb und er Stines mütterliche Art einfach genießt. Jetzt schaut er auch schon etwas weniger verdrießlich drein, denkt Nanni und hegt gar die Hoffnung auf ein versöhnliches Lächeln. Doch noch guckt ihr Verlobter todernst. Das wiederum macht ihn unwiderstehlich anziehend und Nanni spürt ein angenehmes Kribbeln ihre Beine hinaufziehen – ein untrügliches Zeichen dafür, dass es allerhöchste Zeit wird für die Vermählung. Lange kann sie die Lust auf diesen Mann nicht mehr im Zaum halten! Aber ein Gelöbnis ist halt nun mal ein Gelöbnis und sie ist ja nach wie vor davon überzeugt, dass das Ablegen desselben richtig war. Sie gibt Hendrik einen festeren Kuss auf die andere Wange, dann einen langen auf seinen schönen Mund. Viktor bellt eifersüchtig, wie immer, wenn Nanni beim Nachhausekommen Hendrik mehr Aufmerksamkeit widmet als der Hündin.

»Geht doch«, grinst Hendrik und Nanni leckt sich dabei zufrieden die Lippen. Dann berichtet sie, während sie sich am Esstisch ausbreitet, von der Terminverschiebung des Seminars, was Hendrik mit einem undeutbaren Achselzucken quittiert, sowie dem Fall, den sie bearbeiten muss. Genießerisch lässt sie den Duft der Soße an ihrer Nase vorbeiziehen. Die Frau vom *Fischkopp* muss warten. Dann sagt sie seufzend:

»Ich muss noch so viel telefonieren, tippen ohne Ende und ...«

Sie sucht nach dem Notizblock, bis sie ihn gefunden hat, und legt ihn ebenfalls auf den Tisch,

» ... ich sitze sicherlich bis Mitternacht an der ganzen Sache.«

Sie wünscht sich bei ihren Worten einen mitleidigen Satz seitens Hendrik, doch dieser bleibt ihr verwehrt. Stattdessen blitzen seine hellblauen Augen auf und er antwortet, seinen Blick fest auf Nanni gerichtet:

»Dann kann ich ja beruhigt mit einige Leute losziehe. Es sin tatsächlich einige vor Ort, die ich kenn'. Die hab ich auf der Tagung antroffe.«

Nanni weiß, wer diese Kollegen sind, doch sie würde sich eher die Zunge abbeißen, als jetzt zuzugeben, wie sehr es sie trifft, dass er möglicherweise mit der Squaw losgehen will. Sie hält seinem Blick mit angehaltener Luft stand, als Stine neugierig fragt:

»Aus deinem Krankenhaus?«

»Genau«, gibt er lächelnd zurück, »zwei Internischte, mit dene ich ziemlich viel zu tun hab und eine Kollegin von de Station.«

Er lässt dabei Nanni nicht aus den Augen.

»Eine andere ist heut Abend leider beschäftigt. Mit der hab ich mich aber heut Nachmittag bereits vergnügt.«

Nanni zieht eine Augenbraue nach oben, indes Hendrik belustigt fortfährt:

»Mir ware gemeinsam Eis esse.«

Die Luft in ihren Lungen will wieder raus.

»Ich weiß«, antwortet sie hastig und atmet aus, »hab' euch gesehen.«

Dann berichtet sie, um sich von dieser Kollegenbombe abzulenken, vom *Hotel de Winter* und dem atemberaubenden Blick hoch über der Insel. Als ihre Tasche leer und der Esstisch mit ihrem Krimskrams übersät ist, hat sie das Gefühl, dass es in ihrem Kopf ebenso chaotisch aussieht. Doch sie muss ihren Grips zusammenhalten. Schließlich ist sie die Chefin der SOKO *Kiki*!

»Ich lasse mir Badewasser einlaufen«, beschließt sie und sieht sehnsüchtig zu Hendrik, der immer noch grinst und so tut, als wäre alles in bester Ordnung, wenn er mit dieser Hormonbombe kurz vor der Hochzeit über die Insel marschiert, »ich will ein Bad nehmen und dann geht´s an die Arbeit.«

»Bei der Wärme?«

Stine sieht fragend zu Nanni.

»Geh in die Nordsee.«

»Kein Zeit«, quittiert Nanni ihren Vorschlag und marschiert entschlossen zur Tür, »zudem regnet es in Strömen.«

Und in der Tat, draußen herrscht nun Weltuntergangsstimmung. Da mag es noch so warm sein, bei dem Wetter will keiner freiwillig vor die Tür.

»Donnerwetter, tatsächlich«, sagt Stine lachend und lauscht dann einem Krachen, das direkt über dem Haus einzuschlagen scheint, »das hab ich gar nicht wahrgenommen vor lauter Kochen. Da bleibst du wirklich besser hier und badest in der Wanne.«

Der Regen, überlegt Nanni, und nachdenklich stellt sie dabei die Wasserhähne an, er spült alle Spuren, die vielleicht noch vorhanden sind, gründlich weg. Wie soll der Erkennungsdienst dann am Tatort noch was Verwertbares finden?

Nanni holt aus dem alten Apothekerschrank, der alle nützlichen wie unnützen Badutensilien beherbergt, zwei selbst gefertigte Badekugeln heraus und lässt sie ins Wasser gleiten. Sofort beginnen sie, auf dem Wasser zu tanzen und zu schäumen. Ein wohlig süßer Duft nach Honig, Maiglöckchen und Vanille verbreitet sich um Nanni, während sie sich auszieht, die Pflaster abreißt und in der Klosettschüssel versenkt, und anschließend in die Wanne steigt. Sie schließt die Augen. Einen Moment will sie ohne Kiki de Winter im Nacken genießen. Ihre Gedanken wandern zu dem Tag, den sie sich seit Hendriks Heiratsantrag in allen Farben, vor allem in Weiß, ausmalt. Sie sieht hinter den geschlossenen Lidern ihren in Weiß und Grün gehaltenen Brautstrauß aus Ranunkeln, Freesien und Rosen – so hat sie ihren Wunschstrauß Hendrik jedenfalls erklärt. Sie sieht ihr Kleid, dessen Stoff und Schnitt sie ein wenig an das Hochzeitskleid von Carolyn Bessette, als sie John Kennedy junior das Ja-Wort gab, erinnert, sehr schlicht, dafür mit einer duftigen Stola, und so lang, dass es den Boden säumt. Nanni sieht den von Hendrik selbst geschmiedeten Ehering an ihrem rechten Ringfinger aufblitzen, die Festgesellschaft barfuß am Strand mit einem Glas Champagner sich gegenseitig zuprostend, die mehrstöckige Hochzeitstorte – und Hendrik in seinem anthrazitfarbenen Anzug an ihrer Seite, strahlend wie ein Held und stark wie ein Ritter. Sie sieht ... wieder die Squaw an Hendriks Seite bei der Eisdiele anstehen. Die Tür des Badezimmers öffnet sich. Nanni spürt Hendriks Nähe ohne die Augen zu öffnen. Nähe. Sie kann seinen einzigartigen Geruch wahrnehmen. Wie ein Tier, das die Fährte aufnimmt, bläht sie die Nasenlöcher auf und bevor sie etwas sagen kann, verschließt ein fordernder Kuss ihre Lippen.

»Du bisch meine Squaw, Peterle«, hört sie Hendrik zwischen einigen Küssen in ihr rechtes Ohr flüstern, »merk dir des ... du ... bisch meine blonde, süße Squaw. Kümmer dich um sie. Du bisch ...«

Seine Küsse wandern den Hals hinab und hüpfen von einer Brustwarze zur anderen und wieder den Hals hinauf.

» ... meine heiße Squaw, die heißeste, die es gibt.«

Da war was dran. Trotzdem hat er ihre Zweifel nicht zerstreut. Vielleicht würde er sie wohl heiraten, aber mit der anderen ... Egal jetzt! Nanni hatte alle Mühe, den Wunsch zu unterdrücken, ihn mitsamt seinen Shorts und dem hellblauen Hemd in die Wanne zu ziehen und ihre Jungfräulichkeit auf dem Altar des Gelöbnisbruches zu opfern. Alt genug war sie schließlich. Warum also eigentlich nicht?

»Komm ... komm rein zu mir.«

Sie keucht ein wenig bei dem Gedanken, wie doppeldeutig das klingt. Hendrik sieht kurz schweigend auf.

»Ich mein' es ernst, wirklich.«

Verwirrt schaut er sie einen Augenblick an, als wollte er fragen, so, in den Klamotten?, dann steigt er wortlos zu ihr ins Wasser. Aber so sehr Nanni auch versichert, es wäre nun an der Zeit sie zu entjungfern, so felsenfest steht Hendrik erneut zu seinem Versprechen, damit bis zur Hochzeitsnacht zu warten. Heiße Küsse austauschen und ein bisschen anfassen, ja, und streicheln, aber mehr bekommt sie von ihm nicht. Aber sie ist Wachs in seinen Händen und seine Finger liebkosen ihren Körper an den verborgensten Stellen, als wären diese geheimen Orte ein kostbares Gut, das es zu hegen gilt. Ihre Hand sucht umgekehrt über seinen festen Bauch, bis sie findet, was sie halten will. Hendrik stöhnt leise auf.

»Du verhexsch mich sogar mit deinem Badewasser. Lass nicht mehr los.«

»Nein«, haucht Nanni und genießt den Moment der Zweisamkeit, »nie mehr.«

Erst als sie Hendriks erleichterndes Seufzen an ihrem Ohr wahrnimmt, lockert sie ihren Griff und scheucht ihn wieder aus der Wanne. Für den Respekt, den er ihrer Entscheidung gegenüber zollt, liebt sie ihn heute noch viel mehr als gestern. Hendrik ist ein ... ein Gentleman, ja, genau, das ist er. Er hat die Situation noch niemals für sich ausgenutzt. Und die Squaw kann sie mal!

Nanni plagt ein wenig das schlechte Gewissen (schließlich steht ihre Mutter in der Küche nebenan während sie sich hier mit ihrem Verlobten in der Wanne vergnügt), als sie von Hendrik mit einem großen flauschigen Frotteehandtuch abgerubbelt wird. Sie fühlt sich dennoch zufrieden wie ein Kätzchen und ist nun bereit, ihre Aufgabe anzutreten. Als sie in Stines leichten, zitronengelben Kimono gehüllt, wieder in die Küche tritt, erntet sie von ihr ein süffisantes Lächeln.

»Was?«

Sie grinst ihre Mutter an.

»Nichts. Wieso?«

Nanni betrachtet das Gesicht ihrer Mutter mit den rabenschwarzen Augen und den vielen kleinen Fältchen darum. Ihr Haar, das sie mit einem Kugelschreiber, wie Nanni sieht, zu einem lockeren Knoten hochgesteckt hat, ist von vielen silbernen Fäden durchzogen, die hohen Wangenknochen, das Erbe der slawischen Vorfahren, sind leicht gerötet, die beinah noch faltenfreie Haut zart gebräunt. Sie trägt unter der weißen Bistroschürze ein ärmelloses, kirschrot getupftes Kleid, das ihre noch immer zarte Figur wohlwollend umschmeichelt. Neben dem Herd steht ein halb geleertes Glas Rotwein. So ein Aussehen und das mit vier Kinder und bald schon sechzig, das muss man erst mal schaffen. In Ernestine Peters' Körper fließt ganz offensichtlich jung haltendes, siebenbürgisches Balkanblut. Nanni hat nichts von ihr, denkt sie wehmütig, nichts außer den schmalen Händen und Hüften, der Aspirinallergie und der großen Leidenschaft, andauernd irgendetwas zusammenzurühren, egal, ob es sich dabei um Suppe, Soße, Seife oder Shampoo handelt. Der Balkan und das Baltikum toben oft in ihr, sinniert Nanni still, denn die temperamentvolle und dem Spirituellen und Esoterischen zugeneigte Ernestine und die bodenständige und vornehme Cari, ihre beiden großen Vorbilder, sind innerlich wie äußerlich das absolute Gegenteil.

»Gar nichts ist. Kind. Ich guck dich einfach nur an. Du wirkst gelöster als eben. Was ich sehe, gefällt mir.«

»Danke, bin ich auch.«

Nanni nascht eine Tomatenscheibe und denkt dabei an Hendriks Hände, wie sie eben ihren Körper gestreichelt haben.

»Und dein Hendrik gefällt mir auch.«

»Mhhh. Mir auch.«

Nanni lässt sich kauend auf einen der dunkelblauen Korbsessel fallen.

»Ach, ich hab übrigens mal seinen Aszendenten gegoogelt. Sehr interessant«, fährt Stine ungerührt fort, während sie einen großzügigen Schuss Sahne in der Soße verrührt, »er ist Fisch, Aszendent Löwe.«

»Und was heißt das?«

Nanni stibitzt ein Stück Mozzarella aus der Salatschüssel.

»Ganz schwierige Verbindung«, hört sie Hendriks Stimme hinter sich, der nun umgezogen in der Tür erscheint, »durch den Löwen hab ich Stolz und Selbstbehauptung in mir, aber auch Hingabe und Bescheidenheit gehören zu meine Tugenden. Das Letztere kommt durch den Fisch.«

»Genau«, kommentiert Stine seine Worte, »es ist aber ein ziemlich gemeiner Zwiespalt in seiner Persönlichkeit. Aber du wirst es richten, Nanni, denn deine Sternenkonstellation ist eine gute Ergänzung für ihn. Krebs und Wassermann. Geradezu perfekt. Das sagt jedenfalls das Internet. Eigentlich kann, wenn man es rein astrologisch betrachtet, eure Ehe also nicht schiefgehen.«

Dann erzählt Stine Hendrik, der nun die Aufgabe übernehmen muss, die Zwiebeln für den Salat in feine Würfel zu hacken, von Paps und ihrem eigenen Sternzeichen und den positiven Folgen für ihr Zusammenleben. Nanni wendet sich ihren Notizen zu. Sie mag das heitere Geplapper. Es macht die düsteren Aufgaben, die vor ihr liegen, etwas leichter. Einen Mord aufzuklären, das hat so rein gar nichts mit dem zu tun, was sie hier erlebt, nichts mit dem fröhlichen und entspannten Lebensgefühl, was sich ihr in Anwesenheit von Mutter und Zukünftigem geradezu aufdrängt. Ihre Schwester Lisa würde jetzt schreiend die Küche verlassen (nach eigenem Bekunden hasst sie zu viel Harmonie) und Emma, Paps oder Gregor würden versuchen, auf Themen überzuschwenken, die von wirklicher Bedeutung sind, wie die Finanzkrise, der Einsatz der Bundeswehr in Afghanistan oder, wahnsinnig wichtig, die Spielergebnisse der Bundesliga Fußball. Ihr jedoch kommt es gerade recht, dass sie über so luftig leichte Themen wie das Abendessen oder ihre astrologischen Konstellationen diskutieren und Hendrik sich ganz offensichtlich wesentlich entspannter präsentiert als eben bei ihrer Rückkehr. Nanni zupft erleichtert das Blatt mit den notierten Punkten vom Block und geht alles noch mal im Stillen durch. *Leute im Rathaus abchecken (Lasse/Otten),* liest sie, *Fischkoppfrau im Auge behalten, Kurdirektor, Hettich???, Bürgerhilfe von Langeoog wegen Krankenhaus. Geld Kiki.* Zwischendurch hört sie kurze, scheinbar zusammenhanglose Wortfetzen, die nicht bis ganz in ihr Hirn vorzudringen vermögen. Sie reden über die Hochzeitstorte und Nanni hält sich bewusst zurück. Noch einige wenige Sätze von Stine und das Ding ist geritzt, überlegt Nanni. Sie hört nicht zu bei dem, was ihre Mutter Hendrik nun alles verspricht, damit er einwilligt, wahrscheinlich Schwarzwälder Kirschtorte auf Lebenszeit bei jedem Besuch oder so, doch kurz darauf gibt er sich halbwegs geschlagen und Nanni hört ihn zumindest etwas einlenken:

»Na gut, meinetwege, ich überlegs mer noch mal.«

Yes! Nanni jubelt innerlich! Das ist also auch geklärt! Zufrieden geht sie ins Mädchenzimmer, um wenigstens die Telefonate zu erledigen, bevor ihre Mutter zum Essen ruft.

Der lange Spaziergang

Nach je einer Portion Nudeln und Salat, sowie zwei Dampfnudeln mit Vanillesoße und eingekochten Kirschen (die Mahlzeit im *Meeresleuchten* liegt ja nicht gerade ewig lang zurück), fühlt sich Nanni Peters wie eine frisch gefüllte Weihnachtsgans. Oder wie das Michelinmännchen. Den Mord würde sie jetzt gerne vergessen und stattdessen am liebsten den Abend über nur noch im Sessel sitzen und fernsehen. Auch Hendrik ist von der Idee, noch auszugehen, nur mäßig begeistert. Die Kollegen, so meint er, sind morgen ja auch noch da.

Und die Squaw?, denkt sie und schalt sich im gleichen Moment. Es ist egal, wo die Squaw ist! Dennoch besteht sie auf einen Absacker im *Fischkopp,* bevor sie sich an die Protokolle machen will (selbst die muss sie selbst anfertigen, denn die Sekretärinnen der PI sind ebenfalls erkrankt). Sie hat Tatort live, denkt sie, als sie die Programmzeitschrift durchblättert und diese dann wieder in den Korb zurücklegt. Aber Nanni *muss* Eske aushorchen. Also treten sie und Viktor vor die Haustüre. Alle drei sind mit Lack-Regencapes geschützt. Nannis Cape ist türkis, Hendriks dunkelblau und Viktors hellrosa mit pfirsichgelben Punkten. Die drei sehen aus wie Farbkleckse in einem Schwarz-Weiß-Film.

Es riecht nach salzig würziger Seeluft und Nanni atmet tief ein und aus.

Diese Luft, denkt sie, nährt und reinigt alles, das Herz, das Hirn, den Körper. Kein Wunder, dass es sie immer wieder hierherzieht. Die Insel ist ihr Allheilmittel, Heimat und Nahrung zugleich.

Noch weiß Hendrik nichts von ihrem Wunschtraum, eines Tages auf Langeoog wohnen zu wollen, denn es würde wohl auch ein Wunschtraum bleiben. Die Grundstücks- und Immobilienpreise sind hier unbezahlbar und Caris Haus ist da keine Ausnahme. Familienbesitz hin oder her, das schöne Haus in den Kaapdünen muss verkauft werden. Keiner in der Familie hat so viel Geld, die anderen auszahlen zu können, um es dann zu bewohnen. Nanni lenkt, ohne es zu bemerken, die Schritte in Richtung des Hauses, welches, nach dem Vorbild der klassizistischen Bäderarchitektur erbaut, der sichere Hort ihrer Kindheit war. Viele Stunden hat sie hier zugebracht, und auch als ihre Eltern längst das Haus im Melkerpad erworben hatten, war sie mindestens einmal am Tag zu Großmama Cari und Großpapa Lian geradelt, um dort nach dem Rechten zu sehen. Wie schmerzlich sie die beiden doch immer wiedervermisst!

Hendrik an der Hand und Viktor an der Leine geht sie in ihren wasserfesten Clogs die Straße entlang, Richtung Bahnhof. Nanni erklärt ihrem Verlobten den Wunsch, an Caris Haus vorbeizugehen und dann erst Eske zu besuchen, was dieser mit verständnisvollem Nicken quittiert. Während des Spazierganges erzählt sie ihm nicht von Kiki de Winter, das hat noch Zeit, sondern von Cari, von der Geschichte der baltischen Gedenkstätte auf dem Dünenfriedhof, und damit letztlich auch ihrer eigenen Herkunft.

»1939 wurde bekanntlich der Hitler-Stalin-Pakt geschlossen, der besagte, dass die baltischen Staaten der Sowjetunion zustanden. Stalin garantierte Hitler im Gegenzug, dass alle Deutschen aus dem Baltikum nach Deutschland umgesiedelt werden würden. Die Deutschbalten, unter ihnen Cari und ihre Familie, mussten das Land also verlassen und wurden größtenteils im Warthegau und in Westpreußen angesiedelt. Dann, als der Zweite Weltkrieg zu Ende ging und der Zusammenbruch der Ostfront nahte, mussten sie von dort mitten im Winter fliehen. Wer sein Hab und Gut nicht schon im Baltikum zwangsweise zurückgelassen hatte, der verlor spätestens jetzt den Rest. Und sein Leben obendrein. Die Namensliste auf der Gedenkmauer ist endlos lang.«

»Wie viele Leut' ware des denn etwa?«

»Cari meinte mal um die achtzigtausend. Viele der Überlebenden gingen übrigens danach auch ins Ausland, vor allem nach Kanada oder nach Schweden. Hier auf Langeoog landeten mit Cari um die dreihundert Balten, die meisten davon waren ältere Frauen.«

»Lass uns doch da noch vorbeigehe. Du wolltesch mir die Gedenkstätte schon immer mal zeige. Dann gehe mer zum Haus und anschließend zum *Fischkopp.*«

Nanni lächelt Hendrik dankbar an. Es ist ihr wichtig zu wissen, dass ihr zukünftiger Ehemann um die große Bedeutung ihrer Familie für sie weiß und diese respektiert. Sie korrigieren kurzerhand den Kurs und gemeinsam biegen sie in nördlicher Richtung ab, um zum Friedhof zu gelangen. Nach einigen Minuten Fußmarsch durch teils knöcheltiefe Pfützen sind sie angekommen. Viktor wird am Tor angebunden und muss warten. Der Kies unter ihren Schritten knirscht, als sie über den Friedhof zur Gedenkmauer gehen.

»Was für aufregende Name. Und hinter jedem steckt ne einzigartige Gschichte«, sagt Hendrik, der mit Nanni ergriffen vor der Liste der vielen hier Gedachten steht. Er liest sie lange und bedächtig der Reihe nach laut vor.

»Ja, als Mitglied des deutschbaltischen Jugend- und Studentenringes war ich als Studentin auch mehrmals hier vor Ort bei Grabpflegeeinsätzen«, gibt Nanni zurück, nachdem er geendet hat.

»Ich habe dadurch einige der Nachfahren kennengelernt und sie haben viel erzählt. Und, abgesehen von den vielen adligen Frauen, waren auch viele bürgerliche Frauen dabei, Weißnäherinnen und Lehrerinnen zum Beispiel, und bis hin zu Kammerzofen haben sie alle möglichen Berufe innegehabt. Es ist schrecklich, was ihnen widerfahren ist.«

»Ja«, antwortet Hendrik und verstummt wieder. Zurück am Eingangstor werden sie mit einem überaus erlösten Blick aus Viktors bernsteinfarbenen Augen belohnt. Zeitgleich reißt der Himmel auf, die Abendsonne blitzt durch die dunklen Wolken und wirft lange Schatten auf den Weg.

»Gott sei Dank«, meint Nanni. Sie mag Regen nicht.

»Aber weisch, Nanni«, Hendrik hebt erneut die Stimme, »wenn der Krieg nicht gwese wär, würdesch du jetzt en baltische Junker heirate statt meinere Wenigkeit und wärsch ne baltische Gräfin und würdescht baltische Kühe züchte.«

»Ach, Hendrik«, meint sie hilflos, »vielleicht, ja.«

Dieser Gedanke ist Nanni fremd und neu und erscheint ihr völlig unlogisch.

»Un' s bricht mers Herz, des so zu sehe«, erklärt Hendrik mit nachdrücklicher Miene, als sie den Höhenpromenadenweg durch die Dünen einschlagen. Er hat es nicht ganz ernst gemeint, Nanni sieht es an den kleinen Fältchen, die sich um seine hellen Augen legen.

»Wenn der Krieg nicht gewesen wäre, gäbe es mich überhaupt nicht«, stellt Nanni hingegen nüchtern fest, »dann hätte Cari nämlich nie Großpapa gefunden und Paps wäre nie zustande gekommen, der wiederum hätte demzufolge nie Mama kennenge ... «

»Schon gut, schon gut«, winkt Hendrik ab, »ich zieh' meine Bemerkung mit Bedaure zrück. D' Hauptsach' isch, mir stehe bald gemeinsam vor dem Standesbeamte, klar?«

»Sonnenklar, Chef.«

Jetzt ist Nanni an der Reihe zu grinsen. Er ist wieder ein wenig aufgeregt. Wegen der Hochzeit? Ob sie ihm bis dahin noch eine ordentliche Sprache beibringen kann? Aber ist das denn wirklich wichtig? Ach was, viel wichtiger ist, dass er ein guter Mensch ist.

»Hendrik, Liebster ...«, sie sucht nach den richtigen Worten und drückt dabei seine Hand ganz fest, »es tut mir leid, dass es so gekommen ist. Ich wäre lieber ohne berufliche Verpflichtungen mit dir allein hier auf der ...«

»Schon gut. Du brauchsch dich nicht zu rechtfertige. Wie gsagt. Die Hauptsache isch unsere Hochzeit, versprichsch es, ja?«

»Ich verspreche es.«

Schweigend gehen sie nun weiter. Nur hin und wieder weist Nanni ihn auf etwas hin, was ihre Aufmerksamkeit erregt, oder Hendrik blickt, mehrmals hintereinander »unglaublich« murmelnd, versonnen über die See, die sich nun in der Farbe eines reifen Kürbis tief orange einfärbt, während die Sonne am Horizont mit einem atemberaubenden Spektakel ihren heutigen Abschied feiert. Wie von einer unsichtbaren Leine geführt, stehen sie plötzlich vor Caris Haus. Davor steht ein Bauschild. Azurblaue Lettern auf weißem Grund, eingerammt in die vom Regen aufgeweichte Erde zwischen den Heckenrosen und einem blau blühenden Hortensienbusch neben dem Eingangstürchen.

»Hier entstehen in Bälde vier Eigentumswohnungen von fünfunddreißig bis hundertzwanzig Quadratmetern«, liest Nanni und merkt, wie ihr die Blässe das Gesicht überzieht. »Ich ... ich weiß gar nichts davon, dass es wirklich schon soweit ist... also, dass Paps und Onkel Frieder es bereits anbieten. Und jetzt wird es auch noch aufgeteilt in Wohnungen! Hätt' ich nur so viel Geld, dass ich das Haus kaufen könnte.«

Sie sieht Hilfe suchend zu Hendrik, der das Schild anstarrt.

»Aber soweit ich informiert bin, ist diese Tage erst mal nur der Termin mit dem Makler. Komisch, der stellt sein Schild in den Garten, bevor ein Vertrag überhaupt unter Dach und Fach ist.«

»Welch en Jammer, so a wunderschön`s Haus«, erwidert Hendrik mit aufrichtigem Bedauern in der Stimme.

»Ja. Es will mir fast das Herz zerreißen, wenn ich mir vorstelle, dass da bald umgebaut wird und dann Fremde drin leben.«

Plötzlich ist es Nanni kalt und sie lässt sich bereitwillig von Hendrik in den Arm nehmen.

»Stell dir nur vor, wie schön es wäre, hier zu wohnen. Du betreibst unten zu ebener Erde deine Arztpraxis, wir und unsere Kinder wohnen ob.«

Jetzt ist es raus. Erschrocken hält sie die Hand vor den Mund. Dann sieht Nanni zu ihrem Verlobten, der sie schweigend anstarrt. Sie ist plötzlich den Tränen nahe – aus diversen Gründen. Die Vorstellung, dass Hendrik seinem Schweigen nach zu urteilen gleich diesen Wunsch empört zurückweist, macht sie ebenso traurig, wie der bevorstehende Umbau des Hauses. Lange bleibt er ihr die Antwort schuldig, bis er schließlich leise feststellt:

»Du hasch nie drüber gsproche. Des möchtesch du wirklich?«

Sie nickt und weiß nicht, was sie von dieser Antwort halten soll. Hört sie nur ungläubiges Staunen heraus? Oder völlige Ablehnung? Oder doch einen Hauch von Begeisterung? Nichts kann sie aus seinen Worten deuten, gar nichts. Bislang ist sie jedoch stets davon ausgegangen, dass Hendrik eines Tages in die Heimat zurückkehren will, spätestens, wenn sein Vater, an dem er – durchaus nachvollziehbar – unendlich hängt, pflegebedürftig würde. Aber sie könnte ja selbst ihren Schwiegervater aufnehmen und eines Tages pflegen, wenn sie nur ... Ach, alles Hirngespinste aus rosa Zuckerwatte! Reiß dich zusammen, Anna-Marie Peters! Rasch schiebt sie leise nach:

»Ja, schon. Aber da wir das Geld für solch ein Haus nicht haben, bleibt der Wunsch eine Utopie, so einfach ist das. Punkt. Ende.«

Sie will eine weitere Antwort Hendriks lieber gar nicht hören, daher konzentriert sie sich nun auf das Schild im Vorgarten und liest die blauen Buchstaben, einen nach dem anderen. Wer steckt dahinter? Sie ahnt es bereits, als sie den Schriftzug findet: *Bauunternehmen Adrian Hettich, Grootensiel, Ostfriesland.*

»So ein Mist. Der Hettich!«, sagt sie und stockt.

»Ich ... ich muss mit Paps und Mama sprechen«, bestimmt sie daraufhin, »ist zwar nur ein reines Bauchgefühl, aber den Kerl will ich da nicht involviert wissen, zudem will ich erstens den Verkauf nicht, ich weiß, kindisch und störrisch gedacht, und zweitens finde ich, da sollten doch mal alle ein Wörtchen mitreden dürfen, oder? Ist es nicht das Recht der Enkel, wenigstens ihr Votum für den Nachlassverwalter mitzubestimmen? Der Hettich! Der passt mir nicht!«

Nanni hat sich in Rage geredet.

»Onkel Friedel, gut, der hat keine Kinder, und muss niemanden sonst fragen, aber ich und Gregor und die Schwestern hängen an dem verdammten Kasten, selbst wenn wir ihn nie und nimmer kaufen oder auch nur unterhalten können. Aber zu viert vielleicht? Andererseits, das gäbe doch nur Streit.«

Bekümmert und gleichzeitig liebevoll lässt sie ihren Blick über die Immobilie gleiten. Ganz oben, direkt unterhalb des Firstes, entdeckt sie das allzu vertraute runde Fenster, das sie so sehr liebt. Es gehörte einst zum Dienstmädchenzimmer, später erst zur Rumpelkammer. Doch von dort kann man über die Dünen bis zum Meer sehen und oft saß sie früher dort oben auf alten Stühlen, Truhen oder Kisten, umgeben von den kopfüber an den Balken hängenden und tief schlafenden Fledermäusen, und ließ den Blick umherschweifen.

Als Hendrik fragend den Kopf hebt, klärt Nanni ihn über den Bauunternehmer Hettich auf, über seine Projekte und was sie unterhalb der Bewohnerschaft hier auslösen. Hendrik umgekehrt scheint froh, weil sie das Thema gewechselt hat und hört gebannt zu. Schließlich antwortet er:

»Aber du meinsch, sie, also die Insulaner, die gehe so weit, wege der Bausituation zu morde?«

»Das werden wir herausfinden. Und deswegen wollen wir jetzt in den *Fischkopp* gehen.«

Entschlossen nimmt Nanni ihn bei der Hand, auch wenn sie fast vor Kummer über den bevorstehenden Verkauf des Hauses verzweifelt.

Im *Fischkopp*.

Der *Fischkopp* ist gerammelt voll. Die Bedienungen jonglieren die Tabletts, die mit gefüllten Weizengläsern, Schorle- oder Rotweingläsern bestückt sind, hoch über den Köpfen durch die sonnengelb gestrichene Kneipe zu den polierten Holztischen. Jeder Tisch, drinnen wie draußen, scheint belegt. Doch zu Nannis freudiger Überraschung findet sie, als sie den Blick über die Gäste schweifen lässt, einige vor, bei denen sie ohnehin – eben Eske Gerdes-Janssen – mal gelegentlich auf den Busch klopfen will. Lasse macht sie obendrein in der wühligen Menschenmasse aus. Der hat wohl die gleiche Idee wie sie gehabt: am Puls der Insel zur Aufklärung von Kiki de Winters Tod ansetzen. Der Inselmord, so hört Nanni aus allen Ecken der Gaststätte, ist heute Abend das Thema Nummer eins. Dabei ist doch das bevorstehende Dörpfest, alle Jahre wieder begangen am letzten Juli-Wochenende, bis dato stets im Sommer Gegenstand dessen, was die Gemüter der Inselbewohner und Besucher gleichermaßen in allergrößte Wallungen versetzt. Lasse Johannsen ist, so sieht sie, in ein Gespräch mit einer fremden Frau vertieft. Da will Nanni doch gleich mal wissen, wer das ist. Sie gibt Hendrik ein stummes Zeichen, ihr zu folgen.

»Ach, Nanni«, antwortet Lasse und springt auf, als er sie auf den Tisch zustreben sieht, »das trifft sich ja gut.«

Er wirkt ein wenig nervös und Nanni ist sich nicht sicher, ob nervös ertappt, nervös verlegen oder nervös untergeben. Sie tippt auf das letzte. Freundschaftlich klopft sie dem Inselpolizisten daher auf die rechte Schulter und meint dann lächelnd:

»Na, und du? Immer noch im Dienst oder genießt du den Feierabend?«

Lasse verzieht das Gesicht zu einem undefinierbaren Etwas, das Nanni wieder nur vage zu deuten vermag. Noch immer ist er in Uniform.

»Das ist ... «, beginnt er statt einer passenden Antwort und stellt die Frau als Svea vor. Hat Svea auch einen Nachnamen?, hakt Nanni stumm nach und fragt sich, warum bei dem Namen ihre inneren Alarmglocken schrillen, aber es will ihr beim besten Willen nicht einfallen. Dann fällt es ihr ein. Sie bringt die Frau, sie schätzt sie auf Mitte zwanzig, mit dem de Winter-Liebchen in Verbindung. Sve-Sweet? Aber die hier war älter. Oder doch nicht?

»Svea wie?«, fragt sie. Lasse klärt sie auf. Und Nanni hat recht mit ihrer Vermutung. Die Frau vor ihr, ein Kaugummi kauendes und kaum der Akne entwachsenen Wesen, elfengleich durchscheinend und mit üppigen hellbraunen Locken gesegnet, ist das de Winter-Liebchen vom Festland.

»Ich fühl' mich hier überhaupt nicht wohl, das erste Mal so allein in diesem Schlangennest von Insel«, sagt sie mit beinharter Stimme zu Nanni, »Johann hat mich einfach hängen lassen, weil sein bescheuerter Spasti-Sohn irgendeinen Furz quer sitzen hat. Der Lasse hier, der hat mich hier ganz allein sitzen sehen und ...«

»Schon gut«, quittiert Nanni den nicht gerade freundlichen Ausbruch der Fremden und versucht sich Lasse gleichzeitig als verständnisvollen Frauenversteher vorzustellen, was ihr extrem schwerfällt.

»Nicht nur gut, sondern sehr gut«, fährt Lasse fort, »sie hat nämlich was Interessantes für uns. Sagt sie jedenfalls.«

»Ich höre.«

Nanni ist gespannt. Lasse zögert und sieht zu Hendrik, der bislang schweigend daneben steht.

»Ach, Lasse, das ist doch nur Hendrik, red' schon«, gibt sie Auskunft, indes Svea Michels Blick, als er ihr die Hand hinstreckt, schamlos glitzernd über Hendriks wohlgeformten Körper gleitet.

Und an Svea gewandt, fügt Nanni kühl an:

»Mein zukünftiger Mann.«

Svea schenkt ihr trotz des Kaugummis ein säuerliches Lächeln und Hendrik einen schmachtenden Augenaufschlag.

»Meinen herzlichsten Glückwunsch. Aber ich finde, solche Prachtexemplare sollten für alle da sein.«

»Wie bitte?«

Nanni ist empört. Lasse und Hendrik hingegen tauschen grinsend ein kaum wahrnehmbares Kopfnicken.

»Also, wirklich.«

Nanni sieht von den Männern wieder zu Svea, die immer noch kaut.

»Sie haben eine ziemlich freche Klappe.«

Jetzt schnappt diese nach Luft und Nanni grinst still in sich hinein.

»Aber wenn Sie schon mal hier sind, dann können Sie meinem Kollegen und mir jetzt gleich doch sicherlich eine Menge zu Ihrem Liebhaber erzählen«, fährt sie ungerührt fort, »gehen wir kurz vor die Tür.«

Das ist keine Bitte, das ist eine Aufforderung, der Svea, wenn auch zögerlich, mit eingezogenem Kopf nachkommt, als Nanni ihr die Polizeimarke unter das hübsche und kerzengerade gewachsene Näschen hält. Nanni übergibt die rosarot-weiß-karierte Leine samt Viktor mit ihrem Cape an ihren Verlobten und kämpft sich dann mit Lasses und Hendriks Gemecker im Ohr durch die sprechende und gestikulierende

Gästeschar hindurch, hinaus auf den Weg, bis sie beide, ein wenig abseits, im Rosengarten zum Stehen kommen. Hier, außerhalb der Reichweite neugieriger Ohren angelangt, beginnt Svea mit einer Schimpftirade auf Kiki, Maart und Johann de Winter. Als sie endet, weiß Kommissarin Peters, dass Svea Michels dem gesamten de Winter-Clan die Pest an den Hals wünscht, Kiki nicht ausstehenden konnte, der Zukunft dank des Ablebens derselben sichtlich froher und gelassener als bislang entgegensieht und Johann de Winter die letzte Nacht nicht auf der Insel verbracht hat, sondern am Festland, respektive ganz genau besehen bei Svea. *Ich wollte früh schlafen,* so seine Worte. De Winter hat Nanni noch nicht mal angelogen, als sie ihn fragte, wo er am gestrigen Abend gewesen war.

»Sagen Sie«, beginnt Kommissarin Peters die Befragung, »wann kam Herr de Winter denn letzte Nacht zu Ihnen?«

»Ich glaube, so gegen eins.«

»Und wann ging er wieder?«

Maart de Winter, so erfährt Nanni nun, während das Mädchen unsicher von einem Bein aufs andere tritt, hat den Vater früh am Morgen höchst aufgelöst angerufen und angeblich mit dem E-Wagen wieder abgeholt. Der behinderte Junge kann Auto fahren?, fragt sie sich. Doch selbst wenn, wie war der Gourmet-Johann ans Festland und zurückgekommen? Die erste Fähre morgens ab Bensersiel legt um sechs Uhr fünfundvierzig ab, die letzte abends um zwanzig Uhr ab Langeoog. Hat er ein Boot? Hat er seine Frau erwürgt und ist dann seelenruhig zu seinem Liebchen geschippert? Und Maart hat sie auf seiner Morgentour entdeckt, bevor Nanni und Hendrik (oder besser gesagt Viktor) die Tote gefunden haben, rief den werten Herrn Papa an und der fuhr mit dem Boot wieder zur Insel zurück? Oder lügt Svea, weil sie sich hervortun will? Warum ist die überhaupt auf der Insel? Nanni schnaubt. Ach, das Telefonat heute Mittag im Hotel, erinnert sie sich. Okay, Sve-Sweet, okay. Achtzehn Uhr am Anleger ... Nanni sieht sich um. Vom trauernden Witwer ist in der Nähe der Kneipe Gott sei Dank nichts zu sehen. Aber wo war er? Nanni sieht auf die Uhr. Achtzehn Uhr ist längst vorbei. Allerdings läuft ihre Uhr unzuverlässig wie ein streunender Hund, es konnte ebenso eine Stunde eher oder zwei später sein. Die Kleine zuckt mit den Achseln.

»Er hatte nur ne Stunde Zeit für mich, der blöde Idiot. Hat leider zu tun. Familienangelegenheiten, nehme ich an.«

»Was hat er denn zu tun?«

»Sarg bestellen? Mit dem Pastor reden? Den Bekloppten füttern? Schwarzen Anzug kaufen? Ich hab keine Ahnung.«

»Um halb zehn abends? Wohl kaum«, kontert Nanni verärgert. Diese Frau geht ihr gehörig auf die Nerven!

»Naja, als ob ihm der Tod seiner Schnalle irgendetwas ausmachen würde. Ich wollte mit ihm heute ins Kino. Aber nein ... der Herr hat gekniffen.«

Nanni Peters hätte das Mädchen am liebsten übers Knie gelegt. Stattdessen fragt sie:

»Wo waren Sie eigentlich, bis Sie Besuch bekamen?«

»Ich? Ist das so wichtig?«

Nanni nickt. Sveas Kaugummikauen wird hektischer.

»Ich war zu Hause. Meine Mum kann das bezeugen.«

»Und was haben Sie da gemacht?«

»Gestrickt.«

»Gestrickt. Aha.«

»Ja. Verdammt. Meine Mum hat Krebs und durch die Chemo ist sie so kälteempfindlich an den Fingern. Deswegen hab ich für sie Fingerstulpen gestrickt. Klar?«

Nanni ist verwundert. So fürsorglich sieht das Gör überhaupt nicht aus. Aber es sieht auch nicht so aus, als hätte es einen Abiturdurchschnitt von eins Komma zwei und könnte in ein paar Jahren eine Kollegin von Hendrik sein. Vielmehr kann man sagen, findet Nanni, dass Svea Michels wie ein verlorenes Tier wirkt, das bedroht und in die Ecke gedrängt wird, weswegen es sich mit Zähnen und Klauen gegen das Böse der Welt verteidigen muss. Aber diese Überlegungen behält Nanni für sich. Die junge Frau ist ihr, trotz aller widriger Umstände, die sie erdulden muss, zutiefst unsympathisch.

»Nun gut. Eine letzte Frage noch, Frau Michels«, schließt Nanni und muss den wütenden Ton in ihrer Stimme unterdrücken, »wie kleidet sich Johann gerne, wenn er ans Festland fährt? Elegant? Sportlich? Bunt oder eher dezent?«

»Der Herr trägt stets nur feinen Zwirn, aber sportlich, würde ich sagen, warum?«

Svea sieht Nanni argwöhnisch an.

»Ach, nur so. Interessiert mich einfach. Wissen Sie ganz zufällig noch, was er gestern Abend getragen hat? Sakko? Hemd?«

Das Mädchen überlegt und streicht dabei über ihr weißes Kleidchen, als wollte sie die Knitteroptik etwas glätten. Nanni beobachtet, dass sie mit sich ringt. Das Kauen der Kieferknochen wird noch intensiver. Ob sie gleich was Bedeutsames sagt? Schließlich hebt Svea an und meint:

»Falls Sie glauben, er hat's getan, da liegen sie falsch. Maart war´s, der Bekloppte.«

»Maart?«

»Johann hat es mir selbst am Telefon gesagt. Er war ganz fertig. Aber der arme Kerl ist ja sowieso nicht ganz richtig im Kopf. Johann meinte, der Maart, der sei in der Klemme und bräuchte ganz dringend Hilfe, wegen der Psyche und so, weswegen er auch gleich von mir runterstieg, und dabei war ich so kurz davor ... Sie wissen schon. Aber der wird dafür ja wohl nicht verknackt, oder? Na ja, ist mir eigentlich auch egal. Und um auf Ihre eigentliche Frage noch zu antworten: Johann trägt stets feinen Zwirn. Denkt man jedenfalls. Zum Beispiel seine neue helle Hose hat einen Reißverschluss, der extra leicht aufgeht, verstehen Sie? Dazu hatte er ein Hemd mit Druckknöpfen an. Die kann man ziemlich easy aufreißen, um einem Mann etwas flotter an die Wäsche zu gehen.«

Nanni nickt. Das Gör war ja mächtig heiß. Oder es tat jedenfalls so. Ihre nebelgrauen, mit schwarzem Kajal umrandeten Augen schauen Nanni an, als wollen sie sagen, das ist doch jetzt ein nettes Häppchen für dich, oder? Doch Nanni glaubt ihr nicht.

»Ach, und er hatte diesen grässlichen dunkelblauen Blazer an, einen mit so hässlichen pseudogoldenen Knöpfen an den Manschetten. Und Doppelreiher. Igitt! Ich hab ihm schon x-mal gesagt, er soll das idiotische Ich-möchte-gern-Kaptitän-sein-Teil zur Altkleidersammlung geben.«

»Wie sind die Knöpfe? Verziert? Ist da was draufgeprägt?«

Sie erinnert sich an die Beschreibung des Knopfes, der bei Kiki de Winter gefunden wurde. Svea verdreht die Augen und seufzt laut.

»Gott, woher soll ich das denn wissen? Kann ich jetzt bitte wieder reingehen? Maart war's. Punkt Ende. Tralala.«

Maart war's. Immer wieder Maart. Nanni bedeutet Svea, entlassen zu sein.

»Aber diese Tage will ich Sie noch im Hotel sehen. Protokoll durchgehen, unterschreiben und Fingerabdrücke abliefern. Wehe, Sie erscheinen nicht.«

Svea Michels nickt. Nanni bleibt noch einen Moment still im Rosengarten stehen und sieht der jungen Frau nach, die erst den Kaugummi in ein Beet ausspuckt und sich danach recht zittrig eine Zigarette anzündet. Anschließend beginnt das Mädchen ein Telefonat mit dem Handy. Bevor Nanni ebenfalls wieder Richtung *Fischkopp* schlendert, lässt sie eine Sekunde lang das Traumbild zu: Sie ist zusammen mit Hendrik in einem Strandkorb. Sie trinken Weißwein und küssen sich die Seele aus dem Leib. Er trägt ein Hemd mit Druckknöpfen ...

»Nanni?«

Sie schreckt auf. Lasse und Hendrik stehen fragend vor ihr. Sie informiert Lasse kurz über den Inhalt des eben geführten Gesprächs, dann will sie endlich Eske befragen.

»Die ist heute Abend nicht da, Nanni. Sorry.«

Der Inselpolizist sieht entschuldigend auf seine Armbanduhr, dann zu ihr.

»Der Bau-Hettich hält heute Abend einen Vortrag im Haus der Insel. Für alle Interessierte, die in seinen geplanten Komplex eventuell einsteigen wollen. Dürfte aber gleich durch sein. Eske ist dort. Sie will investieren, wie sie sagt. In meinen Augen völliger Quatsch, aber ist ja ihr Geld.«

»Dann«, Nanni sieht enttäuscht zu Hendrik, »gehen wir jetzt nach Hause. Ich hab auch so noch genug zu tun.«

»Ich bin dabei«, erklärt Hendrik und legt bereits den rechten Arm um Nannis Hüften.

»Bis Morgen, Lasse, besser ist schon um halb neun«, gibt sie dem jungen Inselpolizisten Anweisung. Dann verschwinden sie und Hendrik in der von der Regennässe dampfenden Dämmerung Richtung Melkerpad.

Noch eine Tote

Nannis Alarm im iPhone läutet um sieben Uhr dreißig. Ja, er läutet mit dem Ton *Glockenturm* und hört sich an wie die Kirchenglocken von Sankt Marien. Das ist die Kirche, in der Nanni und alle ihre Geschwister getauft wurden.

»Nein, lieber Gott, bitte noch nicht«, stöhnt sie leise und muss den Impuls, sich einfach wieder umzudrehen und weiterzuschlafen, mühsam bekämpfen. Bis nach zwei in der Nacht hat sie die Protokolle geschrieben. Dann trank sie mit Hendrik, der als überzeugte Nachteule (was Nanni nie verstehen wird, weil er bekanntlich ebenso überzeugter Frühaufsteher ist) mit ihr aufgeblieben war und die ganze Zeit einen ziemlich aufregenden Krimi mit dem ebenso aufregenden Titel *Nixen vor Langeoog* von der ersten bis zu letzten Seite verschlungen hat, noch ein Glas Merlot. Danach war sie dann von Hendriks Küssen begleitet, todmüde in die Federn gesunken. Besser gesagt, auf die Federn, da es so heiß war in dieser Nacht, dass sie alles von sich gestrampelt hat. Die Fenster standen weit offen und trotzdem hatte sie das Gefühl, an der Wärme zu ersticken und das, obwohl sie sich sogar des karierten Schlafanzugs entledigt und völlig nackt geschlafen hatte! Entsprechend verwundert nimmt sie diesen Umstand nun an sich wahr und angelt Oberteil und Hose vom Boden. Jetzt in der Frühe ist es kühl. Zu kühl für Nanni. Schnatternd und gähnend steigt sie aus dem Bett. Nanni Peters gehört zu den Menschen, die gut und gern jede Nacht neun Stunden Schlaf mühelos vertragen. Sie hätte nie Napoleon sein können, der angeblich keine Nacht mehr als vier Stunden schlief! Verschlafen tappt sie ins dottergelb geflieste Bad, welches dem Zimmer schräg gegenüberliegt. Mit Freuden nimmt sie, während sie sich noch die Augen reibt, Kaffeegeruch wahr, der aus der Küche strömt. Dazu mischt sich der Duft nach gebratenem Speck und Spiegelei. Bestimmt gibt es zum Frühstück das von Stine einst kreierte Langeoogbrot! Eine Schwarzbrotscheibe mit Philadelphia beschmiert, Räucherlachs und Tomate belegt und besagtes Spiegelei mit Speck als I-Tüpfelchen obendrauf!

In Windeseile ist Nanni mit dem Waschprogramm durch, denn mit diesem Frühstück kann man sie überall hinlocken – zur Not auch zur Arbeit! Das Haareföhnen schenkt sie sich ebenso wie aufwendiges Make-up, das eh nur zerfließt bei der Hitze. Zudem gehört sie zu den Frauen, die sich damit immer zuzementiert vorkommen. Nanni bevorzugt Puder für einen schönen Teint. Die Kleidung jedoch sucht sie nach dem Badbesuch sorgfältig aus: Ein enges und kurzärmeliges, sandfarbenes Kleid, das ihr bis zu den Knien reicht, einen breiten, dunkelbraunen Gürtel, der ihre schmale Taille trefflich betont und dazu passende, vorn offene Slingpumps mit Kittenheels – also Absätzen, die nicht zu flach und nicht zu hoch sind, und alles zusammen bequem genug, um den Tag halbwegs zu überstehen. Sie sitzt mit Hendrik, der ihr das vorzügliche Frühstück bereitet hat, bereits vor den gefüllten Tellern, kaut ihren Räucherlachs und krault nebenher Viktors Pudelkopf, als ihr Handy erneut klingelt. Doch diesmal ist es nicht der Wecker, sondern ein Anruf.

»Es ist gerade mal acht Uhr morgens, wer will da denn schon wieder was von mir, so früh«, mault sie missmutig und sieht auf das Display. Es ist Lenn Zacharias, der Möchtegern-Toskane. Nanni kaut, schluckt und trinkt dann einen großen Schluck aus dem Becher, der mit Möwen und einem Leuchtturm verziert ist. Ein Geschenk von ihren Schwestern zu Nannis zehntem Geburtstag.

Es gibt zwei Fächer im Küchenschrank neben der Spüle, eines für die Becher des guten Villeroy-und-Boch-Geschirrs, eines für das Sammelsurium an Gläsern, Tassen und Bechern, welches im Laufe der Jahre zusammengekommen ist. Da tummeln sich ehemalige Senfgläser neben bunten McDonalds-Gläsern (von den obligaten Stopps früher auf der Hinfahrt in Delmenhorst, bevor die Umgehungsstraße gebaut wurde), einige angeschlagene, geblümte Becher, aus Caris alten Beständen neben solchen, die mit Pferdeköpfen verschönert sind. Da findet man auch mehrere Exemplare mit der Aufschrift 450 Jahre Ratsgymnasium Bielefeld. Diese Becher haben sie dort stehen, weil Stine, slawisches Blut in sich hin oder her, da zur Schule gegangen ist. Das wiederum ist der Grund, weswegen sie und Paps sich hier auf der Insel begegnet sind: Das Rats unterhält hier ein Landschulheim und Stine war auch nach ihrer Schulzeit regelmäßig während ihrer Studentenzeit als Betreuerin hier auf der Insel, um ihr karges Salär etwas aufzubessern (ihre Eltern, ob sie nun von siebenbürgischem Adel sein mochten oder nicht, hatten gerade so viele Einkünfte, dass es für BAföG nicht reichte und für drei gleichzeitig studierende Kinder ebenfalls nicht). Paps hingegen verbrachte die Semesterferien, fürs Physikum lernend, daheim und als Strandaufsicht der DLRG-Mannschaft am Wasser.

So nahm das Schicksal seinen Lauf, denkt Nanni, eine zu schöne Liebesgeschichte war das, aber darüber muss sie ein andermal wieder nachdenken. Sie nimmt endlich ab, um einen freundlichen Ton bemüht.

»Guten Morgen, Chef, was macht die Gesundheit? Was gibt´s so früh?«

»Noch eine Leiche.«

»Wie bitte?«

»Ich sagte, noch eine Leiche. Cadavere.«

Nanni ist sprachlos.

»W ... wer?«, versucht sie stotternd zu artikulieren.

»Birke Kramer, die Inselpastorin. Auch erwürgt. Der Otten ist dort und hat das bestätigt.«

»Das ist ja schrecklich.«

Nanni sieht die junge Frau vor sich, mit der sie gestern noch gesprochen hat. Sie sieht deren Mann, den gut aussehenden Pastor Kramer mit seiner vom Golfen gebräunten Haut und den hübschen Füßen, sowie die kleine Tochter. Wie sie es wohl aufnehmen werden? Plötzlich wird Nanni übel.

»Wo ... wo wurde sie denn gefunden?«

»Auf der Behindertentoilette im *Flughafen-Café*. Die Toilette muss mit einer Münze oder Vergleichbarem von außen verschlossen worden sein. Otten vermutet, dass sie dort schon seit gestern Abend gelegen hat. Dem Besitzer war nicht weiter aufgefallen, dass die Tür zugesperrt war. Erst heute Morgen hat er sich darüber gewundert, dass sie verschlossen war. Das erschien ihm allzu komisch, da hat er von außen das Schloss geöffnet und dann die Frau gefunden. Er hat auch die Polizei alarmiert.«

Eine Toilette als Ort an dem man den letzten Atemzug macht, sinniert Nanni, nicht gerade der schönste Flecken zum Sterben. Sie muss einen aufkommenden Würgereiz unterdrücken.

»Gibt's weitere Gemeinsamkeiten, außer der Vermutung, dass sie ebenfalls erwürgt wurde?«

Nanni versucht, sich zu konzentrieren. Dabei schmeckt sie neben dem Kaffee und den Spiegeleiern den sauren Geschmack ihres bereits mit Säure vermischten Mageninhalts auf der Zunge.

»Si. Kiki de Winter und Birke Kramer hätten beinah Zwillingsschwestern sein können, gemelli, Nanni«, erwidert Zacharias ruhig, »sie war, genau wie das erste Opfer, groß, blond und gut aussehend.«

»Weiß ich, ja.«

»Wie du, Nanni. Pass ab sofort auf dich auf, abbi cura di te, hörst du?«

Nanni nickt stumm, indes Lenn schon weiterredet. Er sieht ja nicht, dass sie nickt.

»Ein Unterschied besteht allerdings. Birke Kramer war laut Aussage von Otten auf der Insel beliebt, selbst wenn auch sie als unbequem galt. Aber, wollen wir es mal so sagen, sie riss die Klappe einfach nur etwas diplomatischer auf.«

»Okay«, gibt Nanni gedehnt zurück, »und nun?«

»Was soll das heißen, und nun?«

»Ich, ähm ... du meinst, ich bleibe weiterhin ... ich meine ... ich soll ...«

»Hör auf zu stammeln, Nanni, es geht nicht anders.«

»Keinerlei Unterstützung?«

»Die SOKO hier besteht aus über zwanzig Leuten, keine Sorge, Nanni, nur vor Ort bist du auf deine SPUSIS und die beiden Insel-Cops angewiesen. Was ich und die anderen von hier an Land machen können, logo, da helfen wir dir, so gut es geht, genau wie die Leute im Labor auch, si, mia vergine eterna?«

»Hat dieser dämliche Augenvirus denn die halbe Nordseeküste im Griff?«, schimpft Nanni, weil ihr die plötzliche Übelkeit genau wie sein Volkshochschulitalienisch mächtig auf den Geist geht und sie auch nicht genau weiß, was das heißt, ma vergine eterna. Sie hat da allerdings eine Vermutung. Lateinisch ist schließlich nicht viel anders.

»Jedenfalls, was die Kripo angeht, ja. Dazu, vergiss nicht ...«

»Die Windpocken, ich weiß.«

»Varicella, si. Hab' sofort nachgeschaut, was das heißt. Und deswegen musst du den Fall Kiki de Winter leider weiterhin betreuen. Und der Fall Birke Kramer kommt jetzt noch dazu. Hier ist derzeit wirklich niemand mehr, den ich dir aktuell schicken kann.«

»Wie sieht es bei anderen PIs aus?«

Man kann ja mal nachfragen, denkt Nanni, während Lenn Zacharias sogleich ungehalten antwortet:

»Ragazza, es ist ja auch Urlaubszeit, leider. Zudem ist das deine Chance, zu zeigen, was du drauf hast, also, stell dich nicht so an! Gleiches Spielchen wie zuvor, Fundort weiträumig absperren lassen, Zeugen feststellen, Feuerwehr mit technischem Gerät antanzen lassen und so weiter und so fort.«

Nanni sieht plötzlich ihre Hochzeit sich in den Ermittlungen auflösen. So nicht! Sie wird wütend. Die Wut macht sie übermäßig mutig und laut hebt sie an:

»Also, pass jetzt mal gut auf, Lenn, ich heirate nächste Woche standesamtlich in der Friesenstube hier im Inselmuseum und im Anschluss daran gibt es eine ökumenische Trauung, da Hendrik bekanntlich katholisch ist. Es wird eine Hochzeit mit allem Schnickschnack und circumstances. In der Inselkirche. Ich will Hendrik einen selbst gemachten Ring, im *Schmiedhus* gefertigt, an den Finger stecken, da hab' ich den Termin heute schon verschoben. Aber den werde ich mit Hendrik gemeinsam absolvieren, ist das soweit auch klar? Und wenn die gesamte weibliche Inselbevölkerung vorher umkommt, ist mir egal, die Zeit für den Ring und die Zeremonie benötige ich. Und ich will eine ungestörte Hochzeitsnacht mit meinem Mann verbringen, eine richtig schöne Nacht mit Meeresleuchten und sternenklarem Himmel und allem, was dazu gehört.«

Beinah wie ein Kind stampft Nanni im Sitzen bei diesen Worten auf, als müsste sie ihnen damit noch besonderen Nachdruck verleihen.

»Und wehe, die PI Aurich-Wittmund ist nicht gesund und vollzählig versammelt unter meinen Gästen!«

»Wow«, hört sie Hendrik nebenbei anerkennend murmeln und wirft ihm über den Tisch eine Kusshand zu.

»Capisco, Nanni, und neun Monate später wirst du den Stammhalter präsentieren. Hast du schon den Namen ausgesucht?«, gibt Zacharias spöttisch zurück.

»Du wirst frech, Chef, aber ja, hab ich.«

Hat sie wirklich. Ihr erster Sohn, dies haben Hendrik und sie schon längst geklärt, soll Florentin heißen, eine Tochter – nach seiner verstorbenen Mutter – Amelie. Florentin Schwanheusser. Amelie Schwanheusser. Ganz einfach. Und für weitere Kinder sind noch genügend Namen auf einer Liste aufgeführt, die sie wohlweislich in ihrem alten Sekretär, ebenfalls ein Erbstück von Cari, aufbewahrt.

»Also, Nanni, Liebes, das alles ... né mi piace ... und ich ... doch ... wirklich ... ich versteh' dich, ja. Und was ich tun kann, will ich tun, versprochen. Das mit dem Meeresleuchten liegt allerdings nicht in meiner Macht.«

Nanni sieht Lenn Zacharias mit seiner markanten Zahnlücke zwischen den beiden vorderen Schneidezähnen grinsen, durch den Hörer hindurch.

»Den Rest muss Hendrik besorgen ... du verstehst... ja ... aber das wird schon, du kannst den armen Mann ja nicht ewig darauf warten lassen, dich endlich entjungfern zu dürfen. Na gut, Spaß beiseite, Kriminalkommissarin Peters, ich bürge höchstpersönlich dafür, dass du nächste Woche heiraten kannst mit selbst gemachtem Ring. Aber bitte, auch wenn du eigentlich Urlaub hast, ermittle, bis ich jemand anderen schicken kann. Si?«

»Si, Chef«, antwortet Nanni erleichtert.

Genauso gut hätte Lenn, nicht gerade bekannt für eine etwaige besonders ausgeprägt sanftmütige Art, auch vor Zorn explodieren können ob ihrer Tirade. Aber er ist erstaunlich ruhig geblieben, ja geradezu verständig, väterlich ruhig. Beim Thema *heiraten* scheinen eben auch die ganz harten Kerle weichere Züge zu bekommen. Und Halbitaliener offensichtlich erst recht.

»Ähm, aber da ist leider noch was.«

»Was noch?«, blafft Nanni, ungehaltener als sie eigentlich will, in den Hörer zurück und fängt dabei Hendriks fragende Blicke auf.

»Genauer gesagt sind es zwei Dinge. Maart, dieser de Winter-Junge, ist wieder am Tatort aufgetaucht. Und zweitens ...«

»Maart ist ein behinderter junger Mann, Lenn, ich will das nicht ausschließen, aber ...«

»Lass ihn beschatten, Nanni, das ist eine dienstliche Anweisung.«

Maart war's, der Bekloppte, hört sie Svea Michels Stimme und nickt.

»Okay. Wie du willst.«

Sie notiert den Punkt gedanklich, um ihn an Lasse abzugeben.

»Zweitens, es wird dich treffen, cara mia. Der Staatsanwalt hat die schnelle Obduktion angeordnet, weil der letzte derzeit verbliebene Dr. Aufschneider ab morgen Urlaub hat. Wie alle anderen Rechtsmediziner vom Institut in Oldenburg offensichtlich auch. Die Personalpolitik da ist ja wirklich unter aller ... egal ... der Nächste ist da jedenfalls erst wieder ab nächsten Mittwoch einsatzfähig. Ich glaub ja eher, er hat das vor allem wegen der Granatenwärme so entschieden. Das heißt also, die Tote wird heute noch aufgemacht, Nanni, heute Nachmittag dreizehn Uhr.«

Nanni weiß wohl, was er meint, hat sie es ja bereits geahnt. Doch sie hasst es, bei Leichenöffnungen dabei zu sein! Laut ruft sie in den Hörer:

»Nein! Dreizehn Uhr! Das wird zeitlich mit dem Seminar viel zu knapp!«

Lenn Zacharias fährt ungerührt fort:

»Doch Nannibella, du wirst als Vertretung der Staatsanwaltschaft dabei sein. Non discussioni. Ich schicke dir ein Polizeiboot. Das spart Zeit. Zudem kannst du mit Doc Wilken, der ist schon wieder auf dem Weg zur Insel, ab dem Festland im Auto mitfahren. Der ist sicherlich noch bis mittags da.«

»Kann nicht Hendrik ...«, versucht sie Lenn umzustimmen – ohne Erfolg.

»Hendrik kann gerne, aber nur an deiner Seite, ist das klar?«

Und bevor Nanni antworten kann, sagt er bereits:

»Also, an die Arbeit, Hals- und Beinbruch, und schwing deinen hübschen Hintern pünktlich hinüber zu den Jungs im Institut, bella donzella!«

Und schon hat er den Hörer aufgelegt. Ma vergine eterna ... bella donzella ... ewige Jungfrau. Schöne Jungfrau. Es ist

Nanni nur ein schwacher Trost, dass sie vor allem den männlichen Kollegen mit ihrer allzu klaren Haltung bezüglich ihrer gut gehüteten Jungfräulichkeit irgendwie Respekt abverlangt (auch wenn es manchmal auf ihre Kosten geht). Aber nicht nur das. Sie macht ihre Arbeit gut. Das weiß sie. Das weiß auch ihr Vorgesetzter Lenn Emmanuele Edoardo Zacharias. Nanni atmet tief durch. Eine weitere Leiche also. Birke Kramer.

»Also, an die Arbeit«, sagt sie laut und sieht zu Hendrik. Dann berichtet sie ausführlich von dem Telefonat. Genau in dem Moment, als sie von der zweiten Leiche spricht, betritt ihre Mutter, in den gelben Kimono gewickelt, die Küche. Schweigend lässt sich Stine Peters auf einem der Korbsessel nieder. Bevor sie nicht mindestens zwei Tassen schwarzen Kaffees inhaliert hat, sagt sie nach dem Aufstehen grundsätzlich nie etwas (dafür umso mehr danach). So schenkt sie sich Kaffee ein und hört einfach nur zu. Als Nanni endet, bricht Stine das erste Mal, solange Nanni zurückdenken kann, ihr eisernes morgendliches Schweigen und hebt mit krächzender Stimme an:

»Wir werden die Insel verlassen. Ihr müsst woanders heiraten. Da geht ein Serienkiller um, der junge schöne Frauen umbringt, Nanni. Und du bist bestimmt die Nächste, die er ins Visier nimmt.«

Möglich, schießt es ihr durch den Kopf, wenn er es tatsächlich auf Blondinen abgesehen hat. Das *Hansa-Café* liegt kaum dreihundert Meter Luftlinie vom Melkerpad entfernt und sie schläft ebenerdig mit offenem Fenster! Aber in ihrem tiefsten Herzen glaubt sie weder daran, dass Maart de Winter so etwas zustande bringt, noch dass ein Frauenkiller sein Unwesen auf der Insel treibt. Aber wer es sein könnte, weiß sie leider auch nicht. Noch nicht.

»Ich muss los«, antwortet sie daher, ohne auf Stines Anliegen einzugehen, »ist ja nicht weit.«

Die Übelkeit ist verschwunden und weicht einem Gefühl von kämpferischer Besessenheit. Sie wird den oder die Mörder kriegen! Der Adrenalinspiegel in Nannis Körper steigt an, sie kann das bis in die kleinen Zehen spüren. Nanni zieht eine entschuldigende Grimasse in Richtung ihrer Mutter.

»Mach dir keine Sorgen, Mama, ich pass schon auf mich auf.«

Als hätte sie nicht bereits ein Langeoogbrot verputzt, stopft sie sich noch einen halben Toast, den sie mit Frischkäse und Himbeermarmelade beschmiert, zwischen die Zähne, streichelt noch einmal den Hund, küsst erst Stine auf die linke Wange und dann Hendrik, der seltsam sprachlos am Esstisch ausharrt, auf den Mund, und eilt dann zur Tür.

»Wart' kurz, Peterle, ich ... ich bring dich.«

Hendrik springt, wie aus einem Tagtraum erwacht, auf.

»Ich muss des alles erscht mal ... verdaue.«

Ja, denkt Nanni, alles ein bisschen viel für dich, Liebster. Es ist das erste Mal, dass du so hautnah miterlebst, was mein Beruf eigentlich bedeutet.

»Danke«, antwortet sie laut und lässt sich bereitwillig von Hendrik zur weißen Haustür führen, ohne weiter auf Stines besorgte Miene zu achten. Auf deren Stirn hat sich eine steile Falte zwischen ihren dunklen Augenbrauen gebildet.

»Des war übrigens klasse eben, wie du dem Lenn den Marsch geblase hasch. Danke.«

Hendrik küsst sie auf die Nasenspitze.

»S' wird alles gut bis zum große Tag, ganz sicher.«

Das hofft Nanni auch, als sie Hendrik bittet, falls sie es nicht rechtzeitig schafft, in jedem Fall das Trauringseminar zu besuchen und wenigstens schon mit ihrem Ring Szu beginnen.

»Mach ich. Und tagsüber bin ich eh bschäftigt, des weisch ja. Ich muss in den Blumelade, zum Standesamt wege der Papiere, zum Ponyhof wege der Kutsche und ich will noch mal hoch zum Reschtaurant und horche, ob alles soweit klar isch.«

»Sie sollen dir die Desserts zeigen.«

»Ja, ich weiß, Nanni und ...«

»Mama kümmert sich um die Torte?«

»Ja, Peterle, ja ...«

Hört Nanni da einen ungehaltenen Unterton in seiner schönen Baritonstimme? Doch ehe sie darüber nachdenken kann, fährt Hendrik munter fort:

»Und nachmittags bin ich denn auf de Tagung.«

Plötzlich ungeahnt milde Worte. Die führen was gegen sie im Schild und Hendrik ist an Bord, nur was?

»Brauchsch dir also keine Gedanke mache wege mir oder uns. Mir komme klar.«

Wegen dir vielleicht nicht, sinniert sie, aber wegen mir! Und wegen der Squaw! Doch Nanni nickt nur und sieht auf das beinah mannshohe Thermometer im Vorgarten: Es zeigt einundzwanzig Grad. Das wird wieder ein heißer Tag, seufzt sie stumm, und schwingt sich auf ihr Rad.

Im Café

Nanni passiert den Fischladen, dem ein leichter Räuchergeruch voranweht, dann den Spielplatz und biegt dahinter in die Straße zum Flughafen ein. Von Weitem bereits sieht Nanni Peters eine kleine Menschentraube vor dem Café stehen, vornehmlich bunt gekleidete Jogger. Erstaunlich, wer alles morgens schon so früh auf den Beinen ist, denkt sie, und das im Urlaub! Andererseits, die Luft ist so herrlich frisch und lädt geradewegs dazu ein, sich draußen zu tummeln! Jetzt eine Fahrradtour ans Ostende machen! Mit Hendrik! Sie klagt sich einen Moment an, wie sie nur hat so dumm sein können, je diesen Beruf ausgewählt zu haben. Was hat Stine seinerzeit auf sie eingeredet, wie sie selbst, Lehrerin zu werden, oder wenigstens eine Kosmetikausbildung zu machen, weil sie sich doch eh alles selbst zusammenrühre. Paps fand, ein Medizinstudium wäre für sie gut, und Onkel Friedel wollte, dass sie Theologie studierte und Cari war der Meinung, sie wäre doch, genau wie Emma, mit Physiotherapie gut beraten. Aber nein, Nanni wollte nichts von alledem machen, sondern, seit sie ein kleines Mädchen war, zur Polizei gehen, am liebsten zu einer berittenen Einheit. Da war sie dann auch für kurze Zeit, aber es genügte ihr nicht. Sie wollte mehr. Und sie bekam mehr. Ein wenig von sich selbst genervt, stellt Nanni das Rad, ohne es zu sichern, im Ständer neben Maarts rotem Dreirad ab und bahnt sich, die Kripomarke vor dem Gesicht hin – und herwedelnd, einen Weg durch die Leute hindurch, direkt zu Caspar Otten, der zusammen mit Lasse am Tresen steht und etwas ratlos in die Gegend schaut. Mehrmals auf dem Weg zu ihm hört sie die Leute den Namen *Maart* murmeln. Der Junge ist jedoch nirgends zu sehen.

»Ein bisschen oft dabei, finde ich auch«, kann Nanni nun auch den Otten zu Lasse sagen hören, »zudem hat der Wirt des Cafés ihn gestern spät am Abend auch noch aus der Behindertentoilette herauskommen sehen. Aber dann sprach ihn ein Gast an und er konnte nicht mehr sehen, ob der Junge möglicherweise von außen abgeschlossen hat.«

»Guten Morgen, was macht der Junge spät abends auf der Toilette des Cafés, und was sagt denn Maart selbst dazu, Caspar mit a?«, will Nanni von dem Inselpolizisten wissen. Sie nimmt dabei den Geruch von abgestandenem Bier und altem Fett wahr.

»Ähm ... guten Morgen, Frau Kollegin ... ähm ... Nanni.«

»Nun?«

Der Kollege zuckt ratlos mit den Achseln und erwidert:

»Nichts sagt der. Der ist nämlich leider verschwunden. Johann sucht ihn bereits und Gretje, seine Mutter, hat am Telefon einen Nervenzusammenbruch bekommen und ist jetzt völlig aus dem Häuschen, weil die halbe Insel nun denken wird, er war`s.«

»Wenn Maart der Mörder war«, zieht Nanni den Schluss, »dann hätte der doch gestern Morgen nicht bei uns gesessen und ausgesagt. Das glaub ich einfach nicht bei dem Hintergrund. Vor allem, weshalb sollte er das tun? Der hat gestern da was getrunken und heute Morgen wahrscheinlich nur wieder seine Runden gedreht. Alles Zufall.«

»Was macht er dann am Café? Stellt sein Rad brav im Ständer ab und lässt es dann stehen? Sehr komisch, findest du nicht?«

Nanni muss zugeben, dass die Sache wirklich eigenartig ist.

»Ich weiß es nicht. Der ist halt abgehauen. Keine Ahnung.«

Kurzes Schweigen, der Inselpolizist kratzt sich am Kopf.

»Das Problem ist«, hebt er dann an, »dass der Jung' dort war und jetzt nun mal weg ist. Und Birke Kramer war tot, als sie gefunden wurde. Alles ist also möglich.«

Nanni wäre die Variante vom unbekannten Serienmörder fast lieber, als die Vorstellung, dass ein behinderter junger Kerl zum Inselmörder wird.

»Gibt es einen einzigen Grund, weswegen Maart überhaupt ernsthaft als Täter in Frage kommt?«

Wieder zuckt der Inselpolizist unschlüssig mit den Achseln.

»Das Fahrrad steht nun mal draußen vor der Tür. Er war der Letzte, den der Wirt abends bei der Toilette gesehen hat. Mehr kann ich dazu nicht sagen. Nur vielleicht noch, dass er nicht gut mit Kiki klar kam, die immerhin seine Stiefmutter war.«

»Und, sagt das was aus? Bringt man sie deswegen um? Und was ist mit Birke? War die auch seine Stiefmutter?«

Nannis sarkastischer Ton ist nicht zu überhören. Die beiden Polizisten sehen sich fragend an.

»Nein«, tönt es aus beiden Mündern gleichzeitig. Die Antwort genügt Nanni nicht, aber sie will sich nun erst mal ein Bild von der Lage machen. Also fragt sie:

»Wann öffnet das Café normalerweise morgens?«

»Um elf«, erwidert Otten, offensichtlich froh, die Antwort flugs parat zu haben.

»Und wieso ist der Wirt dann schon so früh da?«

Diesmal bleiben die Inselpolizisten Nanni wieder eine Antwort schuldig. Nanni seufzt frustriert. Ihre gedankliche Liste muss sie um zwei Punkte erweitern: Was hat Birkes Tod mit Kikis Tod gemeinsam? Serienmörder? Wirt befragen und Maart vernehmen.

»Wo ist die Leiche?«

Nanni sieht sich suchend nach dem Toilettenschild um.

»Da, den Gang rechts rein«, gibt Lasse mit gewohnt tiefer Stimme bereitwillig Auskunft.

Müde sieht der junge Kerl aus, denkt Nanni, und etwas überfordert.

Lasses Uniform wirkt zerknautscht und der Rasierer scheint heute Morgen auch nicht funktioniert zu haben. Otten hingegen sieht mit seinen Apfelbäckchen aus wie das blühende Leben. Irgendwie unangemessen, findet Nanni, an so einem Ort so rosig frisch auszusehen.

Als sie sich schon Richtung WC wenden will, betritt Dr. Tammo Tütjen den Ort des Geschehens. Er schwingt, so sieht Nanni, seine lederne Arzttasche wie ein Brustschild vor sich her, um sich ebenfalls den Weg freizubahnen.

Na so was, denkt sie, der schon wieder.

Seiner Neigung zu auffälliger Kleidung wird der Mann auch heute wieder gerecht. Er trägt zwar den gleichen hellen Anzug wie tags zuvor, doch heute ziert er ihn mit einem fliederweiß karierten Hemd und einer bordeauxroten Fliege und ebensolcher Sonnenbrille.

Der Typ muss eine ganze Sammlung davon haben, überlegt Nanni und grinst. Sehr stylish und sehr extravagant für einen Mann. Und eher in die Roaring Twenties hineinpassend.

Sie begrüßt den Mediziner und gemeinsam betreten sie schließlich die Behindertentoilette des Cafés. Birke Kramers Anblick, wie sie zwischen der weiß gefliesten Wand und der Kloschüssel eingezwängt daliegt, bietet einen scheußlichen Anblick. Ihre Augen sind hervorgetreten, die Zunge hängt aus dem Mund wie ein dunkler, nasser Lappen. Der Bluterguss auf der Wange hebt sich von der weißlichen Haut ab. Nanni hat Mühe, dem Anblick standzuhalten und muss sich beinah abwenden. Doch das kann sie sich als Ermittlerin ja wohl schlecht erlauben. Also fixiert sie die Kleidung. Die Tote trägt Jeans und das gleiche Prada-Shirt wie jenes, in dem sie Nanni und Otten am Nachmittag zuvor empfangen hatte. Nanni entdeckt neben dem dunklen Fleck einige Katzenhaare. Am Hals sind deutliche Würgemale zu erkennen.

»Weiß die Familie schon Bescheid?«, krächzt Nanni, weil sie ihre liebe Not damit hat, die Fassung zu bewahren. Der Tod kann so unvermittelt schnell kommen, selbst bei Alten und Siechen, wie sie seit Caris Tod weiß. Cari war einfach so gestorben. Ohne Ankündigung. Sie saß, als Nanni sie morgens fand, tot in ihrem Lesesessel, den Gedichtband *Rilke reloaded* auf Seite vierhundertdreiundzwanzig aufgeschlagen und auf ihren Knien ruhend, die Lesebrille ins helle Haar hochgeschoben. Was Cari wohl zuletzt gesehen hat? Ein Schiff? Kreisende Möwen? Den Sonnenuntergang? Das aufgeschlagene Gedicht? Nanni würde den Anblick in ihrem Leben nie wieder vergessen. Und da aufgeschlagene Gedicht ebenfalls nicht: *Der Tod ist groß. Wir sind die Seinen lachenden Munds. Wenn wir uns mitten im Leben meinen, wagt er zu weinen, mitten in uns.*

Doch was, versucht sie eine Erklärung, sahen Kiki de Winter und Birke Kramer, bevor sie starben? Ihre Mörder. Nanni ist davon überzeugt, dass hier ein Mann am Werke war. Frauen haben andere Motive (auch wenn hier noch völlig unklar ist, welche Motive zu den Tötungen geführt haben) und andere Methoden, das lernt man bereits früh bei der Kripo. Frauen töten beispielsweise mit Gift, nicht mit bloßen Händen.

»Der Pastor hat das Verschwinden seiner Frau gemeldet. Der Anruf kam ziemlich zeitgleich mit dem des Wirts hier.«

Otten nickt zu seinen Worten bedächtig.

»Wieso merken die Ehemänner hier nicht, wenn die Frauen nachts weg sind?«

Nanni schüttelt ungehalten den Kopf, sodass die weichen, vom Duschen noch etwas feuchten Wellen zu schwingen beginnen.

»Ich mein', haben die hier alle getrennte Schlafzimmer? Ist das der neuste Inseltrend?«

»Er sagte, er sei auf der Pfarrgemeinderatssitzung gewesen, da wurde es wohl spät. Und dann muss er immer im Arbeitszimmer nächtigen, um niemanden aufzuwecken. Angeblich hat er erst heut früh gemerkt, dass Birke ...«

»Ich hab gerade ein Déjà-vu-Erlebnis, scheint mir.«

Dr. Tammo Tütjen hat die Sonnenbrille abgenommen und sieht Nanni aus der Hocke mit den hellgrünen Basiliskenaugen durchdringend an. Sie schaudert. Gestern war ihr das gar nicht so aufgefallen, aber der Blick ist irgendwie ... schräg. Irr. Daneben. Wie immer man das nennen mag. Dem Typen traut sie ohne Weiteres zu, zuzudrücken, allein wegen dieser fiesen Augen.

»Weshalb?«, hakt Nanni nach.

»Ganz einfach, auch hier Tod durch Ersticken«, berichtet der Inselarzt und lässt einen kleinen Lichtschein über Birkes Körper huschen, »der Hals zeigt ja eindeutige Hinweise. Todeszeitpunkt, würde ich sagen, ebenfalls später Abend bis Mitternacht. Am Handgelenk da, sehen Sie«, er wedelt mit dem Lichtstrahl über die Male, »genau wie bei der de Winter, diese kleinen Infiltrate. Gleiche Handschrift wie gestern. Ganz eindeutig.«

Der Inselarzt erhebt sich ächzend.

»Der Rechtsmediziner wird das sicherlich bestätigen.«

Er klappt die Tasche zu, tippt mit dem Zeigefinger an die Stirn und nuschelt:

»Man sieht sich.«

Dann verschwindet er, so schnell wie er gekommen ist, wieder durch die Tür. Nanni sieht nach draußen. Eigentlich hätte sie ihn jetzt befragen sollen wegen der Bürgerstiftung. Noch während sie darüber nachdenkt, hört Nanni die Stimmen draußen vor dem Café lauter werden. Die Rufe Mörder-Mörder-Mörder, dringen durch die Tür ins Innere des Cafés. Als Johann de Winter mitsamt Sohn Maart das *Flughafen-Café* betritt, ist die Menschengruppe davor regelrecht in Aufruhr. Zehn Leute, zählt Nanni den Pöbel, und fast nur Männer. Man kann meinen, sie sind in Lynchbereitschaft und wollen den Tod der Frau sühnen. Dabei haben sie doch gar keine rechte Ahnung davon, was hier drin eigentlich vor sich geht. Das Auge des Gesetzes muss einschreiten.

Wortlos schickt Nanni die Inselpolizisten nach draußen, um für Ordnung zu sorgen, indes die de Winters den Weg zu ihr suchen. Noch nicht ganz bei Nanni angekommen, schreit Maart aufgeregt: »Tjark, ich hab Tjark gesehen.«

Jetzt hat Nanni ein Déjà-vu-Erlebnis.

Es gibt drei Möglichkeiten, erwägt Nanni und sieht den Polizisten dabei zu, wie sie die Menschen verscheuchen. Entweder der Junge lügt, er fantasiert, oder die Polizisten haben schlampig gearbeitet. Oder, vierte Möglichkeit, er hat jemanden gesehen, der diesem Tjark verteufelt ähnlich sieht.

Gedanklich geht sie die Leute durch, mit denen sie bislang gesprochen hat. Aber da ist keiner, der, wie Lasse den Mann beschrieben hat, eine schulterlange blonde Matte trägt. Außer noch Maart de Winter selbst. Nanni sieht noch einmal zur Toten und betrachtet Birkes Hände. Schimmern da nicht auch helle Haare in ihrer zu einer Faust geballten rechten Hand? Nanni geht näher ran. Ja, tatsächlich. Aber sie scheinen noch heller als Maarts zu sein. Und irgendwie sehen die gefärbt aus. Sie glänzen seltsam metallen. Nein, das sind nicht Maarts Haare, denkt sie, und klärt dann Vater und Sohn de Winter darüber auf, dass Tjark in Holland weilt und demzufolge als Täter ausscheidet.

»Der kann es also nicht gewesen sein, tut mir leid.«

»Doch, doch!«

Maart beginnt zu wimmern. Nanni versucht, trotzdem aus dem jungen Mann herauszubekommen, was er früh morgens am Café zu suchen hatte. Doch Maart de Winter schweigt. Und heult.

»Ich kann es mir nur so erklären«, versucht Johann de Winter an seines Sohnes statt dessen Verhalten zu begründen, »er dachte wohl, es wär' schon geöffnet und wollte etwas trink ...«

»Hab Tjark gesehen!«, wiederholt Maart plötzlich mehrmals und rennt dann zu seinem Dreirad hinaus.

Gott sei Dank sind die Leute weg, denkt Nanni und sieht ihm hinterher. Der arme Kerl mit seinen verkrümmten, staksigen Beinen in den Shorts und den wirren Haaren soll ein Mörder sein?

»Bringen Sie ihn nach Hause, Herr de Winter«, wendet sie sich an den Vater des Jungen, »und kommen Sie bitte um elf Uhr mit ihm in den Besprechungsraum wegen der Protokolle sowie zur Abnahme der Fingerabdrücke. Vielleicht können Sie seiner Mutter ausrichten, ebenfalls zu erscheinen.«

Der Gourmet-Johann nickt und geht seinem Sohn nach, indes die Polizisten nun wieder neben Nanni stehen.

»Hast du schon die Maschinerie angeleiert?«, fragt Nanni Lasse, der freudig nickt.

»Yep. Die müssten jeden Augenblick mit dem ganzen Kram hier sein. So wie gestern ... also mit Trassierband, Generator, Brötchen und so weiter. Und dein Vorgesetzter wollte ...«

» ... die SPUSI sofort losschicken. Und da sind sie.«

Nanni zeigt erleichtert auf die Kollegen.

»Samt Dr. Aufschneider. Sehr schön. Und wir drei haben nun anderes zu tun. Auf zum Hotel, Kollegen.«

Es folgt ein kurzer und intensiver Informationsaustausch, dann schlüpfen die SPUSI-Leute in ihre weißen Anzüge und legen mit der Spurensuche los, Dr. Wilken hingegen untersucht die Tote. Nanni und er verabreden sich für die Fahrt ins Institut in Oldenburg.

Besuch

Im *Hotel de Winter* gehen Kommissarin Peters und die Inselpolizisten schnurstracks in den Raum *Schiemannsgarn*. Sie müssen Bericht ans Festland erstatten, die Angehörigen informieren, Aussagen abgleichen und protokollieren, sowie die weiteren Vernehmungen besprechen. Lasse und Otten schwärmen danach aus und Nanni bleibt allein im Raum zurück. Berge von Papier türmen sich bereits vor ihr auf, als es klopft. Sie stöhnt innerlich auf. Jedes der Protokolle muss sie mit den Leuten nochmals durchgehen.

»Ja, bitte?«

Ein älterer, hochgewachsener und nicht mehr ganz schlanker Herr, Nanni schätzt ihn zwischen sechzig und siebzig, tritt ein.

»Ich...«, beginnt er, doch dann versagt ihm die Stimme. Nanni bedeutet ihm, ihr gegenüber am Glastisch Platz zu nehmen. Sie lässt ihm etwas Zeit, sich zu sammeln, bevor sie fragt:

»Wie kann ich helfen?«

»Mein ... mein Name ist Doktor Claudius Cassens«, startet der Mann einen zweiten Versuch, nun wesentlich gefasster. »Ich bin der frühere Direktor des Gymnasiums hier und ... ja... der Vater von Kirsten, also Kiki, de Winter.«

Nanni erhebt sich von ihrem Stuhl und geht um den Tisch herum, bis sie vor dem Mann zum Stehen kommt. Sie streckt ihm die Hand hin.

»Mein aufrichtiges Beileid. Ich bin Kriminalkommissarin Nanni Peters, die ermittelnde Beamtin.«

»Sie?«

Er kommentiert ihr Sprüchlein mit erstaunt hochgezogener Augenbraue, was Nanni mit gleicher Geste quittiert.

»Ja, genau das bin ich.«

Dann lehnt sie sich neben ihm an die gläserne Tischplatte und wartet, während sie ihn erst einmal mit ruhigem Blick scannt. Volles, milchweißes Haar bis fast auf die Schultern, glatt rasierte Wangen, markante, tief gebräunte und vom Wetter gegerbte Züge. Helles Hemd, goldene Manschettenknöpfe, Siegelring aus Lapislazuligestein, dezent blaugestreifte Weste zur weißen Stoffhose. Kein Jackett. Segelschuhe aus dunkelblauem Leinen. Insgesamt ein imposant und distinguiert wirkender Mann, der sich des Respekts seiner Umgebung und seiner Wirkung ganz allgemein mit Sicherheit recht gewiss ist. Nur das kecke rote Halstüchlein mit den weißen Punkten passt nicht so recht zu diesem seriösen Auftreten, es wirkt dazu im Vergleich seltsam verspielt, erinnert Nanni an Viktor.

»Ich möchte eine Aussage machen.«

»Selbstverständlich, Herr Cassens«, antwortet Nanni.

»Doktor Cassens, bitte.«

Nanni hat erneut Caris Worte im Ohr: *So wundernett bescheiden*. Sie findet jedoch, dass dieser Cassens weder besonders bescheiden auftritt, noch besonders nett. Eher überheblich und streng. Sie geht wieder zu ihrem Platz, bereit, mitzuschreiben. Der Mann lehnt sich im Stuhl zurück und verschränkt die Arme. Seine Betroffenheit wegen des Todes der Tochter hat er nun perfekt im Griff, denkt Nanni, ja, er strahlt geradezu vor Selbstsicherheit.

»Bevor Sie es von anderer Seite hören«, beginnt er und fährt dabei mehrmals bedächtig mit der Hand über die gläserne Tischplatte, »sollten Sie wissen, dass Kirsten, also meine Tochter und ich ... nun ja ... wir waren seit einiger Zeit heillos zerstritten.«

»Weswegen?«

»Wegen Johann. Ich wollte, dass sie sich von ihm trennt. Ewig diese Eskapaden mit den jungen Mädchen. Aber Kirsten ist ja unbelehrbar. Und nun ist es zu spät.«

Er hebt bedauernd den Blick und sieht zum Fenster hinaus. Nanni folgt seinem Blick. Ein Krabbenkutter zieht gemächlich am Strand vorbei und weit hinten auf dem offenen Meer kreuzt ein mehrmastiges Segelschiff am Horizont. Sie starren eine ganze Weile hinaus zur See, die sich wie vom Inselmaler gemalt vor den Fenstern ausstreckt. Dramatisch und wunderschön. Als könnte der ehemalige Internatsleiter ihre Gedanken lesen, wendet er den Blick zu Nanni und sagt:

»Genau jetzt würde Turner den Ausblick festhalten. Die Farben sehen beinah aus wie auf dem Bild *Die letzte Fahrt der Temeraire*.«

Nanni nickt. Sie weiß zwar nicht genau, wie das Bild aussieht, aber die Farben, die der britische Maler oft verwandt hat, kennt sie. Graue, hellblaue und erdige Töne, die den Bildern Tiefe und Dramatik gleichzeitig verleihen.

»Doktor Cassens«, versucht sie sanft das Gespräch wieder auf das eigentliche Thema zurückzusteuern, »Sie sind nicht hier, um sich mit mir über Bilder von Turner zu unterhalten, hab' ich recht?«

»Nein, natürlich nicht. Verzeihen Sie.«

»Warum wollten Sie, dass sie sich trennen?«

»Geld«, antwortet er. Mehr nicht. Nur das Wort Geld. Er streicht sich unwirsch über die Augen, als will er aufsteigende Tränen unsichtbar machen. Dann fährt er fort:

»Und deswegen bin ich auch hier. Um meinen geldgierigen Schwiegersohn als des Todes an meiner Tochter verantwortlich anzuzeigen.«

Nanni atmet durch und antwortet: »Das ist eine schwere Anschuldigung, Doktor Cassens, wie können Sie das belegen?«

»Es gab einige Gespräche, in denen er ihr drohte. Wie man so etwas in bestimmten Kreisen eben sagt. Ich bring dich um, wenn du nicht das und das machst oder so in der Art. Sie rief mich an, nachdem sie mit ihm zu Abend gegessen hatte. Da war sie auf dem Weg nach Hause. Sie sagte mir, es täte ihr leid wegen all des vielen Streits in den vergangenen Wochen und sie hätte mit Johann über das ererbte Geld gesprochen. Er hätte endlich eingelenkt und wäre damit einverstanden, dass sie es aus dem Hotel rauszieht, um damit unser Projekt zu finanzieren.«

»Und dann?«

»Dann meinte sie noch, bevor sie auflegte, sie müsse noch mal zurück, sie hätte im Hotel Papiere liegen lassen. Ich denke, dass er sein Einverständnis nur vorgetäuscht hat und die Gelegenheit ergriff, sie zu beseitigen. Es geht um viel Geld, Frau Peters.«

Nanni nickt.

»Wann etwa kam der Anruf?«

»Elf? Halb zwölf? Kurz vor Mitternacht? Ganz sicher bin ich mir nicht mehr. Jedenfalls war sie, während wir telefonierten, unterwegs zurück zum Hotel, wie sie sagte. Und dort ist sie ihrem Mörder in die Arme gelaufen.«

Nanni sieht, dass der alte Mann nun Mühe hat, die Fassung zu bewahren. Es passt zusammen. Kiki musste, nachdem sie bei den Kramers gewesen war, nochmals zurückgegangen sein. Sie sollten die Hotelgäste überprüfen, beschließt Nanni und nummeriert ihre Punkteliste durch, dann schreibt sie auf ihren Block unter Punkt zwanzig: *Hotelgästeliste anfordern* und unterstreicht das Wort mehrfach. Dabei stellt sie fest, dass die Notiz *Maart überprüfen* doppelt gelistet ist. Immer wieder der Junge, überlegt sie, und will sich dennoch nicht drauf einlassen. Irgendetwas sagt Nanni Peters, dass der Junge nichts mit den Morden zu tun hat. Nur was? Welche Infos birgt diese versteckte Nachricht an sie?

»Das ganze viele Geld hat ja jetzt der Johann«, jammert Cassens, als Nanni noch gedanklich bei Maart de Winter weilt, »nun müssen wir den Traum vom Internat begraben. Arme Kiki. Und arme Birke. Sie ist so freudig dabei. Sie hat den größten Eifer von uns allen, was die Planung betrifft. Es wird ihr das Herz brechen.«

Er weiß noch nicht, was Birke Kramer angetan wurde. Nanni räuspert sich und sagt vorsichtig:

»Doktor Cassens, Frau Kramer, ich meine Birke ... ist ... sie ist ebenfalls tot.«

Cassens reißt die Augen auf. Dann schüttelt er die weiße Mähne.

»Was reden Sie da für einen Unsinn? Ich habe gestern Abend noch mit ihr gesprochen. Sie wollte ans Festland. Sie fliegt stets. Birke hat einen Flugschein.«

Das erklärt den Fundort, denkt Nanni, und notiert sich unter Punkt 21: *Flugzeug Birke Kramer überprüfen.*

»Ihrem Mann hat sie das wohl nicht gesagt,« bemerkt Nanni danach, »er hat sie heute Morgen als vermisst gemeldet.«

»Birke ist ein sehr spontaner Mensch. Vielleicht hat sie einen Zettel hinterlassen und er hatte ihn nur bislang nicht gefunden, jedenfalls ...«

»Sie wurde heute Morgen im *Flughafen-Café* gefunden, Doktor Cassens. Ebenfalls erwürgt. Und so wie es aussieht, sind Sie der Letzte, der sie gesprochen hat.«

»Was wollen Sie damit sagen?«

Er sieht auf und mustert Nanni scharf.

»Nichts. Gar nichts.«

Nanni lächelt den Alten an. Der hat gerade durch einen scheußlichen Mord seine Tochter verloren und sitzt nun, nach einigen wenigen Bekundungen der Trauer da, als wäre nichts geschehen. Das ist eigenartig, gute Manieren hin oder her, findet Nanni, und es gefällt ihr nicht. Entweder ist der Mann kalt wie ein Marmorblock oder er hat Dreck am Stecken. Nanni vermutet Ersteres.

»Fliegen Sie ebenfalls?«, fragt Nanni.

Cassens schüttelt den Kopf.

»Schon lange nicht mehr. Seit meiner Augen-OP vor dreizehn Jahren, die schiefging, bin ich halb blind.«

Nach Nannis verwundertem Blick in sein Gesicht fährt er weiter:

»Ich trage sehr starke Kontaktlinsen. Aber letztlich, man muss es leider so sagen, ist seitdem in meinem Leben das Eintreffen der Putzfrau das Highlight des Tages.«

Nanni überfliegt irritiert ob der beherrschten Haltung des Mannes ihre Notizen. Einige Punkte kann sie Gott sei Dank bereits als abgearbeitet streichen. Ein klein wenig darüber erleichtert, sieht sie wieder auf und fragt ihr Gegenüber:

»Gibt es außer Ihrem Schwiegersohn jemanden, dem Sie einen Mord zutrauen?«

Doktor Cassens wiegt nachdenklich den Kopf hin und her, bis er schließlich antwortet:

»Der Pastor ist kein unbeschriebenes Blatt. Er war mein Schüler und als er siebzehn war, gab es einen Vorfall. Da hat er eine Mitschülerin krankenhausreif geschlagen, weil sie ihn verlassen wollte. Aber das macht ihn nicht gleich zum Mörder.«

»Wer war das Mädchen?«

»Seine Frau.«

»Seine Frau? Birke hat tatsächlich den Typen geheiratet, der sie einst zusammengeschlagen hat?«

Nanni ist wirklich fassungslos.

»Ja. Genau. Und jeder hier weiß, dass es um die Ehe des Pastorenpaares nicht zum Besten steht. Birke hatte viel auszustehen. Ab und an setzte er noch immer die Faust ein, um Konflikte auszutragen.«

»Er hat sie geschlagen?«

Der Alte nickt.

»Immer wieder mal.«

Jetzt kann Nanni den Bluterguss auf Birkes Wange zuordnen.

»Ich nehme an«, fährt Cassens ruhig fort, »das war auch der Grund, weswegen Kirsten abends noch bei Birke war. Sie hatte um Hilfe gerufen. So war es immer.«

»Eine Frage, Doktor Cassens, welchen Grund hätte der Pastor, Ihre Tochter ...«

Die Antwort kommt eilig, noch bevor Nanni zu Ende gesprochen hat.

»Der Stephan ist ein gewalttätiger Fanatiker. Kirsten war für seinen Geschmack zu wenig engagiert in der Uni-Sache. Sie agierte zudem zweigleisig und mischte bei der Wasserturmaktion mit. Um die Uni hierher zu holen, geht der ohne Zweifel auch über Leichen.«

Pastor Kramer, schreibt Nanni auf die Liste und versucht, die liebevolle Art des Umgangs miteinander, welche die Eheleute gestern an den Tag legten, mit den neu gewonnenen Informationen in Einklang zu bringen.

»Meinen Sie damit etwa, er könnte im Affekt erst Ihre Tochter, dann seine Frau ...«, fragt Nanni, da antwortet Cassens bereits:

»Ja, natürlich.«

Der pensionierte Internatsleiter erhebt sich von seinem Stuhl.

»Wenn Sie erlauben, möchte ich jetzt wieder gehen. Sie wissen nun, was ich loswerden wollte. Ich ... ich muss zudem ein Plätzchen für Kirsten aussuchen. Sie verstehen?«

»Selbstverständlich«, gibt Nanni zurück und fragt sich, weshalb der Vater und nicht der Ehemann die Grabstätte auswählt, »nur eine Frage noch. Wieso haben Sie Anteile am Wasserturm erworben?«

Es scheint ihn nicht zu wundern, dass Nanni diese Information hat.

»Es gibt da eben diese Initiative *proturm*«, antwortet Cassens, »wir kaufen das Ding, damit der Hettich seine Finger nicht mehr dran kriegt. Alles Farce, um zu verhindern, dass er den Turm versetzt. Tammo hat auch gekauft, Jule Vossen, Kirsten, ich und ...«

»Und?«

»Die Frau vom Kurdirektor. Einen Käufer suchen wir noch. Dann ist die Sache durch und der Hettich kommt nicht mehr dran. Und wenn das geschafft ist, werde ich für die Uni weiterkämpfen!«

»So wie der Inselarzt für das Krankenhaus.«

Der Alte seufzt.

»Ja, bedauerlicherweise sind wir uns in der Sache leider nicht einig, der Tammo und ich. Aber Sie wissen doch, nichts verbindet mehr als gemeinsame Leidenschaften. Das ist in diesem Fall der Turm. Der wird schon noch nachgeben, da bin ich mir ganz sicher.«

Nanni ist sich da nicht so sicher. Was sie bei den Kramers über den Inselarzt und seine Vorgehensweise bezüglich der Umsetzung seiner Wünsche gehört hat, bezeugt, der ist auch nicht ohne. Zerstreut verabschiedet sie Kiki de Winters Vater, um gleich danach seine Aussage in einen Laptop zu hacken. Da glöckelt ihr Handy, um sie an die Obduktion zu erinnern. Nanni muss los zum Festland, aber eigentlich hat sie doch gar keine Zeit für die Obduktion. Naja, wenigstens weiß der Otten, was zu tun ist und hat etwas Ahnung von dem Metier. Das beruhigt sie ein bisschen. Und die Kriminaltechniker sind ja auch noch auf der Insel.

Die Obduktion.

Nanni Peters hinterlässt den Polizisten vor Ort ihre Handynummer und noch einige eilig hingeschriebene Anweisungen gemäß ihren Notizen. Schließlich will sie am Abend weitere Vernehmungsergebnisse vorliegen haben und gibt Order, um den Auftrag ihres Vorgesetzten bezüglich der Beschattung Maarts nicht unerledigt zu lassen. Obwohl sie das eigentlich für unnötig hält. Dann steckt sie ihre Unterlagen in ihren Rucksack und rüstet sich innerlich für die bevorstehende Aufgabe. Das Hotel, welches sie nun mit weit ausholenden Schritten durchquert, wirkt wie ausgestorben. Nicht ein Gast begegnet ihr auf dem Weg nach unten und selbst der Empfang scheint mit einer Rezeptionistin nur minimal besetzt zu sein. Nanni wundert sich, dass so wenig los ist. Sie wirft einen Blick ins Restaurant. Die Tische sind leer. Draußen hingegen empfängt sie munteres Inseltreiben. In den Straßen tummeln sich die Feriengäste, kaum ein Stuhl ist unbesetzt. Die Leute schlendern an den Fensterfronten vorbei und genießen dabei die Wärme. Die Sonne jedoch hat sich hinter eine dunstig dünne Wolkenfront zurückgezogen. Was Hendrik wohl gerade macht?, überlegt Nanni und beinahe automatisch fingert ihre linke Hand das Handy aus dem Rucksack und wählt seine Nummer.

»Hey Peterle, da bisch ja, du, ich koscht grad unser Dessert. S`wird en Traum. Total supergut.«

Hendrik berichtet, während Nanni, ihr Fahrrad schiebend, den Weg Richtung Bahnhof einschlägt, was er bislang in der Strandhalle für das geplante Hochzeitsessen alles schon durchprobiert hat: Sanddornparfait im Marzipanmantel und Erdbeer-, wie auch Schokoladenmousse. Ihr läuft das Wasser im Mund zusammen.

»Also, ich denk, ich hab des optimale Menü zusamme: Als Vorspeise habe mer Carpaccio vom Seeteufel mit Limone-Oliveölmarinade ausgwählt, dann a leckeres Erbseschaumsüpple, als Fischgricht gibt's Seezunge gfüllt mit Flusskrebsle und dezu süße Kartöffele und Salat und als Fleischgang nehme mer Saltimbocca mit Tomategnocchi und Salbeibuttersoße. Und zum Schluss des Sanddornparfait. Was meinsch? Gut, oder?«

»Sehr gut«, gibt Nanni begeistert zurück und missachtet sehr bewusst, wie aufgeregt ihr Zukünftiger sein muss.

»Nein, sogar supersupersehrgut.«

Kulinarisch gesehen (aber auch sonst) hat ihr Mann, ihr baldiger Mann, viel Geschmack, grient sie stumm.

»Und mit der Frau vom Blumelade hab ich auch gschproche. Ganz nach deine Vorschtellunge wird de Strauß weiß, rosa un grün.«

»Mit Ranunkeln und Freesien ...«

»Und kleine Rösle und wilde Beereranke, genau.«

Nanni ist am Bahnhof angelangt und verabschiedet sich schweren Herzens von Hendrik.

Der scheint wenigstens seine Sache gut zu machen, denkt sie und gleichzeitig steigt Wut in ihr auf, weil sie, statt jetzt mit ihm ihre gemeinsame Hochzeit vorzubereiten, zu einer Leichenöffnung fahren muss!

Sie steigt in die kunterbunte Inselbahn, die für den Personentransport zum Hafen bereit steht. Während der gesamten Fahrt, die keine zehn Minuten dauert, verflucht die Kriminalkommissarin Nanni Peters innerlich die gesamte Polizeiinspektion, jeden ihrer Vorgesetzten, den Staatsanwalt genauso wie den Rechtsmediziner, ihre Berufswahl im Allgemeinen und ihre Idee, zur Kripo zu gehen im Besonderen.

Blöde Kuh, schilt sie sich und stellt sich Hendrik dabei vor, wie er mit der Frau im Blumenladen zusammensteht und den Blumenschmuck auswählt, dann das Essen durchprobiert und vielleicht sogar zum Probesitzen noch die Hochzeitskutsche besteigt. Sie sieht ihn das Familienbuch auf dem Standesamt auswählen und ihr kommen vor Wut fast die Tränen! Doch auch diese helfen Nanni nicht weiter, muss sie bitter erkennen. Nanni wischt sich über die Augen und hoch erhobenen Hauptes betritt sie schließlich das Boot der Wasserschutzpolizei.

Auf dem Polizeiboot, das nun auf dem Weg zum Festland ist, kommen Nannis Gedanken ein wenig zur Ruhe. Sie atmet, an der Reling stehend, die salzige Seeluft ein. Dabei fröstelt sie etwas, es hat sich leicht abgekühlt. Das Wasser unter ihr ist zudem lebendiger geworden und der glatte Spiegel, den es bei der Überfahrt zur Insel hin gezeigt hatte, ist einer wilden See gewichen, die aufschäumend an den Bootsrumpf klatscht. Dunkle Wolken ziehen sich gleichzeitig über der Nordsee zu einem Gewitter zusammen und Nanni fürchtet, dass es bald wieder heftig regnen wird. Die Luft riecht auf einmal anders, würziger, und eine Spur moderig. Aber das kennt man von der Küste, zieht Nanni beruhigt Bilanz, das Wetter wechselt dort in rasendem Tempo. In kürzester Zeit kann genauso gut auch wieder die Sonne vom Himmel strahlen. Nanni sucht sich einen Platz, sie will noch mal alle Fakten, die sie bislang gesammelt hat, durchgehen. Doch das Schaukeln des Schiffes lullt sie ein und fast fallen ihr die Augen zu. Sie zwingt sich, hinaus aufs Wasser zu schauen und während ihr Blick schließlich restlos unkonzentriert und versonnen über die Nordsee gleitet, merkt sie, wie die Wut allmählich nachlässt.

»Hallo Frau Peters, da sind sie ja.«

Dr. Wilken stellt sich neben die Kommissarin.

»Dachte schon, wir sehen uns erst wieder am Festland.«

Das glaubte Nanni auch und lächelt säuerlich zurück. Der Mediziner gähnt herzhaft und zeigt dabei seine vorhandenen Backenzahngoldimplantate. Es sind nicht wenige.

»So, wir sind gleich da.«

Er weist mit dem Finger auf die Anlegestelle in Bensersiel. Als ob Nanni das nicht selbst weiß! Sie schenkt ihm einen tadelnden Blick. Sein weißes Haar steht, durch den Fahrtwind verstärkt, in alle Himmelsrichtungen von seinem Kopf ab. Nanni muss nun unwillkürlich lächeln. Der Typ sieht aus, als wäre er eben in einen Ventilator geraten!

Vom Anleger aus geht es die circa hundert Kilometer im Auto des Rechtsmediziners weiter. Sie lassen Bensersiel rasch hinter sich und fahren über Jever zum Autobahnzubringer bei Wilhelmshaven. Nanni zählt die Kühe und Pferde, die das Bild der ostfriesischen Landschaft bestimmen, die Koppeln und die unzähligen Höfe, an denen sie vorbeifahren. Mindestens eine Stunde dauert eine Strecke bis ins rechtsmedizinische Institut, zwei braucht Dr. Wilken sicherlich für die Leichenöffnung, wieder eine gute Stunde dauert die Fahrt zurück, rechnet Nanni, dann noch mal die Überfahrt ... Sie würde also sicherlich ganz knapp zum Seminar wieder auf Langeoog eintreffen. Müde geworden, schließt Nanni bei dem Gedanken die Augen. Sie muss unterwegs eingeschlafen sein, denn als sie das nächste Mal wieder aus dem Fenster sieht, sind sie bereits auf dem Institutsgelände angekommen.

»Huch«, meint sie ein wenig überrascht, »schon da?«

Dr. Wilken nickt ihr freundlich zu.

»Selig sind die guten Schlafes sind. Glückwunsch. Die Gabe hätt' ich auch gerne, das können Sie mir glauben. Aber ich kann nur schlafen, wenn es dunkel und still ist und vor allem muss ich dabei flach liegen können.«

Nanni fühlt sich etwas benommen und grinst verschlafen. Ihr linker Arm kribbelt und der rechte Perlenohrring drückt gegen das Ohr, als er noch draufsetzt:

»Und dabei hab ich laut Iggy Pop gehört, die ganze Zeit, bis wir von der Autobahn abfuhren.«

Nanni hat keine Ahnung, wer Iggy Pop ist. Sie lässt sich bereitwillig von Wilken aufklären und räkelt sich dabei ein wenig.

»Man bezeichnet ihn auch als Godfather of Punk. Nie gehört? Sein Album Fun House?«

Nanni muss erneut passen.

»Naja, ist ja auch schon 1970 erschienen«, fährt Wilken, den Nanni gut und gern auf sechzig schätzt, milde fort, »da waren Sie noch lange nicht geboren. Hören Sie mal rein.«

Er legt die CD erneut ein.

»Sie sind wahrscheinlich auch kaum älter als meine Tochter. Die ist zweiundzwanzig.«

»Fünfundzwanzig«, klärt Nanni den Mediziner auf, »am letzten Sonntag gerade geworden.«

»Ein bisschen jung für das, was Sie gerade zu tun haben, oder nicht?«

Er sieht sie von der Seite fragend an.

»Schon, ja, aber in der PI ist die Seuche ausgebrochen. Lenn versucht, Leute zu organisieren.«

»Hab davon gehört, ja«, gibt der Mediziner mit bedauerndem Timbre in der Stimme zurück.

In Oldenburg herrscht schönstes Sommerwetter bei dreiunddreißig Grad, wie Nanni der Temperaturanzeige auf dem Armaturenbrett entnehmen kann. So viel zum Wetter in Küstennähe. Wie eine Wand steht die Luft vor ihr, als sie nun etwas derangiert, noch leicht von der Punkmusik beschallt, aus dem Wagen steigt und Dr. Keno Wilken in den Sektionssaal folgt. Leichenöffnungen sind keine Spaziergänge für die junge Kommissarin Anna-Marie Peters. Bei ihrer ersten ist sie in Ohnmacht gefallen, bei der zweiten musste sie sich zwischendurch übergeben, bei der dritten siegte, mithilfe des Pfefferminzöls, welches sie sich präventiv unter die Nase rieb, ihr Verstand über ihren Körper und sie hielt mühsam durch. So hofft sie, auch ihre heutige, die vierte also, durchzustehen. Sicher ist sie sich da nicht. Kein Öl! Und bei der Wärme!

Ohne großes Federlesen geht es gleich los. Der Mediziner wickelt sich, nachdem er sich mit einem OP-Kittel eingekleidet hat, eine weiße Gummischürze um die nicht ganz schlanke Mitte und schlüpft in kermitfroschgrüne Einmalhandschuhe und ebensolche Clogs. Dann bindet er sich die Haare mit einem grün gestreiften Stirnband aus dem Gesicht. Ein glatzköpfiger, gnomenhaft wirkender junger Kerl, der sich als

Präparator vorstellt, schiebt zeitgleich auf einem fahrbaren Edelstahltisch die sterblichen Überreste der Kiki de Winter in den Saal.

»So, auf geht's, schöne Frau«, hört Nanni den Rechtsmediziner munter sagen und weiß nicht genau, wen er damit meint, sie, oder die Tote vor ihm auf dem Tisch. Aber sie fragt nicht nach, sondern versucht, ein Plätzchen in sicherem Abstand zur Leiche zu finden und ihre Aufmerksamkeit auf ihr Inneres zu richten und nicht umzukippen, was ihr nur mit sehr viel Konzentration gelingt.

Dr. Wilken stellt sein Diktiergerät an und beginnend mit der äußeren Leichenschau, betrachtet er, teilweise mit einer Lupe, eingehend Kiki de Winters Kleidung und jeden noch so kleinen Flecken daran und registriert dabei die winzigsten Ungereimtheiten. Das Gleiche macht er bei ihrer sterblichen Hülle. Er dokumentiert die Verletzungen bis zum kleinsten Pickelchen, kratzt unter ihren Fingernägeln das Material ab und sichert die fremden Haare in ihrer Hand. Jedes Detail wird anschließend im Diktiergerät festgehalten.

» ... petechale Einblutungen in Gesicht und Hals, typische Würgemale am Hals ...«

Allzu unangenehm findet Nanni den Anblick, wie der Präparator gleichzeitig Kikis Kopfhaut vom Knochen löst. Die Geräusche im Saal, die der äußeren Besichtigung nun folgen, sind ihr zuwider, das Knacken der Rippen, als Wilken ansetzt, den Leichnam von oben bis unten mit einer Art Geflügelschere, wie Mama sie in der Küche gern benutzt, aufzuschneiden, oder das sägende Geräusch, als der Präparator der Toten die Schädeldecke abnimmt.

Noch stehe ich felsenfest, denkt Nanni verzweifelt, aber wie lange noch? Wilken arbeitet zügig und hoch konzentriert. Kaum ein Wort des Mediziners fällt und auch der Präparator scheint nicht eben gesprächig. Nanni ist das ganz recht so.

» ... Zungenbein ist durchbrochen ...«, hört Nanni Dr. Wilken zwischendurch sagen und fixiert eilig einen Punkt im Raum, um nicht in die geöffneten Körperhöhlen vor ihr starren zu müssen. Sie versteht nicht, weshalb partout immer jemand von der Kripo oder der Staatsanwaltschaft dabei sein muss, wenn ein potenzielles Opfer wegen möglicher Gewalteinwirkung mit Todesfolge seziert wird. Es reicht doch der Bericht, den sie eh von der Rechtsmedizin zugeschickt bekommen. In dem steht alles – und zwar akribischst beschrieben! Doch der Anblick von geöffneten Toten ist beileibe nicht das Schlimmste, stellt Nanni nun mutlos fest. Bald muss sie raustreten. Die Darmgerüche nämlich, welche die Tote verströmt, kosten sie weit mehr Konzentration als alles andere bislang, und Nanni hat nicht mal einen Ärmel, den sie sich vor die Nase ziehen könnte. Atmen, befiehlt sie sich, atmen. Der Präparator sieht sie mitleidig an und geht dann zu einem Schrank, in dem er mit dem Ellenbogen auf einen Stapel weißer Frotteehandtücher zeigt.

»Nehmen Sie eins als Geruchsschutz.«

Dankbar zieht Nanni eines heraus und hält es sich vors Gesicht. Nun geht `s wieder. Sie will dennoch nicht zusehen, wie das Gehirn scheibchenweise untersucht wird, oder die Gebärmutter oder sonst ein Organ von Kiki de Winter. Sie heftet stattdessen zur Sicherheit ihren Blick erst mal auf die Schiefertafel links neben dem Fenster, auf welcher der Präparator die geheimen Körpermaße von Kiki de Winter festhält: Leber 1371g, liest Nanni, Herz 320g, rechte Lunge 565g, linke Lunge 550g, Milz 82g, rechte Niere 180g, linke Niere 173g. Das Gehirn bringt beachtliche 1360 Gramm auf die Waage. Der Durchschnitt bei Frauen liegt, das weiß Nanni von Hendrik, bei 1275g, bei Männern um die 1400g, weswegen er gerne schon mal behauptet, der Schlauere von ihnen beiden zu sein. Dem widerspricht allerdings, dass sie einen Abiturdurchschnitt von eins Komma sechs hatte, er hingegen nur eins Komma neun und belegt zudem die neueren Forschungsergebnisse, die besagen, dass zwischen dem Hirngewicht des Menschen und der Intelligenz desselben kein bekannter Zusammenhang besteht.

»So, Frau Peters, Sie haben es geschafft. Fertig. Neuer Rekord. Eine Stunde zwölf Minuten. Muss am Wetter liegen.«

Dr. Wilken zieht sich zufrieden die Handschuhe von den Fingern, indes Nanni hoch erleichtert tief durchatmet.

»Die Tote ist eindeutig durch Strangulation zu Tode gekommen, genauer gesagt durch den damit einhergehenden Sauerstoffentzug. Ich schicke den Bericht heute noch an die

Staatsanwaltschaft raus. Aber erst will ich jetzt mal ne Runde Tennis spielen. Und dann, heut' Nacht, geht's ab in den Urlaub.«

»Wohin geht's denn?«

»Rocky Mountains. Zwei Wochen River-Rafting. Toll, sag ich Ihnen, richtig toll. Und dann hängen wir noch einige Tage Kalifor ...«

»Und wie komme ich zurück nach Bensersiel?«, fragt Nanni, die genug von Wilkens Urlaubsgefasel hat.

»Keine Ahnung. Mit mir jedenfalls nicht. Ich wohne ja hier in Oldenburg.«

Alles läuft super, genau nach Plan, seufzt Nanni stumm und würde am liebsten in den nächsten Türrahmen beißen. Ein vergilbtes, einst weißes Wandtelefon mit großer Wählscheibe, welches dadurch wirkt, als stamme es aus einer lange zurückliegenden Zeit, klingelt und zerschneidet die würdige Ruhe des Saales. Kurz darauf bellt Dr. Wilken, an Nanni gewandt:

»Für Sie, kommen Sie an den Apparat.«

Wortlos nimmt sie den schweren Hörer entgegen. Es ist Lenn, der ihr erklärt, dass ihre Rückfahrt geklärt ist. Der Mann hat mitgedacht. Nanni ist beruhigt und kaum fünf Minuten, nachdem sie aufgelegt hat, steht ein uniformierter Beamter in der Tür und begleitet sie zum Polizeiwagen, während Dr. Keno Wilken parallel dazu und höchst beschwingt seine Tennistasche in Richtung Auto trägt. Nanni würde jetzt gern mit ihm tauschen, obwohl sie gar nicht Tennis spielen kann. Doch sie sehnt sich nach einem Moment der Ruhe oder wenigstens nach einer Dusche. Die Obduktion liegt ihr noch ziemlich im Magen. Um sich abzulenken, muss sie nachdenken.

Als Nächstes muss sie sich den Inselarzt vorknüpfen, beschließt sie, dann den Wirt vom *Hansa-Café*. Und Maart natürlich noch einmal. Oder erst den Kurdirektor? Oder doch erst Maarts Mutter? Den Kramer? Sie lässt sich müde in den Autositz fallen und, noch nicht ganz von der Reihenfolge der Vernehmungsliste überzeugt, nickt Nanni abermals ein. Sie schreckt hoch, weil der Polizeifunk laut und heftig versucht, zu ihr vorzudringen. Sie sind noch nicht von der Autobahn runter, als Lenn Zacharias ihr über das Autotelefon mitteilt, dass der Staatsanwalt ihre Anwesenheit am nächsten Tag bei der Obduktion von Birke Winter ebenfalls angeordnet hat.

»Wie bitte?«, fragt Nanni, auf einen Schlag wieder hellwach.

»Nur über meine Leiche. Noch eine weitere Obduktion stehe ich nicht durch. Physisch nicht und zeitlich erst recht nicht. Du kannst mich meinetwegen jetzt feuern. Aber an dem Punkt streike ich. Ende. Aus die Maus.«

Der Fahrer sieht sie erstaunt an. Nanni hingegen erblickt im Geiste den von den Windpockenpusteln gezeichneten Lenn, der sich an seinem Schreibtisch nachdenklich über die Glatze streicht. Von ungewohntem Mut beflügelt, fährt sie fort:

»Schick doch den Staatsanwalt selbst hin. Oder jemand anderen. Einfach nur jemand anderen, nur nicht mich.«

Schweigen. Nanni pustet sich eine Locke aus der Stirn. Sie beginnt zu schwitzen und hält die Luft an vor Anspannung. Das war wohl eine Packung too much. Schließlich antwortet Lenn sehr ruhig:

»Perché di me. Meinetwegen. Ich werd´s ihm irgendwie unterjubeln. Ach, aber da ist noch was.«

Innerlich stöhnt Nanni auf. Diese Form der Ankündigung ist stets mit Unannehmlichkeiten verbunden.

»Denk dran, dein Trauringseminar beginnt bald. Spute dich. Die *Emden 2* wartet schon auf dich.«

»Lenn! Hat Hendrik dich angerufen?«

Nanni ist erleichtert und lässt die Luft aus ihren Lungen entweichen. Diesmal lag sie mit ihrer Prognose total daneben!

»Si, e se, und ob, und er hat mir Übelstes angedroht, sollte ich dich nicht daran erinnern. Und mit dem Kerl will ich mich lieber nicht anlegen. Vielleicht brauch' ich ihn eines Tages noch.«

»Kluge Entscheidung, Lenn, du weißt doch, man sieht sich im Leben immer mindestens zweimal. Danke.«

»Prego, bambina spaventata, ciao.«

Lächelnd legt Nanni auf. Was immer spaventata auch heißen mag, denkt Nanni, es klingt jedenfalls recht freundlich. Sie will es bei Gelegenheit nachschlagen. Ihr Hendrik, resümiert Nanni Peters freudig, während sie auf dem Zubringer

Richtung Jever fahren, ist eben ein sehr praktisch veranlagter Bursche, das muss sie ihm lassen, und vernünftig und realitätsnah ist er obendrein. Organisieren kann er, kochen und bügeln, Fenster putzen und Gemüsegärten anlegen. Eine romantische Ader hat er zudem auch.

Fast, so denkt Nanni manchmal, hat er überirdische Qualitäten, sieht man von den hin und wieder aufkeimenden badischen Sprachwurzeln einmal ab!

Aber dafür liebt sie ihn genauso überirdisch – auch mit Akzent! Sie versucht die Squaw, die sich unweigerlich in ihren Gedanken an seine berufliche Seite drängt, zu ignorieren. Doch sie würde es ihr notfalls schon zeigen, wessen Mann Dr. Schwanheusser ist! Einen anständigen, gut aussehenden und auch noch alltagstauglichen Mann zu finden, pflegt Mama gern zu sagen, und sie meint das anständig im moralischen Sinne, ist ungefähr so schwierig wie im Lotto wenigstens mal eine halbe Million gewinnen. Aber sie, Nanni, hat es fast geschafft! Stumm rechnet sie die Nächte nach bis zur Hochzeit. Nicht, dass sie nicht schon die Nächte gemeinsam verbracht hätten. Sie weiß, wie er aussieht, so unten herum, wie er sich anfühlt, wie er riecht und wie er schmeckt! Aber diese letzten vorehelichen Nächte, nur wenige sind es noch, die will sie ganz traditionell allein im Bett verbringen und dann hoffentlich keine einzige mehr! Nie mehr!

Auf der Fähre

Am Anleger wartet auf Nanni tatsächlich die blauweiße *Emden 2*, das Boot der niedersächsischen Küstenwache, welches sie zurück nach Langeoog spedieren soll. Zwei Männer in der Uniform der Wasserschutzpolizei, die Nanni an Marinesoldaten erinnern, begrüßen die Kommissarin nacheinander wohlwollend, sitzen sie, im wahrsten Sinne des Wortes, ja nun im gleichen Boot. Die Männer schwitzen. Kleine Schweißperlen sind auf ihrer Stirn angeordnet wie winzige Tautropfen auf einem Frauenmantelblatt früh am Morgen. Das Wetter an der See hat sich beruhigt, das Gewitter hat sich verzogen. Hie und da reißt der Himmel bereits wieder auf und Nanni lässt sich die Sonne ins Gesicht scheinen. Aber so richtig genießen kann sie die Wärme, die sie auf ihren Wangen spürt, nicht. Die Obduktion beschäftigt sie, ihre Liste, die es abzuarbeiten gilt, ihr frecher Ton Lenn gegenüber eben am Telefon. Doch die Vorfreude, es möglicherweise noch rechtzeitig zum Seminar zu schaffen, lässt ihren Puls jetzt auf gefühlte einhundertachtzig Schläge pro Minute ansteigen. Der Gedanke, dass die Sache mit zwei toten Frauen ihr entgleiten könnte (da der Fall, nüchtern betrachtet, ganz eindeutig für sie eine Nummer zu groß ist), weicht allmählich dieser Vorfreude, genau wie die unsinnige Idee, dass auf der Insel ein Serienmörder umgehen könnte und alle großen blonden Frauen im Visier hätte. Vielleicht hat der Tod der beiden Frauen überhaupt gar nichts mit den Insel-Machenschaften zu tun, fällt dann Nanni dazu ein, vielleicht passten Birke und Kiki wirklich nur exakt in das Beuteschema irgendeines Psychopathen.

Einer Eingebung folgend beschließt Nanni, weiß der Himmel weshalb, in allerletzter Sekunde mit dem normalen Fährschiff überzusetzen und, bevor sie irgendjemand davon abhalten kann, springt sie wieder aus dem Boot. Was ist in sie gefahren? Intuition? Instinkt?

Das Fährschiff legt zur gleichen Zeit ab wie das Boot der Wasserschutzpolizei, so beobachtet Nanni. Die Kollegen winken mit fragenden Gesichtern zu ihr herüber, die Kommissarin lächelt unbekümmert zurück. Aufgeregte Urlauber stehen mit ihr an der weißen Schiffsreling der völlig neu gestalteten *Langeoog IV,* die nun, nach der Restaurierungsaktion einen roten Salon vorzuweisen hat, eine Kinderecke mit Steuerrad, bunt bemalte Wände, Infotafeln und Naturfotos. Nannis Lieblingsplatz, die Sitzecke auf dem Promenadendeck mit dem großen ovalen Tisch, ist der Verschönerungsaktion jedoch leider zum Opfer gefallen. Das musste Nanni bereits bei der Hinfahrt mit Bedauern feststellen und sie muss ein Bild voller Kindheitserinnerungen nun im Herzen ganz besonders aufbewahren: Stets rannte sie mit ihren Schwestern vorneweg, damit die Familie bei der Überfahrt es sich in dieser Ecke bequem machen konnte. Sie sieht Paps vor sich, wie er die weit aufgeschlagene Frankfurter Allgemeine studiert, während draußen der Regen gemischt mit der aufspritzenden Gischt an die Schiffsfenster prasselt. Sie sieht ihren Bruder Gregor, die Schwestern und sich selbst, ein jeder von ihnen ein Buch vor der Nase, Mama einen Kaffee trinkend und in einer Modezeitschrift blätternd. Alle zusammen in stiller gemeinsamer Vorfreude auf entspannte Tage auf der Insel. Wie lange das schon her ist! Jetzt sind sie in alle Winde verstreut.

In ihre Gedanken hinein hört Nanni Fahrgäste liebevolle Abschiedsworte in die salzige Seeluft rufen, die der Wind zum Festland hinüberweht, als die Fähre mit einem laut tutenden Signal die Abfahrt signalisiert. Möwen umkreisen dabei das Schiff wie Raubtiere ihre Beute. Sie sind aggressiv in diesem Jahr, stibitzen sich, was sie kriegen können und Nanni fällt Hendriks Spruch dazu wieder ein, als er auf dem Weg zur Insel sein Eis hergeben musste, weil eine allzu kecke oder allzu hungrige Möwe es ihm einfach aus der Hand stahl: Jetzt weiß ich wenigstens, warum das Eis Mövenpick heißt. Nanni seufzt und saugt dabei gierig die frische Seeluft bis tief hinab in ihre Lungen ein. Dann sucht sie sich ein windsichereres Plätzchen im Inneren der Fähre. Sie nimmt an einem Tisch am Fenster Platz, kramt ihren Block hervor und studiert dann die Notizen. Doch statt sich über die weitere Vorgehensweise Gedanken zu machen, erscheint Hendriks Konterfei vor ihrem inneren Auge und wieder kocht die Wut hoch, diesmal auf ansteckende Kinderkrankheiten, ansteckende Bindehautentzündungen und was sonst gerade die Kollegen daran hindert, ihr bei der Lösung des Falles beiseite zu stehen.

»Mögen Sie?«

Nanni sieht auf. Ein großer Fremder, der an ihren Tisch kommt, hält ihr auf einer weißen Pappe ein Würstchen mit Senf und eine halbe Scheibe Toast unter die Nase.

»Ich hab eins mehr bekommen. Für lau.«

Sie scheint die Aura einer durstigen Verhungernden auszustrahlen. Gestern Morgen hatte sie von Pastor Kramer schon ungefragt Kaffee angeboten bekommen. Trotzdem freche Anmache, denkt Nanni, aber das Würstchen kommt wie gerufen und sie nimmt dankbar an. Diese gehören zur Fähre wie das Kreischen der hungrigen Möwen, findet sie, tunkt das Wienerle, wie Hendrik diese Sorte Wurst zu nennen pflegt, dabei schön tief in den Senf ein und beißt dann genüsslich ab.

»Darf ich?«

Mit tiefer Stimme bittet der Typ, Nanni gegenüber Platz nehmen zu können. Nanni sieht sich um. Es ist ansonsten kein Platz mehr frei. Sie nickt kauend und nuschelt:

»Klar.«

»Danke, sehr freundlich.«

»Wissen Sie zufällig, wie lange eine Bindehautentzündung ansteckend ist?«, fragt sie den Fremden, als sie den ersten Bissen runtergeschluckt hat. Sie weiß zwar eine Menge über Krankheiten, von Augenleiden jedoch hat Nanni null Ahnung. Der Typ schüttelt den Kopf.

»Keinen Schimmer, tut mir leid.«

Jetzt wäre sie am liebsten im Sprechzimmer daheim, um Paps anzuzapfen für Kraft und Mut. Paps mit seiner ruhigen und weisen Art, die immer gleichzeitig etwas Antreibendes hat, würde ihr dazu alles erklären. Dann würde er ihr anschließend ein bisschen den Marsch blasen, weil sie sich gerade so hängen lässt, etwas zu ostpreußischen Tugenden oder langeoogscher Ehre erklären, die menschlichen Ideale vermitteln und sie dann wieder arbeiten schicken, ganz in der Manier seiner Erziehung und der seiner Vorfahren. Und genau das hätte Nanni in diesem Moment gebraucht. Pflicht und Verantwortung, das sind die Schlagworte, die im Peterschen Haushalt hoch gehalten werden, und denen sind selbst so banale wie romantische Dinge wie eine Hochzeitsvorbereitung etwa oder gar selbstbemitleidende Tendenzen streng unterstellt.

Nanni seufzt. Paps würde die richtigen Worte finden, um sie zu motivieren und ihr gleichzeitig sagen, Kindchen, die Hochzeit wird wundervoll werden, du wirst schon sehen. Und zudem ist die Ehe in Würde zu leben eigentlich der entscheidende Faktor, nicht die Vermählung, als solche. Die ist vor allem fürs Papier! Natürlich sieht Nanni das noch etwas verklärter, doch sie ist sich ziemlich sicher, dass sie in einigen Jahren genauso denken wird. Stine hat oft genug mit ihr darüber gesprochen, welch hartes Stück Arbeit es ist, eine gute Ehe zu führen. Nanni ist trotzdem wild dazu entschlossen, sich bald als die beste Ehefrau aller Zeiten bezeichnen zu dürfen, so wie sie von Hendrik erwartet, der beste aller Ehemänner zu werden! Sie, Anna-Marie Peters, will es besser machen als ihre große Schwester Lisa-Sophie.

»Ich meine«, startet sie einen zweiten Versuch, etwas aus dem Mann herauszubekommen, »eine ... eine Bindehautentzündung namens ... Kerato-Konjunktivitis epidemica?«

Wieder erhält sie eine negative Antwort.

»Fehlanzeige, sorry. Ich bin der falsche Mann für derlei Auskünfte. Baubranche. Kein Arzt. Und Sie wohl auch nicht?«

Sie bleibt ihm die Antwort auf ihren Beruf schuldig und starrt stattdessen auf ihren Block. Baubranche? Plötzlich wird ihr bewusst, was der Mann eben gesagt hat. Sie denkt an den umstrittenen Baukomplex am Wasserturm. Verstohlen betrachtet sie den Fremden aus einem Augenwinkel. Anfang dreißig schätzt sie ihn, die Nase gebogen,einem Raubvogel ähnlich, eine riesige Pilotenbrille mit verspiegelten Gläsern sitzt vor den Augen.

Der trägt Toupet, denkt sie, als ihr Blick über seinen Haarschopf streift, oder eine Perücke?

Jedenfalls sieht sein Michel-aus-Lönneberga-helles, kinnlanges Haar seltsam künstlich aus und die Farbe will nicht so recht zu den dunkelbraunen Augenbrauen passen, genauso wenig wie zu den schattierten Wangen, die sich ihr mangels einer ordentlichen Rasur recht ungepflegt präsentieren, so als hätte er heute noch keine Gelegenheit gefunden, den Bart zu schaben. Ob das dieser Bauspekulant ist? Geld hat der. Sein staubgraues Leinenjackett über dem weißen Hemd wirkt recht edel und dennoch lässig, an den Ellenbogen sind schwarze Lederbesätze aufgenäht. Auffällig sind seine schmalen, dezent gebräunten Hände und der überdimensionale Siegelring an seinem rechten Ringfinger. *Protzprotz,* würde Großmama jetzt sagen und missbilligend mit dem Kopf schütteln.

Interessiert mustert Nanni den Mann, ohne weitere nennenswerte Besonderheiten festzustellen. Sie verputzt dabei ihr frugales Mahl, welches ihres Erachtens zeitlich betrachtet einem verfrühten Abendessen gleicht, bis auf den letzten Krümel. Bei Peters zu Hause gibt's um diese Zeit Kaffee, Tee und Kekse, englische Scones oder winzige Gurkensandwiches mit Räucherfisch belegt, erinnert sie sich, und sieht dabei auf ihre schmale goldene und unzuverlässige Uhr (ein Erbstück von Cari), welche sie am linken Handgelenk trägt – als Schmuckstück in Erinnerung an Großmama. Zu Abend gegessen, denkt sie dabei, wird heute nie vor acht, und nicht mal als sie und ihre Geschwister klein waren, wurde eher gespeist.

»Sie wollen mir Ihren Beruf wohl nicht verraten.«

»Was?«

Nanni sieht erschrocken von ihrem Block auf.

»Ihr Beruf?«

»Doch. Klar. Kripo. Mordermittlung«, gibt sie Auskunft. Die anderen Mitreisenden drehen tuschelnd die Köpfe nach ihr um.

»Und wer sind Sie? Sie sind beruflich auf dem Weg zur Insel? Oder machen Sie Urlaub?«, hakt Nanni nach, als sie endlich den letzten Bissen hinuntergeschluckt hat. Sie versucht, ihrer Stimme einen leicht gelangweilten Klang zu geben. Doch er nickt nur. Ja, was nun, überlegt Nanni, Name? Beruflich oder privat unterwegs?

»Und wo wohnen Sie auf Langeoog?«

Sie will mehr aus ihm herausbekommen, doch er schweigt auf einmal eisern und mit zusammengekniffenen Lippen und erwidert dann nur lapidar:

»Nichts Besonderes. Kleine Ferienwohnung. Genau. Ich will nur ein oder zwei Tage ausspannen.«

Mehr bekommt sie nicht aus ihm heraus. Dann eben nicht, du Möchtegernaufreißer, giftet Nanni stumm, obwohl das Auftreten des Typs nicht zu einer kleinen Ferienwohnung passt. Das *Hotel de Winter* wäre da schon eher etwas. Sie bedankt sich ein wenig pikiert für das Würstchen, rafft ihre Siebensachen zusammen und geht hinaus an Deck. Der Kerl ist ihr, ohne dass sie es sich erklären kann, jetzt unangenehm. Dennoch kommt Nanni zu dem Ergebnis, der hat was, trotz der eigenartigen Haare und des fiesen Ringes. Sie überlegt, welche Farbe wohl seine Augen haben. Und dann denkt sie plötzlich, das ist der Serienmörder! Schließlich passt sie in sein Schema! Deswegen hat er sie angesprochen! Ja, klar! Das ist die Lösung! Der pendelt hin und her, damit er nicht ständig vor Ort ist! Macht einen auf harmlos und zeigt sich nur ganz dezent auf der Insel. Zudem, diese Haare ...

Nanni fröstelt. Abgesehen von ihren eisigen Fantasien, ist es draußen für ein ärmelloses Sommerkleid nun etwas zu kalt. Ihre Brustwarzen zeichnen sich deutlich unter dem BH und dem dünnen, waffelartig gewobenen Kleiderstoff ab. Sie versucht, diese mit ihren Armen zu bedecken. Dennoch kann sie interessierte Blicke seitens einiger junger Kerle nicht ignorieren. Der Typ ist jetzt ebenfalls auf Deck. Sie muss etwas über ihn herausbekommen! Zielstrebig und mit leicht bebenden Nerven (wird sie gleich einem Mörder die Hand zum Gruß reichen?), geht Nanni auf ihn zu und streckt dabei ihre Rechte weit aus.

»Ich habe mich noch gar nicht vorgestellt«, sagt sie dabei forsch, »ich bin Nanni Peters.«

Dabei ergreift sie seine Hand und drückt fest zu. Der Fremde starrt sie verwirrt an. Dann erwidert er den Druck und nuschelt:

»Ja ... meine Name ... ist Jens ... genau ... Jens ... ähm ... Müller.«

Na, also, geht doch, denkt Nanni, obwohl sie sich nicht sicher ist, ob der wirklich Jens heißt. Aber bei solchen verbalen Überraschungsangriffen, können die wenigsten Leute noch raffiniert taktieren und sich unter falschen Namen vorstellen. Aber für den Namen Jens Müller gibt es allein bei Facebook sicherlich über fünfhundert Einträge! So ein dämlicher Allerweltsname. Und sie hat wirklich eher gehofft, den Baulöwen vom Festland statt den Serienmörder vor sich zu haben.

»Wo wohnen Sie denn? Ist es da nett? Ich ... ich suche auch noch was Schönes, was ich mal im nächsten Urlaub anmieten könnte. Sie wissen ja, viele Ferienwohnungen sind ein bisschen armselig.«

Erwartungsvoll sieht sie den Mann an. Er beäugt sie hinter seiner undurchsichtigen Brille, da ist sie ganz sicher, nimmt Maß und wägt ab, ob er ihr glauben soll. Wieder schießt Nanni durch den Kopf, dass er vielleicht der Gesuchte ist. Aber woran will sie das festmachen? Sie kann doch nicht einfach einen wildfremden Touristen verhaften, nur weil sie so ein eigenartiges Gefühl im Bauch hat! Da antwortet er:

»*Haus Ostwind*. Aber ich hab keine Ahnung, ich war ja noch nie da. Die Bilder im Internet waren aber okay.«

Dann verschwindet er zur Treppe nach unten ins Innere des Schiffes.

»Ach, schade«, sagt Nanni und sieht ihm nach. Sie rügt sich für ihre Dummheit. Er war noch gar nicht auf der Insel gewesen. Sagt er jedenfalls. Ihr Blick wandert nun zum graugrünen Wasser, welches das Schiff schäumend umtost, während sie in ihren grimmigen Bauch hineinhorcht. Allzu viel Bauchererfahrung bei der Suche nach einem Mörder kann sie ja beileibe noch nicht vorweisen und Vergleiche mit früheren Fällen fallen auch weg. Mist! Sie liegt wohl daneben. Trotzdem, beschließt sie, will sie Lasse oder Caspar mit a über den Typen ins Bild setzen. Es hat schließlich einen Grund, weswegen sie das Boot gewechselt hat, auch wenn sie ihn noch nicht kennt!

Sie sind am Hafen angekommen.

Das große Willkommens-Banner grüßt sie mit dem Slogan *Langeoog – Die Insel fürs Leben* und Nanni muss angesichts der Morde unwillkürlich daran denken, wie blasphemisch das jetzt wirkt. Erstaunt nimmt sie zugleich zur Kenntnis, dass Lasse Johannsen, das roséfarbene Mädchenfahrrad im Anschlag, sie offensichtlich sehnsüchtig erwartet. Er winkt ihr zu und Nanni erwidert den Gruß mit Gänsehaut auf den Armen. Als sie schließlich die Insel betritt, steht Lasse zur Begrüßung parat.

»Gott sei Dank, da bist du ja. Die halbe Insel steht kopf.«

Als ob ich daran etwas ändern kann, denkt Nanni und löchert ihn sogleich über seine Ermittlungsergebnisse.

»Die SPUSIS sind schon ziemlich lange da zugange«, berichtet der Inselpolizist und schiebt sein Rad über den Asphalt, während sie die bunte Inselbahn anvisieren.

»Und wir haben den Wirt vernommen. Aber aus dem konnten wir nicht allzu viele Infos herausbekommen.«

Nanni nickt, während Lasse nun im ersten Wagen hinter der Lok sein Fahrrad deponiert. Die Inselbahn ist ziemlich voll, das haben sie schon bemerkt, als sie eben die bunten Wagen passierten. Sie finden keinen Sitzplatz. Also gehen sie zurück, nachdem sie den orangefarbenen und danach den grünen Wagen durchquert haben, und stellen sich draußen vor die Schiebetür – mit Blick auf Räder und Gepäcktransportwagen. Der Fahrtwind zerzaust ihnen die Haare, obwohl die Bahn nur gemächlich voranfährt, und Lasse erinnert Nanni nun irgendwie nun an Pumuckl. Sie müssen leise sprechen, damit die anderen Fahrgäste nicht alles mithören können.

»Was ist mit den Flugzeugen?«, flüstert Nanni, soweit das überhaupt möglich ist, in Lasse Ohr,»gibt's da was Verwendbares?«

Er riecht nach Pfefferminze.

»Nö«, gibt der Inselpolizist ebenso leise zurück, »absolute Fehlanzeige. Nur die üblichen Spuren. Aber Gretje war im Hotel und hat ihrem Sohn ein Alibi verschafft für beide der möglichen Todeszeitpunkte. Sie sagt, die Leute wechseln, trotzdem der Junge unschuldig sei, schon die Straßenseite, wenn sie daherkommt. Das ist doch fies, oder? Die war ziemlich fertig.«

»Kann ich mir vorstellen. Ist das Alibi überprüft?«

»Ja. Maart fällt wohl wirklich raus. In dem Zeitrahmen, der infrage kommt, hat er mit einigen anderen über Lan *warcraft* gespielt. Drei andere Insulaner haben das bestätigt. Die Technik hat das ebenfalls bestätigt. Und die Mama kann das nicht mit der Lan-Party gewesen sein. Die hat davon keinen Schimmer.«

»Sonst wohnt niemand bei denen?«

»Nein.«

Irgendwie ist Nanni erleichtert über diese Nachricht. Sie konnte sich das aber auch wirklich nicht vorstellen, dass dieser junge Kerl zwei Frauen auf dem Gewissen haben sollte! Aber egal, wie rein er gewaschen werden wird, etwas wird zurückbleiben. Maart tut ihr ein wenig leid.

»Was ist mit Stephan Kramer? Habt ihr ihn vernommen?«

»Der Caspar hat ihn überprüft. So, wie es aussieht, hat der Pastor nicht gelogen, was die Abende angeht. Der Kerl scheint sehr beschäftigt zu sein. Und es gibt auch keinerlei Hinweise darauf, dass er was mit Kiki hatte. Aber er hat eingeräumt, dass er bei Birke manchmal schon zugeschlagen hat.«

»Was ist mit den Hotelgästen?«

Lasse kratzt sich den Nacken.

»Die Liste liegt vor.«

»Gut«, gibt Nanni zurück und denkt an den Typen auf der Fähre. Jens Müller. Sie ist gespannt, ob sie den Namen darauf finden. Vielleicht wohnt der ja da und nicht, wie er sagt, am Wasserturm im *Haus Ostwind*. Wär ja auch zu einfach, aber sie will die Info gleich weitergeben.

»Ach, und das Haarbüschel, welches Kiki de Winter in der Hand hatte, wird noch analysiert. Das sind keine Menschenhaare und die SPUSI vermutet die gleichen auch in Birkes Hand.«

»Keine Menschenhaare? Tatsächlich?«

Nanni ist elektrisiert. Sie dreht sich suchend um, doch der Perückenmann ist natürlich gerade nicht zu sehen. Diese Aussage nährt ihre Überlegungen – vielleicht hat der den nächsten Beutezug im Auge und sich einfach das Toupet aufgezogen, um inkognito auf die Insel zu kommen? Zeitlich würde das ja alles passen. Mit der Morgenfähre kehrt er zurück ans Festland, dann hätte er davor genug Zeit für die Tötungen gehabt. Einige Stunden bleibt er dort und dann kommt er am späten Nachmittag erneut auf die Insel, streift da umher, um zuzuschlagen, sobald ein weiterer Heidi-Klum-Verschnitt vorbeischneit? Nanni schluckt. Wie sie eben. Schon bald ist vielleicht die Nächste dran. Ist sie, Kommissarin Peters, dran! Heute Nacht wird das Fenster ihres Zimmers definitiv nicht offenstehen und wenn sie dabei erstickt vor Wärme!

»Nanni, alles in Ordnung?«

Lasse sieht sie prüfend an. Sie nickt.

»Aber du siehst aus, als hättest du eben ein Gespenst gesehen.«

»Na ja, damit liegst du gar nicht so daneben.«

Aufgeregt erklärt sie Lasse von der eigentümlichen Begegnung auf dem Fährschiff und ihrem Gefühl dazu. Der junge Inselpolizist sieht sie daraufhin recht zweifelnd an.

»Ich weiß nicht recht. Alles etwas sehr an den Haaren herbeigezogen, finde ich«, er wiegt seinen Kopf in der Sonne hin und her, »aber du bist die Chefin und sagst, was zu tun ist.«

»Ich will, dass ihr herausfindet, ob ein Jens Müller auf der Insel ist, ob der auf der Hotelliste steht oder am Wasserturm gebucht hat und so weiter und so fort.«

»Geht klar. Es gab hier aber sogar mal einen Jens Müller. Der war einige Sommer lang Saisonarbeiter bei einem Getränkemarkt. Aber den hab ich schon seit ewigen Zeiten nicht mehr gesehen.«

»Ach? Hat der eine Hakennase? Also, einen ziemlich großen Zinken, meine ich?«

Lasse Johannsen überlegt und muss Nanni nach einigen Minuten des Nachdenkens gestehen, dass er das nicht mehr weiß.

»Ich weiß nur noch, dass der immer saumäßig eklig aussah, weil der Akne hatte.«

Nach Akne sieht der Perückenmann nun wirklich nicht aus. Seine Gesichtshaut ist, so erinnert sich Nanni, abgesehen von dem Dreitagebart, weich und glatt gewesen wie ein Babypopo.

Sie sind am Inselbahnhof angekommen. Wenn sie sich sputet, schafft Nanni es gerade so zum Trauringseminar. Doch sie will Lasse den Typen zeigen. Geduldig wartet sie am Bahnsteig, bis sich der Zug restlos geleert hat und nur noch einzelne verirrte Seelen auf ihre Abholung warten. Der Mann bleibt verschwunden.

»Wie vom Erdboden verschluckt«, murmelt sie in Lasses Richtung.

»Komisch«, gibt Lasse zurück, »aber Nanni, was sagte der, wo er wohnt? *Haus Ostwind*?«

»Ja.«

Lasse grinst.

»*Haus Ostwind*, meine Gute, ist ein Gästehaus der AWO-Klinik. Für Mutter-Kind-Kuren. Der hat dich wohl ganz schön verschaukelt.«

»Es gibt ja auch Vater-Kind-Kuren oder?«, gibt Nanni, mit den Achseln zuckend, zurück. Dann erteilt sie ihm weitere Anweisungen, klärt die Besprechungszeit für den nächsten Tag, kündigt ihm eine, das weiß sie von Lenn, anberaumte Videokonferenz mit der PI am Festland an, und verschwindet dann auf ihrem Fahrrad Richtung *Schmiedhus*.

Das Trauringseminar

Als Nanni Peters am *Schmiedhus* eintrifft, ist es eine Minute vor sechs Uhr am Abend. Durch die Fensterscheiben, in denen sich die hellen und hohen Dünen Langeoogs widerspiegeln, kann sie Hendrik erspähen, wie er versunken in einem Buch blättert. Sie vermutet, dass er sich Trauringmodelle in einem Fotoband ansieht. Dabei weiß Nanni eigentlich ganz genau, wie die Ringe aussehen sollen: golden, mindestens doppelt so breit wie normale Ringe, glatt poliert und der Karneol soll ihren Ring schmücken! Mist! Der Karneol! Hoffentlich hat Hendrik daran gedacht, ihn einzustecken! Hektisch schließt Nanni das Rad an und zerrt ihren Rucksack vom Gepäckträger. Ebenso hektisch versucht sie – ohne nennenswerten Erfolg – mit den Fingern das Haar zu ordnen. Ein zarter Glockenton, der über ihrem Haupt ihr Eintreten signalisiert, ist zu hören, als sie die Räume des *Schmiedhus'* betritt. Der Empfang ist hochmodern gehalten, weißer Lack dominiert den schmalen Tresen, welcher den Verkaufsraum von der Werkstatt trennt. Hier stehen mehrere Vitrinen, minimalistisch bestückt mit Schmuck in allen möglichen Stilrichtungen, von klassisch bis klotzig. Nanni gefällt dieser erste Eindruck.

Die Werkstatt hingegen spiegelt handwerkliche Geschäftigkeit. Überall liegt Gerät herum oder es hängt, in hölzernen Kästen verstaut, über den typisch für Goldschmiedeplätze ausgesägten Arbeitsbrettern an den Wänden. Diese sind einfach weiß gekalkt, unspektakulär, aber raffiniert.

Um den großen Arbeitstisch in der Mitte des Raumes haben sich neben Hendrik vier Pärchen versammelt, die nun erwartungsvoll auf eine Dame blicken, die diese Gretje de Winter sein muss. Ein kleines Persönchen von kaum ein Meter fünfzig Körperlänge, schätzt Nanni und geht zielstrebig auf den Platz zu, den Hendrik links neben sich für sie freigehalten hat. Die Ähnlichkeit mit Gretjes Sohn ist nur schwer erkennbar. Wohl zeigt ihr Gesicht den gleichen ovalen Schnitt, aber ansonsten würde man niemals darauf kommen, dass diese Frau Maart de Winters Mutter ist. Sie ist offensichtlich eine Mulattin. Etwa vierzigjährig, schätzt Nanni die Frau, deren Haut an frisches Karamell erinnert. Sie trägt das krause dunkle Haar streichholzkurz, ihre spindeldürre Figur steckt in einem geblümten Sommerkleid, das einen waffenscheinpflichtigen Ausschnitt über üppigen Brüsten zeigt, die nicht zum Rest des Körpers passen wollen. Silikon lässt grüßen, stellt Nanni unangenehm berührt fest. So arm ist sie dann wohl doch nicht, wie die Frau vom *Fischkopp* das darstellt. Nanni gibt Hendrik einen Kuss und lässt sich nun auf den Stuhl fallen. Gretje de Winter ist barfuß, wie Nanni sieht, als ihr Blick auf die alten Bodendielen fällt und dabei die rot lackierten Fußnägel der Kursleiterin streift. Nanni bemerkt, obwohl der Tag Gretje ziemlich zugesetzt haben muss, dass diese nun freundlich in die Runde lächelt.

»So, nun sind wir vollzählig. Hallo, ich bin Gretje. Herzlich willkommen zum Trauringseminar im *Schmiedhus*. Ist es okay, wenn wir uns alle duzen?«

Sie sieht ihre Kursteilnehmer aus kullerrunden Augen an, die dunkel sind wie Holzkohle. Alle nicken und stellen sich nacheinander mit den Vornamen vor.

»Gut. Dann können wir ja gleich loslegen.«

»Hast du den Stein?«, flüstert Nanni zeitgleich in Hendriks Ohr, was dieser lächelnd bejaht.

»Aber den brauche mer erscht zum Schluss.«

Erleichtert pustet sie sich eine Haarsträhne aus der Stirn, indes die Kursleiterin mit heiterer Stimme fortfährt:

»Heute dauert der Kurs übrigens drei Stunden, morgen weitere drei. Aber da beginnt er ja schon nachmittags. Ist das für euch auch okay?«

Wieder nicken alle.

»Okay«, erwidert Gretje gedehnt, »zunächst müssen wir jetzt erst mal die Form eurer Ringe klären. Jeder kann seine Wünsche einbringen. Es gibt folgende Möglichkeiten: erstens, außen gewölbt und innen gewölbt. Zweitens, außen gewölbt und innen glatt, und drittens außen glatt und innen gewölbt.«

Dazu zeigt sie verschiedene Ringformen und lässt sie einmal herumgehen. Nanni gefällt die erste Variante am besten.

»Hendrik, was meinst du?«

Ein Kopfnicken seinerseits bestätigt Nanni seine Zustimmung. In Fragen des Geschmacks haben sie sehr ähnliche Vorstellungen. Als Nächstes zeigt Gretje ihnen Golddraht zu den verschiedenen Modellmöglicheiten und Nanni und Hendrik bekommen für ihre Wahl jeweils gleich einen Draht von sechs Millimeter Breite und vier Millimeter Höhe in die Hand gedrückt.

»Des soll en echte Ehering werde?«

Hendrik betrachtet skeptisch das Stück Draht. Auch Nanni ist plötzlich unsicher ob des unspektakulären Materials. Aber

Gretje de Winter versichert ihnen, dass alle Ringe, die sie im *Schmiedhus* sehen können, einst so aussahen.

»Na gut, wenn s'es so sagt ...«

Hendrik gibt Nanni einen Kuss, »dann mach ich draus dein Ring.«

Die Arbeit, die nun folgt, den Golddraht in eine Art Streckbank einspannen und dann kurbeln, bis er passend gestreckt ist, gibt Nanni einen Moment Entspannung. Schweigend bearbeitet sie Hendriks künftigen Ring. Hendrik hingegen schnattert, während er immer wieder den Golddraht bearbeitet, wie eine Ente mit seiner Nachbarin zur anderen Seite, einer Frau, die altersmäßig seine Mutter sein könnte. Zweiter Ehe-Versuch, resümiert Nanni, als diese ihm umgekehrt von ihren erwachsenen Kindern erzählt. Nanni sieht genauer hin. Da erkennt sie die Frau und den dazugehörigen Mann wieder. Das Paar aus dem Wäldchen. Nicht einmal hier kann sie also wirklich abschalten, denkt Nanni stumm, und fängt einen erstaunten Blick des Mannes auf. Er hat sie ebenfalls erkannt.

»Wie steht's mit den Ermittlungen«, wird sie auch prompt von ihm ausgefragt. Sie könnte ihn für sein mangelndes Feingefühl teeren und federn.

»Ich bin heute privat hier, tut mir leid«, gibt Nanni schnippisch zurück. Doch schon sieht sie die Aufmerksamkeit der anderen Teilnehmer allesamt auf sich gerichtet. Fragen stürmen auf sie ein, bis Hendrik schließlich das Wort ergreift und laut in die Runde sagt:

»Sorry, Leute, des isch hier unser ganz persönliches Trauringseminar und die Kommissarin will jetzt einfach nix dezu sage, klar? Mir bitte hiermit drum, dass unsere Privatsphäre reschpektiert wird, mehr it.«

Grummelnd quittieren sie seinen vorgetragenen Wunsch und Nannis eisernes Schweigen zu den Mordfällen. Einer der anderen Teilnehmer meint:

»Der redet ja wie Jogi Löw«, und bekommt dafür reichlich Zustimmung. Aber sie geben fortan Ruhe.

Doch Gretje de Winter ist jetzt sichtlich angespannt. Und genau das hat Nanni vermeiden wollen. Wie leicht wäre es gewesen, in dieser kreativen Atmosphäre etwas über sie herauszufinden.

Chance vorbei, denkt sie, und unterdrückt mühsam Mordgelüste an dem Kerl, der sie eben verraten hat. Manche Zufälle sind aber auch zu dämlich. Dennoch dankbar für sein Einschalten, wirft sie, statt den Mordgedanken weiter nachzuhängen, einen Blick auf Hendrik und anschließend auf ihren künftigen Ehering. Er sieht aus wie ... wie alles, nur nicht wie ein Ehering. Als hätte Gretje ihre Skepsis erkannt, kommt sie auf Nanni zu und beruhigt sie mit den Worten:

»Wenn er erst noch erhitzt ist, sieht er noch schlimmer aus. Aber nach dem Polieren ist er genauso, wie du ihn dir vorstellst. Das verspreche ich dir.«

Dann macht sie ein kurze Pause und fährt, die Stimme leicht gesenkt, fort:

»Nanni ist dein Name, richtig?«

Nanni nickt. Die Frau, so stellt sie schnuppernd fest, trägt ein etwas zu billiges Parfüm und riecht nach ebenso billigem Apfel-Shampoo.

»Wegen Maart ... er ... er war es nicht.«

Abermals nickt Nanni und antwortet dann leise:

»Das haben, so scheint es, die Ermittlungen gezeigt. Bleib also ganz ruhig.«

»Aber die Insulaner ...«

Gretje stockt und jetzt versteht Nanni, wieso sie hier in der Runde ihren Nachnamen nicht preisgibt. Schlimm genug, dass die Inselbewohner sie wegen der Morde nun meiden, will sie bei ihren Kursteilnehmern, die ja alle vom Festland gekommen sind, in der Sache unerkannt bleiben. Nicht nur der Sohn, auch die Mutter tut Nanni nun leid.

Sie sucht nach Worten, mit denen sie Gretje irgendwie trösten kann oder wenigstens beruhigen, so wie sie es eben selbst bei Nanni wegen des Ringes getan hat, aber ihr fällt beim besten Willen nicht ein, was sie sagen soll. Sie murmelt Gretje lediglich ein *es tut mir leid* hinterher, als diese von einem anderen Teilnehmer um Hilfe gerufen wird. Ihre Fantasielosigkeit könnte allerdings auch damit zusammenhängen, dass Nanni nun zum circa siebenundzwanzigsten Mal diesen Golddraht einspannen muss, damit sie ihn auf die richtigen Maße von vier Millimeter Breite mal zwei Millimeter Höhe strecken kann. Nichts für die Kommissarin, deren größte Gabe nicht unbedingt die Geduld ist. Nannis Gelassenheit ist hin. Entnervt schaut sie auf. Da sieht sie draußen im Abendlicht den Perückenmann vor dem Fenster stehen. Sie blinzelt. Doch, ja, er ist es wirklich. Er trägt auch wieder die fette Brille auf der Nase, die komischen Haare und das gleiche Leinenjackett mit den aufgenähten Lederbesätzen an den Ellenbogen wie auf der Fähre.

Jetzt ist sich Nanni bald sicher, dass es sich bei den Morden um eine Serie drehen könnte und mit Grausen erkennt sie: Die Kommissarin Anna-Marie Peters ist möglicherweise sein nächstes anvisiertes Opfer. Weshalb sonst hätte er einen Grund, ausgerechnet hier vor dem Fenster herumzulungern? Langsam lässt sie die eben noch emsigen Hände sinken und sucht Halt an Hendriks Armen. Ruhig, mahnt sie sich, ganz ruhig.

»Was isch, Peterle?«

Hendrik sieht sie fragend an. Sie wiederum gibt ihm stumm und nur mit einer Bewegung ihres Kopfes den Hinweis, nach draußen zu schauen.

»Und? Was isch mit dem?«

Nanni reißt ärgerlich ihre Augen auf. Doch dann besinnt sie sich rasch, Hendrik weiß ja noch gar nichts von ihrer Begegnung auf der Fähre! Sie zieht ihn ungefragt in eine Ecke des Raumes, wo sie ungestört sprechen können und klärt ihn in kurzen Worten darüber auf. Im Hintergrund gibt Gretje derweil ihre Anweisungen für die weitere Vorgehensweise bei der Ringfertigung.

»Wenn ihr mit dem Strecken fertig seid, geht's ans Sägen. Der Draht muss ja passend für eure Finger gekürzt werden. Dazu nehmt ihr ...«

Irgendwie surrealistisch, findet Nanni und lässt den Mann nicht aus dem Auge.

»So, jetzt hör mir mal gut zu, Peterle«, hebt Hendrik an, nachdem sie schließlich geendet hat, »ich glaub zwar grad, dass de dir des alles einbildesch, aber ich geh jetzt da raus und schnapp den Type und du bleibsch hier drin. Du verläsch diesen Raum nicht ohne meine Begleitung, isch des klar?«

Nanni hört die Angst in seiner Stimme, die seine Worte Lügen strafen. Aber sie kann ihren Verlobten doch nicht einfach den Kerl fangen lassen! Sie ist schließlich die Kripobeamtin bei der PI Aurich-Wittmund! Zudem hat sie nichts als ihr Einbildungsvermögen dagegenzusetzen. Das reicht nicht für eine Festnahme, muss sie ernüchtert erkennen.

»So einfach ist das alles nicht.«

Nannis Stimme ist fest, als sie Hendrik erklärt, weswegen sie erst mal gar nichts machen können.

»Und wenn es so wäre, käme ich in jedem Fall mit. Widerspruch, Hendrik, ist leider zwecklos.«

Doch dieser wird ihm ohnehin erspart, denn das Glöckchen über der Eingangstür bimmelt und der Mann, der sich Jens Müller nennt, tritt ein. Hendrik zuckt etwas beleidigt mit den Schultern, Nanni hingegen ist verwirrt. Wenn der Mann der Mörder der beiden Frauen ist, weiß er doch längst, dass sie ihn sucht und wird nicht extra der Ermittlerin geradewegs in die Arme laufen. Ober hat er vielleicht nicht gesehen, dass seine Häscherin hier drin ist? Oder hat ihr vermeintliches Serienmördergespinst rein gar nichts mit ihr zu tun? Oder will er einfach nur mit Nanni Peters spielen? Wenn sie doch, außer ihren Überlegungen, nur etwas Greifbares in den Händen hielte! Hendrik und sie schauen sich fragend an. Nanni gibt ihm ein Zeichen, dass sie einige Schritte vorgehen will, um zu hören, was der Typ im Laden will.

Der Mann bleibt am Tresen stehen. Gretje begrüßt ihn freundlich, indes Nanni ausreichend Gelegenheit hat, nachzudenken, was jetzt am besten zu tun ist. Eines jedenfalls ist klar, sie kann ihm nur wegen ihrer Fantasien keine Handschellen anlegen. Mist! Ein Haar der Perücke ausrupfen wäre in jedem Fall gut, oder ein wenig DNA von ihm erwischen oder irgendetwas, das sie im Labor prüfen lassen könnte.

»Ich hol' Verstärkung, Moment,« hört sie in ihre Gedanken hinein Gretje zu dem Mann sagen, der sich suchend an die Vitrinen drängt. Kurze Zeit später erscheint die Kursleiterin mit einer Frau im Schlepptau, welche die perfekte Verkörperung einer modernen Walküre darstellt, sie wäre schön im klassischsten Sinne, ist jedoch mindestens das Doppelte von Nanni. Ihr weizenblondes Haar fällt bis zu den Kniekehlen an ihrem Rücken wie goldene Kaskaden hinab.

Mit viel Einbildungskraft passt die Frau ebenfalls in das Bild des Heidi-Klum-Verschnitts, denkt Nanni. Als der Mann die Blondine erblickt, huscht, soweit Nanni das richtig interpretieren kann, ein begehrliches Lächeln über sein Gesicht hinter der Brille. Nanni beobachtet, wie er sich anschließend leise über eine Vitrine gebeugt die Nase schnäuzt und das gebrauchte Tempo unauffällig im Regenschirmständer neben der Eingangstüre verschwinden lässt. Yes! Am liebsten will sie laut aufschreien vor Freude! Es wird ihr ein Vergnügen sein, später das Ding da rauszufischen und ins Labor zu schicken! Nur noch halbherzig registriert sie jetzt, wie er einen schlichten Silberring, den ein grüner, oval geformter Stein ziert, auswählt. Der Mann bezahlt daraufhin satte zweihundertfünfundneunzig Euro, dann verlässt er das *Schmiedhus*. Den Ring, welchen die Walküre hübsch in eine dunkelblaue Schatulle verpackt hat, steckt er lässig in die Hosentasche.

Nanni muss sofort das Tempo sichern. Umständlich bittet sie die Walküre um eine Tüte.

»Eine Tüte? Was für ein Tüte?«, fragt die Frau mit einer Stimme, die Nanni an dunkle Rauchschwaden erinnert.

»Eine stinknormale Tüte eben. Aus Plastik.«

Sie funkelt die Frau an. Die ganze Zeit hat sie schon überlegt, dass ihr die Stimme bekannt vorkommt, und jetzt weiß sie auch, wer sie ist. Jule Vossen. Sie will sich kaum vorstellen, dass diese Frau ihren Bruder als vermeintlichen Vater ihrer Tochter ausgibt. Das wird sie nie verstehen. Der Gourmet-Johann hat ja die Frage, ob Kiki von seiner Vaterschaft wusste, verneint, aber auf einmal ist sich Nanni da nicht mehr so sicher. Reines Bauchgefühl. Diese Frau, die vor ihr steht, wirkt nämlich nicht, als wüsste sie nicht daraus ihren Vorteil zu ziehen.

Wieder eine Annahme, denkt Nanni Peters.

Während Jule Vossen nach einer Tüte sucht, geht Nanni zu Hendrik, der noch immer reglos in der Ecke verharrt. Sie zieht ihn zum Arbeitstisch zurück, erklärt ihm, was sie zu tun gedenkt, und bittet ihn gleichzeitig, für sie beide weiter an den Ringen zu basteln. Nanni kramt ihre Polizeimarke aus dem Rucksack und marschiert damit zurück in den Verkaufsraum. Als Jule Vossen ihr einen hellblauen Gefrierbeutel reicht, nickt sie dankbar, steckt ihre Hand hinein und greift anschließend damit beherzt in den Schirmständer.

»Was machen Sie da?«

Die Walküre sieht ihr irritiert zu, während Nanni das Tempo sichert, die Tüte zuknotet und diese dann mit ihrer Hand umklammert. Dann hält sie ihr (der Perückenmann ist schließlich nur eine Spur, die sie verfolgt), die Polizeimarke, die das Niedersachsenross ziert, unter die Nase und sagt kühl:

»Jule Vossen, hab ich recht? Ich bin Kommissarin Peters. Können wir irgendwo ungestört reden?«

Jule Vossen ist sichtlich überrascht, nickt und stottert dann etwas von einer kleinen Küche im hinteren Bereich des *Schmiedhus'*, in die sie Nanni mit einer fahrigen Handbewegung weist. Der Raum ist winzig, doch für zwei grüne Klappstühle und einen ebensolchen Tisch ist noch Platz zwischen dem geöffneten und vorhanglosen Fenster und der buchefarbenen, im Landhausstil gehaltenen Küchenzeile. Es stinkt hier kräftig nach abgestandenem Zigarettenrauch.

»Ich mach's kurz«, beginnt Nanni Peters, der die Kombination aus dunklem Grün und Buchenmöbeln nur mäßig gut gefällt, »einige Fragen, mehr nicht.«

Ihre eigene Küche wird eines Tages himbeerrote Fronten mit schlichten Edelstahlgriffen haben und die Arbeitsplatte soll weiß sein. Hendrik ist das hinlänglich bekannt und sie hat dafür seinen Segen. Sogar für die Idee, die sie mal in einer Zeitschrift entdeckt hat, als Pendant zu den modernen Küchenschränken ein altes, hell gestreiftes Chippendale-Sofa ebenfalls in die Küche zu stellen. Im Kopf hat Nanni ihre künftige Küche schon komplett durchdesignt, real wird irgendwann auch hoffentlich der Plan umgesetzt werden können, hofft sie jedenfalls. Immerhin, mit dem Geld, das sie von Großmama Cari geerbt hat, kann sie eine Küche finanzieren, wenn sie nicht gerade aus der allerersten Küchenbauliga stammt. Für Caris Haus jedoch reicht es leider nicht aus. Nanni bleibt vor dem Fenster stehen und fährt fort:

»Ich nehme an, Sie wissen, was auf der Insel geschehen ist.«

Ohne die Antwort abzuwarten, redet sie weiter.

»Ich will von Ihnen deshalb wissen, ob Kiki de Winter davon Kenntnis hatte, dass Johann de Winter der Vater Ihrer Tochter Nienke ist.«

Jule Vossen verschränkt die Arme über den großen Brüsten und setzt sich auf einen der schmalen Klappstühle. Nanni hat

Angst, der könnte unter der Frau zusammenkrachen, doch er hält wider Erwarten stand.

»Wer erzählt so was?«

»Das tut nichts zur Sache. Wusste sie es?«

Jule Vossen nickt. Dachte ich mir doch, triumphiert Nanni innerlich und fragt gleich weiter:

»Von wem?«

»Ist das so wichtig?«, gibt Jule zurück, zündet sich dabei eine Zigarette an und pustet den Rauch in Nannis Richtung. Nanni bejaht und Jule fährt mit gepresster Stimme fort:

»Also gut, dann fragen Sie doch mal am besten die kleine Schlampe, mit der Johann seit einiger Zeit herumturtelt. Svea Michels. Er hat's ihr im Liebesrausch erzählt und sie hat's gleich der Kiki gesteckt.«

»Aber warum?«

Jule Vossen zieht die Schultern hoch.

»Ich hab keinen Schimmer.«

»Aber Kiki de Winter hat Sie daraufhin angesprochen.«

Die Gefragte verlagert ihr Gewicht, welches mit einem tintenblauen Kaftan verhüllt ist und drückt dann hektisch die Zigarette aus.

Sie will etwas loswerden, denkt Nanni, aber sie mag es nicht sagen.

»Wissen Sie«, beginnt sie schließlich, »Kiki und ich kennen uns schon sehr lange. Wir lagen zusammen im Wochenbett, damals, als Nienke und Jonas geboren wurden. Die beiden sahen aus wie Zwillinge. Sie wusste es, ohne dass wir je darüber gesprochen haben. Schon seit der Zeit im Krankenhaus. Aber Kiki hat mitgespielt. All' die vielen Jahre. Ihre Ehre als Ehefrau stand ebenso auf dem Spiel wie meine. Sie verstehen?«

»Sie meinen also, bis diese Svea auf der Bildfläche erschien, war das ein wohlgehütetes Geheimnis?«

»Genau. Und einen Tag, bevor sie gefunden wurde, hat sie mich darauf angesprochen, dass die Kleine sie deswegen informiert hat. Kiki hat getobt. Und der Kleinen Übles angedroht. Sie haben sich sogar an dem Tag noch getroffen, um die Sache zu klären. Kiki wollte in dem Gespräch künftiges Stillschweigen von der Kleinen verlangen.«

Nanni hört die Worte von Svea im Kopf hallen: *das erste Mal so allein in diesem Schlangennest von Insel.* Svea Michels hat gelogen. Sie ist schon einmal zuvor auf der Insel gewesen, als sie sich an deren Todestag mit Kiki de Winter getroffen hatte. Nanni überlegt. Was kann der Grund dafür gewesen sein? Die Erklärung liefert ihr Jule Vossen.

»Das kleine Miststück hat Kiki zu erpressen versucht, statt künftig in weiblicher Solidarität die Klappe zu halten. Sagte, sie würde nur schweigen, wenn Kiki etwas von ihrem geerbten Zaster an sie rüberschieben würde, was die natürlich empört abgelehnt hat.«

Kiki hatte sich also mit dem Festlandliebchen ihres Nochehemannes getroffen, überlegt Nanni, dieses versucht, Profit aus der Sache zu schlagen, aber Kiki weigert sich, die Wahrung ihres Geheimnisses mit Geld zu erkaufen. Ist diese Svea vielleicht durchgedreht, weil Kiki sich ihrem Ansinnen verweigert hat?

So berechnend, wie die beim Gespräch im Rosengarten wirkte, durchaus denkbar, schließt Nanni ihre Überlegungen und entlässt mit einem *danke, keine weiteren Fragen,* Jule Vossen aus dem Küchenverhör, nicht ohne sie zuvor darauf hinzuweisen, dass sie sich möglichst bald im *Hotel de Winter* zwecks Lesen des Protokolls und zur Unterzeichnung desselben einzufinden habe. *Svea Michels nochmals befragen,* notiert Nanni im Kopf. Sie will dies unter die anderen, bereits aufgelisteten Punkte setzen, sobald sie wieder im *Hotel de Winter* am Besprechungstisch sitzt. Zufrieden kehrt sie zu Hendrik zurück, der beide Drahtstücke mittlerweile beträchtlich gekürzt hat.

»Du kannsch dein' Ring gleich mal anprobiere, bitte, Peterle«, begrüßt er sie und legt ihr ein Stück schmutzig graues Metall um den Finger, »müsst' aber passe.«

»Wieso ist der jetzt so komisch dreckig?«

»Durchs Erhitze und Abschrecke hat er so ne Farbe gekriegt.«

Das meinte Gretje vorhin also mit *es wird noch schlimmer,* stellt Nanni ernüchtert fest und betrachtet kritisch den Draht, indes sie ihre Notizen macht.

»Und wie wird der wieder hell?«, fragt sie schließlich und Hendrik klärt sie auf:

»Der wird, wenn er zusammeglötet isch, greinigt und poliert. Fertig.«

Er misst an ihrem rechten Ringfinger die Länge des Drahtes. Sie ist perfekt.

»Dann kann ich jetzt schon demit loslege«, erklärt er ihr fachmännisch und schielt dabei auf seinen künftigen Ehering, »du hasch aber noch a bissle mehr zum tun.«

In der Tat, Hendriks Ring liegt, bis auf die Kürzung, noch immer vor ihr, wie sie ihn eben verlassen hatte. Nanni muss jetzt eigentlich ihr Drahtstück glattfeilen, doch zunächst will sie das Tempo in ihren Händen loswerden und ruft daher bei Lenn an. Wenige Minuten und einige Erklärungen später weiß sie, dass das Beutestück noch heute Abend vom Polizeischiff hinübergefahren wird, um ins Labor zu gelangen. Glücklich verstaut Nanni Peters das Tütchen mit der DNA des Perückenmannes in ihrem Rucksack. Dann macht sie sich ans Feilen. Hendriks Ring soll schließlich der Schönste werden.

Streit um die Hochzeitstorte

Es ist fast Mitternacht, als Nanni und Hendrik, nach Übergabe des gebrauchten Tempos am Hafen und einem sich daran anschließenden, langen Strandspaziergang in der lauen Nachtluft, ihre Schritte wieder Richtung Melkerpad lenken.

Auch Hendriks Ring hat nun, denkt Nanni glücklich, die richtige Größe und ist ebenfalls fertig zusammengelötet, was sie mächtig Nerven gekostet hat. Danach sind sie die lange Runde gegangen. Nanni musste einfach mal durchatmen, zur Ruhe kommen und sich mental auf den nächsten Tag vorbereiten, eine Videokonferenz mit allem Drum und Dran ist kein Zuckerlecken. Sie, Lasse und Caspar mit a würden dem Staatsanwalt, genau wie dem Polizeidirektor, der eigens und trotz Erkrankung bei der PI aufgelaufen ist, Rede und Antwort stehen müssen. Zudem sind sie und Hendrik, wenn auch nur ganz nebenbei, in Hochzeitsvorbereitung, und da gibt es schließlich noch einiges zu besprechen. Zum Beispiel die Torte, das Reizthema, welches zu disputieren sich Nanni lieber bis zum Schluss vorbehält.

Alles andere ist, wie Paps das allzu oft ausdrückt, in trockenen Tüchern.

Hand in Hand schlendern Nanni und Hendrik in dieser milden Sommernacht über den langgezogenen und steil ansteigenden Dünenübergang vom Drachenstrand zur Seenotbeobachtungsstation hinauf. Oben angelangt bleiben sie einen Moment stehen. Das vom Mond beschienene Meer liegt wie eine silbern glänzende Decke vor ihnen, der Sternenhimmel bildet die romantische Kulisse schlechthin. Nanni seufzt bei dessen Anblick ergriffen auf. Zu gern wäre sie jetzt einfach nur die Verlobte von Hendrik Nathanel Schwanheusser und nicht die Kommissarin Anna-Marie Peters. Aber man kann sich im Leben eben nicht immer alles so aussuchen, wie es gerade am besten passt. Auch nicht die Hochzeitstorte, denkt sie trotzig, und versucht dann, die richtigen Worte für ihre Einleitung zu finden.

»Liebster«, beginnt sie mit säuselnder Stimme, »hast du mit Mama wegen der Tor ...«

Weiter kommt sie nicht. Hendrik bleibt nämlich abrupt stehen und funkelt sie mit seinen schönen blauen Augen an.

»Des isch alles a abgekartetes Schpiel, scheint mir«, ruft er theatralisch zum Himmel über ihnen, »und ich find, du solltesch es wenigschtens zugebe. Als ich nämlich vorhin beim Bäcker war, hatte der des Ding schon längscht mit deiner Mutter bsproche gket.«

Die Falte zwischen seinen Brauen ist tief, Nanni jedoch ist innerlich ob dieser Nachricht zufrieden. Auf Mama ist eben Verlass! Doch sie spielt die Empörte.

»Nichts ist abgesprochen, wie kannst du mir so was nur unterstellen. Sie kennt eben meine Wünsche!«

»Un wo bleibe meine? Ich find', so a Torte, wie du se habe willsch, einfach zu groß und zu protzig. Mir sin doch it William und Kate oder wie die da heiße in England!«

»Deren Hochzeit hat angeblich zwölf Millionen gekostet, meine Traumtorte kostet höchstens dreihundert Euro«, kontert Nanni, »das ist wohl eine andere Nummer, oder?«

Sie sieht ihn flehend an.

»Ach, Hendrik, es ist doch nur eine Torte. Und ich wünsche sie mir so sehr.«

»Warum?«

Die Falte ist etwas flacher geworden, als er sie unsicher aus einem Augenwinkel mustert. Nanni hat gewonnen. Sie weiß es. Eilig gibt sie zurück:

»Weil ... weil ... ach, keine Ahnung. Ich find's eben einfach schön. Die Torte hat zudem eine Tradition, die bis ins alte Rom zurückreicht. Damit wollte man nicht nur den Jungvermählten zu Eheglück verhelfen, sondern auch den Gästen, und aus diesem Grund wurde eben die Torte erfunden. Damals war es Mandelkuchen, der auf dem Kopf der Braut zerbrochen wurde und die dabei entstandenen Krümel wurden von den Gästen verspeist, damit sie ihnen ebenfalls Glück bringen mochten. Zudem hat Großmama Cari immer gesagt, je größer die Torte, umso größer der Kindersegen, mit dem die Brautleute gesegnet sind.«

Dass Cari sich jemals zu einer Hochzeitstorte geäußert hätte, hat Nanni jetzt eben schnell dazugedichtet, aber sie denkt sich, dass dieses Argument doch unschlagbar ist. Schließlich will Hendrik, genau wie sie selbst, eine große Familie. Das weiß sie seit ihrem ersten gemeinsamen Date. Noch zögert Hendrik mit seiner Zustimmung, während sie schweigend in den Pirolaweg einbiegen. Nanni überlegt. Seine einfache Schwarzwälder Kirschtorte steht gegen ihre dreistöckige Sanddornbuttersahnetorte. Da hat sie einen Geistesblitz.

»Hendrik«, triumphiert sie glücklich, »ich hab's. Ich bekomme die Größe und du deine Kirschtorte. Wir bestellen eine dreistöckige Schwarzwälder Kirschtorte. Was sagst du dazu? Bist du damit einverstanden?«

Im Mondlicht sieht sie förmlich, wie ihm das Wasser im Mund zusammenläuft. Nanni, denkt sie zufrieden, indes Hendrik mechanisch nickt, du bist einfach gut!

»Dreihundert Euro?«, fragt er leise, »so viel Geld. Aber... also gut, bisch denn glücklich?«

»Ja. Und du?«

»Ja.«

Er grinst.

»Im Kompromisse finde bisch wirklich gut. Des wird a gute Ehe, Peterle. Auch mit ere so teure Torte. Aber egal, wenn ich se denn über deinem Kopf kaputt haue darf.«

»Wag es nicht!«

Ihre Entrüstung ist nicht nur gespielt. Wenn sie jetzt noch Hendriks langweilige Bundesbrüder aus der Studentenverbindung von der Gästeliste streichen könnte, überlegt sie, während sie schweigend Hand in Hand weitermarschieren, wäre der Tag perfekt, doch die muss sie wohl ertragen – noch ein Kompromiss für heute wäre entschieden zu viel. Doch sie hat mit denen ebenso ihre Schwierigkeiten. Sich einen ganzen Abend lang übers Golfen oder Tennisspielen zu unterhalten, findet Nanni Peters schlichtweg unerträglich, spielt sie nämlich weder das eine noch das andere. Über die neuesten Transaktionen irgendwelcher Konzerne, deren Namen sie nicht mal kennt, zu debattieren, entlockt ihr allenfalls ein müdes Gähnen, genau wie die aktuellen Börsenkurse oder der Dow-Jones-Index. Dazu müsste sie Aktien besitzen, was aber nicht der Fall ist. Diese schnöseligen Nasen können denn auch kaum verstehen, dass ihr umgänglicher, beliebter und attraktiver Bundesbruder so ein, in ihren Augen, langweiliges Würstchen wie sie liebt. Doch Nanni ist nicht langweilig – die sind es! Viele von denen wissen eben nur leider nicht so recht, etwas mit ihr anzufangen. Heutzutage interessiert sich eben keiner mehr dafür, wie man Eier haltbar oder Seife selbst macht, Brot bäckt, Salben und Cremes rührt, Teewurst herstellt oder Papier schöpft. Doch sie, Nanni Peters, hat sich auf die Fahne geschrieben, dieses alte Wissen, das Mama ihr mit den Jahren beigebracht hat, für ihre Nachkommen zu ordnen und weiterzugeben, was Hendrik übrigens als alteingesessener Schwarzwälder Bub durchaus zu schätzen weiß. Nur diese Typen des Corps Alemannia, dem Hendrik seit dem ersten Semester seines Studiums angehört (natürlich war er an der Uni in Freiburg, was ihn in Stines Augen als Schwiegersohn noch viel geeigneter erscheinen lässt), tun das eben leider nicht und belächeln Nanni als ein wenig antiquiert und weltfremd. Sie und weltfremd! Das sind doch eher die dazugehörigen Freundinnen von Hendriks Bundesbrüdern, allesamt BWLer oder Juristinnen und die denken sicherlich, Kühe wären wirklich lila und Käse würde auf dem Acker wachsen! Bei Nanni schlägt aber nun mal Caris praktische Art durch und das Wissen, wie schnell Wohlstand und Reichtum verschwinden können, hat sie gelehrt, es sorgfältig zu bewahren. Das alles hat Nanni sehr stark geprägt. Sie hat gut zugehört, wenn Großmama Cari von der Flucht übers Haff erzählt hat, den bangen Stunden unter Fliegerbeschuss, dem Hunger, den Krankheiten und dem Gefühl, von der Welt verlassen worden zu sein. Cari hatte es geschafft, aber nur deshalb, weil sie in der Lage war, ihr Wissen selbst in primitivsten Umgebungen einzusetzen und dadurch für sich sorgen zu können. Nannis Wissen ist ganz bestimmt nicht weltfremd, sondern überlebenswichtig. Eines Tages will sie den Job bei der Kripo an den Nagel hängen und stattdessen eine Werkstatt eröffnen, um Leuten dieses alte Wissen wieder nah zu bringen, am liebsten auf Langeoog!

»So schweigsam. Was isch los?«

Hendrik legt jetzt seinen Arm um Nannis Schulter und zieht sie fest an sich. Das Thema Corpsbrüder will sie jetzt doch nicht ansprechen, also heftet Nanni ihren Blick lieber zum Boden der Willrath-Dreesen-Straße, auf der sie nun entlanggehen.

»Es ist nichts.«

Sie will jetzt nicht für noch mehr Unmut sorgen, sind die gemeinsamen Stunden ja gerade recht rar. Sie kann später mit ihm darüber reden und zählt stattdessen lieber die Pflastersteine unter ihren Füßen. Blut und Leben kleben dran. Sie erinnert sich, was Cari ihr zu den schmal verlegten Steinen mal erzählt und was sie seitdem nie wieder vergessen hat. Laut fragt sie ihren Verlobten:

»Wusstest du, dass jeder einzelne dieser Steine unter uns von jungen russischen Kriegsgefangenen verlegt wurde?«

Hendrik verneint und Nanni erzählt, was kaum noch ein Besucher der Insel erfährt:

»Im Herbst 1941 kamen um die vierhundert sowjetische Kriegsgefangene nach Langeoog, alle erst um die zwanzig Jahre alt. Sie wurden unter unmenschlichsten Bedingungen in primitiven Holzbaracken entlang der Gartenstraße untergebracht. Die Menschen wurden durch das Wachpersonal, das kannst du dir ja sicherlich vorstellen, ganz grauenvoll grausam behandelt. Speziell sowjetische Gefangene galten in der Nazilehre als würdelose Untermenschen. Etwa ein Drittel von ihnen etwa starb bald darauf an Krankheiten, aber vor allem an Hunger, Schlägen und härtester Arbeit. Sie haben diese

Steine unter unseren Füßen verlegen müssen, Hendrik. Und Cari und Lian gehörten zu den wenigen, die ihnen öfter etwas zugesteckt haben, wenn sie hier entlangkamen. Ich muss jedes Mal daran denken, wenn ich diese Steine betrete.«

»Unvorschtellbar für uns. Warum sind' Mensche bloß so bös?«

Sie finden keine befriedigende Antwort auf dem Weg. Doch die Ablenkung von ihrem Tagewerk hat Nanni dennoch gut getan. Ein wenig müde und erschöpft vom Reden kommen sie im Melkerpad an. Nanni will gleich ins Bett. Aber die Fenster sind hell erleuchtet, aus dem Garten hinter dem Haus dringen mehrere Stimmen an ihre Ohren. Der weibliche Teil der Familie ist angereist.

Hendrik stöhnt leise auf. Er hat sich die Vorbereitungswoche anders vorgestellt. Nicht mit der geballt weiblichen Peters-Entourage, die ihresgleichen erst mal finden muss, im Schlepptau. Was Nanni ihm nicht alles vorgeschwärmt und in Aussicht gestellt hatte: romantische Strandspaziergänge, das Dünensingen, leckere Krabbensuppe löffeln, Bernstein und Muscheln suchen. Stattdessen sucht die Kommissarin Anna-Marie Peters nun einen Mörder. Oder zwei? Ein wenig tut Hendrik ihr auch leid.

»Morge bin ich auf dem Kongress, des schwör ich dir«, tönt er da auch gleich und ihr Mitleid verschwindet so schnell, wie es gekommen ist.

»Und ich hab mich übrigens für morge Abend fürs Feschtesse angmeldet.«

Hendrik weiß sich also zu helfen.

Nanni denkt nach. Irgendetwas an diesem Satz gefällt ihr nicht. Es dauert einen Wimpernschlag lang, bis sie weiß, weshalb. Er wird mit der Squaw dahingehen! Zudem, das Trauringseminar geht da doch auch noch weiter!

»Wie bitte?«, gibt sie gepresst zurück, »morgen müssen wir die Ringe fertigstellen oder hab ich da was falsch abgespeichert?«

»Oh, shit, du hasch ja recht, Peterle!«

Hendrik fasst sich an die Stirn.

»So en Mischt, dass ich des vergesse hab. Was mach ich jetzt?«

Er guckt aufrichtig zerknirscht und nagt dabei an der Unterlippe. Nanni wartet schweigend darauf, indes er sie immer hilfloser ansieht. Diese Frage jedoch muss er sich selbst beantworten. Nur scheinbar ist sie ruhig. Innerlich kocht sie und steht kurz davor, wie ein Wasserkocher zu fiepen. Keep cool, Nanni, versucht sie sich zu beruhigen, weil Hendrik immer noch still zu denken scheint und keinerlei verbale Regung zeigt, keep cool.

»Tja, da werd ich wohl dann wieder absage. Müsse die Kollege eben ohne mich hingehe.«

»Bist du verabredet?«

Nanni versucht den Argwohn ihrer Stimme zu ignorieren, ohne Erfolg.

»Nanni, falls du's wisse willsch, es sind nur Kerle. Die Mädle von de Schtation sin alle schon wieder zrückgfahre. Und noch mal zum Mitschreiben: Ich lieb dich. Nur dich.«

Er lächelt sie grimmig an.

»Ich hoffe, du kapiersch des endlich mal auf Dauer.«

Dann küsst er sie lange und innig. Nanni vergisst dabei alles um sie herum, ihren Missmut, die Squaw, die Familie und die Kripo.

Ungern löst sie sich schließlich aus Hendriks Armen. Sie müssen sich den Peters stellen, die dem Duft nach, der vom Garten zur Straße weht, einen netten Grillabend miteinander verbracht haben. Doch Nanni hört bereits ihre mahnenden Stimmen: Schmeiß den Fall hin, der ist zu gefährlich für dich ... heiratet besser am Festland ... Sankt Marien ist doch auch eine schöne Kirche ....

Nanni denkt gar nicht daran. Sie wird Hendrik auf Langeoog ihr Jawort geben und vorher den oder die Mörder von Kiki und Birke festmachen! Entschlossen marschiert sie am weiß getünchten Haus vorbei, welches im Schein der Straßenlaterne wie ein schlafendes Prinzesschen liegt. Nanni wird, noch bevor sie den Garten ganz erreicht hat, stürmisch von Viktor begrüßt.

»Ach, meine gute Vik«, Nanni kniet sich kurz hin, um die Hündin ausgiebig zu kraulen, »du bist an allem schuld, weißt du das überhaupt?«

Viktor ignoriert diese Bemerkung seitens Nanni schnöde, ihr Blick aus den gelben Augen sind viel mehr erwartungsvoll auf sie gerichtet, genauer gesagt, auf Nannis Rucksack. Eilig kramt sie ein Hundeleckerli hervor und hält es Viktor hin, bevor sie, bei den Schwestern angekommen, freudig ruft:

»Na, ihr Retter-in-der-Not-Läppen, alles klar? Schön, dass ihr da seid.«

Lisa und Emma springen von den Gartenstühlen auf, um Nanni zu umarmen.

»Na, du Kripo-Tussen-Läppe«, quittiert ihre ältere Schwester Lisa Nannis Begrüßung grinsend, »hast du schon den Ring?«

Nanni schüttelt den Kopf.

»Nein?«, ruft Emma dazwischen, »aber trotzdem sollen wir deinen Kerl nun coachen? Damit du die dicke Maxi-Läppe spielen kannst!«

Sie verdreht die Augen.

»Hast du ein Glück, dass ich eh schon ab heute frei im Kalender eingetragen hatte, als Mama anrief.«

Nanni lässt sich bei den Worten ihrer Schwestern kräftig drücken und von so viel verbaler und wahrer Geschwisterliebe erschöpft, fällt sie anschließend auf einen der verwitterten Teakholz-Bistrostühle. Läppen. So nennen sie sich gegenseitig seit Kindertagen, weil Nannis erstes Wort Läppe war und sie dabei auf die beiden zeigte. Heute glauben sie ja alle eher, sie bezog sich dabei nicht auf die Schwestern, sondern auf Emmas Schmusehasen, der ziemlich ramponiert aussah und weniger einem Kuscheltier denn einem alten Küchenlappen glich. Der musste Emma seinerzeit den Schnuller ersetzen, den es für die Kinder von Stine und Alexander Peters lediglich in den ersten beiden Lebensjahren gab und das auch nur nachts. Lisa erzählt es heute noch oft und gern und Nanni denkt manchmal, sie kann sich sogar daran erinnern, wie ihre Mutter bei ihr in der Früh die Hand unter den Mund hielt und Nanni dann den Schnuller hineinploppen ließ, denn vorher, so einer von Stines eisernernen Grundsätzen (von denen sie bekanntlich nicht wenige hat) kam das Kind nicht aus dem Bett.

»Schwester-Läppen«, antwortet Nanni nun lächelnd, indes diese nun auch Hendrik begrüßen, »es tut mir ja wirklich leid, aber das ist ein Notfall. Ein blöder und beschissener Notfall.«

Dann muss sie ausführlich Bericht erstatten, was Nanni auch bereitwillig tut. Im Anschluss muss sie sich Emmas und Lisas Theorien zu den Mordfällen anhören, genauso wie ihre Ermahnungen und Ideen, die Hochzeit lokal zu verlegen. Doch Nanni bleibt eisern. Die Kirchenturmuhr von Sankt Nikolaus schlägt bereits zweimal, als Nanni wieder an die Videokonferenz denkt. Sie registriert, dass Stine schon längst zu Bett gegangen ist und Hendrik tief schlafend, Viktor zu seinen Füßen, in Mamas Deckchair (ebenfalls aus Teakholz) liegt. Als sie Emma noch wegen der Squaw aufgeklärt und diese ihre Teilnahme an der Tagung versprochen hat, beschließt Nanni, es Stine gleichzutun und endlich ihr Bett aufzusuchen.

»Gute Nacht, Mädels, passt schön auf ihn auf«, sagt sie mit Blick auf Hendrik, »ich muss morgen leider fit sein.«

Die Videokonferenz zum Festland

Sorgfältig wählt Nanni ihre Garderobe aus, als sie am nächsten Morgen frisch geduscht und hundemüde vor dem Kleiderschrank im Mädchenzimmer steht. Die anderen beiden hingegen geben noch keinen Mucks von sich. Lisa liegt bäuchlings und gefährlich nah am Rand des Bettes. Ihr rechter Arm berührt beinah den Fußboden, die Beine liegen frei, die mit gestreiftem Frotteezeugs bezogene Bettdecke hat sie ans Fußende gestrampelt. Emma hingegen liegt wie ein Embryo fest in die Decke eingewickelt, die Nase tief zwischen den Kissen versteckt. Von ihr sieht man nur den strubbeligen Haarschopf, der in der Farbgebung Nanni vage an einen Igel erinnert.

Ein wehmütiger Moment der Erinnerung streift Nanni, derweil sie nach einer sandfarbenen Chinonhose greift, dreiviertellang und schmal geschnitten, zu der sie eine hellblaue, kurzärmelige Bluse und ebenfalls hellblaue Ballerinas kombiniert. Das Bild ihrer schlafenden Schwestern ist Nanni so vertraut, das es schon schmerzt. Es hat sich zu früher nichts geändert, denkt Nanni, außer vielleicht Emmas ungewöhnliche Igel-Haarfarbe (die früher hellblond war) und doch liegen viele Jahre dazwischen, die alle drei in verschiedene Richtungen getragen haben. Die Vertrautheit der Kinderzeit ist nur noch in wenigen Momenten spürbar, so wie jetzt, als Nanni die Schlafenden betrachtet. Obwohl Nanni die Jüngste aller Peterschen Geschwister ist, hat sie oft den Eindruck, dass ihre Schwestern viel verletzlicher wirken als sie selbst. Lisas Züge sind von viel Arbeit (sie forscht trotz der Kinder, die sie zu betreuen hat, gerade über eine mögliche genetisch festgeschriebene Disposition bei Spinnenphobien) und der Scheidung gezeichnet. Ihre einst makellose Haut zeigt seit neustem kleine Fältchen in den Augenwinkeln, und Emmas fetale Schlafhaltung ist für Nanni ein Hinweis darauf, wie sensibel und gefühlsbetont die Mittlere von ihnen ist, entgegen dem Eindruck, den sie kraft ihrer Körperfülle und ihrer allzu flapsigen Art häufig hinterlässt. Emma ist stets ängstlich gewesen und ihr Mann sieht denn auch aus wie der persönlich für sie bestellte Bodyguard. Emma hat von allen am wenigsten verstehen können, dass Nanni zur Polizei gegangen ist.

Nur ungern reißt sich Nanni von dem Anblick los. Sie könnte ihre Schwestern noch stundenlang studieren, doch gleich muss sie im Raum *Schiemannsgarn* Flagge zeigen. Eilig kippt sie daher in der Küche einen viel zu heißen Kaffee, den Hendrik ihr wortlos reicht, ihren Schlund hinab und beißt dann von einem Schwarzbrot, das er für sie mit Camembert, gekochtem Schinken und Tomaten belegt hat, herzhaft ab.

Entgegen ihren Gewohnheiten ist auch Stine bereits wortstark auf den Beinen und beginnt, während sie Nanni mit ihren schwarzen Augen kampfeslustig anfunkelt, auf selbige mit allzu sanfter Stimme einzureden, die zum übrigen Eindruck überhaupt nicht passen will.

»Nanni, Liebes, der Pastor ist einverstanden. Onkel Friedel kann euch in Sankt Marien trauen. Ich habe das alles abgeklärt. Wir können die Insel verlassen.«

Nanni meint sich verhört zu haben und verschluckt sich an dem Bissen, auf dem sie eben noch genüsslich gekaut hat. Dann, als der Husten nachlässt, sieht sie mit tränenden Augen und höchst verwundert von ihrer Mutter zu Hendrik und wieder zurück. Jetzt fühlt sie sich wie ein Spielball in einem nicht mit ihr abgesprochenen Match. Das ist der Deal für die Torte, kommt es ihr in den Sinn. Hendrik steckt mit Stine unter einer Decke, seine letzte Nacht vorgetragene Empörung ist nur inszeniert gewesen und der Preis für sein Einverständnis (da hätte sie sich ja sogar die Kompromiss-Variante Schwarzwälder Kirsch sparen können) ist die Verlegung der Hochzeit ans Festland! Aber da haben die Herrschaften die Rechnung ohne sie gemacht! Den Bruchteil einer Sekunde lang erwägt Nanni, ihren Verlobungsring, den sie seit Dezember ununterbrochen am linken Mittelfinger trägt, wortlos auf den Küchentisch zu legen und dann einen eleganten Abgang hinzulegen, aber ganz so theatralisch will sie doch nicht reagieren. Immer noch sprachlos betrachtet sie stattdessen das edle Schmuckstück, einen fingerdicken goldenen Ring, schlicht gearbeitet, mit fünf winzigen Brillanten wie zufällig darauf angeordnet. Sie hatte sich sofort in den Ring verliebt, als Hendrik ihn ihr an den Finger steckte und findet nach wie vor die Idee schön, dass er ihn für den mittleren Finger ausgewählt hat. Er ist zu schade um ihn wieder loszulassen! Und zwar der Ring sowie der dazugehörige Mann! Hendrik, der in T-Shirt und blauweiß karierten Pyjamahosenbeinen steckt, scheint zu ahnen, was in ihr vorgeht, und legt beruhigend den Arm um ihre Schultern. Sanft erklärt er:

»Es isch nur für deine Sicherheit, habe mir zusamme überlegt, Peterle, ich will dich heirate, nit beerdige, verschtehsch des?«

Natürlich berührt Nanni dieser Aspekt mehr, als sie sich eingestehen will, aber es reicht nicht für eine Kapitulation. Doch was soll sie Hendriks emotionaler und durchaus ernstzunehmender Begründung entgegenhalten? Nichts, beschließt sie stumm und antwortet:

»Ich verstehe eure Sorge, aber sie ist unbegründet. Wir heiraten hier und ich muss jetzt los.«

Demonstrativ blickt sie auf die Uhr neben der Küchentür.

»Habt alle einen schönen Tag.«

Sie löst Hendriks Arm von ihren Schultern, gibt Viktor, die noch schläfrig in ihrem Körbchen neben der Heizung liegt, den letzten Rest ihres Brotes zu futtern, Hendrik einen eiligen Kuss auf die Wange und blinzelt Stine dann, während sie ihr eine Kusshand zuwirft, entschuldigend an.

»Wird schon, Mama.«

»Gar nichts wird, wenn du so stur bist«, begehrt Stine mürrisch auf, »du bist genau so schlimm wie dein Vater. Und Cari.«

Sie seufzt, indes Nanni, bevor diese endgültig die Küche verlässt, winkend antwortet:

»Dann wissen wir ja wenigstens, woher ich es habe. Ciao.«

Pudrig warme Morgenluft empfängt Nanni, als sie vor die Haustüre tritt. Der Tag verspricht wunderschön zu werden. Ein Tag zum Helden zeugen, würde ihr Schwiegervater in spe nun sagen, und er hat recht. Doch das machen sie und Hendrik später. Nanni schwingt sich bei der Vorstellung lächelnd auf das Rad und nimmt Kurs auf die Ortsmitte. Lisa hat mal gesagt, die Entjungferung fühle sich an wie das Durchpieksen der Folienmembran auf dem Nutellaglas, nur dass es da im Gegensatz niemandem weh tut. An die damit verbundenen Schmerzen will Nanni jedoch nicht denken. Sie hat keine Angst davor, im Gegenteil, sie freut sich, dass es nun bald soweit ist! Es wird doch schließlich auch mal Zeit! Wo auf der Welt gibt es denn außer ihr wohl noch eine unberührte Frau von fünfundzwanzig Jahren?

Bereits auf dem Polderweg hat Nanni das ungute Gefühl, dass ihr jemand folgt. Doch als sie sich vorsichtig umdreht, kann sie niemanden entdecken.

»Was bildest du dir schon alles ein, Nanni Peters«, schimpft sie laut, »das ist alles nur wegen des Geredes, die Hochzeit ans Festland zu verlegen.«

Vorbei ist der romantische Moment ihrer Fantasievorstellung der Entjungferung der Nanni Peters und sie versucht sich nun ganz auf das zu konzentrieren, was vor ihr steht wie der Feldberg und der Schauinsland zusammen – Berge aus Hendriks Heimat.

Noch einmal dreht sie sich um, aber da muss ihr das Hirn einen üblen Streich gespielt haben. Weit und breit ist niemand zu sehen, der so aussieht, als wäre er im Begriff, in Bälde Nanni Peters abmurksen zu wollen. Viel mehr sind scharenweise auf der Hauptstraße junge Familienväter in Jogginghosen und mit Kinderkarre unterwegs, um die Familie mit Brötchen zu versorgen. Nanni hätte gegen ein ausgiebiges Frühstück ebenfalls nichts einzuwenden, aber sie wird sich wohl mit einigen Sanddornkeksen begnügen müssen.

Am Hoteleingang trifft sie auf Lasse und Caspar mit a. Beide, so scheint ihr, haben sich besonders sorgfältig zurechtgemacht, Lasses butterfarbene Brauen leuchten um die Wette mit dem Meister- Proper-weißen Hemdenkragen, Caspars Bart ist frisch getrimmt. Beide tragen Uniform und Mütze. Sie wirken hoch seriös und hoch nervös. Da wollen welche heute richtig Punkte machen, denkt Nanni, und lässt sich bereitwillig die Tür aufhalten, während sie gleichzeitig den Kollegen von dem sichergestellten Tempo des Perückenmannes berichtet.

Oben angekommen, wirft Nanni den Laptop an. Augenblicklich erscheint das Konterfei von Lenn Zacharias, über und über mit Windpockenpusteln übersät. Sein Gefolge, Direktor, Staatsanwalt, diverse SPUSIS und weitere Kripobeamte, also die restlichen zwanzig Leute der SOKO, die nicht wie sie, die Leute der SPUSI, Lasse und Caspar Otten direkt vor Ort ermitteln, sehen nicht viel besser aus. Dazu haben sie alle rot unterlaufene Augen. Es scheint, die PI Aurich-Wittmund steht mehr oder weniger komplett unter Hausarrest, direkt im Gebäude selbst. Nanni kann sich beim Anblick der Männer ein Grinsen nicht verkneifen.

»Cara mia, Nanni, lass das Grinsen sein«, tönt es auch prompt aus dem Laptop, »und sei froh, wenn du bei deiner nozze con Hendrico nicht so aussehen wirst! Bislang jedenfalls.«

Zacharias zeigt seine Lücke zwischen den Vorderzähnen. Dann hört Nanni die Stimme des Staatsanwaltes.

»Kann es gleich losgehen?«

Nanni schenkt sich einen Kaffee ein und lässt sich auf einem der Stühle vor dem Laptop nieder.

»Ja«, gibt sie zurück und überlässt den Kollegen vom Festland das Wort. Punkt für Punkt, als hätten sie Nannis Notizen vor sich liegen, gehen sie die Ermittlungen durch, indes Nanni stumm zuhört.

»Gut, hier also der Stand der Ermittlungen. Es haben alle bislang Vernommenen wasserdichte Alibis, wenn sie nicht lügen wie gedruckt. Johann de Winters hat eins, Pastor Kramer ebenfalls. Tjaard Vossen auch, Maart de Winters Alibi ist sehr genau überprüft und seines scheint wirklich hieb- und stichfest zu sein. Svea Michels ist ebenfalls sauber. Wir haben zudem die Hotelgästeliste überprüft und Birke Kramers Flugzeug auseinandergenommen, nichts, was uns weiterbringt. Kein Name, der passt, und auch sonst niemand, der verdächtig ist. Wir warten jetzt also tatsächlich auf die DNA von dem Perückenmann. Das ist unser Strohhalm, Nanni.«

Bleiben wirklich nicht viele übrig, überlegt Nanni und nippt an ihrem Kaffee.

»Was ist mit dem Inselarzt?«, fragt sie, »der ist doch auch noch möglich.«

»Hatte an beiden infrage kommenden Abenden eine Sitzung der Bürgerstiftung gehabt und war anschließend noch im *Fischkopp* zu den möglichen Tatzeiten. Wir haben auch die Besitzerin überprüft, die ihm das Alibi verschafft hat. Beide sind sauber – immer unter der Voraussetzung, dass die nicht allesamt unter einer Decke stecken und uns derbe an der Nase herumführen.«

Nannis Vorgesetzter spuckt seinen Kaugummi in den Papierkorb.

»Mammamia, Santa Benedetta, das wäre der Supergau!«

»Was ist mit diesem Hettich?«

»Saß an beiden Abenden mit seiner Frau in Wittmund beim Chinesen zum Essen. Im *Mandarin*. Hat der Wirt bestätigt.«

»Also«, resümiert Nanni, als Lenn Zacharias geendet hat, »müssen wir im Rathaus weiterforschen und den Leuten da mal extra auf den Zahn fühlen.«

»Esattamente. Genau.«

Lenn massiert seinen Glatzkopf, als er fortfährt:

»Zudem haben wir ein Täterprofil erstellen lassen, Nanni, es ist definitiv in beiden Fällen der gleiche Täter. Auf Grund der Spurensuche und Sachlage sind wir zu dem Ergebnis gekommen, er muss jung, eher größer und athletisch sein – Kiki de Winter war Judomeisterin – trägt mit Vorliebe Herrenslipper in Schuhgröße vierundvierzig, Leinenhose, Blazer und möglicherweise ein Toupet.«

»Der Perückenmann«, flüstert Nanni, »also doch.«

»Ja, möglich.«

Man hört, wie sich eine Tür öffnet.

»Warte mal, Nanni, hier kommt gerade das Laborergebnis herein. Wenn die DNA von dem Typen mit den Spuren an den beiden toten Frauen übereinstimmt, dann haben wir den Mann.«

Lenn verlässt seinen Platz vor dem Bildschirm und wendet sich einem anderen Kollegen zu, der in der Tür des Besprechungszimmers der PI Aurich-Wittmund steht. Der Mann übergibt Nannis Vorgesetztem eine Akte. Lenn blättert darin und verzieht schließlich das pustelige Gesicht zu einem breiten Grinsen. Dann setzt er sich wieder vor den Bildschirm und sagt:

»Allora, risultati perfetto, commissaria meravigliosa! Nanni, auch wenn er, wie wir wissen, im *Haus Ostwind* nicht gemeldet ist, du hast den Volltreffer gelandet!«

Im Hintergrund hört sie ein leises Klatschen.

»Die DNA am Taschentuch stimmt zu hundert Prozent mit Fremdspuren an den Frauen überein. Auch an den Haarbüscheln wurde sie gefunden. Dieser Toupettyp ist der Mann, den wir suchen. Ich denke, der ist noch auf der Insel und sucht sich gerade die nächste donna aus. Das müssen wir verhindern!«

Zacharias lehnt sich zufrieden zurück.

»Ich werde umgehend alles Notwendige veranlassen. Immediatamente. Die BEPO wird allerorts Präsenz zeigen, der Fährverkehr von und nach Langeoog ab sofort streng überwacht, der gesamte Hafen und der Flughafen kontrolliert, die Insel komplett abgeschottet. Da kommt keiner mehr ohne Gesichtskontrolle runter.«

»Okay, aber Lenn, ich persönlich glaube nicht, dass er tatsächlich Jens Müller heißt. Vielleicht ist das jemand ganz anderes.«

Nanni sieht, Zustimmung suchend, zu den Kollegen, die sie rechts und links vor dem Laptop flankieren.

»Na und? Hauptsache, wir kriegen ihn.«

»Sobald Polizeipräsenz vor Ort ist, weiß der Mann, dass wir ihn überall suchen«, wirft Nanni ein.

»Er wird sich nicht mehr zeigen. Es sei denn ...«, sie hört den Polizeidirektor nun seine Überlegungen zu der Sache anstellen. Gespannt erwarten alle, was er sich gerade ausdenkt.

»In Anbetracht der unschönen personellen Lage, die wir gerade vorfinden ... denke ich ... wir könnten Frau Peters als Köder auslegen.«

Zacharias zieht Luft durch seine Zahnlücke. Nanni hält den Atem an. Im Computer herrscht Schweigen, bis Lenn schließlich gedehnt antwortet:

»Damit gefährden wir das Leben der Kollegin, meinen Sie nicht?«

Der Polizeidirektor winkt ab. Er ist jetzt im Bild zu sehen, ein Künstlertyp mit schulterlangen Haaren und Hornbrille wie er leibt und lebt, nur mit triefenden rotumrandeten Augen. Er schaut in den Rechner hin zu Nanni und sagt dabei:

»Würden Sie sich das zutrauen, Frau Peters?«

Nanni nickt langsam, während der Oberste von ihnen bereits weiterspricht.

»Natürlich müssen Sie optimal beschattet sein. Aber dann würde das ohne Gefährdung Ihrer Person klappen. Wir werden das hier diskutieren und Sie hören von uns.«

»Okay«, gibt Nanni etwas verunsichert zurück und sucht erneut den Blick von Lasse und Otten. Sie fühlt sich überrumpelt. Was nun? Ist das nicht wirklich eine Nummer, mit der sie ihr Leben aufs Spiel setzt?

»Bis das entschieden ist, Nannimia, nehmt ihr euch sämtliche Leute, mit denen ihr bislang gesprochen habt, noch mal vor. Schaut, wer recht groß ist, ob einer Toupet oder Perücke trägt, fragt alle, ob sie so was zu Hause liegen haben. Klar? Capito, commissaria?«

Lenn Zacharias erwartet keine Widerrede, das sieht Nanni daran, wie er nun vor dem Bildschirm das Kinn emporreckt und dabei erwartungsvoll in den PC starrt. Da Nanni sich schon vor der zweiten Obduktion gedrückt hat, stimmt sie kleinlaut und klaglos zu. Es gibt Schlimmeres. Köderspielen zum Beispiel. Sie ist sich auf einmal nicht mehr sicher, ob sie das wirklich möchte. Doch was sich der Polizeidirektor einmal in den Kopf gesetzt hat, ist nur schwerlich wieder dort rauszukriegen. Es würde schon an ein Wunder grenzen, sollte er es sich noch mal anders überlegen. POK Otten streicht sich derweil mit gequält verzogenem Gesicht über die Leibesmitte. Die Magenverstimmung scheint ihn immer noch zu plagen. Nanni fischt eine Packung *Fisherman's Friends* aus dem Rucksack und reicht sie ihm wortlos. Vielleicht kann ihm damit etwas Linderung verschafft werden, denn auf den Caspar kann sie jetzt wirklich nicht verzichten!

Der Fehlzugriff und Nannis wichtige Erkenntnisse

Es ist bereits später Nachmittag, als Nanni sich zum zweiten Teil des Trauringseminars aufmacht. Hinter ihr liegen nichts als einige verschlossene Haustüren, viele frustrierende Gespräche und wenig aussagekräftige Protokolle über Perücken, Haarteile und Toupets. Nichts haben die Nachforschungen ergeben, weniger als nichts. Nicht mal bei Eske Gerdes-Janssen, der Fischkoppfrau, konnten die Polizisten Punkte sammeln, obwohl diese tatsächlich im Besitz mehrerer Clip-Extensions ist, aber leider sind sie allesamt schwarz oder dunkelbraun. Die Haaranalyse im Labor hat jedoch ergeben, dass sie nach hellblonden Perücken- oder Perückenteilen fragen müssen.

Stunden voller Plackerei haben Nanni mürbe gemacht und die Aussicht, als Köder herhalten zu müssen – beschlossene Sache für eine geplante Aktion morgen Abend – macht sie nicht besonders glücklich. Wenn sie das zu Hause erzählt, werden Stine und Hendrik sie höchst wahrscheinlich heute noch mit Dormicum betäuben (das Schlafmittel kennt sie von einer Darmspiegelung – das hatte bei ihr hervorragend gewirkt und besitzt die Eigenschaft, dass man sich später an nichts erinnern kann) und gegen ihren Willen ans Festland entführen. Es wird Nanni verdammt viel Einfühlungsvermögen kosten, der Familie die Notwendigkeit der Aktion plausibel genug zu erklären, sowie die Dringlichkeit derselben in Verbindung mit ihrer Person als Köder und als einzig probaten Weg, den Mörder von Kiki de Winter und Birke Kramer dingfest zu machen.

Eilig radelt sie die Kirchstraße entlang. Sie sieht überall BEPO patrouillieren. Der Perückenmann wäre ziemlich dämlich, würde er sich jetzt irgendwo zeigen. Nanni, die Sonnenbrille auf der Nase und die Ballerinas im Fahrradkorb, streckt das Gesicht in die Sonne, die glühend heiß vom Himmel brezelt. Aber Nanni mag das, wenn es so warm ist. Lieber hat sie es zu warm als zu kalt. Zudem ist sie fest entschlossen, heute Abend nach dem Seminar mit Hendrik noch in die Nordsee zu hüpfen, und wenn es das Letzte ist, was sie auf Erden tun wird, bevor sie als Köder dahingemeuchelt wird. Sie beschließt in einem Anfall von Heldenmut, zu Hause gar nichts davon zu berichten.

»Ja«, murmelt Nanni Peters vor sich hin und passiert dabei das Areal, auf dem einst das Inselgymnasium seinen Stand hatte, »das wird wohl das Beste sein.«

Jemand marschiert darauf mit weit ausholenden Schritten über die trockene Erde, als würde er Meter für Meter bewusst abschreiten. Dr. Tütjen? Nimmt er schon Maß für sein Inselkrankenhaus, jetzt wo seine beiden Widersacherinnen in punkto Elite-Internat tot sind? Nanni kann nicht genau erkennen, ob es wirklich der Arzt ist, aber es wäre ihm durchaus zuzutrauen. Schon will sie bremsen, ihn zur Rede stellen, als ihr einfällt, dass der Tütjen gar nicht als Täter in Frage kommt, schon allein deshalb nicht, weil bei seiner Statur von dem Merkmal athletisch keine Rede sein kann. Allerdings ist der Perückentyp auch kein Terminator, aber größer als der Inselarzt ist der, gut eins achtzig, nimmt Nanni in Erinnerung Maß, der ist nicht zu übersehen. Trotzdem fallen ihr Lenns Worte zu Tütjen wieder ein: *Mit dem ist nicht zu spaßen* ... Zudem hätte er ein Motiv und seine beiden Widersacherinnen in Sachen Elite versus Kranke sind tot!

Nein, denkt sie gleichzeitig, Tütjen fällt aus dem Raster, zudem sind jetzt die Ringe dran! Fast trotzig verstärkt Nanni den Druck ihrer nackten Füße auf die Pedale und kommt bald darauf beim *Schmiedhus* zum Stehen. Die Identität des Mörders ist geklärt, sie müssen ihn nur noch schnappen und sie, die Kommissarin Anna-Marie Peters, hat dazu wesentlich durch ihren Spürnasen-Instinkt beigetragen! Der Bootswechsel war intuitiv das Richtige gewesen! Aber ob sie den Mann ohne das Kunsthaar oder die Pilotenbrille erkennen würde? Nanni will das schwer hoffen, denn das gibt eine klitzekleine Beförderung. Sie nimmt Kurs auf die Werkstatttür. Hendrik, ein im Gegensatz zu Nanni überaus pünktlicher Mensch, wartet bereits an seinem Platz auf ihre Ankunft.

»Da bisch ja. Gut.«

Er gibt ihr ein Kuss.

»S' gibt Neuigkeite, Peterle, morgen soll de Makler wege Caris Haus komme. Hat deine Mutter gsagt. Da sollte mer debei sein, find ich. «

Nanni nickt abwesend. Nur ungern will sie zugegen sein, wenn Großmama Caris Haus an andere Besitzer übergeht, es wird ihr nämlich dabei die Seele zerreißen!

»Ach Liebster, Hendrik«, antwortet sie seufzend, »ich wünschte, wir könnten es verhindern.«

Hendrik schweigt einvernehmlich und mit einem herzerweichenden Augenaufschlag, der selbst den von Viktor mühelos in den Schatten stellt. Erinnerungsfetzen aus Nannis Kindheit steigen hoch, an Cari, an viele gemütliche Abende, an denen sie ihre Enkelkinder in ihr Bett brachte, sie zudeckte und dann und stundenlang vorlas.... *tief im Wald,* hört sie Caris unverwechselbare tiefe Stimme, *da wohnt die Hexe Hölla Hulla Hottala, hinterm Haus liegt ihre Echse Wimba Wumba Wambumba. Böse blinzelt sie und lauert, Feuer speit aus ihrem Schlund, drinnen in der Hütte kauert Bullabull, der Hexenhund* ... Jahrelang hat Kommissarin Peters nicht mehr an diesen Text gedacht. Sie will das Buch bei Gelegenheit mal auf dem elterlichen Dachboden suchen oder in der Buchhandlung am Wasserturm neu bestellen und Hendrik schenken, beschließt sie, und versucht, sich endlich auf das Seminar zu konzentrieren. Zu ihrer aller Überraschung ist heute nicht Gretje de Winter die Kursleiterin, sondern Jule Vossen, die Nanni nun ansieht, als wäre diese eine Spukgestalt. Jule trägt wieder ein kaftanartiges Kleid, heute in knallorange, was einen seltsam harten Kontrast zu ihren hellen Haaren ergibt. Auch sie ist heute barfuß.

Scheint zum Konzept des Hauses zu gehören, denkt Nanni und versucht zu entspannen. Sie räkelt ihre Arme nach hinten, bewegt den Hals hin und her und streckt dabei die Beine weit aus.

»Moin«, beginnt die Kursleiterin zögerlich, aber lässt Nanni dabei nicht aus den Augen, »Gretje ist leider verhindert, ich übernehme daher den Kurs, mein Name ist Jule. Ich hoffe, wir werden pünktlich fertig, ich hab nämlich heute noch eine Verabredung. Also packen wir es am besten gleich an.«

Jule Vossen lässt ihren Blick über die Köpfe der Anwesenden schweifen, bei Nanni bleibt er etwas länger haften als bei den anderen.

Sie ist nicht so gelassen, wie sie tut, denkt Nanni und widmet sich ihrem Ring, respektive dem, was einmal Hendriks Ehering werden soll. Aber das mag daran liegen, wie sie das Wort Verabredung eben betonte. Es ist ein Date, da ist sich

Nanni sicher und zu gern wüsste sie, wer der Glückliche ist. Hoffentlich nicht der Frauenmörder! Ins Raster passt die ja, mit viel Fantasie auf jeden Fall, findet Nanni, auch wenn Jule Vossen eindeutig sehr viel molliger ist als die beiden getöteten Frauen. Was hat sie sonst gemeinsam mit Kiki und Birke? Nanni überlegt und lehnt sich dann beunruhigt zurück. Das Interesse an der Wiederauferstehung des Inselinternates oder dieser Uni, fällt ihr ein. Und sonst? Die Initiative *proturm*! Auch Jule hat, laut Aussage von Dr. Cassens, Anteile gekauft. Wie Cassens auch. Streit gab es, reichlich. Aber ein Vater tötet deswegen nicht erst die eigene Tochter, dann die Freundin. Nanni rattert gedanklich nochmals die Fakten durch. Die Kramers sind wütend, weil Kiki Anteile gekauft hat, Stephan Kramer gilt als gewalttätig. Es könnte doch sein, Alibi hin oder her, dass seine Birke umgeschwenkt ist, und sie ihm gesagt hat, sie wolle nun doch das letzte Sechstel erwerben, um dem Hettich eins auszuwischen, und der Pastor hat nicht nur Kiki, sondern daraufhin auch seine eigene Frau getötet, weil er nun mal dagegen ist. Das reicht doch schon als Motiv und zimperlich scheint der laut Cassens Aussagen ja nicht zu sein. Kramer hätte ein Motiv, das für beide gilt. Aber hätte sie ihn nicht erkannt? Wie lauteten seine Alibis? *Sitzung wegen der Vertrauensbibliothek ... die ging diesmal bis nach zwölf ... ich bin von da dann nach Hause gegangen ... in Begleitung zweier Damen von der Gemeinde ...*

Wer sind diese beiden Frauen?, fragt sich Nanni.

Sicherlich hat Lenn sie überprüfen lassen durch Lasse oder Caspar mit a, trotzdem lässt der Gedanke Nanni keine Ruhe. Sind die vertrauenswürdig? Sie will da lieber noch mal nachhaken. Was, wenn nämlich Jules Date heute Abend ein Treffen mit dem Pastor ist? Der ist athletisch und größenmäßig würde er auch passen. Seine Hände sind gebräunt ... Nanni will die Kursleiterin unauffällig danach fragen, doch bevor sie anheben kann, sagt Jule:

»Als Nächstes müsst ihr die Ringe rund hämmern.«

Sie nimmt einen kleinen Hammer zur Hand und zeigt den interessiert zuschauenden Teilnehmern, wie sie das zu bewerkstelligen haben.

»Seht ihr, so.«

Dabei lässt sie das Werkzeug auf den Ring niedersausen, der auf einer Art metallenen Lanze sitzt.

»Wenn das Ding richtig schön rund ist, müsst ihr es nur noch polieren und reinigen und fertig ist der Schmuck fürs Leben. Noch Fragen?«

Nanni überlegt, wann graviert wird und wie ihr Stein in den Ring kommt, da beantwortet Jule bereits alle ihre Fragen:

»Falls jemand von euch einen Stein eingearbeitet haben möchte, der muss den Ring noch mal hier abgeben. Das machen wir dann alles fertig, genau so, wenn noch graviert werden soll.«

»Wie lange dauert das insgesamt?«

Nanni sieht auf.

»Zwei Wochen sollten wir dafür Zeit haben«, gibt Jule Auskunft und Hendrik und Nanni sehen sich irritiert an.

»Des heißt, mir habe bei unserer Trauung noch die unvollschtändige Ring«, stellt Hendrik nüchtern fest, »wenn ihr des it schneller hinkriegt. Mir bräuchte die aber schon in a paar Tage. Schafft ihr des?«

»Ich muss die Chefin fragen«, erwidert Jule leicht patzig, »vielleicht bekommt sie das ja hin.«

Dann geht sie von Arbeitsplatz zu Arbeitsplatz, um helfend einzugreifen, zu korrigieren oder einen Ratschlag zu erteilen. Sie kommt Nanni allzu nah, als diese um Hilfe bittet, weil der Ring einfach nicht rund werden will und Nanni stellt fest, dass die Kursteilleiterin ziemlichen Schweißgeruch verströmt. In Kombination mit dem kalten Rauch, den der Kaftan verbreitet, ist das eine sehr unangenehme Mischung für ihre Nase. Doch Nanni hält vornehm die Luft an, und nach wenigen Handgriffen seitens Jule ist der Ring rund wie mit dem Zirkel gezogen. Allmählich nimmt das Metall vage die Züge eines Schmuckstücks an und als Nanni mit Reinigen und Polieren endlich durch ist, atmet sie erleichtert auf. Doch ja, jetzt kann man sagen, es ist ein Ring. Hendriks Ehering. Stolz hält sie das Schmuckstück in die Höhe, begutachtet es von allen Seiten. Da hört sie Tatütata direkt vor der Tür des *Schmiedhus'*. Polizeiautos auf Langeoog? Nanni sieht verwundert nach draußen. Aus dem Auto springen mehrere Uniformierte. Die Kommissarin lässt, ungeachtet Hendriks strafender Blicke, alles stehen und liegen und eilt aufgeregt hinaus. Der Inselpolizist Caspar Otten empfängt sie denn auch sofort auf der gegenüberliegenden Straßenseite mit den knappen Sätzen:

»Wir haben ihn! Die Zimmervermittlung hat eben durchgegeben, jemand mit dem Namen J Punkt Müller hätte sich hier gegenüber vor einigen Tagen bereits einquartiert!«

Anspannung liegt in der flirrenden Nachmittagsluft, als Nanni zusammen mit den anderen Kollegen das Haus ins Visier nimmt. Sie durchqueren den Vorgarten, passieren einen verblüfften Hausbesitzer und die gläserne Eingangstüre, bis sie unterm Dach vor der Wohnung Nummer drei zum Stehen kommen. Mit gezogener Waffe stürmen sie hinein. Die Wohnung ist leer.

»Sch ... ähm Mist«, quittiert Nanni den Anblick der verlassenen Räume. Dennoch finden sie interessante Anhaltspunkte wie Perücke, Jackett, Schuhe und die Pilotenbrille. Alle Attribute, die auf den Täter hinweisen, liegen hier auf knapp zwanzig Quadratmeter wild verstreut, als wären sie absichtlich hier zurückgelassen worden, als Gruß an die Kripo.

»Und nun?«

Nanni sieht sich fragend um. Schweiß hat sich vor Aufregung auf der Nase gebildet und das, obwohl sie eigentlich fast nie wirklich schwitzt.

»Und nun? Keine Ahnung. Nanni, du bist die Einzige, die den Mann jemals von Nahem gesehen hat.«

Caspar Otten sieht sie erwartungsvoll an, indes er sich nachdenklich den Bart krault.

»Es liegt nun an dir, den Typen auch ohne seine Maskerade zu entlarven, fürchte ich.«

Nanni erntet für diese Worte mitleidige Blicke seitens Lasse und einigen anderen BEPOs, die ein wenig hilflos, wie ihr scheint, und abwartend vor dem Gewirr aus Täterverkleidungen stehen.

»Erstmal hier Spuren sichern, bitte«, gibt Nanni zurück und zückt gleichzeitig das Handy, »weitere Instruktionen bekommen wir ja wohl gleich vom Festland, oder?«

»Musst du nicht deinen Kurs weiterbesuchen?«, fragt Otten, doch Nanni winkt sofort ab. Der Ring ist fertig, also kann sie auch hier mitmachen. Wenn sie das Gespräch mit Lenn Zacharias beendet hat, will sie Hendrik darüber informieren. Ihr Vorgesetzter flucht sich auf Italienisch die Seele aus dem Leib, während Nanni den Hörer so weit von sich hält, dass auch die Umstehenden mühelos die Erregung in seiner Stimme hören können.

»Merda! Merda! Merda! Questo bastardo! Senza successo! Idiota! I rompersi se stesso il collo! Höchstpersönlich, das sage ich euch!«

Was immer es auch sein mag, was Lenn dem Täter antun will, wenn dieser gefasst ist, es klingt absolut bedrohlich und gefährlich. Nanni lächelt ob der Vorstellung, wie Lenn dem Typen den Hals umdreht, so was in der Art hat er doch bestimmt gemeint. Die übrigen Kollegen haben die Pistolen wieder in die Halfter zurückgesteckt und Lasse und Otten beginnen damit, die Wohnung abzusichern. Für Nanni gibt es eigentlich hier nicht mehr viel zu tun. Aber weg will sie auch nicht. Hendrik geht nicht ans Handy, als sie versucht, ihn deswegen zu erreichen. Ohne genau zu wissen, was sie jetzt tun will, streift Nannis Blick über die tomatenroten Vorhänge, die vor den Dachfenstern hängen, weiter über einen kleinen Schreibtisch und dann zum Bett, das vollkommen zerwühlt zurückgelassen wurde. Schreibtisch? Ihre Augen wandern zurück. Liegen da nicht Papiere? Langsam und andächtig geht sie darauf zu, als würde sie gleich den Schatz des Jahrtausends heben. Aber da sind nichts als Kritzeleien darauf zu finden. Der Inhalt derselben jedoch ist höchst aufschlussreich. Stichworte wie Objekte und Kauf stehen darauf geschrieben, Cassens, Geldsumme und Kurdirektor. Tja, genau genommen mögen die Worte aufschlussreich sein, überlegt Nanni, aber für sie leider nicht. Sie kann aus den Worten zu sämtlichen Leuten, die ausgesagt haben, eine Verbindung ziehen, aber sie weiß genauso viel wie eben, bevor sie die Blätter gefunden hatte. Jetzt ist es an Nanni, herzhaft zu fluchen. Da fällt ihr Augenmerk auf den Papierkorb. Darin befindet sich die Kopie des Kaufvertrages des Wasserturmes. Als sechster Käufer ist Birke Kramer reingetragen. Nanni liegt also mit ihrer Theorie gar nicht so falsch. Obwohl Birke Kiki vorwarf, dass diese kaufte, hat sie sich selbst auch als Käufer ködern lassen? Hat der alte Cassens da die Finger im Spiel? Nanni muss wirklich dem Alten nochmals einen Besuch abstatten, beschließt sie, und dem Kramer ebenfalls. Einer, der mit dem Bauwahn zu tun hat, ist der Täter, da ist sie sich jetzt ganz sicher. Aus, die Theorie vom Serienmörder. Wo muss sie suchen? Beim Marina-Vorhaben der Stadt? Im Unitraum? Dem Turmversetzungs-Bauvorhaben? Der Baumensch ist es bestimmt nicht, der wird pro forma beschattet. Das weiß Nanni von Lenn. Also muss es einer vor Ort sein.

Cassens, notiert Nanni innerlich und verlässt zusammen mit POK Otten das Haus, *Cassens und Kramer ausquetschen.* Diese Reihenfolge will sie jetzt angehen, als ein leises Hupen die Ankunft einer SMS auf ihrem Handy signalisiert. *Geh jetzt doch zum Essen der GAME,* liest sie, *wer weiß, wann ich dich heute wiedersehen werde. Etwas frustrierte Grüße H. PS: Ringe sind wunderschön geworden.* Es will Nanni fast das Herz brechen ob der Nachricht, die sie vorfindet. Sie hat Hendrik enttäuscht. Auf der ganzen Linie. Ein wenig Panik steigt in ihr auf. Hoffentlich macht er nicht in letzter Sekunde einen Rückzieher! Hendrik ist der Mann, den sie liebt, mit dem sie Kinder haben und alt werden möchte! Sie mag seinen feinen Humor, seine Gelassenheit, die umständliche Art, wie er Kartoffeln schält, die Farbe seiner Augen, seine Locken, seine Füße, seine Stimme, seine absolute Verlässlichkeit, seine geschmeidigen Bewegungen, sie mag, wie sich seine Haut anfühlt, seine Hände, besonders wenn er Klavier spielt, und auch seinen Dialekt! Ja, auch den! Und sie will ihn entschädigen, sobald sie ihn sieht, beschließt Nanni, für alles, was er die Tage wegen ihr erdulden musste! Beherzt kippt sie in dieser Sekunde ihren Schwur zugunsten ihrer bevorstehenden Eheschließung.

»Es muss sein«, bestärkt sie sich selbst laut in ihrem Entschluss, indes der Kollege sie verwundert betrachtet, »heute Nacht. Ich tue es.«

»Was muss heute Nacht sein?«, grinst Otten, »was muss die Kommissarin Nanni Peters denn so Dringendes erledigen?«

Nanni wird puterrot im Gesicht und hat das Gefühl, ertappt zu sein bei unanständigen Fantasien. Dabei ist das, was sie vorhat, doch nur eine schlichte Notwendigkeit, um Hendrik auf Kurs zu halten. Sie beginnt eine halbherzige Erklärung zu ihrem Jungfrauenschwur, stotternd und unzusammenhängend, bis Caspar mit in gutmütigem Ton antwortet:

»Mädchen, dein Hendrik hat bis heute gewartet und er weiß, wen er heiratet und was das für ihn heißt. Wegen deines Schwurs springt der Mann nicht von der Klinge. Aber wenn es soweit ist, dann solltest du es ihm schöner machen als alles andere, was er je erlebt hat. Und hätte er nicht die Gewissheit, dass du genau das machen wirst, hätte er gar nicht erst so lange gewartet. Also, bevor du jetzt kopflos etwas Unnötiges entscheidest, geh in dich und überlege dir, wie du deine Hochzeitsnacht zelebrieren willst. Werd' seine Königin, gib ihm von da ab und an jedem Tag eurer Ehe das Gefühl, du hast ihn nur deshalb geheiratet, weil du dir sicher bist, dass er der beste Liebhaber aller Zeiten ist und bleibt. Das zählt bei uns Männern eine ganze Menge, glaub mir das. Wir sind vielleicht primitiv, aber dabei sehr glücklich, verstehst du? Und wenn du den weisen Rat eines alt gedienten Ehemannes hören willst: Lass die Machtkämpfe, die wohl irgendwie dazugehören, aus dem Bett raus. Verweigere dich niemals, so wird er dir, bis du die Augen für immer schließt, ein perfekter Ehemann sein, glaub mir das ruhig.«

Nanni steht der Mund offen. So direkt hat ihr das nicht mal Cari gesagt. Und Stine erst recht nicht. Und meint Paps das damit, wenn er sagt, die Ehe in Würde zu leben sei der eigentliche Faktor?

»Sind ... sind wirklich alle Männer so einfach gestrickt?«

Nanni mag es kaum glauben.

»Ausnahmslos, Nanni, ja. Das ist bitter, aber wahr. Und selbst dein Vater ist so, glaub mir.«

Otten zeigt lächelnd eine Reihe schöner gerader Zähne.

»Laut einer Untersuchung soll ein Mann mindestens alle dreißig Minuten an Sex denken. Manche sprechen auch von acht Minuten. Aber dreißig reichen auch. Das ist zweimal pro Stunde, mien Deern, das heißt im Klartext achtundvierzig Mal am Tag, das sind eintausendvierhundertvierzig Mal im Monat und über siebzehntausend Mal in einem Jahr. Und ich glaube, die Studie stimmt.«

Er sieht sie entschuldigend an. Die Zahlen beeindrucken Nanni ebenso, wie Ottens Fähigkeiten kopfzurechnen, als der Kollege milde fortfährt:

»Weißt du, wir werden einfach mehr daran erinnert als Frauen, da wir optischer orientiert sind und wir reagieren deshalb auch schneller auf Reize. Weil wir biologisch triebgesteuerter sind. Und das ist kein Klischee. Es gibt daher wirklich nur wenige Gründe, weswegen Männer auf Sex verzichten und das, würde ich sagen, auch eher unfreiwillig.«

»Die wären?«

»Zu schüchtern, zu oft tote Hose, also Potenzprobleme, Missachtung, Schwangerschaft, zwei Frauen gleichzeitig, Trennungen, stressiger Job, und Liebe. Ja, man mag es kaum glauben. Und ich vermute, bei deinem Hendrik ist es dann wohl der letzte Punkt. Anders kann man sich ja nicht erklären, dass er freiwillig auf eine so attraktive und aufregende Frau verzichtet und stattdessen brav bis zum Jawort wartet.«

Nanni wird noch röter, indes Otten sie wohlwollend von oben bis unten taxiert. Sie hat ihn bislang nicht als Mann wahrgenommen, nur als Älteren oder als Inselpolizisten und Kollegen, doch auch der scheint männliche Gefühle in sich zu hegen. Nanni weiß nicht, was sie sagen soll. Schweigend lässt sie das Gesagte sacken. Der Otten zieht sie väterlich in seine Arme.

»Brauchst nicht rot zu werden. Das sind Tatsachen. Du bist es übrigens wert, mien Deern, da bin ich mir ganz sicher.«

»Danke«, gibt Nanni zurück, berührt von so viel Offenheit, »ich muss aber wohl noch ziemlich viel lernen, um ein gute Ehefrau zu werden, scheint mir.«

Sie löst sich sanft aus der Umarmung des Kollegen und atmet tief durch. Nanni beschließt, dank Ottens Rede an sie, ihre Jungfräulichkeit doch bis zur Hochzeitsnacht aufzubewahren und, anstatt diese zu opfern, Hendrik auf der Tagung zu suchen. Sie will auf Nummer sicher gehen, auch was die Squaw anbetrifft, schließlich weiß man ja nie, und nachdem sie nun davon in Kenntnis gesetzt ist, wie einfach Männer wirklich ticken, muss sie schließlich erst recht auf ihren Verlobten aufpassen. Ottens Worte schreien ja geradewegs danach, an Hendriks Seite zu stehen. Nanni verabschiedet sich und wünscht allen noch einen angenehmen Abend bei der weiteren Suche nach dem Perückenmann. Sie selbst will ebenfalls nicht untätig bleiben. Bevor sie zur Tagung fährt, muss sie noch die Gespräche bei Cassens und Kramer führen.

Unterwegs zum Pfarrhaus malt sie sich in allen Farben ihre Hochzeitsnacht aus, sie sieht Hendrik, wie er sie genüsslich erst aus dem Kleid schält, dann aus der weißen Spitze ihrer Wäsche, sie sieht ihn langsam sich selbst ausziehen und schließlich beide selig und glücklich vereint im Hotelbett. Etwas wehmütig (wie sinnvoll könnte sie die Zeit doch nutzen) denkt Nanni daran, wie lange es noch bis zu ihren Flitterwochen dauert, die sie erst im Winter antreten wollen, zehn Tage Hawaii. Aber bis dahin, so ist sie entschlossen, weiß Hendrik auch so, welch' wunderbare Geliebte und Ehefrau Anna-Marie Peters ist!

Die Nachbarin

Bei den Kramers bleibt Nanni ebenso wie bereits geschehen bei Dr. Cassens vor einer verschlossenen Tür stehen. Keiner zu Hause. Naja, irgendwie ja auch verständlich, versucht Nanni sich das zu erklären, in beiden Häusern herrscht Trauer. Die Umstände sind zusätzlich scheußlicher als bei einem natürlich eingetretenen Tod und das Trauma des Grauens wird die Menschen lange im Griff haben, es sei denn, sie haben es selbst zu verantworten. Aber auch dann würden grässliche Bilder sie verfolgen, die nur wirklich Hartgesottene oder durchgeknallte Psychos kalt lassen. In der Nähe hört Nanni Kinderstimmen, in der Ferne Motorengeräusche von einem Flugzeug. Sie sieht sich um. Im Nachbarhaus zur linken Seite ist ein Vorhang zu sehen, welcher sich kaum merklich bewegt, zur rechten steht die Nachbarin gleich neugierig abwartend in der Haustür.

»Die sind alle weg«, gibt sie Nanni bereitwillig und mit unter der Brust verschränkten Armen Auskunft, obwohl die Kommissarin noch nicht mal gefragt hat. Ein wenig Empörung liegt in der Stimme der älteren Frau, die, klein und stämmig gewachsen, eine unförmige helle Kittelschürze mit türkisfarbenen Kanten trägt.

»Der Pastor bringt die Kinder aufs Festland zu seiner unverheirateten Schwester, die ist nämlich Psychologin in Wittmund, da kann die ja gleich mal zeigen, ob sie was drauf hat. Die Mutter ermordet, das ist doch ein Schock fürs Leben.«

Missbilligend schüttelt die Frau ihre ondulierten Haare, die eine undefinierbare Farbe zwischen grau und violett zeigen.

»Das muss man sich mal vorstellen. Dabei war die Frau Pastorin eine so nette und freundliche Frau.«

Die Frau ist inzwischen näher an Nanni herangekommen und streckt ihr vertraulich den Kopf entgegen.

»Aber wenn Sie mich fragen, der Kramer selber, der ist ja auch nicht ohne. Wissen Sie, ich musste ihn auf die jungen Kätzchen ansprechen, der hätte die glatt verhungern lassen. Dabei brauchen die doch andauernd was zu futtern.«

Wieder bewegt sie den Kopf in tadelnder Geste hin und her.

»Und wie seine Frau manchmal aussah, schrecklich. Und dabei weiß hier doch jeder«, sie steckt den Kopf ganz nah an Nannis rechtes Ohr, »der hat Neigungen.«

»Neigungen?«, fragt Nanni und versucht den unverwechselbaren Duft von dem allzu üppig aufgetragenen 4711, welches ihr gerade die Nase hochsteigt, zu ignorieren.

»Was für Neigungen?«

»Also, dazu will ich eigentlich jetzt weiter nichts sagen«, spricht die Frau und hält nun die Lippen krampfhaft zusammen. Nanni lässt ihr etwas Zeit. Meist löst sich ein kurzeitiges Schweigen ganz von allein in Wohlgefallen auf. Sie behält recht.

»Naja, also gut. Sie sagen es ja nicht weiter, Fräulein, oder?«

»Nein«, versichert Nanni mit unschuldigem Augenaufschlag eilig, »ich werde alles ganz allein für mich behalten.«

Im Geiste kreuzt sie zwei Finger.

»Also meiner Meinung nach ist der ... na ja, sie wissen schon ... der mag eben Männer lieber.«

»Tatsächlich?«

Nanni ist wirklich erstaunt. Diese Variante hat sie ja noch gar nirgends gehört.

»Glauben Sie bloß nicht, ich bild mir das nur ein, aber ...«

Die Ältere zieht streng die Luft zwischen den Zähnen ein.

»Meine Cousine betreibt ja den *Fischkopp* unten im Dorf und die sieht und hört ne Menge, das können Sie mir wirklich glauben, Fräulein.«

»Aufs Wort«, gibt Nanni ernst zurück, indes sie sich fragt, ob die Schwatzhaftigkeit in jener Familie möglicherweise genetisch bedingt ist.

»Ja und wissen Sie, was die zu Fasching, das Wort allein ist ja schon eigenartig, finden Sie nicht? Naja, was die da auf die Beine gestellt haben, sagenhaft, so sagte Gerda auf alle Fälle, da haben die Pastoren in der Gemeinde Fasching gefeiert, ein heidnisches Fest, also so was, und Gerda, war dabei, die machte das, wie sagt man das heute ...das ... ca ... catin oder so ... «

»Meinen Sie Catering?«, versucht Nanni den Wortfluss der Frau zu beschleunigen.

»Ja, richtig, also Gerda machte das und Sie werden niemals erraten, als was der Pastor Kramer sich da verkleidet hatte.«

»Niemals.«

Nanni wartet geduldig und gönnt der Dame eine kurze Verschnaufpause, bis diese mit spitzem Mündchen und die Stimme leicht abgesenkt antwortet:

»Als Prositierte. Als schlampige Prositierte. Jawoll.«

»Prositierte?«

Nanni begreift nicht recht.

»Als Käufliche, Fräulein, aber da sind Sie wohl noch zu jung, um so was zu wissen. Die nehmen Geld, wissen Sie, für ...«

Die Frau lächelt Nanni entschuldigend an. Dann macht sie einige eindeutige pantomimische Handbewegungen.

»Fürs Liebemachen, Fräulein. Und das war der Pastor an dem Abend. Eine blonde Käufliche.«

»Wie blond? Trug er Perücke?«, hakt Nanni rasch nach.

»Ja, natürlich, es war eine kinnlange Perücke, das sagte jedenfalls Gerda, eine mit glatten blonden Haaren.«

»Eher heller? Oder war es ein dunkleres Blond?«

»Giftig blond, meinte Gerda, »und das Kleid dazu, du liebe Güte. Er sah wohl ziemlich echt aus. Und *das*, Fräulein, das macht doch nur einer, der ...«

Der Pastor also doch, denkt Nanni und wettet, dass diese beiden Gemeindefrauen, die ihm ein Alibi geben, ihn decken! Hätte das mit dem Faschingsfest die Frau vom *Fischkopp* nicht längst schon mal erzählen können? Innerlich flucht Nanni.

»... Der ... der eben ... ist eben ...«

»Oh ja, bestimmt«, ruft Nanni schon im Gehen der Frau zu, »ich danke Ihnen für Ihre Informationen. Sie haben mir sehr geholfen!«

Nanni muss sofort Lenn benachrichtigen, damit sie den Kramer am Festland festnehmen können! Komisch daran erscheint ihr nur, dass sie sich anders eingeschätzt hätte, was die Wiedererkennung anbetrifft. Die Stimme, die Bewegungen, man nimmt das doch alles an einem Menschen wahr und eine Perücke kann doch nicht restlos alle Merkmale verdecken. Oder doch? Und der Typ von der Fähre hatte eine Hakennase, die hat Nanni an dem Pastor nicht entdecken können. Vielleicht war es eine Perücke mit Hakennase inklusive? Kommissarin Peters ist etwas irritiert. Sie eilt zu ihrem Rad, um dann in Ruhe zu telefonieren.

»Lenn, Pastor Kramer hat eine blonde Perücke! Er ist gerade in Wittmund bei seiner Schwester, einer Psychologin.«

»Gut gemacht, Nanni. Es scheint ja fast, dass der Fall bald abgeschlossen ist. Bald kannst du dich wieder ganz deinem Hendrik widmen. Ruh dich aus, Carissima.«

Nanni hört ihn durchs Handy Kaugummikauen.

»Und nimm dir ein kleine Auszeit, damit du schön genug bist an dem großen Tag.«

»Mach ich, Lenn, danke. Werdet ihr denn da sein?«

»Die Karenzzeit endet übermorgen. Denke, ja. Aber du musst dich darauf einstellen, dass auf allen Hochzeitsfotos später nur Windpockenfaces zu sehen sind.«

»Ach, das macht nichts.«

Nanni grinst, weil sie die Fotos genau vor Augen hat,

»Hauptsache, ihr seid alle dabei.«

»Na klar doch. Ciao, ich kümmere mich um den Kramer. Und du ruhst dich jetzt erst mal aus, si, Signorina Peters?«

Nanni nickt und drückt auf den Ausknopf.

Für Nanni ist der Fall eigentlich gedanklich abgeschlossen. Hofft sie jedenfalls. Wer außer dem Kramer hat schon eine blonde halblange Perücke zuhause und kommt daher also sonst infrage? Beinah euphorisch steuert sie das Rad in Richtung Melkerpad. Kurz ausruhen ist gut, bevor sie Hendrik unter die Augen treten will. Sie möchte sich ohnehin etwas frisch ma ... nein, sie möchte ... in der Nordsee baden! Fast wäre sie von ihrem Vorhaben abgekommen! Flugs korrigiert sie ihren Kurs. Das hat sich die Kommissarin Nanni Peters jetzt verdient. Sie setzt sich aufs Rad. Aber weit kommt sie nicht. In der Hauptstraße ist zwischen sechzehn und achtzehn Uhr Fußgängerzone und das Radeln somit verboten. Also steigt sie wieder ab und schiebt es quer durch den Ort, vorbei an unzähligen Urlaubern und am Wasserturm, hinauf durch die Dünen bis zum Hauptstrand, wo sie alle Mühe hat, ein Plätzchen dafür zu finden. Hier drängen sich, trotzdem es schon fast Abend ist, die Drahtesel in mehreren Reihen hintereinander, teils mit Kinderanhängern, teils sind es Tandems, Mountainbikes, Touren- oder Dreiräder – in allen Größen und Farben.
Nanni quetscht ihr Hollandrad zwischen zwei schwarze Herrenräder, die ihrem recht ähnlich sind. In großer Vorfreude zieht sie die warme Meeresluft durch die Nasenflügel ein – fast wie ein Tier, das die Nüstern bläht. Sie liebt es, abends am Strand zu sein. Das Licht ist dann besonders weich und die Luft gesättigt von der vielen Sonne, die sie noch in sich birgt. Früher sind sie dann oft ausgeritten. Paps und sie vor allem. Das wäre die Krönung ihres Glückes – nach dem Baden jetzt am Strand entlangreiten. Mit Hendrik am liebsten. Aber leider ist Reiten etwas, wovor er sich ebenso beharrlich wie heftig sträubt. Pferde sind große böse Tiere, pflegt er gern zu sagen, und denen will er keinesfalls zu nahe kommen. Die von Pferden gezogene Hochzeitskutsche ist schon das Äußerste an Getier dieser Art, was er in seiner Nähe wissen will. Dafür kennt er keinerlei Angst vor Spinnen, was ihn in Nannis Augen zum perfekten Ehemann schlechthin macht! Und ausreiten kann sie auch mit den Schwestern oder eben mit Paps.

Nanni stapft den mit hellen Holzplanken ausgelegten Weg des Dünenübergangs hinauf und zum Strand wieder hinunter. Grüßend passiert sie das Strandkorbvermieterhäuschen und schlägt dann den Weg nach rechts ein zum bewachten Strandabschnitt G. Dort stehen nebeneinander die Strandkörbe mit den Nummern 2112 und 2209, welche die Familie seit Jahr und Tag für den Sommer anmietet. Wie eine winzige Trutzburg, denkt sie. Die Körbe sind leer. Offensichtlich sind Lisa, Emma oder Stine nicht am Strand. Schade. Nanni hat sich auf ein bisschen Quatschen gefreut. Nun gut, dann wird sie eben gleich das erfrischende Bad nehmen. Sie zieht sich um, den schwarz-weiß getupften Bikini hat sie ja seit Beginn der Ermittlungen bei sich, genau wie das Minihandtuch aus Microfaser mit der Aufschrift *Ohne dich ist alles doof,* welches Hendrik ihr mal geschenkt hat. Eigentlich muss sich Nanni nun erst mal mit Sonnenmilch eincremen, doch das schenkt sie sich. Ihre Haut ist nicht sonnenempfindlich, zudem hat ihre Tagespflege (sowohl fürs Gesicht als auch für den Körper) durch die Öle wie Avocado- und Jojobaöl einen Sonnenschutz mit dem Lichtschutzfaktor vier. Das muss für heute reichen! Nannis nussbraune Augen suchen erwartungsvoll das Fähnchen am DLRG-Häuschen, welches anzeigt, ob es ratsam ist, sich jetzt in die Fluten zu stürzen oder es lieber bleiben zu lassen. Schwimmen bei Ebbe ist zum Beispiel lebensgefährlich.

Nanni hat Glück. Die rot-gelbe Fahne ist gehisst. Es ist fast Hochwasser und damit offizielle Badezeit. Voller Begeisterung stürzt sich in die Brandung. Ach, wie herrlich, denkt sie und planscht wie ein Kind im Wasser herum. Dann holt sie weit aus, um dem Horizont mit kräftigen Bewegungen entgegenzuschwimmen. Weiter und weiter treibt es sie ins Wasser hinaus, bis sie die Urlauber am Strand nur noch als kleine Punkte erkennen kann. Es ist, als würde sie mit jeder Bewegung den Fall weiter hinter sich lassen. Und das tut für den Moment einfach gut. Nanni ist eine passionierte und routinierte Schwimmerin. Sie konnte, dank unermüdlichen Versuchen seitens Paps', es ihr beizubringen, schon schwimmen, bevor sie das Laufen gelernt hatte. Angenehm prickelnd spürt sie nun das immer kälter werdende Wasser, welches sie umgibt. Am liebsten würde sie bis nach Baltrum, dem Dornröschen der ostfriesischen Inseln, rüberschwimmen. Aber das sollte sie heute wohl lieber sein lassen, wenn sie daheim nicht einen gehörigen Zauber veranstalten wollte. Stines Angst vor tiefem Wasser ist in der Familie legendär und sie hätte wie bereits in der Vergangenheit kaum Verständnis für Nannis maritime Eskapaden. Wenn Nanni und ihr Bruder das früher gemacht haben, dann mit der Hoffnung im Gepäck, dass Stine niemals davon erfahren würde. Doch sie erfuhr es immer! Weiß der Himmel woher, aber jedes Mal gab es eine saftige Strafe für sie und Gregor. Dabei kann man mit einer geführten Wanderung ja sogar die wenigen Kilometer dahin marschieren – durchs Watt! Doch solange nicht Stephan Kramer wirklich als Täter überführt ist, steht die Sache mit dem Köder noch aus, fällt es Nanni jäh ein, etwas, was Stine genug belasten wird und worüber weder ihre Mutter, Hendrik, noch sonst jemand aus der Familie, amused sein dürfte.

Sie beschließt also umzudrehen. Da spürt sie etwas ihre Füße umschlingen. Algen? Ein Fischernetz? Ein Tier? Nanni merkt, wie sie sich in etwas verfängt, das ihre Füße aneinander bindet. Wenn sie sich daraus nicht befreien kann, wird es schwierig für sie, die Strecke zurückzuschwimmen. Panik kriecht an ihrem Körper entlang. Was ist das nur? Sie versucht, es loszuwerden. Doch es heftet sich an sie, als wäre es mit Klebstoff bestrichen. Eine Seeschlange? Eine Qualle? Gar eine Feuerqualle? Die Begegnungen mit denen sind extrem schmerzhaft. Die langen Tentakel, die mit winzigen Kapseln besetzt sind, enthalten Gift, das die Haut wie Feuer überzieht. Aber bislang spürt Nanni nichts davon. Was kann es dann also sein? Eine Muschel? Ein Fisch?

Gibt's in der Nordsee Haie? Tintenfische? Nanni sucht nach einer Erklärung und will gleichzeitig die Ruhe bewahren. Doch ja, Kraken, die gibt's es! Gerade erst hat sie dazu einen Bericht im Fernsehen gesehen, erinnert sie sich und versucht, das unbekannte Etwas mit dem Knie von ihren Füßen zu streifen – ohne jeglichen Erfolg. Wegen der Erwärmung der Meere, rezitiert sie die Moderatorin, ziehen sich Raubfische, die natürlichen Feinde der Tintenfische, in kühlere Gefilde zurück, was dann die vermehrte Population der Tintenfische begünstigt! Muss sie jetzt wegen der Meereserwärmung ertrinken?

Nein! Nanni holt tief Luft, dann taucht sie unter und nimmt den Kampf auf. Aber sie kann nichts sehen, das Wasser ist zu dunkel. Also legt sie sich auf den Rücken und versucht die Füße aus dem Wasser zu halten. Nicht einfach. Aber irgendwann gelingt es ihr. Das Tier, es ist tatsächlich eine kleine Krake, ist kleiner, als sie befürchtet hat. Doch es will und will nicht von ihr weichen. Immerhin, einen Fuß kann sie schließlich befreien, das bedeutet zumindest, sie kann weiter schwimmen. Nanni taucht noch mal unter, will es im Wasser weiterversuchen, aber so richtig treten kann sie auch nicht. Das Tier tut ihr leid. Sie taucht auf, um erneut Luft zu holen. Mit einem Minitintenfisch am Fuß zurückzuschwimmen, ist jetzt nicht gerade ihre Traumvorstellung von Entspannung. Nanni probiert es also erneut, sich vorsichtig von dem Tier zu befreien, aber die Saugnäpfe haben sich an ihrer linken Wade felsenfest angedockt. Es fühlt sich ein wenig an wie Knutschflecke, nur tiefer am Körper als eben üblich.

»Na gut, Paula, wie du willst«, sagt Nanni laut vor sich hin, in Anlehnung an die Krake, die als Orakeltier während der letzten Fußball-WM durch ihre Vorhersagen für Medienspektakel gesorgt hat, »dafür kommst du in die Fritteuse, das schwör ich dir.«

Nanni macht lange Züge, um rasch ans Ufer zurückzugelangen, Paula nun im Schlepptau. Schon immer waren Kraken als vermeintliche Seeungeheuer eine Bedrohung für Menschen, jedenfalls in deren Fantasie. Was hat Nanni Bücher zu dem Thema verschlungen! Und jetzt hängt so ein Ungeheuer an ihrem Bein.

Hoffentlich sind die Dinger ungefährlich, sinniert Nanni, oder gibt es davon auch giftige Ausgaben?

»Nicht hier, in Australien vielleicht«, beruhigt sich Nanni laut, das Ufer fest im Visier.

Das Tier fühlt sich nicht wie eine Bedrohung an, so wie es sich gerade an ihre Beine ankuschelt! Aber wie will sie Hendrik ihre Knutschflecke an der Wade nur erklären? Irgendwie findet sie die Situation grotesk. Auch will sie sich die Sache mit der Fritteuse, sollte sie heil am Strand kommen, doch noch mal überlegen, beschließt Nanni, schließlich kann das Tierchen ja auch nichts dafür, dass ausgerechnet die

Kommissarin Nanni Peters des Wegs kommt. Ruhig atmend und mit kräftigen Schwimmbewegungen hat Nanni bald das rettende Ufer erreicht. Aber was macht sie jetzt mit Paula? Etwas ratlos setzt sie sich in das knöcheltiefe Wasser. Wohlig umspült sie der Saum des Wassers mit weichen, warmen Wellen, die sanft an ihr anschlagen. Die Brandung ist kaum noch spürbar. Neben ihr spielen nackte Kinder im Sand. Sie bittet ein kleines Mädchen um Hilfe:

»Hey, Kleine, kannst du mir kurz deinen Eimer ausleihen? Ich hab hier nämlich eine Krake. Schau.«

Nanni hebt ihre Wade kurz aus dem Wasser. Die Kinder halten inne und nehmen staunend das Tierchen in Augenschein.

»Ist das echt?«, fragt das Mädchen, das sicherlich noch nicht zur Schule geht. Nanni nickt.

»Klar, ganz und gar echt. Und jetzt müssen wir Meerwasser in deinen Eimer füllen und dann versuche ich, es von meinem Bein zu befreien. Helft ihr mir?«

Die Kinder sind mit Eifer dabei. Einen kleinen Tintenfisch sieht man ja schließlich nicht alle Tage. Vorsichtig versucht Nanni, die Saugnäpfe von ihrer Haut zu lösen, und legt schließlich Paula in den vorbereiteten Eimer. Zu den Kindern haben sich nun auch einige Erwachsene gesellt und begutachten das Tier.

»Ab damit in den *Fischkopp*, die machen da leckere Calamares mit Knobisauce draus«, sagt einer und einer anderer:

»Genau, hab ich gestern Abend dort gegessen, Tintenfisch gefüllt mit Oliven und getrockneten Tomaten.«

Das sind die Momente, die Nanni immer wieder zur der Überzeugung bringen, dass sie eigentlich Vegetarier werden will. Doch noch hat sie ihren Vorsatz nicht wirklich umgesetzt. Zu gut schmeckt ein Steak oder eine Wurst, und ja, auch frittierte Calamares. Doch ab heute wird sie die nie wieder essen, das weiß sie ganz genau!

»Mit Ingwerbutter gegrillt gibt's die da auch, ein Gedicht.«

Diese Stimme kennt sie. Die Squaw. Hat Hendrik nicht gesagt, sie sei wieder am Festland? Hat er gelogen? Sie sieht langsam auf. Es ist nicht die Squaw. Nanni ist unendlich erleichtert. In diesem Moment beschließt sie, die Dämonen der lange zurückliegenden Verletzungen zusammen mit Paula in Meer zu entlassen. Hendrik, sie weiß es doch ganz genau, ist ein guter und solider Mann. Punkt. Ende. Es ist an der Zeit, überlegt sie weiter, sie muss ihm endlich gerecht werden. Beinah liebevoll betrachtet Nanni nun Paula, dann antwortet sie den Umstehenden:

»Diese hier wird nicht gegessen, jedenfalls nicht hier und nicht heute.«

Beherzt steigt sie ins Wasser, bis sie kaum noch stehen kann, dann kippt sie Paula zurück in die Nordsee und mit ihr die Bedrohung wegen der Squaw – die es eigentlich nie gegeben hat – außer in ihrer dummen Fantasie. Eine gute Tat pro Tag für Mensch und Tier, das ist das Credo der Familie. Heute ist die Tat für Anna-Marie Lavinia Eleonore Constance Auguste Luise Peters Seelenfrieden ganz persönlich. Zufrieden gibt sie den Eimer an das Mädchen zurück und stapft gen Strandkorb. Sie muss sich wohl jetzt beeilen, wenn sie Hendrik noch beim Essen erwischen will. Am Strandkorb trifft sie wider Erwarten auf denselben.

»Du hier?«

»Des Esse isch die Langeweile pur gwese«, begrüßt er sie und reicht ihr das winzige Handtuch.

»Ich bin früher wieder weggange.«

Innerlich jubelt Nanni.

»Ich hab gedacht, stattdesse a Runde schwimme wär jetzt toll.«

»Da haben wir das Gleiche gedacht.«

»Genau. Komsch noch mal mit?«

Erwartungsvoll heftet er seine azurblauen Augen auf Nanni. Sie beobachtet ihn, wie er sich rasch auszieht. Mit ihren Augen verfolgt sie jede seiner Bewegungen, nimmt jeden Zentimeter Haut wahr, die sich ihr nach und nach zeigt, begutachtet das kraftvolle Spiel seiner Muskelbewegungen und lässt sich von der Schönheit seines Körpers betören. Hendrik sieht im abendlichen Sonnenlicht aus wie die Statue eines griechischen Gottes, so etwa muss Apoll ausgesehen haben, überlegt Nanni stillvergnügt und bleibt ihm vor Bewunderung die Antwort schuldig. Er sonnt sich in ihren begehrlichen Blicken, dann nimmt er sie wortlos bei der Hand und zieht sie zum

Wasser. Nanni genießt die Zweisamkeit im Meer. Sie erzählt ihm von Paula und der Beerdigung ihrer Fantastereien, während er sie ihn seinen Armen hält und mit Küssen, spitz wie Nordseewasserspritzer, bedeckt.

»Na endlich«, nuschelt er in ihren Hals und sie spürt seine Erleichterung. Sie wiederum lässt mit sich geschehen, was er auch tut und fühlt freudig seine Erregung an ihren Pobacken. Nanni weiß, wie sehr er sich beherrscht, um nicht schwach zu werden. Sie weiß auch, er muss für sie beide stark sein, sonst wird sie gleich ihre Unschuld verlieren. In der Nordsee vor Langeoog. Das ist sicherlich auch mal eine ungewöhnliche Art, seine Jungfräulichkeit aufzugeben. Nanni lässt sich von dem Gedanken, die mit Hendriks fordernden Küssen zu verschmelzen scheinen, forttreiben. Sie schließt die Augen, spürt nur noch ihn, das Wasser und ihre Lust. Es dauert einen Moment, bis sie registriert, dass der Guss seiner zärtlichen Küsse aufgehört hat. Nanni öffnet träge die Augen und sieht Hendrik fragend an.

»Ist was?«

»Nein, aber schau mal. Polizeiboot, Notrettungsboot, und die fahre nach da vorne.«

Er zeigt Richtung Osten, indes er sie wieder küsst.

»Da isch was passiert.«

Nanni verfolgt Hendriks Blick und seinen Finger. Die *Emden 2* zieht gerade, vorbei an den Urlaubern, am Surfstrand entlang. Der Seenotkreuzer mit seinen auffälligen orangeroten Kennzeichnungen fährt direkt dahinter.

»Was kann nur passiert sein? Ist jemand ertrunken? Komm, wir gehen hin.«

»Hoffentlich it no a Leiche.«

»Du bist noch nicht auf dem neusten Stand.«

Nanni berichtet ihm von dem Einsatz vorhin, den Fundstücken und der Nachbarin der Kramers.

»Na, denn«, gibt er zurück, »denn brauchsch doch it hingehe. Der Mörder sitzt ja jetzt vielleicht schon in U-Haft, oder?«

»Hendrik, bitte, lass uns trotzdem schauen, was da los ist.«

Ergeben lässt er von ihr ab.

Zehn Minuten später stehen sie in einem Dünenkrater, der locker einen Durchmesser von zehn bis zwölf Metern vorweist, vor Jule Vossens leblos scheinendem Körper. Nanni, nur notdürftig mit dem Bikini und der Bluse bekleidet, kniet sich vor die leblose Frau und versucht deren Puls zu ertasten, während Dr. Tammo Tütjen, der tatsächlich schon wieder vor Ort ist, bereits mit der Mund-zu-Mund-Beatmung begonnen hat und neues Leben in den vor ihnen liegenden Körper einzuhauchen versucht. Sehr denkwürdig, sein Verhalten, resümiert Nanni.

»Sie lebt noch«, gibt er zwischen zwei Atemzügen bereitwillig Auskunft und tätschelt Jule dabei leicht die Wange.

»Aber es sieht nicht besonders gut aus. Würgemale, sehen Sie?«

Er zeigt auf den fleischigen Hals.

»Sieht so aus, als hätte der Mörder abermals zugeschlagen und wurde vielleicht abgelenkt oder gestört.«

Nanni ist verwirrt. Sitzt Kramer zu unrecht in der Vernehmung? Und der Inselarzt mit den irren Augen spielt den Möchtegern Sherlock Holmes?

»Wer hat sie gefunden?«

Nanni heftet ihren Blick auf Jules Würgemale. Der Inselarzt schweigt. Mittlerweile sind auch Caspar Otten und Lasse am Fundort angekommen. Nanni steht etwas ratlos dabei und beobachtet Tütjen, während Hendrik leise mit den beiden Inselpolizisten spricht, als auch ein Notarzt samt Sanitäter, vom Schiff kommend, eintreffen. Es dauert nicht lange, da legt Otten dem Inselarzt sanft eine Hand auf die Schulter.

»Komm bitte mit, Tammo, dein Kollege löst dich ab, wir sollten uns jetzt mal in Ruhe unterhalten.«

»Ich, wieso?«

Tütjen ruckelt hektisch an einem Infusionsschlauch, den ihm der Notfallmediziner gerade reicht. Nanni sieht irritiert von Otten zu Hendrik, dann wieder zu Tütjen. Hendrik indes hebt das Kinn und zeigt damit triumphierend zum Inselarzt. Nanni versteht.

»Es gibt eine Zeugenaussage, dass du ...«, beginnt Otten.

»Was ist mit mir?«

» ... dass du zuletzt mit der Frau gesehen wurdest. Und zwar vor weniger als einer Stunde.«

»Ich wie ... wie kommt ihr nur darauf?«

Er reißt die Augen weit auf.

»Du warst auf dem Festessen der Gesellschaft für Allgemeinmedizin in Europa?«

Nanni schielt abermals zu Hendrik, der nun zufrieden wie ein eben mit frischer Leber abgefütterter Kater von einem Ohr zum anderen grinst, als wolle er damit sagen, *schau, ich hab es der Polizei berichtet, ich bin der Zeuge*. Dann gleitet sein Blick über ihre langen Beine und sie wird sich ihres Outfits bewusst. Oh, wie peinlich, ohne richtige Hose dazustehen! Sie erstarrt innerlich vor Scham.

»Ich?«, stottert der Tütjen weiter, »ja schon ... doch ... stimmt ... aber nur kurz.«

»Immerhin so lange, dass Jule deine Tischdame gewesen ist und du mit ihr zusammen ziemlich früh die Veranstaltung verlassen hast. Es hat dich jemand gesehen, Tammo«, bohrt Otten weiter. Nanni sieht, wie nun jegliche Farbe aus Tütjens Gesicht weicht.

»Okay, aber das heißt doch nichts«, gibt sich Tütjen geschlagen und sieht dabei nacheinander in die Gesichter den Anwesenden, »ihr könnt mir deswegen doch nichts anhängen.«

Bei diesen Worten löst sich Nannis Starre. Die Hosen müssen warten! Mit routinierter Sicherheit in der Stimme gibt sie Anweisung:

»Unter den gegebenen Umständen will ich Sie aber sofort verhören, Dr. Tütjen. Mitkommen zum Hotel, bitte. Wenn nichts ist, sind Sie später ja wieder draußen.«

Grimmig sieht Nanni den Mann an. Seine Basilisken-Augen verengen sich zu schmalen Schlitzen.

»Sie ... Sie können mir nichts nachweisen und mit den beiden anderen Frauen hab ich auch nichts zu tun.«

»Gut. Um so besser«, antwortet Nanni rasch, »dann sind wir bald fertig.«

Und an die beiden Inselpolizisten gewandt fügt sie hinzu:

»Bringt ihn gleich in den Raum oben. Ich veranlasse alles weitere.«

Mit einem dankbaren und gleichzeitig flehenden Blick zu Hendrik (er muss ihr schließlich eine Hose zum Hotel bringen!), der sich nun zusammen mit dem Notarzt um Jule Vossen kümmert, stapft sie hinter dem Trupp die Dünen hoch.

Bei Caris Haus in den Kaapdünen

Die halbe Nacht sitzt Nanni bereits mit Tammo Tütjen zusammen, parallel dazu wird Stephan Kramer am Festland verhört. Bei beiden fehlt der letzte, entscheidende Hinweis, der eine Anklage wegen Mordes zementieren würde. Beide leugnen die Tötungen von Kiki de Winter und Birke Kramer. Dr. Tütjen räumte nach zähem Ringen wohl die versuchte Tötung an Jule Vossen ein, aber mehr nicht. Das reicht nicht für die weitere Anklage. Nanni ist vollkommen genervt, geschafft und trotzdem sie vom Hotelpersonal sich schließlich (Hendrik hat ihre vergessen) eine von Gästen liegen gebliebene Hose ausgeliehen hat, ist ihr eiskalt. Es dämmert bereits, als Lenn Zacharias sie darüber informiert, dass das Pastorenhaus durchsucht wurde und die Aussage des Pastors, seine Perücke läge verpackt in einem Karton auf dem Dachboden, bestätigt.

»Wir müssen ihn laufen lassen, Nanni, dem ist einfach nichts nachzuweisen.«

Müde reibt sich Kriminalkommissarin Nanni Peters über die Augen. Sie will jetzt nichts als schlafen.

»Dann lass ihn eben laufen. Den Tütjen können wir jedenfalls wegen Jule einbuchten, dann haben wir den schon mal sicher in Verwahrung.«

»Ich sag den Leuten von der *Emden 2* Bescheid. Die sollen ihn einkassieren. Bringt ihn zum Hafen.«

Nanni legt auf. Das Alibi des Inselarztes wegen der beiden Morde ist hieb- und stichfest. Das heißt für Nanni und ihre Kollegen, sie haben zwei Männer, Kramer und Tütjen, falsch verdächtigt, für die Delikte verantwortlich zu sein.

Schande über mich, denkt Nanni, Schande, Schande, Schande! Denn das heißt auch, der Täter läuft noch immer frei auf der Insel herum. Und es heißt zudem, dass die Ködersache ihren Lauf nehmen wird und sie spätestens morgen Abend wie eine Lockspeise ausgelegt werden wird. Sie soll den Täter aus seinem Schlupfloch lotsen, damit die Kollegen zugreifen können. Doch wie das vonstatten gehen soll, weiß eigentlich keiner so recht. Sie hoffen alle, wie so oft, auf Kommissar Zufall. Nanni entlässt Dr. Tütjen in die Obhut der Inselpolizisten, die genauso müde sind wie sie selbst und mit tiefgrauen Ringen unter den Augen den Mann nun auf dem Weg ins Kittchen eskortieren. Jule Vossen, so wissen sie nun, sollte sterben und nur der Umstand, dass Urlauber an dem Krater vorbeikamen und allzu neugierig sich in Tammo und Jules Nähe darüber ausließen, ob das ein alter Bombenkrater sei, hat sie vor dem sicheren Ende bewahrt. Tütjen wollte auf den Zug aufspringen und die Gelegenheit nutzen, der Dame zu zeigen, was er davon hielt, dass sie seine Avancen immer und immer wieder zurückgewiesen hat.

Versuchter Mord, sinniert Nanni zufrieden, das gibt lebenslang, wenn nicht etwas als strafmildernd gewertet werden kann. Aber selbst dann muss Tammo Tütjen mit einer Freiheitsstrafe von drei bis fünfzehn Jahren rechnen. Und das nur, weil sich Jule Vossen gegen seine Zudringlichkeit gewehrt hat und bei ihm dabei die Sicherungen durchgebrannt sind. Ob sie selbst, Anna-Marie Peters, zu einem Mord fähig wäre, wenn zum Beispiel die Squaw sich ihren Hendrik schnappen würde? Nanni will das nicht ganz ausschließen, sie ist durchaus zu großen und leidenschaftlichen Gefühlen und Taten fähig. Da haben der Balkan und das Baltikum ein großes Erbe hinterlassen. Aber Mord?

Sie will diese Frage später für sich abschließend klären. Zudem – sie hat doch gedanklich die Squaw zusammen mit Paula in die Nordsee entlassen. Jetzt muss Nanni endlich schlafen. Hendrik steht schon geraume Zeit bereit, um sie abzuholen. Allein wagt sich ja kaum noch eine Frau allein über die Insel. Zu groß ist die Angst vor dem Serienmörder. Es geht schon ein böses Wort umher, das böse Zungen dem Film *Psycho*, genau genommen dem Tagesbuch des Norman Bates entliehen haben: Bei den Frauen gibt es nur zwei Möglichkeiten. Entweder sie sind Engel. Oder sie leben noch. Das hat Lasse ihr erzählt. Wie auch immer, Nanni gähnt bei dem Gedanken, dass ab morgen die ganze Rutsche mit der Suche nach dem Inselmörder aufs Neue losgeht! Und die Hochzeit rückt dabei näher und näher. Sie muss vorher den Kerl finden, sonst hat sich keine Ruhe für die Trauung! Und was dann los ist, das will sie sich lieber nicht ausmalen – weder Hendriks, noch Stines Miene dazu!

Im Melkerpad angekommen fällt sie augenblicklich ins Bett und ist sofort tief eingeschlafen. Nanni erwacht erst wieder, als sie Stine an ihrem Bett sitzend entdeckt, die ihr leise flüsternd das Aufstehen nahelegt.

»Nanni, werd' wach, wir müssen zu dem Termin mit dem Makler. Du musst mitkommen, bitte.«

Sie spürt die Hand der Mutter über ihr Haar streichen.

»Warum muss ich?«, gibt Nanni schläfrig zurück.

»Weil ... weil es eben gut ist, wenn du dabei bist. Und jetzt steh auf, Kind.«

Etwas in Stines Stimme lässt Nanni aufhorchen. So unbestimmt und zögerlich kennt sie ihre Mutter gar nicht. Träge öffnet sie die Lider und blickt direkt in Stines stechende dunkle Augen, die diese zusätzlich mit dunklem Kajal und schwarzer Wimperntusche betont. Früher hat das Nanni manchmal Angst gemacht, heute findet sie es nur noch exotisch. Stines Mund lächelt, doch ihr Blick bleibt ernst. Ernst und ängstlich. Sie macht sich Sorgen. Sicherlich hat Hendrik ihr brühwarm von dem Mordversuch an Jule berichtet und sie bereiten jetzt klammheimlich ihre Entführung vor, damit sie alle von der Insel wegkommen.

»Mama«, beginnt Nanni vorsichtig, streckt sich dabei genüsslich und lässt ihre Zehen anschließend über die Bettdecke wandern, »du brauchst dir keine Sorgen zu machen wegen des Mör ...«

»Tu ich ja gar nicht.«

»Tust du nicht?«

Nanni ist erstaunt. Doch betont gelassen gleitet ihr Blick den Tapetenfries entlang und wieder zurück.

»Na ja, schon, aber jetzt mach ich mir gerade mehr Sorgen um das Haus. Da ist ein sehr interessierter Käufer. Der Hettich will heute Mittag noch alles unter Dach und Fach bringen, wie er eben am Telefon durch die Sekretärin ausrichten ließ. Daher die Terminvorverlegung. Und ich weiß gar nicht, ob ich das gut finde. Und deshalb sollst du mit. Stell dir vor, der kauft sofort. Dann ...«

Sie stockt.

»Dann ist alles so schnell weg.«

»Insgeheim hoffe ich ja, dass es niemanden gibt, der es haben will.«

»Aber Onkel Friedel ist ja so hinter dem Geld her. Der braucht das ganz dringend. Er will hier auf der Insel in irgendein anderes Projekt investieren. Ein Krankenhaus, glaub` ich.«

Soso, denkt Nanni, da wird er sich wohl bald umorientieren müssen, der Vorstand der Bürgerinitiative fürs Krankenhaus jedenfalls sitzt jetzt in U-Haft auf dem Festland. Das wird nix mehr. Aber Caris Haus ... wie liebend gerne würde sie es selbst kaufen. Als hätte Stine Nannis Gedanken erraten, sagt sie:

»Mein Großvater war ein hoch angesehener Mann und wir gehörten vor dem Krieg zu den reichsten Familien des Landes. Alles weg durch die Bodenreformen der Nachkriegszeit. Wir könnten heute noch in den schönsten Schlössern wohnen, Nanni, vom Schwarzen Meer bis an die Ostsee, aber wir haben nie etwas zurückbekommen. Ein Schloss wurde uns mal angeboten, am Hang der Südkarpaten, zurückzukaufen für einen Euro. Aber, mal ehrlich, was sollen wir in den Karpaten? Die Stadtschlösser sind das Interessante! Die in Bukarest, Budapest oder Warschau! Aber heute sind die alle nur noch Museen und das alte Siebenbürgen auf das draculinische Transsilvanien reduziert. Einen Wiedergutmachungsvertrag mit Deutschland für Ländereien und Immobilien in diesen osteuropäischen Ländern gibt es nicht. Wir haben das Geld nicht mehr, um Caris Haus vor dem Verkauf zu bewahren. Das ist so traurig. Wir müssten dann dieses hier verkaufen und das am Festland dazu. Aber das will ja auch niemand.«

Nanni schluckt, als sie sieht, wie ihrer Mutter die Tränen an den Wangen hinabrinnen.

»Ich würde es so gern für Cari tun, Nanni. Schließlich hat sie, genau wie meine Familie, seinerzeit alles verloren. Aber es ist einfach viel zu teuer.«

Nanni nickt und streicht Stine erst mitleidig über den Handrücken, dann vorsichtig über den schmalen goldenen Ehering.

»Weißt du, wer es kaufen will?«

Stine schüttelt ihre schwarzen Locken.

»Nein. Ich weiß nicht einmal, ob er bei der Besichtigung dabei sein will. Die Sekretärin sagte nur, er zahlt den vollen Preis. Stell dir vor, er zahlt eins Komma drei Millionen.«

Ein stolzer Preis, denkt Nanni, und laut sagt sie:

»Für Langeooger Verhältnisse ist das ja trotzdem beinah ein Schnäppchen. Der Quadratmeterpreis liegt nur bei supergünstigen fünfeinhalbtausend Euro.«

»Ja, Nanni, du hast recht. Es ist eine verflucht teuere Insel, jedenfalls, was die Immobilien angeht.«

»Wer nur so viel Geld hat«, murmelt Nanni und beschließt mitzugehen, um sich den Menschen anzusehen, der dermaßen betucht ist. Sie wirft die Decke zurück.

»Gib mir zehn Minuten, Mama, dann bin ich fertig.«

Stine dankt ihr mit überschwänglichen Küssen, die sie auf Nannis Scheitel verteilt.

»Unter einer Bedingung!«

Ihre Mutter hält mit Küssen inne.

»Ich wusste es, da kommt noch was, Nanni, nun sag schon.«

Nanni kostet den Moment ein wenig länger aus als unbedingt notwendig, dann antwortet sie mit fester Stimme:

»Kein Wort mehr über die Verlegung der Hochzeit ans Festland, okay?«

Stine windet sich etwas, bis sie schließlich kleinlaut beigibt:

»In Ordnung. Wie du willst. Gegen deinen hübschen Dickkopf kann man ja eh nichts ausrichten. Armer Hendrik, er tut mir jetzt schon leid.«

Während Stine das sagt, lächeln endlich ihre Augen.

»Wie wahr. Der Ärmste. Der Allerärmste.«

Nanni steigt aus dem Bett. Aus ihrer Stimme tropft der Spott.

»Man muss ihn wirklich bedauern.«

»Tatsächlich?«

Hendrik steht mit verschränkten Armen im Türrahmen.

»Gut zu wissen.«

Lächelnd ruht sein Blick auf den beiden Frauen. Nanni gibt ihm einen flüchtigen Kuss und verschwindet unter die Dusche, derweil sie Hendrik noch zu Stine sagen hört, dass der Kaffee fertig sei.

Nanni stellt das Wasser an und lässt das selbst gerührte Milchshampoo in ihre Hand fließen. Es riecht so gut. Nach Aprikose und Vanille. Am liebsten würde sie es essen, so lecker ist es. Aber sicherlich bekommt sie noch was Feines zu futtern, bevor sie losmüssen. Nanni hat ja die gesamte Familie infiziert mit ihrem selbst gemachten Kram, sodass auch Emma darauf gekommen ist und die Tage stolz bekundet hat, sie habe jetzt auch mal Frischkäse gemacht (statt Hendrik zu bewachen, wie sie nebenbei feststellen musste).

Aber es ist ja auch wirklich nicht allzu schwer, denkt Nanni und schäumt sich dabei die Haare ein, zwei Liter Milch erhitzen, bis sie kocht, dann fünf Esslöffeln Zitronensaft untermischen und schon trennt sich die Molke von den festen Bestandteilen der Milch. Alles in ein mit einem Passiertuch ausgelegtes Sieb gießen, abtropfen lassen, abschmecken. Fertig. In Nannis Augen ist das nun wahrlich kein Hexenwerk.

Kurze Zeit später sitzt Kommissarin Peters in einem leichten Jeanshemd und ihrer weißen Leinenhose, die sie wie von Zauberhand frisch gewaschen und gebügelt in ihrem Schrank vorfand, am Esstisch in der Küche. Während sie die blauen Ärmel hochkrempelt und dabei die von der Sonne beschienenen Heckenrosen bewundert, schenkt Hendrik ihr Kaffee ein und Stine stellt ihr einen Teller mit Rührei, kross gebratenem Bacon und roten Zwiebeln hin, das Ganze mit Balsamico-Creme etwas gewürzt. Nanni fühlt sich wie eine Königin.

Und alles nur, damit ich die Familie beim Maklertermin nicht imStich lasse, denkt sie, und beißt von einem frischen Brötchen ab.

Köstlich! Sie beschmiert es mit Emmas Käse, darüber gibt sie einen Klacks Himbeermarmelade, indes Viktor ihre Schnauze auf Nannis rechtem Knie ablegt, nicht ohne sie mit schmachtendem Augenaufschlag und herzerweichendem Gefiepe auf ihren leeren Magen hinzuweisen.

»Oh, wir müssen uns beeilen«, gibt Stine Anweisung, als sie erst einen strengen Blick auf Viktor und dann einen erstaunten auf die Uhr am Backofen wirft, »und ich muss mich auch noch umziehen.«

In der Tat, sie trägt noch den gelben Kimono. Hendrik hingegen sieht, wie er in einer hellgrauen Stoffhose und einem schwarzen Polohemd an der Kaffeemaschine herumhantiert, wie aus dem Ei gepellt aus. Unwillkürlich muss Nanni aufseufzen.

»Na, Peterle, noch en Kaffee?«

»Ja«, murmelt sie verlegen und wendet sich mit rotem Kopf dem Ei zu. Bald, Nanni, bald bist du Frau ... ja wie denn?, fragt sie sich, du musst dich wegen des Namens endlich entscheiden. Anna-Marie Schwanheusser? Anna-Marie Peters-Schwanheusser? Oder doch besser Schwanheusser-Peters? Oder will sie weiterhin nur Peters heißen? Schwierige Fragen zum Frühstück. Aber sie neigt dazu, sich einfach wie ihr Mann zu nennen. Sie hegt in ihrem tiefsten Herzen die grenzenlos altmodische Einstellung, dass in einer Familie Eltern und die dazugehörigen Kids alle den gleichen Nachnamen tragen sollten. Nun gut, wenige Tage hat sie ja noch Zeit zum Nachdenken. Sie streichelt Viktors nicht mehr ganz glatt rasierte Pudelrückenkrause bis zum Pompon gezierten Schwänzchen. Heute trägt sie ein Tüchlein mit mintfarbenem Karomuster, es ist ganz nach Nannis Geschmack, was Hendrik ausgewählt hat. Jeden Tag gibt's ein neues Tüchlein. Und selbst für die bevorstehende Vermählung haben sie ihr eines gekauft, in cremefarbener Seide und dazu ein ebensolches Haarklämmchen aus Satin für die allzu widerspenstige hündische Stirnlocke. Viktor ist also für das große Ereignis bestens gerüstet.

Und sie, die Kommissarin Peters? Sie wird vorher den Täter finden! Also, das Haus schnell vertickern und dann wieder an die Arbeit, sagt sie sich stumm und nicht nur weil der Täter endlich geschnappt werden muss. Sie will den Verkauf schnell hinter sich bringen, wenn sie diesen Hettich schon ertragen muss. Warum sie den Mann, ohne ihn zu kennen, per se einfach nicht mag, kann sie sich nicht erklären, und es bestenfalls aus der Tatsache herleiten, dass er ihnen Caris Haus wegnimmt. Je eher dahin, desto eher davon, ruft sich Nanni stumm zur Ordnung. Man darf sich nicht an Tatsachen hängen, die einfach nicht zu ändern sind! Dennoch muss sie nun mit Tränen kämpfen. Doch Stine Peters, die zu den hochgesteckten Haaren einen hellen, sehr klassisch geschnittenen Hosenanzug trägt, tritt ein und mahnt zur Eile, sodass für Tränen nicht viel Raum bleibt.

Nanni schnappt sich Rucksack und Sonnenbrille und gemeinsam radeln sie nun in der milden Morgensonne den Melkerpad entlang. Der Himmel über ihnen ist makellos, nicht ein Wölkchen verunziert das Blau. Sie fahren am Bahnhof vorbei, überqueren die Hauptstraße und sehen sie einige Uniformierte, die ihre Blicke unschlüssig und suchend über die Straße schicken. Sie halten nach dem Mann Ausschau, der als Täter überführt werden soll. Doch es scheint, als wüssten sie gar nicht so recht, nach wem sie suchen. Die Personenbeschreibung beschränkt sich auf das Alter, die Größe und das Schuhwerk. Wahrscheinlich ist er bereits x-mal an ihnen vorbeimarschiert, hat freundlich gegrüßt und sich dabei eins ins Fäustchen gelacht, weil niemand von ihnen ihn bislang erkannt hat.

Nanni Peters und Hendrik Schwanheusser sind außer den Frauen im *Schmiedhus* die einzigen Personen, die ihn vielleicht wiedererkennen würden. Vielleicht. Es gibt Studien dazu (eine war mal im Ärzteblatt beschrieben), wie sehr sich die Erinnerung an bestimmten Merkmalen festhält, und wie einfach das menschliche Auge zu täuschen ist. Da wurden von Menschen Ganzkörperporträts herumgezeigt und kurze Zeit später wurde beinah das gleiche Bild, nur das Gesicht war durch Computeranimation verändert worden, den gleichen Leuten wieder vorgelegt. Alle schworen Stein und Bein, dass es genau das gleiche Foto war, das ihnen da erneut gezeigt wurde. Die Protagonisten trugen jeweils eine markante rote Jacke und langes, dunkel gewelltes Haar. Diese Kennzeichen waren hängen geblieben, mehr nicht. Niemand hatte bemerkt, dass das Gesicht verändert worden war.

So gesehen, ist die Chance, den Kerl zu finden, gleich null, denkt Nanni.

Sie, Stine und Hendrik radeln weiter die Mittelstraße hinauf bis diese sich in zwei Stränge teilt. Genau zwischen den beiden Straßenteilen liegt Caris Haus, vornehm eingebettet in die dicht an dicht mit dornigen Heckenrosen bewachsenen Kaapdünen. Der verlassene Bau wirkt seltsam entrückt, findet Nanni, und lehnt ihr Rad links neben der imposanten alten Holztür, in die ein ovales Fensterchen auf Augenhöhe eingelassenen ist, an die Hauswand. Die Kieswege ums Haus herum sind frisch geharkt, zartblaues Männertreu und weiße Geranien schmücken die Fensterbänke vom ersten bis in den dritten Stock hinauf, das Werk der alten Haushälterin, die bis Caris Tod und wie man sehen kann, ja sogar darüber hinaus, hier für Sauberkeit und Wohlbefinden sorgt. Wie eine Faust legt sich die Trauer um Cari gleichermaßen wie um das schöne Haus um Nannis Herz und drückt ganz es fest zusammen. Sie sucht an Hendriks Hand Halt. Ihr Blick wandert über die Dünen zur Mittelstraße hin, dorthin, wo an einer Ecke ein Mann und eine Frau sich suchend umsehen. Der Mann scheint Nanni eigenartig vertraut. Die Bewegungen sind ihr nicht fremd, die Statur erinnert sie an jemanden. Krampfhaft überlegt Nanni, wen sie kennt, der sein dunkelbraun gewelltes Haar so wild gelockt trägt. Der Mann kommt näher, die Frau geht hinter ihm.

Das muss der Makler sein, dieser Hettich, überlegt sie weiter, aber woher könnte sie ihn kennen? Und die Frau ist die interessierte Käuferin?

Als der Fremde Nanni erblickt, hält er kurz inne. Er legt die Hand über die Augen, um sie vor der Sonne zu schützen, dann geht er weiter. Er dreht sich dabei zu der Frau um. Da, Nanni sieht sein markantes Profil, und als hätte ihr jemand einen Schleier von den Augen genommen, weiß sie plötzlich, wen sie vor sich hat. Sie spürt, wie ihre Hand in Hendriks Hand eiskalt wird.

»Hendrik«, flüstert sie, »bitte fahr sofort zur Polizeistation. Ich bin unbewaffnet. Doch wir brauchen ganz schnell Verstärkung. Frag nicht weiter, bitte.«

Hendrik sieht sie erstaunt an.

»Siehst du es nicht? Der Mann, der jetzt auf uns zukommt, ist der Perückenmann, Hendrik. Also, tu so, als unterhalten wir uns. Oder als würden wir streiten. Er darf nicht merken, dass ich ihn erkannt habe. Geh los. Schnell, aber unauffällig.«

Nanni lässt langsam Hendriks Hand los und beginnt damit, ihn mit krächzend verstellter Stimme zu beschimpfen. Hendrik schluckt trocken, aber er hat kapiert.

»Du bist wirklich das Doofste, was mir je untergekommen ist«, schreit er in perfektem Hochdeutsch, »du kannst mich mal.«

Ohne auf Stines fragende Blicke zu achten, schwingt er sich aufs Fahrrad und verschwindet um die nächsten Ecke.

»Was ist los? Was hat er?«

Stine stellt sich neben Nanni, als der Perückenmann langsam näher kommt.

»Jetzt nicht, Mama, tu nur, was ich dir sage. Bitte. Ich erklär es dir später.«

Sie sieht eindringlich zu ihrer Mutter.

»Bitte! Führ' ihn als Erstes in den Keller.«

Stine guckt ziemlich perplex und schweigt. Nannis Herz klopft hoch bis zum Hals. Sie ist in diesem Moment heilfroh, dass sie das Haar heute offen trägt und die große Sonnenbrille auf der Nase sitzen hat, gegen die sie sich Hendriks wehrhaften Versuchen zum Trotz, sie vom Kauf abzuhalten, durchgesetzt und kürzlich erworben hat. Die Brille verdeckt ihr halbes Gesicht. Stubenfliege Puck auf Urlaub, hatte er im Geschäft gegackert und ihr einen grottigen Geschmack vorgeworfen. Möglicherweise würde dieser ihr nun das Leben retten und vielleicht einigen weiteren Frauen obendrein. Und Nanni und ihrer Familie die Ködernummer ersparen.

»Frau Peters?«

Adrian Hettich alias Jens Müller tritt mit einem formvollendeten Diener vor Stine und reicht ihr die Hand. Stine nickt und reicht ihm ihre Rechte ebenfalls zum Gruß.

»Guten Morgen, Herr Hettich.«

Ihre Hand zittert leicht.

»Darf ich vorstellen, meine Frau.«

Der Makler geht einen Schritt zur Seite, um eine ultraschlanke und heftig braungebrannte Blondine vortreten zu lassen, die in einer Wolke aus Chanel Nummer fünf eingenebelt die Hand zum Gruß hebt. Sie trägt den Ring, den er im *Schmiedhus* erstanden hat.

»Ein tolles Anwesen«, flötet Frau Hettich freundlich, »wie schade, dass Sie es veräußern müssen.«

Nanni grüßt leise und zeigt dabei auf ihren Hals.

»Keine Stimme«, krächzt sie mühsam hervor. Sie will nicht, dass er ihre Stimme wiedererkennt.

»Oh, gute Besserung«, hüstelt Hettich sogleich, und mustert sie dabei unsicher, »dann fangen wir doch am besten gleich mit der zielgerichteten Besichtigung an. Mein Kunde hat einige Fragen, die ich ihm heute Abend beantworten muss.«

Nanni stupst Stine an.

»Ja ... ähm ... ich schlage vor, wir beginnen im Keller«, beginnt diese reichlich hilflos und knetet dabei hektisch die Hände. Aber ihre Nervosität ist für einen anderen durchaus in Verbindung mit dem bevorstehenden Verkauf zu deuten.

»Bitte hier entlang.«

Nanni nickt ihr kaum merklich zu, indes Hettich und die Blondine Stine Peters wortlos durch die schöne Haustüre folgen. Jetzt bleibt Nanni genügend Zeit, die Inselpolizisten in Empfang zu nehmen. Sie zählt die Minuten, während der Mörder von Kiki und Birke mit ihrer Mutter den Keller abschreitet. Sie schmeckt die Angst um Stine auf ihrer Zunge, und der kalte und metallene Geschmack der Furcht füllt ihre Mundhöhle. Doch sie kann ihre muntere Stimme hören und verfolgt ihren Klang. Sie sind erst im Heizungskeller, dann im Vorratsraum, schließlich in der Waschküche, in der die Akustik sie eigenartig blechern klingen lässt. Nanni betet, dass der Bauunternehmer Hettich sie nicht ebenfalls erkannt hat. Nervös schreitet sie den Vorgarten auf und wieder ab. Obwohl de facto nur wenig Zeit vergangen ist, kommt es ihr so vor, als wäre bereits eine halbe Ewigkeit verstrichen, als sie endlich Hendrik, mit den beiden Inselpolizisten im Schlepptau, um die Ecke biegen sieht. Gott sei Dank. Nanni empfindet nichts als Erleichterung, als die beiden Kollegen sich mit einer Pistole im Anschlag im Innern des Hauses vor der Kellertür postieren. Jeden Augenblick müsste der Hettich wieder hochkommen und dann den Rest des Hauses besichtigen wollen. Das ist der Moment, in dem Nanni, die hoch konzentriert jetzt vor der Türe aushaart, ihn schnappen will.

»Die Heizung ist erst drei Jahre alt«, hört sie ihre Mutter auf der Treppe sagen, »die ist sehr gut und nach neuesten Standards ausgewählt. Die heizt mit Pellets.«

»Oh ja, das ist gut. Was ist mit den Rohren? Sind die bereits erneuert? Ich nehme an, das sind noch alte Bleiroh ...«

Die Klinke an der Kellertüre wird runtergedrückt. Nanni, Lasse und Otten sehen sich an. Hendrik ist nach draußen gegangen. Er kann die Anspannung nicht ertragen. Zunächst erscheint Stine in der Tür, dann Frau Hettich und zuletzt der gesuchte Mann. Sofort sind die Waffen auf ihn gerichtet und Nanni hält ihm die Polizeimarke vor die Nase.

»Mordkommission, Herr Hettich, Polizeiinspektion Aurich-Wittmund«, beginnt sie mit gewohnt fester Stimme, »Sie sind festgenommen wegen der Morde an Kiki de Winter und Birke Kramer. Widerstand ist zwecklos. Bitte folgen Sie uns.«

Hettich blinzelt etwas ungläubig, bevor er stammelnd anhebt:

»Also, was ... was soll das denn jetzt? Sind Sie völlig übergeschnappt? Ich ... ich ein Mörder? Wie kommen Sie nur darauf?«

»Ist es Ihnen lieber, ich nenne Sie Jens Müller?«

Nanni funkelt ihn an und legt ihm dabei Handschellen um. Seine Lider beginnen dabei zu flattern. Dann hebt er irritiert den Blick.

»Sie ... Sie sind das Mädchen vom Schiff. Die Kripobeamtin. Ich hätte Sie erkennen müssen.«

»Beides korrekt. Und nun kommen Sie. Und Sie auch, Frau Hettich. Ich nehme an, Sie haben mir Einiges zu sagen. Zum Beispiel, mit wem Sie kürzlich ausgegangen sind. Ihr Mann jedenfalls war das nicht.«

Die Frau ist weiß wie die Wand, an der sie hyperventilierend steht und gleichzeitig versucht, ihre Atmung in Griff zu bekommen. Dann nickt sie wortlos und schließt sich ihrem Mann an, der bereits von Otten und Lasse flankiert abgeführt wird. In all dem Trubel hat Nanni ihre Mutter völlig vergessen, die wie versteinert am Treppengeländer steht, die Hand auf der linken Brust und mit vor Entsetzen weit aufgerissenen Augen. Es ist Hendrik, der sie gerade noch auffangen kann, bevor sie ohnmächtig zusammensinkt.

»Etwas viel für Mama«, grinst Nanni und sieht mitleidig zu Stine. Sie zückt dabei das Handy, um Lenn Zacharias von der erfolgreichen Festnahme des mutmaßlichen Inselmörders in Kenntnis zu setzen. Sie lässt sich dabei neben Hendrik (der Stine im Arm hält und ihre Wangen sanft tätschelt) auf der schönen, weit geschwungenen Holztreppe nieder, die zum ersten Stock hinaufführt. Noch ehe Lenn abgenommen hat, schlägt Stine die Augen wieder auf.

»Ich war mit einem Mörder im Keller«, hört Nanni die wieder gewonnene Stimme ihrer Mutter an Hendrik gerichtet, während sie Lenn in allen Einzelheiten von der Verhaftungsaktion berichtet »dabei war der ganz nett und freundlich und er sah auch gar nicht so aus wie ein Mörder.«

Nanni betrachtet, indes Lenn in wilden italienischen Satzgebilden voll des Lobes auf sie einredet, milde das Szenario. Es ist alles gut, denkt sie zufrieden: Ihre Arbeit ist getan, das Haus noch nicht verkauft und jetzt kann in aller Seelenruhe geheiratet werden.

Der Hochzeitsmorgen und Hendriks Geschenk

Es verspricht, ein schöner Tag zu werden. Goldene Sonnensprenkel verteilen sich im grünen Geäst der Birken im Garten des Hauses am Melkerpads, warme Sommerluft strömt ins Zimmer. Nanni Peters ist die Ruhe selbst, als sie heute, am Morgen ihres Hochzeitstages, flankiert von den drei zerwühlten Betten, die schon zu ihren Kindertagen an Ort und Stelle wie jetzt standen, am weit geöffneten Fenster des Mädchenzimmers steht und hinausschaut. Eine Entenfamilie watschelt über den Rasen, die Henne samt sechs Küken, und nimmt direkten Kurs auf Stines alte Teigrührschüssel, die diese als Badwanne für die Tiere auf die Terrasse gestellt hat. Die Entenfamilie gönnt sich ein ausgiebiges Bad, bevor sie sich an den in Wasser eingeweichten Haferflocken labt, die als Futter daneben bereitstehen. Ein kleiner Igel huscht die Hauswand entlang in Richtung Terrasse, um in der trauten Gesellschaft der Enten das Frühstück einzunehmen – frisches Katzenfutter, welches Stine offensichtlich in einem kleinen Schälchen extra für ihn dort hingestellt hat. Ihre Mutter ist also schon länger auf. Nanni seufzt. Es sind die letzten Stunden, bevor sie künftig als Ehefrau durchs Leben gehen wird. Sie will alles richtig machen. Doch was ist das Richtige?

Sie wendet den Blick vom Garten und schwenkt ihn zum Schrank hinüber, an dem ihr Hochzeitskleid hängt, ein Traum aus changierender hellglänzender Seide und einer Stola aus Brüssler Spitze. Die Träger fallen locker, der quadratisch geschnittene Carré-Ausschnitt ist tief, aber noch züchtig. Das insgesamt schmale Kleid ist bodenlang, mit einer kleinen Schleppe und hat genau den gleichen hellen Ton wie die Slingpumps, die unter dem Kleid auf ihre Bestimmung warten, nämlich Anna-Marie Peters sicheren Fußes zum Altar zu geleiten. Beinah liebevoll streicht Nanni über den Stoff des Kleides. Ob sie Hendrik darin gefallen wird? Der jedenfalls ist mega-aufgeregt. Sie hört ihn draußen vor dem Mädchenzimmer mit ihrem Bruder Gregor debattieren, wie man die Fliege korrekt bindet und wie das Ansteckstäußchen am Revers des Bräutigams anzubringen ist. Da hört Nanni die Türe sich leise öffnen und Stine schlüpft ins Zimmer, bereits fertig angekleidet mit einem zweiteiligen Ensemble aus lindgrünem Chiffon, den passenden Pumps und einem kecken Nichts von Hütchen auf dem dunklen Haar drapiert. Sie nimmt Nanni wortlos in ihre Arme und dann legt sie ihr den alten schlichten Goldreif ihrer eigenen Mutter um das linke Handgelenk.

»Etwas Altes als Symbol für die Beständigkeit. Du weißt doch, das ist so englischer Brauch. Ich weiß nicht, ob der auch in Siebenbürgen oder im Baltikum bekannt ist. Aber andere kenne ich leider nicht. Und diesen finde ich einfach sehr schön.«

Nanni ist gerührt, als sie zum Reif passend auch eine neue Uhr aus Stines Händen erhält.

»Etwas Neues als Symbol für die Zukunft als Ehefrau. Es ist unser Geschenk, Paps und meines, für dich zum heutigen Tag, damit du endlich mal eine Uhr dein Eigen nennen kannst, die auch funktioniert. Dazu etwas Geliehenes als Symbol für die Freundschaft«, Stine Peters reicht Nanni das weiße Täschchen, welches sie schon bei ihrer eigenen Hochzeit trug, »und etwas Blaues als Symbol für die Treue bekommst du gleich noch von deinem Hendrik. Beeil dich, Nannikind, es wird Zeit zum Heiraten.«

Sie streicht ihrer Jüngsten liebevoll das Haar aus der Stirn. Nanni ist sprachlos. Sie will sich bedanken, doch stattdessen kullern Tränen der Rührung an ihren Wangen hinab.

»Ist schon gut, Liebes«, versucht Stine sie zu beruhigen, »du bist für die Ehe gerüstet und hast eine gute Wahl getroffen. Es wird klappen mit euch, ich bin mir da ganz sicher. Zudem ist euer Liebeshoroskop geradezu euphorisch. Ich hab es extra noch für euch gegoogelt. Du wirst die Freuden der Liebe heute Nacht ganz besonders genießen. Es wird alles ... «

Weiter kommt sie nicht, was Nanni nicht weiter schlimm findet. Sie weiß, dass Stine nur ihr Bestes will, in allen Lebenslagen und auch gern darüber redet, ob das nun intime Themen sind oder nicht. Emma und Lisa nämlich entern nun mit Heißwicklern, Stielkamm und Haarspray bewaffnet das Zimmer, um Nanni für den großen Moment vorzubereiten. Sie lässt ruhig und gelassen alles mit sich geschehen und schließt dabei die Augen. Nur kurz kommt ihr noch mal der Täter in den Sinn, genauer gesagt seine Frau, die laut Lenn mit Hettichs eineiigem Zwillingsbruder unterwegs gewesen war und so ihren Mann, der aus reiner Profitgier zwei Frauen auf dem Gewissen hat, mit einer Falschaussage gedeckt hat. Die Opfer standen ihm einfach im Weg bei der Verwirklichung seiner Pläne, den Langeooger Wasserturm zu versetzen. Birke und Kiki mussten sterben, weil einer vom Festland auf der Insel das ganz große Geld machen wollte. Nanni erinnert sich an die beiden Frauen, die ihr Leben lassen mussten und schließt sie und ihre Familien einen Moment in ihre Gedanken mit ein. Sie ist glücklich darüber, dass Jule Vossen überlebt hat und deren Peiniger ebenfalls in Haft sitzt.

Freud und Leid, so nah beieinander, denkt Nanni, und will sich doch davon nicht die Vorfreude auf ihren großen Tag verderben lassen. Vielmehr sieht Nanni sich nun von Paps zum Altar geführt, zu Hendrik, der dort auf sie wartet, dann das Festessen genießen und am Abend in der untergehenden Sonne barfuß in Hendriks Armen am Strand tanzen, umringt von sämtlichen Gästen, die teilweise noch von den Windpocken gezeichnet freudig lächelnd das Glück mit ihnen teilen. Sie zeigen allen ihre wunderschönen Ringe (die Hendrik wohlweislich und leider noch unfertig nach dem Seminar zur Verwahrung an sich genommen hatte) und dann wirft Nanni den Brautstrauß, der genauso aussieht, wie sie es sich immer gewünscht hat.

Als Nanni endlich fertig gekämmt ist (die Haare sind nun hochgesteckt zu einem klassischen Chignon), scheucht sie die Schwestern raus und bittet Stine ebenfalls aus dem Zimmer. Einen Moment noch will sie allein für sich haben. Nackt stellt sie sich vor dem Spiegel auf und betrachtet kritisch die Kratzer, die sie den Brombeerranken im Wäldchen zu verdanken hat. Ihr Körper ist für die Liebe geschaffen, denkt sie, und mustert sich zufrieden. Die ist Haut ist samten und weich, alle Teile sind wohl proportioniert und sie ist gesund. Was mehr als das, ihren Geist, ihr Herz und ihre Liebe kann sie Hendrik schenken? Nanni holt tief Luft, sammelt sich und langsam kleidet sie sich an, zunächst das weiße Spitzenensemble bestehend aus Balconette-BH und Panty, dann das Kleid, zuletzt die Schuhe und die Stola. Sie trägt weder Strümpfe noch Schminke (außer etwas Rouge) und mit Stines Brauttäschchen zusätzlich gerüstet, tritt sie schließlich auf den Flur. Dort wartet Hendrik, so bleich wie er ausschaut, bereits seit gefühlten fünf Stunden. Aber jetzt darf er sie endlich sehen. Sprachlos verharrt er einen Moment in seinen Bewegungen, nur die rechte Hand krault langsam Viktors hübsche Stirnlocke, die von besagtem Satinschleifchen gebändigt wird. Seine Augen fangen zu glänzen an, jetzt, da er sie im Brautkleid erblickt. Dann kramt er, indes Nanni, nun doch etwas aufgeregt, auf irgendeine wohlwollende Bemerkung seinerseits wartet, in seiner Hosentasche und gibt ihr etwas Blaues in die Hand. Es ist ein Schlüssel, an dem ein friesenblaues Bändchen befestigt ist. Es ist der Schlüssel zu Großmama Caris Haus.

»Was ... wieso hast du den?«

Erneut beginnen die Tränen bei Nanni zu rollen.

»Des isch des großzügige Erbe meiner Mutter, du weisch bislang noch gar nix davon. Sie hat verfügt, dass ich es mit dem Tag meiner Hochzeit krieg. Ich wollt's dir eigentlich die Tage schon mal erzähle, de Vatter hat deswege angrufe, aber des isch jetzt au egal. Jetz isch es jedefalls gleich sinnvoll anglegt«, grinst er sie verschmitzt an.

»Caris Haus isch mein Hochzeitsgschenk für uns. Und jetzt hör auf zu heule und komm, wunderschöns Peterle, werd' heut meine Frau.«

Er reicht ihr die Hand. Fürs Leben. Ja, der fürs Leben, hört die Kommissarin Anna-Marie Lavinia Eleonore Constance Auguste Luise Peters ihre Großmama Cari leise flüstern, *wie wundernett*.

Rezepte fürs Badezimmer

von der Autorin kreiert, entwickelt und erprobt

Nannis Bodybutter

Fettphase
15 g Kakaobutter
5 g Bienenwachs
6 g Mandelöl
6 g Haselnussöl
6 g Macadamianussöl
3 g Tegomuls (Emulgator)
3 g Lamecreme (Emulgator)
Wasserphase
75 g destilliertes Wasser
½ TL Zitronensäure
Wirkstoffphase
je 5 Tropfen Duftöl Vanille, Schoko und Nuss
4 g kosmetisches Basiswasser (Konservierung)

• Fettphase im Wasserbad schmelzen bis max. 50 Grad
• Wasserphase ebenfalls auf max. 50 Grad erwärmen und gut umrühren, bis die Zitronensäure aufgelöst ist
• Wasserphase in die Fettphase kräftig einrühren und weiterrühren, bis die Emulsion nur noch handwarm ist
• Wirkstoffphase einrühren
• abfüllen, beschriften,
Haltbarkeit ca. 3 Monate

Stines Vitamin-Gesichtscreme

Fettphase
6 g Sheabutter
8 g Mangobutter
6 g Bienenwachs
10 g Avocadoöl
10 g Nachtkerzenöl
20 g Jojobaöl
3 g Tegomuls (Emulgator)
10 g Emulsan II (Emulgator)
2 g Fluid Lecithin super (Emulgator)

Wasserphase
110 g Blütenwasser
Wirkstoffphase
1 TL Feuchtigkeitsfaktor
½ TL D-Panthenol
½ TL ACE Fluid
Je 5 Tropfen Duftöl Erdbeere, Mango, Orange
6,5 g kosmetisches Basiswasser

- Fettphase schmelzen bis max. 50 Grad
- Wasser ebenfalls auf max. 50 Grad erwärmen
- Wasserphase in die Fettphase kräftig einrühren und weiterrühren, bis die Emulsion handwarm ist
- Restliche Wirkstoffphase einrühren
- Abfüllen, beschriften, Haltbarkeit ca. 3 Monate

Nannis Milchshampoo

Fettphase
1 EL Jojobaöl
Wasserphase
40 g Orangenblütenwasser
40 g destilliertes Wasser
½ TL Gelbildner
Wirkstoffphase
20 g Tensidmischung (Schaum)
1 TL SLSA (Tensid in Pulverform)
2 g Lysolecithinpulver (Emulgator)
4 g kosmetisches Basiswasser (Konservierung)
1 EL Milchpulver
je 6 Tropfen Duftöl Milch, Vanille, Aprikose

- Gelbildner im Wasser auflösen, bis alle Klümpchen verrührt sind
- Orangenblütenwasser und kosmetisches Basiswasser untermischen
- Lecithinpulver hineinrühren
- Tensidmischung und das SLSA hineingeben
- Alle restlichen Inhaltsstoffe hineinrühren
- Abfüllen, beschriften, Haltbarkeit ca. 3 Monate

Nannis Duschmousse mit Meersalz

Fettphase
2 g Lamecreme (Emulgator)
2 g Cetylakolhol (Emulgator)
2 g Kakaobutter
6 g Traubenkernöl
Wasserphase
50 g destilliertes Wasser
Wirkstoffphase 35 g
Tensidmischung (Schaum)
16 Tropfen Paraben K (Konservierung)
3 EL Meersalz
je 5 Tropfen Duftöl Limette, Ylang-Ylang, Kokos

- Fettphase im Wasserbad schmelzen bis max. 50 Grad
- Tensidmischung mit dem Wasser mischen und auf max. 30 Grad erwärmen
- Wassermischung in die Fettphase kräftig einrühren und weiterrühren, bis die Emulsion handwarm ist
- Alle restliche Inhaltsstoffe einrühren
- Abfüllen, beschriften, Haltbarkeit ca. 3 Monate.

Nannis Brausebadekugeln

125 g Kaisernatron
60 g Zitronensäure
15 g Milchpulver
10 g Maisstärke
20 g Kakaobutter
15 g Kokosfett
2 g Lysolecithin Pulver (Emulgator)
20 g SLSA (Tensid in Pulverform)
je 6 Tropfen Duftöl Honig, Orange, Maiglöckchen und Vanille
1 Handvoll Orangenblüten

- Alle pulverförmigen Zutaten in eine Schüssel geben und gut durchmischen (bitte dabei mit Mundschutz arbeiten)
- Fette schmelzen und flüssig zu den Pulvern dazugeben, gleich gut untermengen
- Alle restlichen Inhaltstoffe untermengen und die Masse dann mithilfe von Eierbechern oder Fleischbällchenformer zu festen Kugeln pressen
- Einige Tage aushärten lassen
- Haltbarkeit ca. 6 Monate

Nannis Salbeiseife

120 g Kokosfett
120 g Pflanzenfett
120 g Rapsöl 120 g Olivenöl
161 g destilliertes Wasser
66 g NaOH
je 10 Tropfen Salbeiöl, Rosmarinöl, Pfefferminzöl, Thymianöl
2 Handvoll frisch gehackte Salbeiblätter

•Handschuhe, Schutzbrille und Schürze anziehen
•Aus dem Wasser und dem NAOH eine Lauge herstellen und diese sicher und kühl stellen
•Feste Fette schmelzen, dann die flüssigen Fette dazugeben •In die handwarme Mischung nun ca. fünf Minuten lang mit einem Holzlöffel die Lauge einrühren, dann mit dem Zauberstab rühren, bis die Masse angedickt ist und etwa wie Vanillepudding aussieht
•Restliche Öle und die gehackten Salbeiblätter in den Seifenleim geben und gut durchrühren
•Masse in eine aufgeschnittene und saubere Milchtüte einfüllen
•Zwei Tage ruhen lassen, dann ausformen, in Stücke schneiden und für die Reifezeit von 4-6 Wochen diese an einem trockenen Ort lagern und dabei einmal täglich wenden.

Rezepte für die Küche

1. Das Hochzeitsmenü von Nanni und Hendrik
(für 4 Personen berechnet)

kreiert von der Autorin
vom Chefkoch der „Strandhalle" auf Langeoog, Veit Merkel, ausgearbeitet

Carpaccio vom Seeteufel mit Limonen- Olivenölmarinade

*****

Erbsenschaumsüppchen

*****

Seezunge gefüllt mit Flusskrebsen, Süßkartoffeln und Salat

*****

Saltimbocca mit Tomatengnocchi und Salbeibuttersoße

*****

Sanddornparfait im Marzipanmantel mit Erdbeer- und

Schokoladenmousse

Carpaccio vom Seeteufel

Zutaten:

500 g Seeteufel (Lotte) vom Schwanzende, küchenfertig gehäutet
3 Limetten
1 TL rosa Pfefferkörner Salz, weißer Pfeffer
4 EL Olivenöl

Zubereitung:

•Seeteufel in Alufolie wickeln und mindestens 2 Stunden einfrieren
•Teller vorkühlen
•2 Limetten waschen, trocknen, und mit dem Juliennereißer von der Schale dünne, kurze Streifen abziehen
•Alle 3 Limetten auspressen
•Rosa Pfefferkörner im Mörser stoßen
•Gefrorenen Seeteufel mit einem sehr scharfen Messer in möglichst dünne Scheiben schneiden
• auf gekühlte Teller legen
•Fisch mit Salz und frisch gemahlenem weißen Pfeffer bestreuen
• Limettensaft darüber träufeln Limettenschale
• rosa Pfeffer über die Fischscheiben verteilen
•Carpaccio mit Öl beträufeln und die Teller wieder in den Kühlschrank stellen
•Gut gekühlt servieren und Baguette und Butter dazu reichen.

Erbsenschaumsüppchen

Zutaten:

3 Schalotten
40 g Butter
4 cl Wermut
400 g frische Erbsen
1000 ml Hühnerbrühe
120 ml Sahne
120 ml Sahne leicht geschlagen
Salz, Pfeffer

Zubereitung:

•Schalotten in der Butter sanft anschwitzen
•Erbsen dazugeben, etwas dünsten
•Mit einem Schuss Wermut ablöschen und etwas reduzieren lassen
•Heiße Hühnerbrühe dazugeben und ca. 15 Minuten leicht köcheln lassen
•Erbsen durch ein Sieb passieren und die passierte Masse zur Brühe zurückgeben
•Würzen und mit der Sahne kurz aufkochen lassen
• mit dem Pürierstab gut aufschäumen
•Suppe auf Teller verteilen
•1 EL leicht geschlagene Sahne darüber geben
•Sofort servieren.

Seezunge gefüllt mit Flusskrebsen

Zutaten:

2 Seezungen küchenfertig, abgezogen ca. 450g
12 kleine Flusskrebse
20 g Butter
2 Schalotten
Salz, Pfeffer
150 ml Riesling
150 ml Fleischbrühe
10 ml Sahne
50 g Krebsbutter
2cl Kognak
1 kleiner Trüffel
70g Merlan-Filets sauber ausgelöst
1 Eiweiß
Salz, Pfeffer
150 ml Sahne

Zubereitung:

- Seezungen filetieren und die Gräten anderweitig verwenden
- Krebse kochen, 8 schöne Nasen ausbrechen und reinigen
- Die übrigen Schalen zerstampfen und für die Krebsbutter aufheben
- Für die Farce alle Zutaten gut vorkühlen
- Fischfleisch im Mixer mit Eiweiß, Salz und Pfeffer pürieren
- nach und nach die Sahne zugeben
- Farce in eine Spritztüte geben
- Seezungenfilets mit Küchenkrepp abtupfen und dann auf die Hälfte die Farce spritzen
- Mit der anderen Hälfte zudecken und die Krebsnase aufsetzen
- Eine feuerfeste Form mit reichlich Butter ausstreichen
- Gehackte Schalotten darüber streuen
- Die gesalzenen und gepfefferten Seezungen in die Form geben und mit Fischbrühe und Riesling angießen
- Mit Alufolie abdecken und ca. 10 Minuten bei 220 Grad in den vorgeheizten Ofen schieben
- Seezungen auf eine Platte geben und den Pochiersud mit Sahne bei größter Hitze um die Hälfte einkochen
- Krebsschweifchen in Krebsbutter kurz anbraten und mit Kognak ablöschen
- Soße mit der verbliebenen Krebsbutter montieren
- Krebsschwänze mit auf die Platte geben
- Seezungenfilets mit einer in Butter überglänzten Trüffelscheibe verzieren
- Für die Krebsbutter die Krebsschalen mit dem Mörser zerstoßen oder in den Mixer geben
- Mit derselben Menge Butter in einem Topf bei mäßiger Hitze dünsten

•Krebsschalen mit Wasser bedecken und ca. 30 Min. köcheln lassen
•Abseihen und kühl stellen (Die Butter lässt sich dann von dem Sud abheben und der Sud kann noch für Soßen und Suppe verwendet werden).

Süsskartoffeln

Zutaten:
800 g ungeschälte Süßkartoffeln, 1 TL Butter
Zubereitung:
•Süßkartoffeln mit einem Sparschäler sauber schälen
•In 1x1 cm große Würfel schneiden
•In leicht gesalzenem Wasser kochen
•Vor dem Anrichten in etwas Butter anschwenken Dazu eignet sich am besten eine Wildkräutersalatmischung aus einem gut sortierten Feinkostladen, die nur mit etwas Balsamico und Olivenöl aromatisiert wird.

Saltimbocca (mit Tomatengnocchi und Salbeibuttersosse)

Zutaten:
8 kleine Kalbsschnitzel
8 Scheiben Parmaschinken
frischer Salbei
30 g Butter
400 ml Brühe
50 g Butter für Butterflöckchen
Salz, Pfeffer
Zubereitung:
•Ofen auf 70°C vorheizen
•Kalbsschnitzel waschen, abtupfen, plattieren und mit Salz und Pfeffer würzen
•mit Salbeiblättern belegen
•Parmaschinken fest um das Schnitzel wickeln, feststecken
Schnitzel von jeder Seite ca.3 Minuten kräftig anbraten und danach warm stellen
•Bratensatz mit der Brühe ablöschen und reduzieren lassen •Butterflöckchen mit einem Schneebesen unterrühren
•Soße über die Schnitzel gießen und sofort servieren.

Tomaten- Gnocchi

Zutaten:
1000 g Tomaten, fruchtig und fleischig (oder ca. 120 g fertiges Tomatenpüree, weil die Prozedur des Püreeherstellens recht aufwendig ist)
1 Eigelb
90 g Mehl
1/2 Teelöffel Cheyennepfeffer
1 Teelöffel Zucker
¼ Teelöffel Salz

1 Prise Pfeffer
150 g Ricotta, cremig
1 Topf Basilikum weißer Balsamico
Salz, Pfeffer

Zubereitung der Soße:

- den Ricotta in eine Schüssel geben
- Basilikum waschen und trocken schleudern oder trocken tupfen
- Sechs schöne Zweige mit je zwei oder drei Blättern zur Seite legen
- Die restlichen Blättchen abzupfen und zum Ricotta geben
- Basilikumblätter und Ricotta (nicht zu fein) pürieren, es sollen noch Stückchen des Basilikums zu erkennen sein
- Soße mit Salz, Pfeffer und etwas weißem Balsamico- Essig abschmecken, ev. später etwas von dem aufgefangenen Tomatensaft einrühren Zubereitung Tomatenpüree
- Die Tomaten waschen, trocken tupfen, halbieren, Stielansatz heraus schneiden
- Tomaten grob würfeln und in eine Rührschüssel geben
- Pürierstab in die Schüssel stellen, ein Stück Küchenrolle um den Pürierstab festhalten, damit er die Schüssel bedeckt, denn die Tomaten spritzen kräftig (nach einiger Zeit kann man das Stück Küchenrolle wegnehmen)
- Tomaten sehr fein pürieren
- Masse gründlich durch ein Haarsieb passieren, im Sieb sollten möglichst nur die Kerne und Schalenreste zurück bleiben
- Sieb gut auswaschen und in eine weitere Schüssel legen, mit einem Küchentuch belegen
- Passierte Tomaten darauf gießen
- Küchentuch zu einem Beutel verschließen und vorsichtig drücken (es soll so viel Flüssigkeit wie möglich heraus gedrückt werden. Etwas leichter funktioniert es, wenn man jeweils eine Hälfte der Tomaten durchpresst)
- Das im Küchentuch zurück bleibende Tomatenpüree in eine Schüssel geben, etwa 120 Gramm davon abwiegen (der aufgefangene Tomatensaft lässt sich sehr gut für eine Tomatensuppe oder eine Soße verwenden. Wenn man ihn einige Zeit stehen lässt, bilden sich zwei Schichten, die untere ist transparent. Damit kann man zum Beispiel sehr gut eine nach Tomaten schmeckende Aspikglasur herstellen)

Zubereitung der Gnocchi:

- Topf mit Salzwasser erhitzen
- Eigelb, ½ Teelöffel Cheyenne Pfeffer, 1 Teelöffel Zucker und ¼ Teelöffel Salz zum Tomatenpüree geben und alles verrühren
- Nach und nach so viel Mehl unterrühren, bis gerade eine Konsistenz etwas fester als Kartoffelbrei erreicht wird
- Wenn das Salzwasser kocht, die Hitze reduzieren, damit es nur noch leicht siedet

• Mit zwei kleinen Löffeln (z. B. Espressolöffel) kleine Kügelchen mit etwa 2 bis 3 Zentimetern Durchmesser formen und vorsichtig ins Wasser gleiten lassen
• Vorsichtig mit der Schaumkelle umrühren, damit die Gnocchi nicht am Boden ansetzen
• Wenn die Gnocchi nach oben steigen, diese mit der Schaumkelle abschöpfen, etwas abtropfen lassen.

Sanddornparfait im Marzipanmantel

Zutaten:
50 g Zucker
4 Eier, getrennt
250 ml Sahne
20 ml Riesling
200 g Marzipan Rohmasse
1 Spritzer Lebensmittelfarbe grün
Für die Sanddornreduktion
50 g Puderzucker
50 g Zucker
100 ml Sanddornsirup/ Saft/ Mark
1 Sternanis
100 ml Riesling
1 Vanilleschote
1 Prise Piment

Zubereitung Sanddornreduktion:
• Zucker in einem Topf karamellisieren lassen
• Vanilleschote, Sternanis und Piment zugeben
• Mit Riesling ablöschen, leicht reduzieren lassen
• Durch ein feines Sieb laufen lassen
• kühl stellen

Zubereitung des Sanddornparfaits:
• Eigelbe mit dem Zucker und dem Riesling über dem Wasserbad schaumig schlagen
• im Eiswasser wieder kalt schlagen
• Eiweiß mit dem Zucker zu Schnee schlagen, abwechselnd mit der Sanddornreduktion unter die Eigelbmasse ziehen
• Die Sahne steif schlagen und unterziehen

Zubereitung des Marzipanmantels:
• Die Rohmasse mit einem Spritzer Lebensmittelfarbe und gesiebtem Puderzucker einfärben
• Dünn ausrollen und in eine mit Klarsichtfolie ausgelegten Form geben
• Parfait vorsichtig einfüllen und die Seiten des Marzipans umklappen
• Abdecken und mindestens 3 Stunden kühl stellen.

Erdbeermousse

Zutaten:
180 g Erdbeeren, püriert
20 g Puderzucker
40 g Eiweiß
2 cl Orangenlikör
100 ml Sahne geschlagen
20 g Zucker
3 Blatt Gelatine

Zubereitung:
- Erdbeerpüree mit Puderzucker vermischen
- Zucker und Eiweiß steif schlagen
- Gelatine im Orangenlikör auflösen und unter das Erdbeerpüree geben (Wasserbad)
- Sahne und Eischnee unterziehen
- In Halbkugelformen abfüllen (ideal aus Silikon, es geht aber auch mit Kaffeetassen)
- Mindestens 3 Stunden kalt stellen.

Mousse au chocolat

Zutaten:
200 g Kuvertüre zartbitter
2 Eier
2 Eigelb
35 g Zucker
1 cl Weinbrand
300 ml Schlagsahne

Zubereitung:
- Kuvertüre im Wasserbad schmelzen
- Eier, Eigelb und Zucker über dem Wasserbad schaumig schlagen
- Weinbrand zugeben und alles im Eiswasser wieder kalt schlagen
- Kuvertüre unterheben
- geschlagene Sahne in so wenig Zügen wie möglich unterheben
- In eine Form füllen und kalt stellen
- Nach ca. 2 Stunden kann man sich Nocken mit einem Esslöffel abstechen.

2. Die Hochzeitstorte von Nanni und Hendrik

kreiert von der Autorin
vom Konditormeister Hubert Recktenwald von der Bäckerei und Konditorei „Seekrug“ ausgearbeitet

Dreistöckige Schwarzwälder Kirschtorte

DieTorte besteht aus insg. 3 Torten mit je 30 cm Durchmesser, 24 cm Durchmesser, 15 cm Durchmesser

Zutaten für jede Torte:
1 Mürbeteigboden mit entsprechendem Durchmesser
2 Schokobiskuitböden ca 1cm dick mit entsprechendem Durchmesser
Kirschkonfitüre
abgebundene Sauerkirschen
Sahne mit Schokoraspeln,
Krokant und Kirschwasser

Zutaten für die Sahne:
1800 g Sahne
Krokant
Schokoraspel
Kirschwasser
Sahnebindemittel

Zutaten für den Schokobiskuit:
750 g Eier
450 g Zucker
600 g Mehl
75 g Kakaopulver
180 g Butter flüssig
1 TL Salz, 2 EL Zitronensaft

Zubereitung der Krokantsahne:
- Sahne schlagen
- Schokoladenraspel und Krokant nach Belieben unterheben
- mit Kirschwasser abschmecken
- mit dem Sahnebindemittel (nach Packungsangabe) abbinden.

Zubereitung des Schokoladenbiskuit:
- Eier und Zucker auf ca. 36 °C erwärmen und sehr schaumig schlagen
- nach und nach Mehl und Kakao unter die Masse heben.
- Flüssige Butter, Salz, Zitronensaft unter die Masse ziehen
- in Ringe füllen und bei 190°C ca 20 Min backen Zubereitung der Torte
- Mürbeteigboden mit entsprechend großem Tortenring (Höhe ca. 5cm) umstellen
- Mit Kirschkonfitüre bestreichen
- Schokobiskuitboden darauf legen
- auf den Biskuitboden einen ca. 3 cm breiten Ring Sauerkirschen einfüllen

- mit Sahne bestreichen
- Schokobiskuitboden obendrauf legen
- Krokant- Sahne ringhoch einfüllen, glatt streichen und kühl stellen
- nach dem Durchkühlen den Ring mit der Rückseite eines Küchenmessers lösen und abziehen
- Die Torte garnieren und auf eine Etagere stellen Garnierung der Torte
- Torte komplett mit geschlagener und ungesüßter Sahne einstreichen
- den seitlichen Rand mit Schokospänen absetzen
- Tortenoberfläche mit roten Marzipanrosen und grünen Marzipanrosenblättern verzieren

3. Torte aus der *»Langeooger Dünenbäckerei am Kavalierpad«*

kreiert von der Autorin
vom Konditormeister Hubert Recktenwald von der Bäckerei und Konditorei »Seekrug« ausgearbeitet

Sanddornsahnetorte

Zutaten :
Mürbeteigboden 22cm
Sanddornkonfitüre
Biskuitboden ca 1cm dick
250 g Quark
250 g Sahne
100 g Hagebuttenkonfitüre
180 g Butter flüssig
Sanddornsaft
Aprikosen
Tortenguss
1 TL Salz , 2 EL Zitronensaft

Zubereitung:
- Boden mit Ring umstellen
- Sahne schlagen
- Sahne, Quark und Hagebuttenkonfitüre mischen
- Mischung ev. mit etwas Zucker abschmecken und mit Sahnebindemittel abbinden
- Mischung auf den Boden füllen
- Biskuitboden auflegen
- Aprikosen pürieren, abbinden und mit Sanddornsaft abschmecken
- Sanddorn Aprikosenmus aufstreichen
- Tortenguss nach Anweisung rühren und Torte glasieren.

4. Sanddornkekse aus der »*Langeooger Dünenbäckerei am Kavalierpad*«

von der Autorin kreiert, ausgearbeitet und erprobt

Zutaten:
60 g Zucker
1 gehäufter TL Vanillezucker
2 Eier
100 g Butter
250 g Mehl
1 gehäufter TL Backpulver
4 EL Sanddornmarmelade mit Stückchen
20 g Puderzucker
Zubereitung:
•Zucker, Vanillezucker, Eier und Margarine schaumig rühren
•Mehl mit Backpulver mischen und darunter rühren • Marmelade unterziehen
•Im vorgeheizten Ofen bei 200° Umluft, auf der mittleren Schiene ca. 10 Minuten backen.
•Nach dem Abkühlen mit Puderzucker bestäuben.

5. Aus der Küche des »Langeooger Restaurants *Meeresleuchten*« (jeweils für 4 Personen)

von der Autorin kreiert, ausgearbeitet und erprobt

Proseccoschaumsüppchen

Zutaten:
2 Zwiebeln
2 Bund Suppengrün
2 Tomaten
2 EL Butterschmalz
Lorbeerblätter, Nelken, Pfefferkörner, Salz,
1-2 TL Worcestersoße
400 g Sahne
400 ml Prosecco
pro Portion 1/2 EL Schnittlauchröllchen+ 1EL Croûtons
Zubereitung:
•Zwiebeln, Suppengrün und Tomaten waschen, ev. schälen und/ oder putzen, grob würfeln
•Butterschmalz im Topf erhitzen, Gemüse darin andünsten

• 1,5 l Wasser dazugießen
• Gewürze in einem Teesieb dazugeben
• Gemüse weich kochen, ca.30 Minuten
• Brühe durch ein Sieb passieren und auffangen, Gemüse anderweitig verwerten
• Brühe mit der Hälfte der Sahne und 300g Prosecco aufkochen und ca.10 Minuten köcheln lassen
• restliche Sahne steif schlagen
• die beiden Eigelbe der Sahne unterrühren
• Sahne mit Salz und Pfeffer abschmecken, kalt stellen
• den restlichen Prosecco unterrühren
• Die Suppe in Tassen füllen
• Jeweils 1 Klecks Eigelbsahne obendrauf, mit Schnittlauchröllchen und mit Croûtons bestreuen

6. Aus der Küche des »Langeooger Restaurants *Meeresleuchten*« (jeweils für 4 Personen)

kreiert von der Autorin
vom Chefkoch der „Strandhalle“ auf Langeoog, Veit Merkel, ausgearbeitet

Sautierte Jakobsmuscheln mit Safranreis, dazu in Portwein

glacierte Sanddornbeeren und eine leichte, sommerliche

Beurre de blanc mit Estragon

*****

Zitronenhühnchen mit gemischten Salaten

*****

Variation von geeisten Beeren mit karamellisierten

Panna Cotta und Haselnusseis

Jakobsmuscheln

Zutaten:

8 kleine Jakobsmuscheln
200 g Langkorn Reis ungekocht
50 ml Portwein
50 g Sanddornbeeren
50 g Zucker, 50 ml Riesling
50 ml Sahne
1 Zwiebel
25 g Butter
frischer Estragon

Zubereitung der Muscheln:

- Reis in reichlich Salzwasser mit etwas Safran kochen
- Jakobsmuscheln waschen, trocken tupfen und in einer heißen Pfanne scharf von beiden Seiten anbraten
- leicht salzen Zubereitung glacierten Sanddornbeeren
- Zucker in einem Topf leicht karamellisieren lassen
- Sanddornbeeren zugeben und durchschwenken
- Mit Portwein ablöschen
- Ev. mit Zucker und etwas Salz nachschmecken Zubereitung Beurre de blanc
- Zwiebeln würfeln und in Butter glasig anschwitzen
- mit Riesling ablöschen und kurz reduzieren lassen
- Mit Sahne auffüllen und aufkochen lassen
- Mit einem Stabmixer pürieren und durch ein feines Sieb passieren lassen
- Mit Salz, Pfeffer und fein gehacktem Estragon abschmecken.

Zitronenhühnchen mit gemischten Salaten

Zutaten:

4 Hähnchenbrüste (ca. 180g\ St.)
750 g Kartoffeln
350 g Zwiebeln gewürfelt
50 g Öl
3 Zitronen
3 Zweige Thymian, 1 kleiner Bund Zitronengras,
Salz, Pfeffer
500 g Wildkräutersalat (aus dem gut sortierten Feinkostladen)

Zubereitung:

- Hähnchenbrüste waschen und trocken tupfen
- Kartoffeln und Zwiebeln schälen und vierteln
- Zitronengras grob zerteilen
- Zitronen auspressen
- Saft mit Öl und Thymianblättchen in einer großen Schale mischen
- Hähnchenbrüste und Kartoffeln mit der Marinade bestreichen

•Zwiebel und das Zitronengras mit der restlichen Marinade vermengen
•Alles in eine Auflaufform füllen und die Hähnchenbrüste darauf setzen
•Mit etwas Salz, Pfeffer würzen und mit Thymian bestreuen
Im vorgeheizten Backofen bei 170°C ca. 40 Minuten backen
•Heiß servieren.

Variation von geeisten Beeren (mit karamellisierter Panna Cotta und Haselnusseis)

Zubereitung der geeisten Beeren:
Beeren der Saison mit Puderzucker süßen und für 15 Minuten ins Gefrierfach stellen

Zutaten für die Panna Cotta:
400 ml Sahne
1 Zitrone
1 Orange
1 Vanilleschote
1 Sternanis
3 Blatt Gelatine

Zubereitung:
•Gelatine in kaltem Wasser einweichen
•Die Zitrone und Orange mit einem Zestenzieher oder einer feinen Reibe abschälen. (Hierbei aufpassen dass nur die Schale und nicht die weiße Haut abgerieben wird, da diese viele Bitterstoffe enthalten)
•Vanilleschote längs halbieren
•Zitronen und Orangenabrieb zusammen mit Sahne, Sternanis und der Vanilleschote zusammengeben und aufkochen
•Vom Feuer nehmen und ca. 10 Minuten ziehen lassen
•alles durch ein feines Sieb passieren
•Die Masse kalt stellen, gelegentlich umrühren
•Wenn die Masse leicht anzieht in die gewünschten Formen umfüllen und wieder kalt stellen bis sie komplett angezogen ist
•Kurz vor dem Anrichten das Panna Cotta mit braunem Rohrzucker bestreuen und mit einem Brenner abflämmen.

Zutaten für das Haselnusseis:
500 ml Vollmilch
250 ml Schlagsahne
6 Eigelbe
200 g Zucker
80 g ganze Haselnüsse

Zubereitung:
•Haselnüsse mit einem Mixer auf höchster Stufe mixen
•Eier trennen und Eigelb durch ein Haarsieb laufen lassen
•Milch mit der Sahne einmal aufkochen lassen
•Vom Feuer ziehen und auf ca. 80°C runterkühlen lassen
•Eigelb und Zucker mit dem Schneebesen schaumig schlagen

•Die heiße Flüssigkeit vorsichtig und langsam unter die Eiermasse ziehen
•Haselnüsse unterziehen
•Im Wasserbad runter kühlen und in die Eismaschine geben
Tipp: Sollte Ihnen keine Eismaschine zur Verfügung stehen, die Masse in einer Metallschüssel in das Gefrierfach stellen. Die Masse sollte alle 20 Minuten mit einem Schneebesen kräftig durchgeschlagen werden, (dabei werden die Eiskristalle zerstört und es entsteht eine cremige Konsistenz) Wichtig: Da dieses Eis mit frischen Eiern hergestellt ist bitte rasch verbrauchen!

7. Leckeres vom »*Langeooger Inselimbiss Fischkopp*« (jeweils für 4 Personen)

von der Autorin, kreiert, ausgearbeitet und erprobt

Frittierte Calamares mit Knoblauchsosse

Zutaten:
600 g Tintenfischringe
40 g Mehl
2 Eier
3-4 Tassen Semmelbrösel
2EL Parmesan, Salz und Pfeffer
Öl zum Frittieren
Für die Knoblauchsoße diese Zutaten verrühren:
100g Salatcreme
150 g Naturjohurt
2-3 EL Schmand 1 Frühlingszwiebel in Röllchen
4 kl. Cornichons fein gehackt
1/2 rote Paprika fein gehackt
2 EL gehackte glatte Petersilie
5 Knoblauchzehen fein gehackt, Salz, grober Pfeffer
Zubereitung des Fischs:
•Aus Mehl, Eiern, Parmesan, Semmelbrösel, Salz und Pfeffer Teig rühren
•Ringe darin wenden
•Im heißen Öl frittieren
•Dazu reicht man am besten einen kunterbunten Salat, frisches Baguette und die Knoblauchsoße

Tintenfisch mit Oliven und getrockneten Tomaten gefüllt

Zutaten:

4 Tintenfischtuben
4 EL gehackte Zwiebeln, Olivenöl
100 g getrocknete Tomaten
100g frische Champignons in Scheiben
50g Olivenscheibchen a.d. Glas
4 EL Pinienkerne
6 EL Kartoffelbrei (Tüte)
Salz und Pfeffer
125 ml trockener Weißwein
100 ml Tomatensaft
4EL gehackte glatte Petersilie
2-3 EL Sahne, etwas Mondamin

Zubereitung:

- Kartoffelbrei nach Anweisung fertig machen
- Tintenfische waschen
- Zwiebelwürfel, Oliven, Tomaten und Champignons in etwas Öl weich dünsten
- Pinienkerne ohne Fett rösten
- alles mit den Kartoffelbrei mischen
- mit Salz und Pfeffer abschmecken
- Mischung in die Tuben einfüllen und zuklemmen (geht gut mit Rouladenklammern)
- Öl erhitzen
- gefüllte Tintenfische darin anbraten
- Mit Weißwein und Tomatensaft ablöschen
- zugedeckt ca. 60-80 Min. auf kleiner Flamme köcheln lassen
- Tintenfische herausnehmen
- Soße abschmecken
- Sahne mit Mondamin verrühren, Soße damit etwas andicken
- Tintenfische wieder in die Soße geben und servieren

Gegrillter Tintenfisch mit Ingwerbutter

Zutaten:

4 Tintenfischtuben in Marinade eingelegt aus
Saft von einer Zitrone
2EL Olivenöl
1 gehackte Knoblauchzehe
1 EL gehackte glatte Petersilie
1 Zweig frischer Rosmarin
3 Salbeiblätter
5 Pfefferkörner, Salz

Zubereitung der Ingwerbutter:
In 1 EL Olivenöl je 1 EL klein gehackte Zwiebeln, frisch geriebenen Ingwer und 1 zerquetschte Knoblauchzehe andünsten und abkühlen lassen, 1 TL Tomatenmark dazu geben.
Je 2 Msp. Schabzigerklee und Cayennepfeffer, je1 Msp. Curry und Koriander und 1 TL Meersalz einrühren, alles mit 250g weicher Butter mischen.
Zubereitung des Fischs:
- Fische aus der Marinade nehmen, abtropfen lassen
- auf den Grill legen und durchgaren lassen
- Dazu reicht man Ofenkartoffeln mit Quark, grünen Salat und die Ingwerbutter zum Fisch

Brötchen mit paniertem Seelachsfilet

1 Brötchen
1 Stk. Seelachsfilet, paniert und bereits frittiert
1TL Butter
2 Kopfsalatblätter
1 EL Remoulade
1 eingelegte Gurke in Längsscheiben aufgeschnitten
einige Zwiebelringe
etwas frische Kresse

- Brötchen aufschneiden
- Untere Hälfte mit Butter, obere Hälfte mit Remoulade bestreichen
- Auf die untere Hälfte erst den Salat, dann den Fisch, die Gurkenscheiben, die Zwiebelringe und zum Schluss die Kresse auflegen
- Obere Hälfte draufklappen

Brötchen mit Stremellachs

1 Brötchen
1TL Butter
1EL Sahnemeerrettich
1 Handvoll Rauke
einige Zwiebelringe
1Stk. Geräucherter Stremellachs
3-4 feine Scheiben Salatgurke
1TL gehackte Petersilie

- Brötchen aufschneiden
- Untere Hälfte mit Butter, obere Hälfte mit Sahnemeerrettich bestreichen
- Auf die untere Hälfte erst die Rauke, dann den Fisch, die Gurkenscheiben, die Zwiebelringe und zum Schluss die gehackte Petersilie auflegen
- Obere Hälfte draufklappen

8. Rezepte aus »Stines Küche«

von der Autorin kreiert, ausgearbeitet und erprobt

Langeooger Krabbensuppe

Zutaten für 4 Portionen:
1 Zwiebel
1 EL Butter
2 Würfel Krebspaste
4-6 EL Suppengrün ganz fein gewürfelt
1 EL Zitronensaft
4 EL Kognak
250 g geschälte Nordseekrabben
200 g Schlagsahne
Salz, Pfeffer, Worcestersauce
1/2 Bund frische Kräuter wie Petersilie, Schnittlauch oder Dill

Zubereitung:
- Zwiebel schälen und in feine Würfel schneiden
- Butter schmelzen, das Suppengrün und die Zwiebeln darin andünsten
- Einen Liter Wasser zugießen und alles weich kochen, anschließend pürieren
- Suppenpaste und die Hälfte der Schlagsahne einrühren, kurz aufkochen lassen
- Restliche Sahne schlagen
- Kräuter hacken
- Zitronensaft und Kognak einrühren
- Alles mit Salz, Pfeffer und ev. Worchestersauce abschmecken.
- Krabben untermengen
- Suppen mit einem Sahnehäubchen anrichten und mit den Kräutern bestreuen

Brötchen mit Camembert, gekochtem Schinken und Tomaten

Zutaten für 1 Person:
1 Vollkornbrötchen
½ TL Butter
1EL Tomatenmark
½ Zwiebel in Ringen
1 Scheibe gekochter Schinken
ca. 80 g Camembert
4-6 Tomatenscheiben
2 Salatblätter
ev. Alfalfasprossen zum Garnieren
Pfeffer, frisch gemahlen

Zubereitung:

•Eine Hälfte des Brötchens mit der Butter bestreichen, die andere mit Tomatenmark

•Nacheinander die gebutterte Seite mit den Salatblättern, dem Schinken, Camembert, den Tomatenstücken und den Zwiebelringe belegen

•zuletzt ev. mit Alfalfasprossen garnieren

•Brötchen ev. noch mit Pfeffer würzen und dann die zweite Brötchenhälfte darauf klappen

Rührei mit kross gebratenem Bacon, roten Zwiebeln und Balsamico-Creme

Zutaten für zwei Personen:

4-5 Eier

1 TL Butter

4 Scheiben Bacon

1 rote Zwiebel in Ringen

2 EL Balsamico-Creme

1 EL Schnittlauchröllchen, Salz, Pfeffer

Zubereitung:

•Eier in einer Schüssel aufschlagen

•Butter in einer Pfanne schmelzen, Eiermasse darin bei mittlerer Hitze garen

•Derweil den Bacon (am einfachsten geht das auf einem Teller in der Mikrowelle) kross braten

•Eier auf zwei Teller anrichten, salzen und pfeffern

•Mit den Zwiebeln und den Baconscheiben belegen

•Balsamico-Creme darauf verteilen und alles mit den Schnittlauchröllchen bestreuen

Krabbenbrot mit selbst gemachtem Frischkäse

Zutaten für 4 Personen:

1 Liter Milch

1 TL Salz

2-3 EL Zitronensaft

4 Scheiben Schwarzbrot

400 g Krabben

1 Chilischote fein gehackt

2 EL glatte Petersilie, fein gehackt

Salz, Pfeffer

Zubereitung des Frischkäse:

•Milch erhitzen, bis sie kocht

•salzen

•2-3 Esslöffel Zitronensaft untermischen, 1Std. stehen lassen

•Alles in ein mit einem Passiertuch ausgelegtes Sieb gießen

• 2-4 Stunden abtropfen lassen

Zubereitung der Brote:
- Brote mit dem Käse dick beschmieren und auf Tellern anrichten
- Mit Salz und Pfeffer würzen und der Chilischote bestreuen
- Krabben darüber geben und alles Petersilie garnieren

Langeoogbrot (Schwarzbrot mit Räucherlachs und Spiegelei)

Zutaten für 1 Person:
1 Scheibe Schwarzbrot
1 EL Philadelphia
2 Salatblätter
1 TL Sahnemeerrettich
2 Scheiben geräucherter Lachs
1 Ei
1 EL Speckwürfelchen
1Tomate
1TL gehackte Zwiebeln
1TL gehackte Kräuter
Salz und Pfeffer

Zubereitung:
- Brot mit dem Philadelphia bestreichen
- Mit Salatblatt und den Räucherlachsscheiben belegen
- Lachs mit Sahnemeerrettich bestreichen
- Tomate aufschneiden und darüber legen
- Mit Zwiebeln bestreuen
- Spiegelei in den Speckwürfelchen anbraten und mit Salz und Pfeffer würzen
- Ei auf das Brot geben und mit den Kräutern bestreuen

Tagliatelle mit Lachs-Zitronen-Sahnesosse und Tomatensalat

Zutaten für vier Personen:
Für die Nudeln mit Soße
2 Zitronen unbehandelt
400 g frisches Lachsfilet
200 ml trockener Weißwein
250 ml Sahne
2 Zwiebeln
Zucker, Salz und Pfeffer, Muskat 1 EL Mehl 1 TL Butter
200 g Zuckerschoten
500 g Tagliatelle
2 EL glatte gehackte Petersilie

Zubereitung des Hauptgerichts:
•Zwiebeln fein würfeln
•Schale der Zitronen mit Juliennemesser abziehen, anschließend die Zitronen auspressen
•Nudeln in Salzwasser weich kochen
•Lachsfilet in ca. 2x2cm-Würfel schneiden und mit dem Zitronensaft beträufeln
•Zwiebeln in der Butter anschwitzen
•Mehl hinzugeben und ebenfalls anschwitzen
•Mit Weißwein und Sahne ablöschen
•Lachswürfel hinzugeben und alles ca. 5- 6 Minuten schwach köcheln lassen
•Nach vier Minuten die Zuckerschoten dazugeben
•Mit Salz, Pfeffer, Muskat, Zucker und Zitronensaft abschmecken
•Alles mit den Nudeln mischen
•Nudeln mit der Soße auf vier Tellern anrichten und mit der Petersilie garnieren
Zubereitung des Tomatensalats:
1 Zwiebel, 4-6 Tomaten, Basilikumblättchen
•Tomaten in Scheiben auf einer Platte anrichten
•Zwiebel in Ringe schneiden und darauf verteilen
•einige Basilikumblättchen zum Garnieren drauflegen
Zubereitung der Salatsoße:
2EL Balsamicoessig, 2EL Wasser, 4EL Olivenöl, 2EL Basilikumblättchen gehackt, ½ TL Senf
•Alles zusammenmischen
•mit Salz, Pfeffer und Zucker abschmecken

Badische Dampfnudeln

Zutaten für ca. 15 Stück:
Für den Teig 500 g Mehl 20 g Hefe 50 g Zucker 80 g Butter 1 Prise Salz 125 ml Milch lauwarm 2 Eier
Zum Dämpfen: Butter, Milch
Zubereitung:
•Aus Zucker, Butter, Eier, Salz, Milch, Hefe und Mehl einen Teig herstellen und diesen ca. eine Stunde gehen lassen
•Mit bemehlten Händen daraus Klöße formen, auf ein Backpapier legen und nochmals ca. 30 Minuten gehen lassen
•In einem Topf etwas Butter zum Schmelzen bringen, je nach Größe ca. 5 Dampfnudelklöße hineinsetzen, jede mit etwas Milch übergießen, Deckel darauf setzen und dann ca. 15- 20 Min. bei schwacher Hitze dämpfen
•Wiederholen, bis alle Nudeln gedämpft sind
•Dazu gibt man Vanillesoße und eingelegte Sauerkirschen.

Gurkensandwiches mit Räucherfisch

Zutaten:

4 Toastscheiben, 2 EL Schmelzkäse Kräuter, 16 frische Gurkenscheiben, 200 g Räucherfisch zum Belegen, Pfeffer, grob, aus der Mühle, frischer Dill, gehackt

Zubereitung:

- Toastscheiben rösten und mit dem Käse bestreichen
- Jede Scheibe in vier Teile schneiden und mit je einer Gurkenscheibe belegen
- Räucherfisch darauf legen
- Mit Pfeffer und Dill bestreuen

Englische Scones

Zutaten:

500 g Mehl
1 TL Salz
2 EL Zucker
4 TL Backpulver
1 TL Natron 55 g Butter
250-300 ml Milch
Mehl zum Ausrollen
Milch zum Bestreichen

Zubereitung:

- Aus Mehl, Salz, Zucker, Butter, Backpulver und Natron einen Teig herstellen
- Nach und nach die Milch zugeben und alles zu einem glatten Teig verkneten
- Den Teig im Kühlschrank kurz ruhen lassen
- Danach den Teig auf einer bemehlten Fläche etwa 2 cm dick ausrollen
- Mit einem Glas oder runden Ausstechförmchen Teigstücke ausstechen
- Auf ein mit Backpapier ausgelegtes Blech setzen und mit Milch bestreichen
- Im vorgeheizten Ofen auf der mittleren Schiene bei 220° Grad ca. 10 Minuten backen
- Die Scones nur kurz abkühlen lassen und noch warm servieren
- Dazu reicht man zum Bestreichen sehr fest geschlagene Schlagsahne und Erdbeermarmelade

Tod in den Dünen

von Bettina von Cossel

Ganz Juist steckt im Cluedo-Fieber. Beim bevorstehenden Festival dreht sich alles um das bekannte Mörder-Ratespiel. Könnte es deshalb sein, dass Buddel Hansen sich den Toten nur eingebildet hat, den er nachts in einem Hotel gesehen haben will? Krimiautor Leo Marquart lässt die Sache keine Ruhe. Ist es wirklich Zufall, dass die Hotelgäste eine merkwürdige Ähnlichkeit zu den sechs Verdächtigen aus dem Cluedo-Spiel haben? Und wo ist der verschwundene Tote? Plötzlich liegt eine Leiche in der Küche. Bettina von Cossel garantiert einmal mehr atmosphärische Spannung und beste Krimiunterhaltung in der Tradition von Agatha Christie.

Leo Marquarts erster Fall

200 Seiten, Euro 9,80
ISBN: 978-3-939540-34-2

Todesspiel auf Juist

von Bettina von Cossel

Jens Heilmann ist nicht der Einzige, der auf Juist gefährliche Spielchen spielt, und wer ist die Tote in seinem Keller? Während die Feriengäste ahnungslos in der Sommersonne Sandburgen bauen, zieht sich bereits die Schlinge um den Hals des nächsten Opfers zu – ausgerechnet eine Bekannte von Krimiautor Leo Marquart und seiner patenten Haushälterin. Zum Missfallen von Hauptkommissar Janssen begeben sich die beiden auf Mörderjagd ...

Leo Marquarts zweiter Fall

224 Seiten, Euro 9,80
ISBN: 978-3-939540-69-4

Dark Stories Nordsee

60 haarsträubende Begebenheiten in Rätseln

Warum verlor ausgerechnet der Leuchtturmwärter die Orientierung?
Wie konnte eine Reisegruppe applaudieren, als der Stadtführer vor ihren Augen qualvoll starb?
Wieso endete Reeperbahn-Harrys wilde Party mit vier Toten im Pool?
60 haarsträubende Nordsee-Rätsel warten auf Sie!
Ob skurril, gruselig oder humorvoll – wer „um die Ecke denkt“ ist eindeutig im Vorteil.
Machen Sie sich auf einen spannenden Ratespaß gefasst!

128 Seiten, Euro 9,80
ISBN: 978-3-939540-70-0

Im M(N)orden was Neues

Alexa Stein (Hrsg.)

Dachten auch Sie, der Norden sei eine leicht unterkühlte und hanseatisch zurückhaltende Region? Dann sollten Sie den Norden von seiner mörderischen Seite kennenlernen. Flaches, von Deichen gesäumtes Land, die stürmische Nord- und Ostsee, alte Hansestädte wie Bremen oder Hamburg, das Ammerland mit seiner inspirierenden Weite, die Messestadt Hannover ... alles Orte, die wie geschaffen sind für die Aktivitäten der Mörderischen Schwestern.
Passen Sie also gut auf sich das! Das Grauen lauert überall und – Morde sind eine ernste Sache. Eine todernste!

Kurzkrimis aus: Arpen, Baltrum, Bremen, Bremerhaven, Hamburg, Hannover, Hameln, Hildesheim, Hooksiel, Oldenburg, Osnabrück, Pattensen, Wilhelmshaven, Winsen.

224 Seiten, 11,90 Euro
ISBN: 978-3-939540-33-5

www.wellhoefer-verlag.de